JP O'Connell
HOTEL PORTOFINO

JP O'Connell

HOTEL PORTOFINO

Roman

Aus dem Englischen
von Eva Kemper

DUMONT

Emily Dickinson ›Dass es nie wiederkehrt ...‹ (S. 219) wurde zitiert nach:
Emily Dickinson ›Sämtliche Gedichte. Zweisprachig‹.
Übersetzt von Gunhild Kübler. Hanser Verlag, München 2015.

Dieses Buch wurde klimaneutral produziert.

Die englische Originalausgabe erschien 2021 unter dem Titel
›Hotel Portofino‹ bei Simon & Schuster, London.

Copyright © THE WRITERS ROOM 2022
Published by Arrangement with SIMON & SCHUSTER UK LTD.,
LONDON WC1X 8HB, United Kingdom.
Dieses Werk wurde vermittelt durch die Literarische Agentur
Thomas Schlück GmbH, 30161 Hannover.

Erste Auflage 2022
© 2022 für die deutsche Ausgabe: DuMont Buchverlag, Köln
Alle Rechte vorbehalten
Übersetzung: Eva Kemper
Umschlaggestaltung: Lübbeke Naumann Thoben, Köln
Satz: Angelika Kudella, Köln
Gesetzt aus der Adobe Garamond
Druck und Verarbeitung: CPI books GmbH, Leck
Gedruckt auf säurefreiem und chlorfrei gebleichtem Papier
Printed in Germany
ISBN 978-3-8321-8206-9

www.dumont-buchverlag.de

EINS

Es war wirklich befriedigend, dachte Bella, die Zimmer für die Gäste herzurichten. Nach einiger Diskussion mit Cecil hatte sie entschieden, die Drummond-Wards in der Epsom Suite unterzubringen. Die Zimmer boten nicht nur einen schönen Meeresblick, sie waren auch hell und luftig, mit einem Bett aus solidem Mahagoni und Tapeten mit einem zarten, unaufdringlichen Blütenmuster.

Von zu geschäftigen Mustern hielt sie nichts. Man war leicht versucht, innezuhalten und sie ausgiebig zu betrachten, um ihr Zusammenspiel aus Linien und Formen zu verstehen. Aber manchmal war es – im Leben ebenso wie beim Interieur – besser, Muster blieben unbemerkt.

Bella hatte ohnehin keine Zeit innezuhalten. Sie war viel zu beschäftigt.

Sie ging hinüber zu Francesco und Billy, die sich abmühten, eine Matratze zu wenden.

»Du bist doch ein starker Bursche«, sagte sie zu Billy. Er hatte einen hochroten Kopf und ächzte. »Versuch es noch mal.«

»Aber es ist so schwer, Mrs Ainsworth!«

»Das ist Pferdehaar«, erklärte Bella. »Deshalb schläft man so bequem darauf.«

»Da ist auch Metall drin. Das fühle ich.«

»Das sind Federn, Billy.«

Während Billy noch ungläubig den Kopf schüttelte, eilte Paola mit einem Stapel frisch gebügelter Bettwäsche herein. Die Laken waren aus London gekommen – von niemand Geringerem als Heal's aus der Tottenham Court Road. Sicher, der British Store in Bordighera verkaufte neben typischen Produkten wie Gordon's Gin und Keksen von Huntley & Palmer auch Bettwäsche. Viele Briten vor Ort kauften gern dort ein.

Aber für das Hotel Portofino war nur das Beste gut genug. Und das bedeutete weiche, mit dickem Faden gewebte Baumwolle. Bettlaken, die schnackten, wenn man sie von der Wäscheleine zog.

Als die Matratze ordnungsgemäß gewendet war, trollte Billy sich in die Küche, um seiner Mutter zu helfen. Paola bezog das Bett, und Francesco stellte eine Vase mit violett schimmernden Iris auf einen Beistelltisch.

Die Bäder bestückte Bella gern selbst. Im Hotel Portofino gehörte zu den besseren Suiten ein eigenes Bad. Sie und Cecil hatten in moderne Warmwassertechnik investiert. Heutzutage erwarteten die Leute, ein Bad nehmen zu können – ohne Dienerschaft in der Nähe, die umständlich immer wieder Holz in den Ofen legen musste. Auch bargen die alten Anlagen zum Teil echte Gefahren. Jeder kannte die Geschichte von dem explodierten Badeofen im Castello Brown. Ein unseliger englischer Tourist hatte ihn im falschen Moment ausgestellt, und – nun ja – drei Monate später wurde immer noch renoviert.

Mit leisen Schritten überquerte Bella die glänzenden Mosaikfliesen, legte ein frisches weißes Handtuch neben das Waschbecken und stellte eine Duftkerze auf einen Sims neben der großen Badewanne mit den Klauenfüßen. Die letzten Bewohner der Suite – ein älteres Paar aus Guildford, furchtbare Nörgler alle beide – hatten einen unangenehmen Geruch beklagt. Bella hatte nichts feststellen können, aber bei den Drummond-Wards wollte sie kein Risiko eingehen.

Als sie das Bad verließ, stand Paola neben dem fertig bezogenen Bett und wartete auf Bellas Urteil. Paola war eine Kriegswitwe aus dem Dorf. Sie hatte große dunkle Augen und rabenschwarze schimmernde Haare, die sich zurückgebunden im Nacken lockten. Sie war ebenso hübsch wie verlässlich. In letzter Zeit war Bella allerdings eine Veränderung aufgefallen. Eine ungewohnte Wachsamkeit kombiniert mit etwas eher Urwüchsigem, etwas, das ahnen ließ, dass sie ein Geheimnis hatte. Es war schwer zu beschreiben, aber Paola kam Bella vor wie eine Katze, die wusste, dass ein Schälchen Sahne auf sie wartete.

Die Tagesdecke musste nur eine Winzigkeit zurechtgezupft werden. Bella trat einen Schritt zurück, begutachtete die Arbeit des Zimmermädchens und nickte anerkennend.

»*Eccellente*«, sagte sie lächelnd. Paola erwiderte das Lächeln, wich dem durchdringenden Blick ihrer Arbeitgeberin aber aus.

Warum mache ich mir Sorgen?, fragte Bella sich. *Warum kann ich nicht einfach entspannt sein?*

Die Antwort lag auf der Hand, wenn sie darüber nachdachte. In diesem Sommer stand viel auf dem Spiel. Nicht nur die Zukunft des Hotels, sondern auch Lucians Zukunft und – es fiel ihr schwer, es zuzugeben, aber es blieb ihr nichts anderes übrig – ihre Ehe mit Cecil. Manchmal erschien es Bella, als würde sie am seidenen Faden hängen. Wenigstens mit ihren Angestellten hatte sie Glück.

Betty, ihre Köchin, und ihr Sohn Billy waren schon in London und davor in Yorkshire bei ihnen gewesen. Sie waren wie Familie, und Bella vertraute ihnen blind, aber in dieser neuen, fremden Welt mussten sie sich weiß Gott erst noch zurechtfinden. Was Constance betraf, Lotties neue Nanny, die Betty empfohlen hatte, hegte Bella große Hoffnungen.

Paola war dagegen immer noch eine unbekannte Größe. Nach einer Stunde mit ihr fragte Bella sich, ob sie die Italiener jemals verstehen würde. Dabei wollte sie es doch so gern.

Italien hatte Bella schon als Kind fasziniert. Im Internat hatte sie Kopien berühmter italienischer Gemälde über ihr Bett gehängt und musste ihre Wut mühsam unterdrücken, als sie auf Geheiß der Nonnen, die die Schule leiteten, Botticellis *Die Geburt der Venus* wegen Obszönität abnehmen musste. Für Bella verkörperte Italien alles Wahre, Schöne und Gute. Wie ein Leuchtfeuer auf einer hohen Landzunge sandte es strahlendes mediterranes Licht aus, das die Düsternis des feuchtkalten, nebeligen Londons durchdrang.

Cecil mochte Italien auch. Zumindest sagte er das. Aber es war Bellas Idee gewesen, ihre Flitterwochen in Portofino zu verbringen.

Jetzt seufzte sie, als sie an diese sorglose Zeit zurückdachte. Kaum zu glauben, dass die Tochter, die sie in diesem Urlaub gezeugt hatten, jetzt Witwe war und ihr Sohn ein verwundeter Veteran nach dem schlimmsten Krieg seit Menschengedenken. Noch unglaublicher, dass es 1926 war und sie achtundvierzig Jahre alt.

Die Zeit war wie ein Schatten vorbeigehuscht.

Und das war nicht alles, was sie verloren hatte. Aber diesen Gedanken schob sie von sich, so weit sie konnte.

Beinahe unvorstellbar erschien ihr, dass Cecil und sie einmal jung und verliebt gewesen waren, aber es stimmte; sie hatten milde, verführerische Nächte lang aufs glitzernde Wasser gestarrt, bevor sie nackt bei Paraggi in der Bucht geschwommen waren, während über den Bergen die Sonne aufging.

Bei dieser ersten Reise nach Portofino hatten sie sich in stillen mondbeschienenen Gassen innig geküsst, so viel Neues gespürt, so viel Neues geschmeckt – salzigen, kräftigen Prosciutto zum Beispiel und Feigen, so frisch, dass sie auf der Zunge zerplatzten.

Wenn Cecil im Hotel Tennis spielte, zog Bella allein los und folgte alten Maultierpfaden zu Bergbauernhöfen und Olivenhainen. Sie spähte durch verschlossene Tore in Gärten voll üppiger Blumen und fragte sich, wer dort wohnen mochte – und ob sie selbst jemals so wohnen würde. Sie sah den Spitzenklöpplerinnen auf dem Marktplatz zu, danach legte sie sich auf die warmen Felsen und tankte Sonne, während Eidechsen über ihre nackten Beine flitzten.

Damals waren die Sitten noch strenger, eine Frau allein unterwegs erntete Gegrummel und missbilligende Blicke. Aber davon ließ Bella sich nicht aufhalten. Warum sollte sie auch? Sie war eine dieser neuen Frauen, von denen sie in Romanen las, und sie konnte eine neue Wirklichkeit erahnen.

Einmal stieg sie die Anhöhe neben dem Hafen hinauf zur Kirche San Martino, deren gestreifte Fassade sie gelockt hatte. Abgesehen von einer alten Frau in Schwarz mit einem gehäkelten Kopftuch war sie allein dort. Als ihr der Weihrauchduft in die Nase stieg, sie die Finger ins Weihwasser tauchte und sich bekreuzigte – obwohl sie nicht katholisch war, erschien es ihr richtig –, kam es ihr vor, als würde sie eine Rolle spielen und gleichzeitig Teil von etwas sein. Es war wie eine Erleuchtung, eine Erfahrung, die sie abspeichern und von der sie später zehren konnte.

Im Leben hing so vieles von Ritualen und dem richtigen Auftritt ab, vor allem jetzt, da sie ein Hotel leitete und die Direktorin und die Concierge gleichzeitig spielte. Es wäre ihr lächerlich erschienen, ihre Arbeit als Berufung zu bezeichnen, aber sie empfand sie als zutiefst sinnvoll. Und sie war gut, das wusste sie. Umso mehr schmerzte die Erinnerung, wie skeptisch Cecil anfangs auf ihre Idee reagiert hatte.

»Ein Hotel eröffnen? An der italienischen Riviera?« Sie waren im Wohnzimmer ihres hohen, schmalen Hauses in Kensington gewesen, Cecil hatte sich gerade Single Malt nachgeschenkt. »Was in aller Welt sollte uns dazu treiben?«

Er wusste genau, wie er ihr den Wind aus den Segeln nehmen konnte. Aber in diesem Fall hatte sie nicht klein beigegeben.

»Es wäre ein Abenteuer«, sagte sie munter. »Ein Neuanfang. Eine Möglichkeit, den Krieg und all das Schreckliche, das er unserer Familie angetan hat, zu vergessen.«

»Ein Hotel zu führen ist Plackerei. Überleg nur mal, um wie viel unsinniges Zeug man sich kümmern muss. Die richtigen Stühle für die Terrasse kaufen. Ausflüge in Museen organisieren. Das ist so ...«

»Mittelklasse? Gewöhnlich?«

»Na ja, schon. Ganz zu schweigen von …«, Cecil verzog die Lippen, als er nach dem *mot juste* suchte, »prosaisch. Was nicht schlimm wäre, aber du, Bellakins, bist niemals prosaisch. Deshalb habe ich dich geheiratet. Nun ja, unter anderem deshalb.« Seufzend ließ er sich in seinen Lieblingssessel sinken. »Außerdem gibt es heutzutage zu viel Konkurrenz. Jedenfalls, wenn du Touristen der besseren Sorte anlocken willst.«

Das konnte sie nicht abstreiten. Jedes Jahr im November trat die britische Oberschicht ihre Wanderung in wärmere Gefilde an, wo sie bis zum Ende des Winters blieb. Einige bevorzugten Cannes, andere schworen auf den Lido di Venezia oder die gesundheitlichen Vorzüge von Baden-Baden. Wenn die Hitze an der französischen Riviera unerträglich wurde, galt Biarritz als herrlicher Zufluchtsort.

Die italienische Riviera war dagegen noch relativ unentdeckt. Natürlich gab es hier eine britische Kolonie – wo auf der Welt nicht? –, und die größeren Hotels lockten sogar mit Tennisplätzen und Swimmingpools.

Aber auf dieses Publikum setzte Bella nicht ihre Hoffnungen.

»Ich stelle es mir als Sommerhotel vor«, sagte sie. »Nicht als Sammelpunkt für die Zugvögel der besseren Gesellschaft.«

Cecil gab sich entsetzt. »Aber, aber! Umgekehrter Snobismus ist auch kein feiner Zug.«

»Ich bin kein Snob, weder umgekehrt noch sonst wie.« Bella bemühte sich, nicht wütend zu klingen. »Ich möchte nur, dass es interessante Menschen anspricht. Menschen, mit denen ich mich gern unterhalten würde.«

»Künstler zum Beispiel.«

»Ja.«

»Und Schriftsteller.«

»Das hoffe ich doch.«

»Menschen mit *radikalen Ansichten*.« Cecils spöttischer Ton war nicht zu überhören.

»Nicht unbedingt.«
»Menschen, die nicht so vornehm tun wie ich.«
Jetzt riss Bella der Geduldsfaden. »Werde nicht albern.«
»Oder so arm sind wie ich.« Und finanziert wird das Projekt von deinem Vater, vermute ich.«
»Er hilft uns bestimmt mit Freude aus.«
Cecil hob spöttisch sein Glas. »Dann ein Toast – auf seine großzügige Majestät.«

Mit den Jahren hatte Bella sich angewöhnt, Cecils Sarkasmus zu ignorieren, weil sie wusste, dass er damit seine Unsicherheit überspielte. Es war zermürbend. Daher band sie ihn jetzt ganz bewusst mit ein und animierte ihn dazu, in Zeitungen und Zeitschriften nach Immobilienannoncen Ausschau zu halten, während sie stapelweise Maklerbroschüren durchging. Das sollte ihm das Gefühl geben, er sei Teil des Plans. Außerdem konnte er erstaunlich einfallsreich und sogar findig sein, wenn er nur wollte.

An der Riviera wurden zahlreiche Häuser angeboten, trotzdem fand sich in den Broschüren nichts Passendes. Die Immobilien waren entweder zu groß oder zu klein oder in den bekannteren, aber zu stark erschlossenen Urlaubsorten wie Santa Margherita und Rapallo, während Bellas Herz an Portofino mit seiner intimeren Atmosphäre hing.

Sie suchten bereits seit Monaten und waren kurz davor aufzugeben, als Cecil an einem Winterabend beiläufig die aktuelle *Times* unter seinem Arm hervorzog und Bella auf eine Annonce hinwies, die er in seiner geliebten burgunderroten Tinte eingekreist hatte:

Historische Villa in Portofino, elegantes Anwesen mit reizvollem Meeresblick. Strand- und stadtnah. Hervorragend als »pensione« geeignet. Nur ernsthafte Anfragen an: 12 Grosvenor Square, Mayfair.

Drei Tage später fanden sie sich in Italien wieder, ganz aufgekratzt, aber auch nervös aus Sorge, nach all den Mühen – Seekrankheit und verpasste Anschlüsse hatten die Reise zu einem Albtraum gemacht – könnte das Haus sie enttäuschen. Vielleicht würde es in Wirklichkeit nicht so aussehen wie auf den Fotos, die der Verkäufer, ein älterer viktorianischer Herr, der durchdringend nach Talkumpuder roch, ihnen beim Tee gezeigt hatte.

Eine geschotterte Zufahrt gesäumt von Palmen führte zu einer großen blassgelben Villa mit einem gedrungenen Turm wie bei einem Bauernhaus aus dem fünfzehnten Jahrhundert. Ein unerwarteter Hauch von Toskana, bemerkte Cecil. Es war schön, so wunderschön! Erleichterung durchströmte Bellas Körper wie Opium. Sie würde nie die eindrucksvolle Stille vergessen, als die schwere Eichentür aufschwang und sie zum ersten Mal die kühle marmorne Eingangshalle betraten.

Vi piacerà, vedrete, hatte der Agent behauptet. Es wird Ihnen gefallen.

Und jetzt waren sie hier!

Bella hörte, wie eine Tür zum Flur geöffnet wurde und ein Mann sich räusperte. Lucians Freund Nish, kurz für Anish. Er war schon seit ein paar Wochen hier – eine sanfte, gelehrte Seele, die nach dem Krieg Lucians Leben gerettet hatte, kein Zweifel.

Als Bella die Treppe hinunterging, drangen andere Geräusche zu ihr: laute Frauenstimmen, wütend oder zumindest verstimmt. Alice stürmte aus der Küche und stieß am Fuß der Treppe fast mit ihrer Mutter zusammen. Sie wirkte aufgewühlt.

»Betty schon wieder«, rief sie. »Sie regt sich furchtbar auf. Hilfst du mir, sie zu beruhigen?«

Die beiden Frauen gingen in die Küche, wo eine Fülle von Kupfertöpfen im Sonnenlicht schimmerte, das durch die offene Hoftür strömte. Der Duft des Brots im Backofen stieg Bella verführerisch in die Nase. An diesem Morgen war sie zu sehr in Gedanken gewesen, um zu frühstücken.

Betty stand am Herd, das gerötete Gesicht zu einer Grimasse verzogen. Bella ging zu ihr und fragte: »Was ist los, was haben Sie?«

»Nichts, Mrs Ainsworth. Ich schaffe das schon.«

»Was schaffen Sie schon?«

Ohne sich umzudrehen, deutete Betty auf das große Stück Rindfleisch, das hinter ihr auf dem Tisch lag. »So ein Stück habe ich noch nie gebraten.«

»Es ist doch Rindfleisch, oder?« Bella winkte Alice heran. Beide begutachteten das Fleischstück näher.

»Ja, sicher. *Italienisches* Rindfleisch.«

»Und mit italienischem Rindfleisch stimmt etwas nicht?«

»Es hat kein Fett«, sagte Betty nüchtern.

Alice schaltete sich ein. »Und das … ist nicht gut?«

Betty starrte sie an, als wäre Alice verrückt. »Da habe ich keinen Bratensaft! Für den Yorkshire Pudding! Oder die Kartoffeln! Wo wir gerade dabei sind, solche haben Sie noch nie gesehen.« Mit spitzen Fingern nahm sie eine Kartoffel aus einem Kochtopf und hielt sie hoch. »Wächserne kleine Knubbel. Gar keine richtigen Knollen.«

»Sie bekommen sie bestimmt wunderbar hin«, sagte Alice. »Das machen Sie doch immer, Betty.«

»Ich gebe mein Bestes, Mrs Mays-Smith.«

Alice ließ Bella mit Betty allein. Nicht zum ersten Mal bemerkte Bella, dass die ältere Frau überfordert war, und spürte dabei ihr schlechtes Gewissen. Es war nicht einfach gewesen, Betty davon zu überzeugen, in London ihre Zelte abzubrechen und den Ainsworths nach Italien zu folgen, vor allem weil sie erst ein paar Jahre zuvor aus Yorkshire dorthin gezogen war. Betty war davor nie ins Ausland gereist, und selbst London hielt sie für gefährliches fremdes Pflaster.

In ihrem ganzen Leben war sie noch nie ein so großes, kühnes Wagnis eingegangen wie diesen Umzug, und Bella hatte Betty dafür mit Lob überschüttet. Manchmal sorgte sie sich allerdings, dass sie mit ihren Ermutigungen Druck aufbaute. Und das wollte sie nicht. Sie wollte liebenswürdig sein, vor allem jemandem wie Betty gegenüber.

Wie so viele Menschen hatte Betty immer noch nicht den Krieg verwunden. Sie hatte zwei Söhne an der Westfront verloren. Zwei Söhne! Billy war ihr geblieben, aber wie musste es für sie sein, wenn ihr Blick auf Lucian fiel? Jeden Tag musste es sich anfühlen, als würde ein Glassplitter in ihrem Fuß stecken.

Ihr den Reiz Italiens zu beschreiben war schwierig gewesen, auch wenn er für Bella offensichtlich war. Sie zeigte Betty Postkarten, die sie von ihrer Hochzeitsreise mitgebracht hatte. Von Hand teilkoloriert, voller Erinnerungen an Sonne und Glück. Die Strategie schien zu funktionieren – sie beruhigte Betty, dass Italien ein zivilisiertes Land war, ein sicherer Ort für sie und ihren vaterlosen Sohn, auch wenn die Nachrichten manchmal ein anderes Bild zeichneten.

»Wie sieht es mit dem Essen aus?«, hatte Betty misstrauisch gefragt.

Bella hatte aus ihrer Tasche ein Buch hervorgeholt. Mit ihrer molligen Hand hatte Betty über den weichen grünen Stoffeinband gestrichen und dann mit zusammengekniffenen Augen den Titel gelesen: »*Von der Wissenschaft des Kochens und der Kunst des Genießens* von Pellegrino Artusi.«

»Darin steht alles, was Sie wissen müssen«, hatte Bella gesagt. »Niemand schreibt besser über italienisches Essen als dieser Mann.«

Betty hatte gelächelt. Sie war zurecht stolz darauf, lesen zu können. »Ich werde mich jeden Abend damit hinsetzen.«

Bettys erste Versuche konnte man nicht als kulinarische Glanzleistungen bezeichnen. Besonders denkwürdig war ihre Version einer Minestrone, allerdings aus ganz falschen Gründen.

»Was in aller Welt ist das?«, fragte Cecil und rührte in dem matschigen Gemüse.

Vorsichtig kostete Bella die Suppe. Die Minestrone war so scharf, dass Bella sich überrascht die Serviette vorhielt, um ein Husten zu unterdrücken. »Ich glaube, sie hat Bärlauch genommen. Eine ganze Menge. Na ja. Das ist nicht schlimm.« Sie legte ihren Löffel beiseite. »Wir müssen sie ermutigen, Cecil. Außerdem wird sie nicht jeden Tag italienisch kochen. Viele unserer Gäste essen sicher lieber Pasteten mit Rindfleisch und Nieren.«

Schon nach ein paar Wochen hatte sich viel verändert. Betty war eine fleißige und fähige Köchin. Und ihr Sohn Billy war zu einem beeindruckenden, vertrauenswürdigen jungen Mann herangewachsen, der einen hervorragenden Hoteldiener abgeben würde. Bald wollte Bella ihm das Kellnern beibringen – die hohe Kunst des aufmerksamen Belauerns.

Jetzt drückte Bella sanft Bettys Schulter. »Sie machen das wunderbar. Das Essen, das Sie zaubern. Es ist himmlisch.«

Betty errötete vor Freude. »Das ist sehr nett von Ihnen, Mrs Ainsworth.«

»Und Billy hilft Ihnen, oder?«

Betty nickte. »Ich habe ihn losgeschickt, um Sahne für den Zitronenpudding zu holen.«

»Das ist gut. Und vergessen Sie nicht, dass Sie bald auch Constance hier haben. Sie wird Ihnen in der Küche zur Hand gehen können, wenn sie nicht auf Lottie aufpasst.«

Als sie das hörte, drehte Betty sich zu Bella um und erstarrte.

»Welchen Tag haben wir heute?«

»Donnerstag.«

»O nein ...« Die Köchin schlug sich eine Hand vor den Mund.

»Was ist los, Betty?«

»Es ist heute. Constance kommt *heute* an. Mit dem Zug aus Genua.«

»Das ist doch der Zug, den Lucian abpassen will. Der Zug mit den Drummond-Wards.«

»Oh, Mrs Ainsworth.« Betty wirkte den Tränen nah. »Und Sie haben mir vertraut, dass ich alles vorbereite. Weil Constance eine Freundin der Familie ist ...«

»Keine Panik, Betty. Vielleicht ist Lucian noch nicht losgefahren. Dann kann er Constance gleich mitbringen.«

Sie bemühte sich, zuversichtlich und munter zu klingen. Allerdings war die Situation alles andere als ideal. Nach dem, was Bella über Julia Drummond-Ward gehört hatte, würde sie es nicht gut annehmen, wenn sie die Kutsche mit einer Bediensteten teilen musste. Außerdem war Lucian mit ziemlicher Sicherheit längst unterwegs zum Bahnhof Mezzago. Bella hatte mit ihm gesprochen, als er darauf gewartet hatte, dass Francesco die Pferde einspannte.

Eilig lief Bella ins Foyer und rief Lucians Namen, ohne wirklich eine Antwort zu erwarten. Ihre Stimme hallte noch von den Wänden wider, als Nish aus der Bibliothek kam.

»Er ist nicht hier, Mrs Ainsworth. Er ist vor einer Stunde aufgebrochen. Er wollte auf keinen Fall zu spät kommen, um Rose abzuholen.«

»Und ihre Mutter«, erinnerte Bella ihn.

»Natürlich. Sie auch.« Nish lächelte. »Kann ich bei irgendetwas helfen?«

»Nein, nein«, winkte Bella ab. »Entspannen Sie sich, ruhen Sie sich aus. Sie sind unser Gast hier.«

»Aber diese Woche ist wichtig für das Hotel. Und für Sie.«

Das ließ sich nicht abstreiten. Montag waren die ersten Gäste eingetroffen – erst Lady Latchmere und ihre Großnichte Melissa, dann Graf Albani und sein Sohn Roberto. Am Wochenende würde das Hotel voll belegt sein.

Über die Buchung des Grafen hatte Bella sich besonders gefreut. Damit hatte er der breiten Öffentlichkeit signalisiert, dass auch Italiener das Hotel Portofino besuchten. Cecil jedoch war nicht überzeugt davon, dass sie dieses Signal ausstrahlen sollten.

Wo in aller Welt war er jetzt? In letzter Zeit flog er immer öfter und ohne Ankündigung aus. Würde er zurückkommen, bevor die Drummond-Wards eintrafen? Bei ihrer ersten Begegnung mit Julia wollte Bella nicht allein sein. Sie kannte Julias und Cecils Vorgeschichte. Und sie empfand dieser Frau gegenüber starke, komplizierte Gefühle. Neugier, Neid – sogar Angst. Wofür war ein Ehemann gut, wenn er ihr in einer solchen Situation keinen Rückhalt bot?

»Geht es Ihnen gut, Mrs Ainsworth?« Nish riss Bella aus ihren Gedanken.

»Ich mache mir nur Sorgen wegen Constance«, sagte sie. »Dem neuen Kindermädchen. Sie kommt offenbar mit dem Zug der Drummond-Wards. Aber jetzt können wir nichts mehr ausrichten. Sie muss allein hierherfinden.«

»Das schafft sie bestimmt«, sagte Nish. »Als ich in Mezzago ankam, hat es vor eifrigen Taxifahrern nur so gewimmelt.«

Bella lachte. »Warum beruhigt mich das jetzt nicht?«

Mit aufgepflanztem Bajonett stellte Lucian einen Fuß fest auf den Schützenauftritt, den anderen auf die wackelige Leiter an der Grabenwand. Er lehnte den Kopf gegen die oberste Sprosse, schloss die Augen und flüsterte ein Gebet.

Hörte Gott zu? Er sah nicht viel, was dafür sprach.

Die Dämmerung zog schwer heran, sie verschmolz Himmel und Erde zu einer formlosen grauen Masse. Eiskalter Regen traf Lucians Gesicht wie Nadelstiche. Seine Hände und Füße waren verfroren, aber an seinem Rücken lief trotzdem Schweiß herab. Um ihn herum donnerten die Waffen. Wann hatte es zum letzten Mal eine Pause von diesem Getöse gegeben? Lucian hielt es nicht mehr nach. Er hatte sich an diese Welt der kalten, beklemmenden Angst gewöhnt.

Vielleicht war ein Teil von ihm schon seit Langem daran gewöhnt. In der Schule hatte Lucian eine Bewältigungsstrategie für die Momente perfektioniert, wenn er wieder einmal für irgendein banales Vergehen Schläge mit dem Rohrstock bekam. Er hatte sich so tief in sich zurückgezogen, dass er die Schmerzen nicht mehr gespürt hatte.

Jetzt versuchte er es mit derselben Taktik, er konzentrierte sich auf seine Atmung und den Puls, der in seinen Ohren pochte. Aber das ferne Dröhnen der Haubitzen, das Heulen und die Einschläge der Granaten konnte er nicht ignorieren. Jede verstreichende Sekunde erschien wie eine Ewigkeit.

Und dann kam es – das geisterhafte Pfeifen die Reihe entlang. Der barsche Befehl, sich bereitzuhalten. Lucian stützte sich an der lehmigen Grabenwand ab. Vollkommen durchgefroren. Wenn eine Granate explodierte, flogen winzige Stückchen hart wie Mauersplitter herum.

Plötzlich gellte ein Pfeifen in sein linkes Ohr. Es war klar, was das bedeutete. Er war an der Reihe. An der Reihe, seine Pflicht zu tun und aus dem Graben zu klettern …

Lucian riss die Augen auf, der Anblick war unerwartet: ein untersetzter Mann mit Schnurrbart, roter Schirmmütze und langem Mantel mit Messingknöpfen. Er beugte sich zu Lucian vor und rief auf Italienisch: »*Signore! Il treno da Nervi sta arrivando!*« Dann trat er behutsam zurück.

Mit hämmerndem Herzen setzte Lucian sich auf.

Es war wieder passiert. Er musste eingeschlafen sein. Wie so oft hatte er von Cambrai geträumt. Furchtbare Träume, die ihn zurück an die Front versetzten.

Wieder ertönte dieses Geräusch, Lucian zuckte zusammen und klammerte sich an seinen Stuhl. Wo war er? Sein Blick huschte nervös umher, aber er beruhigte sich, als er die Terrakottafliesen sah, die bunten Plakate und die Sonne, die durch die Fenster strömte.

Natürlich.

Der Warteraum am Bahnhof Mezzago. Die Panik ebbte ab.

Der wuchtige Bahnhofsvorsteher füllte den Türrahmen aus. Er nahm die Pfeife aus dem Mund, blickte zu Lucian hinüber und deutete mit dem Daumen auf den stehenden Zug. Lucian stand auf und folgte ihm auf den Bahnsteig. Es war unheimlich, wie sehr dieser Mann Lucians früherem Sergeant-Major ähnelte. Andererseits schienen diese Geister überall aufzutauchen.

Mit einem Schritt in die Hitze zu treten war ein wunderbares, belebendes Gefühl. Er atmete tief ein und roch Jasmin und heißen Asphalt. Auf dem Bahnsteig herrschte ein Durcheinander von Fahrgästen und Gepäckträgern, Dampf und Stimmen. Lucian schlängelte sich durch die Menge bis zum Abteil der ersten Klasse.

Er sollte Julia Drummond-Ward, eine alte Freundin seines Vaters, und ihre Tochter abholen. Alte Freundin … Lucian wusste, was das bedeutete, auch wenn darüber offiziell nicht gesprochen wurde.

»Habe ich Mrs Drummond-Ward schon einmal gesehen?«, hatte er seine Mutter gefragt.

»Nur ein Mal, als du klein warst.«

»Wie soll ich sie dann erkennen?«

Sie hatte hintergründig gelächelt. »Ich vermute, dass es wenig Gelegenheit für eine Verwechslung geben wird. Aber wenn es dich beruhigt, hat dein Vater sicher noch irgendwo ein altes Foto verwahrt.«

So schmal hatte Lucian den Bahnsteig nicht in Erinnerung gehabt. Eine große Gruppe drängte näher und versperrte ihm die Sicht. Es dauerte einen Moment, bis die Menge sich lichtete, aber dann entdeckte Lucian ein Stück entfernt eine stattliche Frau, die er sofort und ohne Frage erkannte.

Mrs Julia Drummond-Ward.

Sie war auf den Bahnsteig heruntergestiegen, klammerte sich an einen Sonnenschirm und bemühte sich um ein gefasstes Auftreten.

»*Scusi!*«

Mit schnellen Schritten eilte Lucian zu ihr und streckte ihr die Hand entgegen. Sie ergriff sie nicht. Stattdessen ließ sie ihren Blick von seinem gebräunten Gesicht zu seinem kragenlosen weißen Hemd und den aufgekrempelten Ärmeln gleiten.

»Meine Tochter«, sagte sie mit einer Geste Richtung Zug.

Und dann sah Lucian zum ersten Mal Rose: An der Tür des Abteils schickte sie sich an auszusteigen. Sie trug ein langärmliges Spitzenkleid mit einem Taillenband, das ihre schmale Mitte betonte. Ein breitkrempiger Strohhut hatte Mühe, ihre kastanienbraunen Locken zu bändigen. Wenn sie von der Reise ein wenig erschöpft wirkte, tat das ihrer außergewöhnlichen natürlichen Schönheit keinen Abbruch. Es unterstrich sie sogar – ließ sie noch natürlicher wirken, falls das überhaupt möglich war.

Rose bemerkte Lucians Blick und erwiderte sein Lächeln. Ihm wurden die Knie weich. Er fühlte sich schüchtern und – ganz untypisch für ihn – unzulänglich.

Die ältere Frau hatte ihn nicht aus den Augen gelassen. Sie sagte abrupt: »*Nostri bagagli*«, und zeigte auf den Gepäckwagen. Dann sagte sie genauso laut, aber langsamer, als würde sie mit einem Kind sprechen: »Unser Gepäck. Es sind acht Koffer.« Sie hielt sechs Finger und zwei Daumen hoch. »*Otto.*«

Lucian hielt ein Lachen zurück, als ihm die Wahrheit dämmerte. Mrs Drummond-Ward hatte keine Ahnung, wer er war. Verständlich, mit seiner Arbeiterbräune und den pechschwarzen Haaren wirkte er wirklich südländisch, wie sie es wahrscheinlich genannt hätte.

Wenn sie ihn also für einen Italiener hielt, würde er den Italiener geben. Er verbeugte sich leicht. »*Signora.*«

»Und verlieren Sie nichts!«

Er neigte den Kopf. »Nein, Signora.«

Lucian machte auf dem Absatz kehrt und marschierte zum Gepäckabteil. Erleichtert sah er, dass die Koffer der Damen schon auf dem Bahnsteig aufgestapelt waren, und überwachte, wie sie auf einen Gepäckwagen geladen wurden. Er blieb dicht bei dem Gepäckträger, als sie durch den Bahnhof und hinaus auf die Piazzetta gingen.

Mehrere Mietdroschker buhlten um Fahrgäste. Nachdem Lucian einen annehmbaren Preis vereinbart hatte, lud er die meisten Koffer der Damen in die vertrauenerweckendste der leichten Kutschen. Das restliche Gepäck würde mit den Drummond-Wards im Gefährt des Hotels Portofino reisen, das Lucian selbst instand gesetzt und in seiner inoffiziellen Rolle als Hotelkutscher nach Mezzago gelenkt hatte.

Lucian kehrte zu den wartenden Frauen zurück. Er merkte, dass er ein wenig anders ging als sonst – ungefähr so, wie er es sich bei einem italienischen Bauern vorstellte. Sorglos und stolz, so gut er es mit seinem zerschundenen Körper hinbekam.

Sie hatten unter einer Markise Schatten gefunden. Trotzdem machte Mrs Drummond-Ward ein finsteres Gesicht und fächelte sich Luft zu. Ihr Wollkleid war für dieses Wetter viel zu warm. Rose schien es weniger auszumachen. Sie bestaunte ihre neue Umgebung. Große Güte, war sie schön. Eine Frau wie sie hatte Lucian noch nie gesehen – nicht von Nahem und leibhaftig. Sie sah aus wie ein Filmstar aus einer Zeitschrift.

Lucian hätte zu gern etwas gesagt – er wollte das alberne Spiel beenden, das er begonnen hatte. Nur wusste er nicht recht, wie er es anstellen sollte, ohne die Frauen zu brüskieren. Außerdem musste er zugeben, dass es amüsant wäre zu sehen, ob er das Spiel durchhalten und vielleicht sogar gewinnen konnte, denn es war zweifellos ein Wettstreit. Nicht zwischen Lucian und Rose – nichts konnte gegen sie bestehen –, aber zwischen ihm und ihrer stolzen, mürrischen Mutter.

Fünf Minuten später hatte Lucian das Paar in die Kutsche verfrachtet. Mrs Drummond-Ward hatte der harten Sitze wegen ein ziemliches Aufheben gemacht, aber bald beruhigte sie sich, und nachdem sie es sich bequem gemacht hatte, redete sie in einem fort.

Über Kopfsteinpflaster fuhren sie zur Küstenstraße. Lucian war auf seinem Platz vorn ständig versucht, sich umzudrehen und mit seinen Fahrgästen zu plaudern, wie es ein örtlicher Fahrer tun würde. *Ecco la famosa chiesa! Attenta al vestito, per favore* ... Dabei könnte er auch einen Blick auf die himmlische Rose erhaschen. Aber er sprach nur rudimentär Italienisch, und Mrs Drummond-Ward ließ sich ohnehin nicht ablenken.

Sie redete und redete. Trat in dem hochnäsigen Geschwätz doch einmal eine Pause auf, und Rose warf nicht schnell genug etwas ein, sagte ihre Mutter: »Hör mir doch zu!«, und Rose antwortete: »Ja, Mama«, so tonlos, dass es beinahe aufsässig wirkte.

Nach mehreren Haarnadelkurven folgte ein gerades Stück Straße, und Lucians Gedanken schweiften ab. Als sich das Gespräch seiner eigenen Familie zuwandte, spitzte er wieder die Ohren.

»Sie gehören zu den ältesten Familien im Land«, sagte Mrs Drummond-Ward. »Ich kannte Cecil schon als Kind.«

»Und was ist mit Mrs Ainsworth?« Eine unschuldige Frage, ohne Hintergedanken.

»Meine Güte, nein. Sie ist von ganz anderem Schlag.«

»Von anderem Schlag?«

»Sei nicht so begriffsstutzig, Rose. Du weißt genau, was ich meine.«

»Ich glaube nicht, Mama.«

»Sie ist die Art Frau, die es nicht seltsam findet, ein Hotel zu eröffnen.« Sie senkte die Stimme. »Ihr Vater ist der Besitzer einer Lederfabrik. Und es stört ihn nicht, dass alle Welt das weiß!«

Den richtigen Trick für den Umgang mit ihrer Mutter hatte Rose vor Langem herausgefunden: Man durfte nicht anbeißen, wenn sie provozierte. Tat man es doch, erntete man Wut, bald gefolgt von Schmollen. Es war viel besser, gelassen und sanftmütig zu bleiben. Was nicht dasselbe war, wie passiv zu sein, nicht wenn man sich bewusst so gab. Aber es überraschte Rose, wie sehr sie die Bemerkungen ihrer Mutter immer noch trafen, obwohl sie über zwanzig und damit erwachsen war.

Bald – hoffentlich bald! – würde sie verheiratet sein. Warum also konnte sie über Mamas Kränkungen und Erniedrigungen nicht einfach hinweggehen?

Vorhin im Zug war es zu einer beispielhaften Situation gekommen. Bei der Einfahrt in den Bahnhof hatte Rose sich aus dem Fenster gelehnt, um den entzückenden kleinen Bahnsteig und das emsige Treiben besser betrachten zu können. Aber Mama hatte das sehr missbilligt. Sie hatte Rose ihren scheußlichen Sonnenschirm in die Seite gestoßen – ja, richtig gestoßen! »Komm vom Fenster weg, Rose! Du machst dir das Kleid schmutzig.« Ihr war nichts anderes übrig geblieben, als zu gehorchen. Hätte Rose doch nur allein nach Italien reisen können. Es wäre ganz wunderbar gewesen! Aber das kam natürlich gar nicht infrage. So etwas kam nie infrage. Eine junge Dame brauchte eine Anstandsdame. Und diese Anstandsdame ... musste Mama sein.

Aber warum? Mama verabscheute »das Ausland«, wie sie immer sagte. Ihr Enthusiasmus für diese Reise hatte früh nachgelassen, schon als sie ihre erste Station Rom erreichten.

Rose und sie hatten ein paar Tage in einer achtbaren Pension nahe der Spanischen Treppe verbracht. Rose war zum ersten Mal in Italien, und vor Aufregung ganz kribbelig, freute sie sich darauf, Spaghetti zu essen und ihr Italienisch auszuprobieren, das sie mühsam mit einem alten Grammatikbuch in ihrer Bibliothek gelernt hatte. Ihre Mutter war dagegen bei den wenigen Besichtigungstouren, zu denen sie Rose begleitete, noch unwirscher und unbeeindruckter als normalerweise. Mit der Zeit war Rose so frustriert, dass sie beschloss, ihrer Enttäuschung ausnahmsweise Ausdruck zu verleihen.

Natürlich nahm Mama sich nichts von den Klagen an, die Rose ihr nervös und scheu vortrug. »Du lässt dich zu leicht zu einem verklärten Blick verleiten. Als junges Mädchen habe ich eine Grand Tour unternommen, daher kenne ich Italien gut – vielleicht sogar zu gut. Vergiss nie, dass in diesem Land vor allem ungebildete Bauern leben.«

»Dante war Italiener«, wandte Rose ein. Was hoffentlich stimmte. Zumindest klang es, als würde es stimmen.

Mama lachte schroff. »Was weißt du schon von Dante? So oder so, es wird dir nicht helfen, einen passenden Ehemann zu finden.« Rose fühlte sich, als würde sich ein schwerer Umhang um sie schlingen. Sie konnte sich nicht bewegen und nicht atmen. Sie sehnte sich danach, ihn abzustreifen und ... sie selbst zu sein. Wer auch immer »sie selbst« war. Vielleicht konnte und würde ihr das im Hotel Portofino gelingen.

Bald mussten sie dort sein. Während Mama zu ihrer Rechten über die Grauen von Sozialsiedlungen schwadronierte – »So etwas gibt es hier immerhin nicht, wie du siehst. In Italien sind die Armen arm und zufrieden damit« –, genoss Rose den ungewohnten Anblick der Dörfer auf ihrem Weg. Braun gebrannte Mädchen streckten die Köpfe aus den Fenstern der oberen Etagen, vor den Häusern saßen alte Damen und strickten, während zu ihren Füßen Kinder spielten. Alles war ungemein charmant. *Will man Italien begreifen, muss man die Menschen dort ebenso betrachten wie die Kunst.* Wo hatte sie das gelesen? Sie wusste es nicht mehr. Ihr Gedächtnis war furchtbar! Mama beschwerte sich ständig darüber.

Besonders faszinierend fand Rose den Hinterkopf des Kutschers. Schwarze Locken ringelten sich über seinen Nacken. Seine breiten Schultern waren nicht zu übersehen, die Muskeln zeichneten sich deutlich unter seinem kragenlosen weißen Hemd ab, das in der Mitte des Rückens schweißnass war.

Rose drängte ihn in Gedanken dazu, sich umzudrehen, aber natürlich tat er es nicht, er konnte es nicht. Er musste auf die Straße achten, die kaum eine Straße war, eher eine furchige, in den Hang geschlagene Spur.

Trotzdem, dachte sie. Trotzdem. Es wäre doch schön, sein Gesicht zu sehen.

Sie erreichten Portofino, als die größte Hitze des Tages schwand. Die Kutsche folgte dem gewundenen Weg voll Staub und lockerer Steinchen den Hügel hinauf.

Zur Linken wuchsen in einem Orangenhain *chinotti*, die bitteren kleinen Orangen, die dem Campari, einem von Lucians Lieblingsgetränken, seinen Geschmack verliehen.

Lucian hatte sie schon bei seiner ersten Reise nach Ligurien bestaunt, sie hatten seinen Eindruck untermauert, dass alles in diesem sonnendurchfluteten Italien das Gegenteil von Krieg bedeutete. In Frankreich hatte ihm ein anderer Offizier im schrecklichen Winter 1917 zwei zusammengefrorene Orangen gezeigt. »Sieh dir die Dinger an! Hart wie Cricketbälle!«

Hier gab es ganz sicher keine gefrorenen Orangen.

Nachdem das Genesungsheim Lucian entlassen und er sich so weit auskuriert hatte, dass er sich länger als zehn Minuten am Stück konzentrieren konnte, lieh er sich von seiner Mutter ihren uralten Baedeker-Reiseführer für Italien. Er liebte die Abbildungen und Landkarten darin, die gesalzenen, vernichtenden Kritiken von diesem Restaurant und jenem Hotel.

Er beschloss, irgendwann aufs Festland zu gehen und wie sein großes Vorbild David Bomberg zu malen. Denn das war er, ein Maler – da konnte sein Vater sich auf den Kopf stellen! Lucian würde sich keine Belehrungen gefallen lassen von einem Mann, der in seinem Leben noch keinen Tag richtig gearbeitet hatte.

All seine Freunde planten ihre Flucht aus einem England, das ihnen schäbig und geschwächt erschien. Die besten Autoren und Künstler hatten schon ihre Zelte abgebrochen, vor allem wenn sie im Krieg gekämpft hatten. Was sollte sie dort auch halten? Das beständige patriotische Gepolter mit dem Unterton völliger Ignoranz darüber, was tatsächlich auf den Schlachtfeldern Frankreichs und Belgiens geschehen war?

»England ist ein Land der Philister«, sagte Nish immer, »aber das ist den Menschen dort nicht klar. Dieses Land besitzt keinerlei kulturellen Einfluss. Deshalb ist das Empire auch dem Untergang geweiht.«

Guter alter Nish. Bei ihm wusste man immer, woran man war.

Jetzt hielt Lucian die Kutsche vor dem letzten abschüssigen Wegstück an, um den Pferden eine Pause zu gönnen und seinen Fahrgästen die Gelegenheit, den Ausblick zu bewundern: die hohen pastellfarbenen Häuser, die sich an die Bucht schmiegten, und die Boote, die sanft auf dem herrlichen azurblauen Wasser schaukelten. Er nahm an, das würde ihnen gefallen – dieser Anblick wäre für sie ebenso eindrucksvoll wie für ihn beim ersten Mal. Doch während es Rose hörbar den Atem verschlug, war Mrs Drummond-Ward nur verdutzt.

»Warum hat er angehalten?«, hörte Lucian sie fragen.

»Ich weiß nicht. Damit wir die Aussicht genießen können, vermute ich.«

»Aber ich will hier nicht stehen bleiben.« Sie tippte Lucian auf die Schulter. »Weiter, bitte.« An Rose gewandt: »Wie sagt man: ›Fahren Sie zum Hotel?‹«

»Ich versuche, mich zu erinnern.«

»Dann sag es. Sag es dem Fahrer.«

»*Vai in albergo?*« Rose hielt die Luft an …

»*Certo*«, antwortete Lucian. Zum ersten Mal seit ihrer Abfahrt vom Bahnhof wandte er sich um und fing Rose' Blick auf. Als sie sich kurz anlächelten, wurde ihm leicht ums Herz. Sie hat gemerkt, wer ich bin, dachte er. Oder zumindest vermutet sie es stark.

Lucian drehte sich grinsend nach vorn und trieb die Pferde weiter, den Hügel hinunter zum Hotel.

ZWEI

Billy lief eilig durch das Foyer und zerrte dabei an seiner Jacke, die glänzenden schwarzen Schuhe klackerten auf dem Marmorboden.

»Wann kommen sie an, Mrs Ainsworth?«

Bella wartete an der Tür auf ihn. »Jeden Moment, Billy. Kommst du mit der Uniform nicht zurecht?« Sie senkte die Stimme, falls ihm die Frage peinlich war.

»Nur mit dem Kragen nicht.« Er zwängte einen Finger unter die gestärkte Baumwolle. »Ich bekomme es nicht hin, dass er richtig sitzt.«

»Warte, ich helfe dir.« Bella beugte sich vor und richtete seinen Kragen. Bei der Gelegenheit steckte sie auch seine Hemdzipfel in die Hose und rückte ihm die Krawatte zurecht. Seit er klein war, verspürte sie diesen seltsamen Drang, ihn zu bemuttern. Sie warf sich in Positur und sagte: »Vergiss nicht, Billy. Der erste Eindruck zählt.«

Er grinste breit. »Der erste Eindruck. Ja, Ma'am!«

Die Kutsche wurde vom Knirschen der Räder auf dem Kies angekündigt, dann hielt sie vor der mit Säulen eingefassten Tür. Billy eilte nach draußen, um Francesco mit dem Gepäck zu helfen. Bella hatte sich entschlossen, die Drummond-Wards an der Eingangstreppe statt hinter der Rezeption willkommen zu heißen. Sie sah, wie Julia ihr Portemonnaie öffnete und ein paar Münzen in Lucians Hand fallen ließ.

»*Grazie*«, sagte sie. »Für Ihre Hilfe.« Eine äußerst seltsame Geste, wie Bella fand. Sie nahm sich vor, Lucian bei erster Gelegenheit danach zu fragen.

Jetzt allerdings rief die Pflicht.

Sie trat vor. »Mrs Drummond-Ward. Rose. Willkommen!«

«Mrs Ainsworth?« Julia streckte ihr eine behandschuhte Hand entgegen, die Bella herzlich schüttelte.

»Bitte«, sagte sie, »nennen Sie mich Bella. Ich hoffe, ich darf Sie Julia nennen?«

Julia nickte knapp.

»Wie war Ihre Reise?«

»Lang«, antwortete Julia tonlos. »Und überaus ermüdend.«

»Nun, dann wollen wir unser Bestes geben, damit es sich gelohnt hat.« Sie deutete auf die Fassade der Villa, die im hellen Sonnenlicht strahlte. »Willkommen im Hotel Portofino!«

Im Gegensatz zu ihrer Mutter schien Rose von dem Gebäude hingerissen zu sein. Sie strahlte vor Freude, als sie den Kopf in den Nacken legte und ihre neue Umgebung betrachtete. »Wie durch und durch bezaubernd.«

Bella übernahm die Initiative und hakte sich bei Rose unter. »Ich hoffe, Lucian hat Ihnen auf dem Weg vom Bahnhof hierher einen ersten Überblick verschafft.«

»Lucian?«

»Ja.«

Julia schloss zu ihnen auf. »Unser Fahrer war Lucian?«

»Ja, sicher.«

»Aber ich dachte … *Wir* dachten …«

»Was?« Bella sah sich nach Lucian um in der Hoffnung, er könne ihr zur Rettung eilen. Aber er war nirgends zu sehen.

Im Wohnzimmer der Ascot Suite legte Melissa ihr Buch beiseite, um die Ankunft der Drummond-Wards vom Fenster aus zu beobachten. Sie boten einen reizenden Anblick, ganz elegant und prunkvoll. All die Gerüchte stimmten, das Mädchen war bildhübsch.

Melissa schwelgte in Spekulationen. Wie viele Kleider hatten die Drummond-Wards mitgebracht? Würden sie den ganzen Sommer über bleiben?

Aber dann rief ihre Großtante aus dem angrenzenden Schlafzimmer: »Melissa! Woher kommt dieser scheußliche Lärm?«

»Ich glaube, es sind neue Gäste gekommen.«

»Wirklich? Meine Güte. Ich wusste es, wir hätten eine Villa mieten sollen.«

Dieses Lamento gab sie nicht zum ersten Male von sich. Melissa ließ den Blick durch das geräumige, exquisit eingerichtete Zimmer schweifen. »Ich bezweifle sehr, dass es so komfortabel gewesen wäre«, sagte sie.

Lady Latchmere stand plötzlich in der Tür, als wäre sie durch eine versteckte Falltür erschienen. »Aber vielleicht mit ein wenig mehr Privatsphäre, oder?«

Welch eigenartige Frau sie war. Die – erst ganz leicht – grau melierten Haare trug sie hoch aufgetürmt, ihre eindrucksvolle Gestalt war in ein schwarzes Samtkleid mit Rüschenkragen gehüllt. Melissa hatte keine Ahnung, wie alt ihre Großtante war, und keine einfache Möglichkeit, es herauszufinden: Die Menschen, die es möglicherweise wussten, hätten auf eine solch unverfrorene Frage nicht gut reagiert. Sie fand es in jedem Falle bemerkenswert, dass Lady Latchmeres träges Gebaren so wenig zu ihrer offensichtlich robusten körperlichen Verfassung passte, genauso wenig wie ihre altmodische Kleidung, die offen gesagt in einen Kostümladen gehört hätte, zu ihrer glatten, faltenfreien Haut.

Allerdings bestand Melissas Aufgabe hier in Italien darin, Lady Latchmeres Marotten zu ertragen, nicht darin, sie zu hinterfragen.

Sie setzte ein strahlendes Lächeln auf. »Wie fühlst du dich heute, Tante?«

»Ganz furchtbar!«

»Soll ich Bescheid sagen, dass du nicht am Dinner teilnimmst?«

»Wo denkst du hin, meine Liebe? Ich muss bei Kräften bleiben.« Lady Latchmere kam langsam näher und stützte sich dabei auf einen Stock, gegen den Melissa den Argwohn hegte, er könne bloße Requisite sein. »Also gut, sag es mir.« Sie spähte aus dem Fenster. »Welchen Eindruck hast du von dem Drummond-Ward-Mädchen?«

Melissa zuckte zusammen. Sie konnte es nicht ausstehen, wenn man sie derart in Verlegenheit brachte. »Ich weiß nicht, Tante.«

»Nun, heraus damit. Du wirst dir doch eine Meinung gebildet haben.«

»Über ihr Aussehen, ja.«

»Dann lass sie hören!«

Melissa wählte ihre Worte mit Bedacht. »Na ja, sie hat sehr schöne Haare. Und sie geht eindeutig mit der neuesten Mode.«

»Glaubst du, der junge Lucian wird sie mögen?«

»Keine Ahnung«, sagte Melissa. »Warum fragst du?«

Lady Latchmere seufzte. »Also wirklich, Melissa. Du musst besser aufpassen.« Sie beugte sich vor und flüsterte theatralisch: »Ihre Eltern wollen, dass sie heiraten!«

Sie wohnten in der Epsom Suite.

Die liebenswürdige Bella, die sie so freundlich willkommen geheißen hatte, sagte, ihr Mann – Mamas besonderer Freund in ihrer Jugend – sei auf die Idee gekommen, jede Suite nach einer berühmten Pferderennbahn zu benennen. Diese hier bestand aus zwei Zimmern mit französischen Balkonen mit Blick aufs Meer.

Die Aussicht war beeindruckend. Allerdings langweilte sie Rose auch ein wenig, wenn sie ehrlich war. Immerhin *machte* das Meer nicht viel. Es war einfach … das Meer. Überall auf der Welt sah es gleich aus.

Rose und ihre Mutter ruhten sich eine Weile von der beschwerlichen Reise aus. Dann schlüpfte Rose nach einer Katzenwäsche mit einem Schwamm in ihr neues Kleid – ein seidenes Modell von Chanel mit Metallic-Spitze und reihenweise überlappenden Pailletten –, während Julia sich im Bad zurechtmachte.

Eine Stunde später war sie immer noch nicht hervorgekommen. Also wirklich, dachte Rose. Wen will sie denn beeindrucken?

Sie verfolgte diesen Gedanken nicht weiter, sondern gab sich ihrem Entdeckergeist hin, sah sich in der Suite um, öffnete eine Schublade und fand ein Beutelchen aus Musselin mit getrocknetem Lavendel. Diese kleinen aufmerksamen Details waren wirklich entzückend! Im Vergleich wirkte die alte Pension in Rom nun regelrecht trist, obwohl sie Rose noch vor wenigen Tagen so bezaubernd erschienen war.

»Mama!«, rief sie.

»Was ist?«

»Sieh mal, wie hübsch und reizend alles ist. Glaubst du, Mrs Ainsworth sorgt selbst dafür?«

Die Stimme ihrer Mutter drang aus dem Bad zu ihr. »Sie macht sich sicher gern die Hände schmutzig. Das liegt in der Familie.«

Julia erschien in der offenen Tür. »Bist du so weit?«

»Seit einer Ewigkeit.«

Julia rauschte zu Rose hinüber. »Lass dich mal ansehen.«

Rose stand geduldig da, während ihre Mutter ihr am Kleid herumzupfte, die Brüste zurechtrückte und in die Wangen kniff, damit sie Farbe bekam. Nach endlosem Gewese verkündete sie, so könne Rose sich blicken lassen. Sie drehte das Mädchen zu dem hohen vergoldeten Spiegel um, und sie begutachteten zusammen das Spiegelbild – Rose wusste nicht recht, worauf sie achten sollte, ihrer Mutter war es umso klarer. Julia straffte die Schultern und bedeutete Rose, sie solle es ihr nachtun.

»Haltung«, sagte sie, »die Haltung ist das Wichtigste. Vergiss nicht, was deine alte Tanzlehrerin immer gesagt hat.«

Lange schwiegen sie, nur das Gelächter von Männern im Zimmer unter ihnen war zu hören.

Dann fragte Rose beiläufig: »Glaubst du, dass Lucian zum Dinner kommt?«

»Wer weiß? Ich muss schon sagen, ich fand sein Verhalten heute Nachmittag sehr ungewöhnlich.«

Rose beschloss, es auf eine Diskussion ankommen zu lassen. »Immerhin hast du ihn für einen Italiener gehalten. Du hast ihn angesprochen, als wäre er Italiener.« Bei der Erinnerung musste sie lächeln.

»Und er hatte reichlich Gelegenheit, mich zu korrigieren. Aber aus irgendeinem Grund hat er es nicht getan. Er hat offensichtlich viel von seinem Vater.« Julia runzelte die Stirn. »Wo ist Cecil eigentlich?«

Ach, das ist es also, dachte Rose. *Deshalb bist du noch übellauniger als sonst.*

Stilvoll und gemessenen Schrittes stiegen sie die Treppe hinab.

»Ich werde nicht viel essen«, flüsterte Julia, »und ich rate dir dasselbe.«

»Aber ich habe den ganzen Tag noch nichts gegessen.«

»Hunger ist nicht so wichtig, wie deine Figur zu behalten.«

Bella begrüßte sie am Eingang des Speisesaals. Der Raum war nur halb besetzt, trotzdem spürte Rose die Blicke der anderen Gäste auf sich, als sie ihrer Mutter unter leisem Gemurmel zu einem Tisch vor den offenen Terrassentüren folgte.

Die Aufmerksamkeit verwandelte die stechende Leere in ihrem Magen in ein warmes Glimmen.

Ein Windhauch fuhr durch den Raum und ließ den Kronleuchter zittern. Bella stand daneben und passte auf, als ein Dienstmädchen – dunkle Haut, Italienerin – ihnen Schaumwein einschenkte. Rose' Mutter hatte im Vorfeld der Reise nicht erwähnt, wie bezaubernd Bella aussah. Sie war auf eine natürliche, schlichte Art schön. Ihre kastanienbraunen Haare fielen ihr in weichen Locken auf die Schultern. Rose glaubte, in ihren großen grau-blauen Augen Traurigkeit zu erkennen.

»Champagner«, bemerkte Julia. »Wie reizend.«

Es war das erste Positive, das Rose seit der Ankunft von ihrer Mutter hörte. Sie blickte zu Bella auf, um zu sehen, ob es ihr auch aufgefallen war.

Bella nahm das Kompliment mit einem Lächeln zur Kenntnis. »Es ist Prosecco, Julia. Leichter und fruchtiger. Von einem Weinberg in der Nähe.«

Julia nippte und ließ den Geschmack einen Moment auf ihrer Zunge wirken. »Recht süß. Aber nicht gänzlich unangenehm.«

Die Beleidigung schien Bella nicht zu bemerken – oder sie war eine gute Schauspielerin. »Es freut mich, dass Sie es so sehen. Wie gefallen Ihnen Ihre Zimmer?«

»Sie sind etwas kleiner, als wir es gewohnt sind.«

Rose schaltete sich ein. »Aber so bezaubernd eingerichtet. Wir haben uns gefragt, ob Sie alles selbst gemacht haben. Nicht wahr, Mama?«

»Liebste Rose.« Ein Lächeln legte sich auf Bellas Gesicht. »Ich hoffe, all meine Gäste sind so freundlich und aufmerksam wie Sie.«

»Gehören wir zu Ihren ersten Gästen?« Julia schaffte es, der Frage einen vorwurfsvollen Unterton zu verleihen.

Bella antwortete, ohne zu zögern. »Wir haben seit Ostern offen. Aber erst seit etwa einem Monat läuft es richtig.«

Auf der anderen Seite des Raums kam plötzlich Aufruhr auf. Eine altmodisch gekleidete Frau schimpfte mit einer italienischen Serviererin, die offenbar versucht hatte, ihr ein Glas Prosecco einzuschenken. Bella entschuldigte sich und ging zu dem Tisch, an dem eine andere Frau – Lucians Schwester? – versuchte zu schlichten.

Im Saal breitete sich gespannte Stille aus.

»Gibt es ein Problem, Lady Latchmere?«, hörte Rose Bella fragen.

»Ich rühre Alkohol grundsätzlich nicht an«, antwortete die Frau. »Wie oft muss ich das noch wiederholen?«

Die Schwester – sie hieß Alice, erinnerte Rose sich – bedeutete der Serviererin, das Glas abzuräumen. »Es tut mir sehr leid, Lady Latchmere«, sagte sie. »Ich verspreche, das wird nicht wieder vorkommen.«

Rose beobachtete die Szene interessiert, dann wandte sie ihre Aufmerksamkeit der Tür zu. Zwei Italiener betraten den Saal – ein Mann in mittleren Jahren mit recht hoheitsvollem Auftreten, der andere weniger formell gekleidet und deutlich jünger, näher an Rose mit ihren dreiundzwanzig Jahren. Sie sahen einander so ähnlich, dass man in ihnen Vater und Sohn vermutete.

Rose tippte den Arm ihrer Mutter an. »Wer ist das?«

Julia hatte die Männer auch bemerkt und sah ihnen nach, als sie den Saal durchquerten. »Das weiß ich nicht«, sagte sie. »Fragen wir mal.« Sie winkte Bella heran. »Und das ist?«

Ihre Gastgeberin warf einen Blick hinüber. »Graf Albani.«

»Und sein Sohn?«

»Ja. Er heißt Roberto.«

Julia runzelte die Stirn. »Meiner Kenntnis nach sollten alle Gäste hier Engländer sein. So stand es ausdrücklich in Ihrer Anzeige. ›Ein durch und durch englisches Hotel an der italienischen Riviera‹.«

»Englisch oder englischsprachig«, stellte Bella richtig. »Graf Albani hat in Oxford studiert.«

Julia deutete auf einen dunkelhäutigen jungen Mann, der in der Ecke gegenüber allein an einem Tisch saß. Er las ein Buch. »Was ist mit ihm?«

Rose zuckte zusammen. Manchmal war Mama wirklich ungehobelt.

»Mr Sengupta ist ein Freund meines Sohnes«, erklärte Bella.

»Verstehe«, sagte Julia skeptisch.

In diesem Moment tauchte Lucian in der Tür auf. Er hatte sich seit dem Nachmittag in Schale geworfen, allerdings hatte er auf Rose nicht zuletzt durch seine zerzausten Haare und die zerknittert-nachlässige Künstleraura so attraktiv gewirkt. Sie spürte, wie sie errötete, und senkte den Blick. Sie war solche Gefühle nicht gewohnt und hatte noch nicht gelernt, sie unter Kontrolle zu halten.

Als sie Lucian sah, wurde Bella munterer. »Wenn man vom Teufel spricht, Lucian! Komm her und leiste Wiedergutmachung. Erzähl Julia und Rose alles über Portofino.«

Lucian hatte auf Nish zugehalten, schwenkte aber ab, als er die Stimme seiner Mutter hörte.

»Wenn Sie mich bitte entschuldigen würden.« Bella richtete sich auf und ging.

Auf dem Weg zu ihrem Tisch hielt Lucian die Servierin an, die gerade mit einem Tablett vorbeikam, und schnappte sich ein Glas Prosecco. Er zwinkerte der Frau zu, was Rose reizend fand – allerdings hoffte sie, dass ihre Mutter es nicht bemerkt hatte.

»Nun«, sagte er, als er sich an ihren Tisch setzte, »ich weiß kaum, wo ich anfangen soll.«

»Mit einer Entschuldigung?«, schlug Julia vor.

Lucian grinste entwaffnend wie ein Schuljunge. »Es tut mir leid«, sagte er, »es war albern von mir. Es hat einen völlig falschen Eindruck davon vermittelt, was für ein Mensch ich bin.«

»Und was für ein Mensch sind Sie?«

Die Frage schien Lucian zu überrumpeln. Erst nach einer spürbaren Pause antwortete er. »Ein ernsthafter. Ich bin ein ernsthafter Mensch. Mit ernsthaften Ambitionen.« Er sah Rose an, als wollte er sie mit seinem Blick beschwören, ihm zu glauben.

»Was zu werden?«
»Ein Künstler.«
»Meine Güte.« Julia zog die Augenbrauen hoch. »Ist das überhaupt ein Beruf?«
»Erzählen Sie doch der Reihe nach«, versuchte Rose, das Gespräch in angenehmere Gefilde zu lenken. »Was bringt eine englische Familie wie Ihre überhaupt hierher?«
Lucian trank einen großen Schluck Prosecco. »Das war einfach. Mama hat sich in diesen Ort verliebt. In ihren Flitterwochen.«
Bildete Rose es sich nur ein, oder war ihre Mutter bei dem Wort *Flitterwochen* ein wenig blass geworden?
»Das kann man verstehen. Aber was hat sie dazu bewegt, hier leben zu wollen?«
»Sie fand, wir bräuchten einen Neuanfang.« Bei Lucian klang das so einfach. »Ein schönes Abenteuer nach dem Krieg. Sie, Alice, Lottie, ich. Sogar Vater.«
Julia unterbrach. »Und wird Ihr Vater uns heute Abend mit seiner Anwesenheit beehren?«
Um Himmels willen, dachte Rose. Warum musste sie immer so direkt sein?
»Ich fürchte, er lässt sich entschuldigen.« Lucian stieg die Röte ins Gesicht. »Er wurde in Genua aufgehalten, es war nicht zu vermeiden.«
Paola stellte ein Tablett voller Crostini mitten auf den Tisch. Zu hungrig, um zu warten, nahm Rose eines und steckte es sich in den Mund. »Köstlich!«
Sie rechnete damit, dass ihre Mutter sie rügen würde. Aber Julia hatte es scheinbar nicht bemerkt.

Um zehn Uhr hatten alle Gäste die Mahlzeit beendet und verließen den Speisesaal, um sich anderweitig Unterhaltung zu suchen. Einige setzten sich auf die Terrasse und rauchten. Eine kleine Gruppe angeführt von Lady Latchmere spielte in der Bibliothek Bridge. Nish hatte sich in sein Zimmer zurückgezogen, um zu lesen.

Bella nutzte die Atempause, um sich im Speisesaal kurz hinzusetzen, während Alice die Tische fürs Frühstück eindeckte. Der Abend war vorüber, und Bella merkte, dass sie sich wochenlang für das Eintreffen von Rose und Julia gewappnet hatte. Jetzt waren sie endlich da.

Julia war recht unterkühlt; das hatte Bella schon erwartet. Rose war wirklich bildhübsch, wenn auch ein wenig dünn. Würde Lucian sich für sie interessieren? Daran hatte Bella ihre Zweifel.

Einzelne Momente des Tages erschienen vor ihrem inneren Auge wie Bilder einer Laterna magica. Cecil, der neben ihr im Bett lag und von dem sie nur den Hinterkopf sah. Die streunende Katze mit dem verletzten Ohr, zusammengerollt vor dem Küchenherd. Julias baumelnde Ohrringe, ganz ähnlich dem Paar, das Cecil ihr selbst einmal geschenkt hatte.

Bettys Sorgen zum Trotz war das Essen hervorragend geworden. Sie hatte das italienische Rindfleisch mit Kräutern in lieblichem Wein gekocht – höchstwahrscheinlich eine Idee aus Artusis Buch, aber Bella hatte auch gesehen, dass Betty sich mit dem Metzger im Ort unterhalten hatte, der ein wenig Englisch sprach. Es hatte, in Graf Albanis Worten, »einfach himmlisch« geschmeckt.

Julia hatte der Prosecco geschmeckt. Lucian ebenso – vielleicht zu sehr. Irgendwann hatte er Francesco gewinkt, er solle Nachschub bringen, eine ganze Flasche. Francesco hatte Bella fragend angesehen, und sie hatte den Kopf geschüttelt. Zum einen war es ein teurer Tropfen. Nichts, was die Familie allzu oft trank. Und zum anderen wusste sie zu gut, was Alkohol anrichten konnte, wie manche Männer sich durch ihn benahmen.

Sie betete jeden Abend dafür, dass Lucian nicht die Schwäche seines Vaters geerbt hatte.

Alice faltete die Servietten zu Fächern. Es war eine langweilige Arbeit, und Bella versuchte, Alice aufzumuntern.

»Ich finde, es ist heute den Umständen entsprechend gut gelaufen«, sagte sie.

»Das Dinner?« Alice blickte auf.

»Ja. Und die erste Begegnung mit Rose.«

Alice antwortete nicht.

»Sie ist ausgesprochen hübsch«, merkte Bella an.

»Ich schätze schon. Auch wenn es nicht wichtig ist.«

»Du hast recht. Der Charakter zählt.«

Jetzt lachte Alice abfällig auf. »Ach, Mama. Was zählt, sind die zweieinhalbtausend Hektar Ackerland ihres Vaters.«

Bella erschrak darüber, wie sehr sie diese Spitze traf. Vielleicht zu Unrecht? Möglicherweise sprach Alice nur aus, was sie selbst nicht zu sagen wagte. »Sei nicht so zynisch, Alice. Das steht dir nicht gut zu Gesicht.«

Aber Alice ließ sich nicht zurückhalten. »Es stimmt doch! Sie könnte aussehen wie die Kehrseite eines Omnibusses, und Vater wäre immer noch ganz wild darauf, dass Lucian sie heiratet.«

»Alice!«

»Er würde nicht einmal ein Zehntel so viel Energie aufwenden, um mir einen neuen Mann zu suchen.«

Bella fehlte die Energie, um zu widersprechen. Außerdem hatte das, was Alice gesagt hatte, einen wahren Kern. Stumm deckten sie die restlichen Tische, dann ging Bella nach unten in die Küche, wo Betty gerade ihre Schürze aufknotete.

»Sind Sie immer noch hier, Betty?«

»Ich wollte gerade gehen, Mrs Ainsworth.« Sie zögerte. »Möchten Sie etwas, Ma'am?«

»Ich könnte eine Tasse Pfefferminztee vertragen.«

Erschöpft zog Betty ihre Schürze wieder an.

»Nein, nicht.« Das wollte Bella auf keinen Fall. »Bitte. Ich schaffe das schon.« Sie ging zu dem Wasserkrug, in dem ein Bündel frische Minze stand, und zupfte eine Handvoll duftender Blätter ab. »Danke übrigens. Für das Dinner.«

Betty antwortete immer noch nicht.

»Graf Albani lässt sein Kompliment ausrichten.«

Ein müdes Lächeln huschte über Bettys Gesicht. »Wirklich?«

»Besonders für das Rindfleisch.«

»Ach, du liebes bisschen.« Sie sah aus, als würde sie gleich vor Freude schweben.

Betty schleppte sich nach oben ins Bett. Bella nahm den Wasserkessel vom Regal über dem Herd und ging zur Spüle, um ihn zu füllen. Als sie den Wasserhahn aufdrehen wollte, bemerkte sie hinter einigen Flaschen Olivenöl eine offene Flasche Weißwein. Sie zögerte nur kurz, bevor sie sich am Ende dieses langen, beschwerlichen Tages mit einem Gläschen belohnte.

Sie holte die Geldkassette aus ihrem Büro und aus der Vorratskammer ein Brötchen und ein Glas Tapenade. Eine kleine Stärkung würde ihr guttun, bevor sie sich an die Buchführung setzte – sie bemühte sich, das jeden Abend zu erledigen, denn wer sollte es sonst machen? Cecil?

Sie setzte sich an den leeren Küchentisch. Aber als sie gerade das Geschäftsbuch aufgeschlagen hatte, klopfte jemand an die hintere Küchentür.

Wer in aller Welt konnte das sein?

Bella schloss die Tür auf, deren Scharniere beim Öffnen laut ächzten. Auf der Schwelle stand eine schlanke junge Frau, etwa zwanzig Jahre alt, mit großen Augen, die goldbraunen Haare unter einer Kreissäge aus Stroh zusammengebunden. Sie trug einen kleinen Koffer bei sich, schien vor Müdigkeit kaum noch Herrin ihrer Sinne und sah Bella flehentlich an.

Bella musterte die junge Frau mit ihren abgewetzten Schuhen und dem groben Leinenkleid.»Kann ich Ihnen helfen?«
»Bitte, Ma'am. Ich bin Constance. Das neue Kindermädchen.«

Seit Jahren – seit vielen Jahren – war Constance nicht mehr so erschöpft gewesen wie jetzt. Der Weg hatte größtenteils bergab geführt, aber die letzte Meile war die reinste Qual gewesen. Sie hatte Blasen und wunde Stellen an den Füßen, und ihr Kleid war verschwitzt.

Constance besaß überhaupt nur zwei Kleider. Dieses grobe, schwere Kleid, vom vielen Waschen eingelaufen, war das eine. Das andere war ihr gutes Sonntagskleid, das sie auf der Reise natürlich nicht getragen hatte aus Sorge, es könnte einen Riss bekommen oder schmutzig werden. Sie träumte davon, ihren Lohn zu sparen, bis sie sich neue Kleider leisten konnte. Dabei wusste sie, dass diese Hoffnung vergebens war. Sie hatte versprochen, den Großteil ihres Verdienstes hier in Italien ihrer Mutter und dem Baby zu Hause zu schicken.

Vielleicht kannte Betty ja ein Geschäft in der Nähe, das nicht zu teuer war. In Portofino wurde doch Spitze angefertigt, oder? War Spitze hier also billig? Oder teuer? Sie hätte es gern gewusst, sie wünschte sich, ihre mangelnde Bildung würde sich nicht immer so deutlich zeigen.

Es war von Betty sehr freundlich gewesen, sie für diese Stelle zu empfehlen. Constance war fest entschlossen, sie nicht zu enttäuschen oder irgendwem zur Last zu fallen. Deshalb war es gut, dass sie Mezzago pünktlich auf die Minute erreicht hatte.

Sie hatte auf dem staubigen Bahnsteig gewartet und das geschäftige Treiben der desinteressierten Fremden beobachtet und der Kofferträger, die Wagen voller Gepäck herumschoben. In rostfarbenen Tontöpfen wuchsen üppige leuchtend rote Blumen. Ein junger

Mann eilte vorüber – ein sehr attraktiver junger Mann. Offensichtlich holte er wichtige Menschen ab. In Genua hatte sie gesehen, wie eine gut gekleidete englische Dame und ihre Tochter unter ständigem Zanken in einen Wagen der ersten Klasse gestiegen waren. Vielleicht, dachte Constance träge, suchte er die beiden.

Dann lichtete sich die Menge zusehends, bis Constance als letzte Reisende zurückblieb.

Kein Grund zur Sorge, dachte sie. Vielleicht wartete derjenige, den das Hotel geschickt hatte, ja draußen? Betty hatte gesagt, der Sohn der Besitzer, Lucian, würde sie abholen. Sie faltete den Brief auseinander und las ihn noch einmal.

Warte auf dem Bahnsteig. Lucian kann man nicht übersehen. Er ist groß und gut aussehend und hat dunkle Haare.

Verglichen mit dem Bahnhof in Genua, wo vor einer richtigen Halle reihenweise Omnibusse warteten, um die Reisenden zu ihren Hotels zu bringen, war Mezzago winzig. Ein Grüppchen ungepflegter Männer rauchte vor dem Eingang stinkende Zigarillos. Mietkutscher. Sie starrten Constance an, als sie vorüberging. Einer pfiff ihr nach, aber sie ignorierte ihn.

Sie suchte den Bahnhof gründlich ab, fand aber niemanden, der Bettys Beschreibung von Lucian entsprach.

Vielleicht hatte die Hoteldirektion vergessen, dass Constance ankam. Oder Lucian verspätete sich. So oder so musste Constance auf jeden Fall das Hotel Portofino erreichen, bevor der Tag zu Ende ging.

Panik stieg in ihr auf. Sie kämpfte dagegen an, wie sie es immer tat – mit tiefen, bewussten Atemzügen, damit die Welt sich langsamer drehte und ihr Herz nicht so hämmerte, und mit ihrem Verstand, für den man sie immer gelobt hatte.

Für eine Kutsche fehlte ihr das Geld. Sie sprach kein Italienisch. Aber sie war stark, wusste sich zu helfen und hatte schon in misslicheren Lagen gesteckt. Im schlimmsten Fall konnte sie immer noch laufen. So weit konnte Mezzago nicht von Portofino entfernt sein. Daheim in West Yorkshire konnte sie vom Bahnhof in Menston in drei Minuten nach Hause laufen …

Sie hielt schnurstracks auf den ersten Menschen zu, der halbwegs offiziell wirkte – ein älterer Kofferträger mit einer Schirmmütze. »Entschuldigung«, sagte sie. »Sprechen Sie Englisch?«

»Nein«, antwortete er, ohne von seiner Zeitung aufzublicken.

Reizend.

Dann versuchte sie es am Fahrkartenschalter. Der Verkäufer sah kaum älter aus als sie selbst. Er hatte mandelförmige Augen und einen ordentlich gestutzten Schnurrbart. Etwas an ihm erinnerte Constance an eine der Redensarten ihrer Mutter. *Wäre er aus Schokolade, würde er sich selbst vernaschen.*

»Guten Tag«, sagte er. »Sie sind ein hübsches Mädchen.«

»Danke.« Constance überging das Kompliment mit einem flüchtigen Lächeln. »Vielleicht können Sie mir helfen. Ich muss nach Portofino.«

»Portofino? Warum Portofino?« Der Verkäufer breitete die Arme aus. »Mezzago ist sehr schön!«

»Ja«, stimmte Constance zu. »Aber meine Arbeit – meine Anstellung – ist in Portofino. Ich muss heute noch dorthin. Und ich habe kein Geld.«

»Kein Geld?« Er wirkte entsetzt.

»Gar keines.«

»Sie sind doch Engländerin, oder?«

»Ja, aber nicht alle von uns haben Geld.«

Der Verkäufer überlegte einen Moment, dann stand er auf. »Warten Sie hier«, sagte er mit mahnend erhobenem Finger. »Vielleicht löse ich das Problem.«

Er marschierte hinaus auf den Bahnhofsvorplatz. »Carlo!«, rief er. Als er seinen Namen hörte, sah ein älterer Mann mit kurzen weißen Haaren auf. Er stand neben einem Karren voller Obst und Gemüse.

Die Männer unterhielten sich rasch, dann winkte der Verkäufer Constance heran.

Die Nachmittagssonne war noch heiß und grell. Mit Schweißperlen auf der Stirn überquerte Constance den Platz zu dem Karren, der vor einem Tabakgeschäft im Schatten stand. Ein einzelnes Pferd war davorgespannt, das wohl schon bessere Tage gesehen hatte.

»Das ist mein Freund«, erklärte der Fahrkartenverkäufer. »Er bringt Sie nach Portofino.«

Constance lächelte erleichtert. »Vielen Dank«, sagte sie. »Ich muss zu einem Hotel. Hotel Portofino?«

»Ja, ja.«

»Ihr Freund weiß das?«

»Natürlich!«

Constance stieg auf den Karren, setzte sich neben Carlo und stellte ihren Koffer zwischen sie. Sie versuchte, den Geruch von Wein zu ignorieren, der ihr entgegenschlug, und auch dass Carlo sanft hin und her schwankte. Als der Verkäufer zum Abschied winkte, fiel ihr auf, dass er seinem Freund verschwörerisch zuzwinkerte. »*Buon viaggio!*«, rief er.

Carlo versetzte dem dürren Hinterteil seines Pferdes einen Schlag mit der Peitsche, und der Karren verließ ruckelnd den Platz und folgte der Hauptstraße aus dem Ort hinaus.

Trotz der Gluthitze hatte Constance sich bald mit ihrer Reisemöglichkeit angefreundet. Nach etwa zehn Minuten schwankte Carlo allerdings immer heftiger, und der Karren fuhr Schlangenlinien.

Das Geräusch, das Constance für das muntere Rattern der Räder gehalten hatte, drang in Wirklichkeit aus Carlos offenem Mund.

Er schnarchte.

Der Karren schlingerte nach links und verfehlte dabei knapp einen Baum. Erschrocken riss Constance die Zügel an sich und versuchte, das Pferd unter Kontrolle zu bringen. Damit weckte sie Carlo aus seinem Schlummer auf. Vor Empörung schimpfend, schnappte er sich die Zügel zurück und hielt den Karren abrupt an.

»Sie sind eingeschlafen«, erklärte Constance. »Wir wären fast gegen einen Baum gekracht.«

Aber Carlo ließ sich nicht besänftigen. Er schrie sie auf Italienisch an, das zerfurchte Gesicht vor Wut dunkelrot angelaufen. Constance verstand nicht, was er sagte, aber seine Gesten waren alles andere als freundlich, und sie begriff, dass sie von seinem Karren steigen und zu Fuß weiterlaufen sollte.

Constance war im Moor aufgewachsen und es daher gewohnt, weite Strecken zu gehen. Aber nicht in einer solchen Hitze und ganz sicher nicht ohne eine Landkarte. Doch was blieb ihr anderes übrig?

Ihren Koffer fest umklammert, folgte sie der Straße im weiten Schwung bergauf; sie vertraute ihrem Instinkt, dass dieser Weg der richtige, der einzige Weg war. Die wunderschöne Landschaft war ein kleiner Trost. Über ihr ein wolkenloser blauer Himmel, links und rechts der Straße ein Meer violetter Windröschen und gelben Sauerklees. Unterwegs kam sie an mehreren Schreinen mit Kerzen und kleinen gerahmten Bildern der Jungfrau Maria vorbei. Sie fragte sich, wer sie dort aufgestellt hatte und für wen.

Der Durst setzte ihr allmählich zu, als auf der anderen Straßenseite die rundliche Gestalt einer älteren Bäuerin in Sichtweite kam. Sie hatte sich ein leuchtend rotes Tuch um den Hals gebunden und trug auf dem Kopf einen Korb voll Flaschen mit einer dunkelgoldenen Flüssigkeit und mehreren Laiben Brot.

Als beide gleichauf waren, blieb die Frau stehen. Sie lächelte und musterte ihr Gegenüber. Constance erwiderte das Lächeln. Und dann geschah etwas Erstaunliches. Als würde die Frau genau wissen, was Constance brauchte, nahm sie eine mit Korb umwickelte Taschenflasche von ihrem Gürtel und streckte sie ihr entgegen. »*Bevi un po' d'acqua*«, sagte sie.

Constance nippte ein paarmal daran – sie wollte nicht gierig wirken –, dann gab sie die Flasche zurück. »*Grazie*«, sagte sie. Das war das einzige italienische Wort, das sie kannte.

Die Frau schien entzückt. »*Prego*.«

Constance ging weiter. Die Sonne versank hinter den Bergen, und die Straße wurde steiler. Mehrere Kutschen überholten sie, einmal auch ein Automobil, aber niemand hielt und bot ihr an mitzufahren oder schenkte ihr sonstwie Beachtung. Sie fühlte sich einsam und den Tränen nahe, voller Heimweh nach Yorkshire und ihrer Familie, vor allem nach dem kleinen Tommy.

Ihr erster Blick aufs Meer, stahlgrau in der sanften Dämmerung, ließ ahnen, dass Portofino nicht mehr weit war. Der scharfe Geruch von Thymian stach ihr in die Nase. Weiter oben auf den Hügeln konnte sie hinter einem Pinienhain Villen ausmachen. Eine von ihnen musste das Hotel sein. Aber welche? Constance wusste nur, was Betty ihr erzählt hatte, nämlich dass es eine wunderschöne gelbe Villa sein sollte, deren Garten hinunter zur Küste abfiel.

Schließlich erreichte sie ein schmiedeeisernes weißes Tor in einer niedrigen Steinmauer. Das Messingschild auf dem Torpfosten bestätigte, dass sie wirklich das Hotel Portofino gefunden hatte. Als Constance gegen das Tor drückte und es sich öffnen ließ, brach sie vor Erleichterung fast in Tränen aus.

Vor ihr erhob sich das Haus mit seiner Fassade in einem sanften, warmen Gelbton.

Selbst im Dämmerlicht wirkte es prunkvoll. In ihren Jahren in Diensten hatte Constance schon viele beeindruckende Häuser gesehen. Aber dieses war anders – es wirkte einladend statt abschreckend, seine Wuchtigkeit und Größe wurden durch eine fragmentierte Bauweise aufgelockert. Jedes Fenster schien auf einer anderen Höhe zu sitzen. Ein Türmchen an der linken Seite sah mit seinem Flachdach aus, als würde es einen platt gedrückten Hut tragen. Dagegen war auf der anderen Seite, hinter einer Reihe grün gestrichener Fensterläden, eine Art Gang den Elementen ausgesetzt.

Constance fand das ein wenig kühn. Was passierte, wenn es regnete? Oder regnete es in Italien nie?

Sie scheute sich, am Eingang zu klingeln, weil sie nicht das ganze Haus wecken wollte, also folgte sie einem Fußweg zur Seite des Gebäudes und sah, dass in einem Raum, wahrscheinlich der Küche, noch Licht brannte. Sie klopfte energisch an die Tür.

»Kann ich Ihnen helfen?«, fragte eine Frau, groß und hübsch und vermutlich Mrs Ainsworth.

»Bitte«, sagte sie. »Ich bin Constance March, Ma'am. Das neue Kindermädchen.«

Lächelnd trat die Frau zurück. »Dann herein, nur herein. Wie haben Sie es denn hierher geschafft?«

»Ich bin gelaufen, Ma'am. Die ersten Meilen konnte ich auf einem Karren mitfahren.«

»Es gab einige Verwirrung darüber, wann Sie ankommen würden. Sie hätten uns aus Genua ein Telegramm schicken sollen.«

Constance war versucht, darauf hinzuweisen, dass sie keine Ahnung gehabt hätte, wie sie so etwas anstellen sollte, selbst wenn sie es sich hätte leisten können; und auch darauf, dass die Ankunftszeit hätte klar sein sollen – sie hatte sie in ihrer Antwort auf Bettys Brief eindeutig genannt. Aber all das konnte sie nicht sagen. Zu ihren Aufgaben gehörte es, fähig, beflissen und verlässlich zu sein. »Ich wollte nicht unnötig Geld ausgeben, Mrs Ainsworth.«

»Ich hätte es Ihnen erstattet.«

»Es ist sehr großzügig, dass Sie das sagen.«

Constance sah sich in der großen, kühlen Küche um und entdeckte auf dem Tisch Bellas Brötchen. Wahrscheinlich starrte sie es durchdringender an, als ihr bewusst war, denn Bella fragte: »Haben Sie Hunger?«

So hungrig wie jetzt war Constance noch nie gewesen. Aber sie wollte keine Umstände machen. »Ich kann bis zum Frühstück warten, Ma'am.«

Davon ließ Bella sich nicht beirren. »Wann haben Sie das letzte Mal etwas gegessen?«

»Heute Morgen, Ma'am.«

»Und Sie sind den ganzen Weg gelaufen?«

Constance nickte.

Kopfschüttelnd verschwand Bella im Vorratsraum, holte ein weiteres Brötchen und ein Glas Wasser und platzierte beides auf dem Tisch. Sie setzten sich einander gegenüber. Als Constance ihr Glas lehrte, schob Bella ihr ein Schälchen zu. »Probieren Sie das mal«, sagte sie. »Das streicht man aufs Brot.«

»Was ist das?«

»Es heißt Tapenade. Man macht es aus Oliven und Kapern. Hier, nehmen Sie das Messer ...«

Constance strich dick Tapenade auf ihr Brötchen, biss hungrig hinein und genoss den plötzlichen Salzgeschmack auf ihrer Zunge. Von außen betrachtet war es eine seltsame Situation – an einem Tisch mit seiner Arbeitgeberin zu sitzen, bedient zu werden statt zu bedienen. Aber es war keinerlei Unbehagen zwischen ihnen. Constance warf immer wieder verstohlen einen Blick auf Bella, auch wenn es schwierig war, weil die ältere Frau sie beobachtete. Mit ihren dicken Locken hatte sie etwas Engelsgleiches, fand Constance. So reglos und wie aus Stein gemeißelt.

»Schmeckt es Ihnen?«, fragte Bella.

Constance nickte mitten im Kauen. »Sehr«, sagte sie, nachdem sie geschluckt hatte. »Es schmeckt nach ...« Auf der Suche nach dem richtigen Wort stockte sie.

»Wonach?« Bella lehnte sich lächelnd zurück. Sie schien wirklich interessiert zu sein.

»Sonnenschein«, sagte Constance. »Es schmeckt nach Sonnenschein.«

Mit einem Kissen unter den Kopf lag Nish im Bett und ging noch einmal durch, was er in sein Tagebuch geschrieben hatte.

Im Laufe der letzten zehn Jahre hat sich dieser Küstenabschnitt so verändert, dass er kaum wiederzuerkennen ist. Sozusagen das Kronjuwel ist das Dorf Portofino, das sich landeinwärts an einer kleinen Landzunge an den Hafen schmiegt. An den umliegenden Hängen liegen elegante Villen mit üppigen Gärten. Für die Atmosphäre des verhaltenen Luxus wie zu Tagen Edwards VII., die alles durchdringt, haben wir den Engländern zu danken, die Portofino schon immer geliebt haben und weiterhin gedankenlos in Scharen hier Urlaub machen.

Er klappte das Buch zu und biss sich auf den Daumennagel, eine Angewohnheit aus seiner Kindheit. Einerseits wollte er nicht schroff und undankbar sein. Andererseits musste dieses Idyll von jemandem hinterfragt werden, der nicht dazugehörte – von jemandem, der wie er selbst immer ein Außenseiter sein würde.

Manchmal konnte er sich einreden, dass er der Richtige dafür war. Er hatte schon immer Bücher geliebt und davon geträumt, selbst zu schreiben. Studiert allerdings hatte er Medizin. Seine Familie hatte es so gewollt. Und auch die Medizin sagte ihm sehr zu, das konnte er nicht leugnen – es gab ihm ein Hochgefühl, kranke Körper zu heilen, er mochte den Geist der Disziplin und der Kameradschaft, der damit einherging.

Beim Dinner hatte Nish durchaus Vergnügen daran gefunden, die anderen Gäste zu beobachten. Nur hatte er gehofft, dass er mehr von Lucian haben würde, dass Lucian wie üblich mit ihm essen würde. Als Lucian sich zu Rose gesetzt hatte, hatte es ihn wie eine Ohrfeige getroffen. Er fühlte sich verlassen, versuchte jedoch, es nicht an sich heranzulassen. Immerhin war es lächerlich, was er für den Mann empfand. Es wäre das Richtige, diese Gefühle zu unterdrücken. Trotzdem drängte es ihn immer wieder, Situationen herbeizuführen, in denen etwas geschehen konnte. Dafür zu sorgen, dass die Dinge sich zuspitzten.

Das Tagebuch war eine Ablenkung, vielleicht sogar eine Flucht. Persönliches enthielt es bislang jedenfalls kaum – und würde es vielleicht auch nie.

Er ließ den Blick durch das Mansardenzimmer schweifen, dessen Einrichtung von typisch englischem Understatement zeugte. Bella hatte sich sogar bei den kleineren Zimmern, die nicht vermietet wurden, sondern für die Dienstboten und Freunde der Familie vorgesehen waren, größte Mühe gegeben. Diesem Zimmer hatte er selbst eine persönliche Note verpasst, dachte Nish grinsend. Aus einem Schmuckstück hatte er eine verlotterte Studentenbude gemacht, weltfremd, abgeschottet und voll kippliger Bücherstapel – Conrad, Wells, dieser indische Roman von Forster von vor ein paar Jahren. Den hatte Nish sich für diesen Sommer aufgehoben.

Es klopfte leise an die Tür. Nish öffnete sie einen Spaltbreit und sah Lucian. Wortlos winkte er seinen Freund herein und schloss still die Tür.

Lucian sagte: »Tut mir leid wegen vorhin.« Er verzog das Gesicht.

»Du hast doch nichts gemacht.«

»Die Pflicht hat gerufen.«

Nish zeigte auf das Tagebuch auf dem Bett. »Meine Arbeit hat mir Gesellschaft geleistet.«

»Ich dachte, du hast vielleicht Lust, schwimmen zu gehen.«

Nish lachte. »Es ist sehr spät. Weit nach Lady Latchmeres Schlafenszeit.«

Lucian nahm ein Handtuch von einer Stuhllehne und warf es Nish zu. »Paraggi oder die Felsen?«

»Die Felsen«, antwortete Nish. »Das ist näher. Und abgeschiedener.«

Sie schlichen die Treppe hinunter und aus der Haustür, dann folgten sie einem Weg, der im Bogen zu einem flachen Steintreppchen und einem mit einem Vorhängeschloss versperrten Tor in der Mauer führte. Dahinter lag der Privatstrand, den sie »die Felsen« nannten.

Die Hitze des Tages war abgeklungen. Nish zog sich rasch aus und watete nackt in die Wellen. Er genoss die kühle Nachtluft auf seinem Körper und das Gefühl, als das klare, dunkle Wasser ihn verschluckte. Er drehte sich um und sah, dass Lucian ihm folgte. Wie üblich hatte er sein Unterhemd angelassen. Nish schwamm vielleicht hundert Meter weit hinaus, dann machte er kehrt, falls es Lucian schwerfiel mitzuhalten.

Als Nish das Ufer erreichte, trocknete Lucian, immer noch im Unterhemd, sich schon ab.

Nish verspürte eine unangenehme Mischung aus Sorge und Begierde. »Zieh das Hemd aus«, sagte er. »Es ist ja klatschnass.«

»Na und? Ich werde mich wohl kaum erkälten.«

»Stell dich nicht so an. Ich habe es schon gesehen. Hunderte Male.«

Lucian zögerte, deshalb drängte Nish weiter. »Ernsthaft. Zieh es aus. Ich würde gern sehen, wie es verheilt.«

Widerstrebend streifte Lucian das Unterhemd ab und wandte Nish den Rücken zu. Nish kniete sich hin und begutachtete von Nahem die große Narbe, die sich auf der linken Körperhälfte von Lucians Taille bis hinauf zum Hals zog. Er streckte einen Finger aus, um sie zu untersuchen. Die Berührung war sanft, trotzdem zuckte Lucian zusammen.

Nish zog die Hand zurück. Er wusste um Lucians Dämonen und hatte nicht vergessen, in welchem Zustand er Lucian zum ersten Mal gesehen hatte – auf einer Bahre, die Uniform blutdurchtränkt.

Lucian fragte: »Wie lautet die Prognose?«

»Nur ein Kratzer«, antwortete Nish, und sie lachten. Der Witz war alt. »Macht sie dir Beschwerden?«

»Fast gar nicht. Es ist jetzt acht Jahre her.«

»Du schlägst dich gut«, sagte Nish. Das fand er tatsächlich. Abgesehen von der Narbe war Lucian nahezu kerngesund. »Italien bekommt dir.«

Lucian lächelte verlegen. Nicht zum ersten Mal fragte Nish sich, wie viel Lucian wohl vermutete; ob ihm überhaupt klar war, dass Männer andere Männer lieben konnten. Das musste er doch wissen, oder? Lucian war im Internat gewesen, und jeder wusste, was da passierte. Außerdem war er Maler und bewegte sich seit einiger Zeit in, wie die Leute es euphemistisch nannten, »Künstlerkreisen«.

Nish sehnte sich danach, sich seinem Freund zu offenbaren, aber ihm fehlte der Mut. Über sexuelle Inversion wurde geschwiegen. Brach man dieses Schweigen dem falschen Menschen gegenüber, im falschen Moment, nun … das war nicht auszudenken.

Er war sich immer noch nicht sicher, ob Lucian der richtige oder der falsche Mensch war.

»Und«, fragte Lucian, »was denkst du?«

»Worüber?«

Lucian lachte laut auf. »Über das Mädchen, du Trottel.«

Das Mädchen. Natürlich. »Erster Eindruck? Sie ist schon was fürs Auge.«

»Findest du?«

»Absolut. War aus fünf Metern Entfernung natürlich etwas schwer zu sagen. Und wo du so an ihr geklebt hast.«

Lucian nahm eine Handvoll Sand auf und warf sie nach Nish.

»Ich habe nicht an ihr geklebt!«

»Ihr beide werdet bestimmt sehr glücklich.«

»Noch ist nichts entschieden.« Lucian nahm einen Schluck aus der Whiskyflasche, die er mitgebracht und die Nish bisher nicht bemerkt hatte. Er bot sie Nish an, der den Kopf schüttelte. Es gefiel ihm nicht, dass Lucian trank.

Sie gingen zurück zum Hotel. Mit seinem eigenen Schlüssel öffnete Lucian die Tür und trat zurück, um Nish ins dunkle Foyer zu lassen. »Ich sage hier Gute Nacht.«

Nish war tief enttäuscht. »Kommst du nicht mit rauf?«

»Ich dachte, ich drehe noch eine Runde durch den Garten.«

»Willst du Gesellschaft?«

Lucian schüttelte den Kopf. »Geh ruhig schon rauf.«

Nish blickte ihm nach, als er in die Dunkelheit ging.

Nach kurzem Zögern beschloss er, Lucian zu folgen.

Er stellte die Haustür mit einem Stein auf und schlich an den Blumenbeeten und Hecken vorbei zum Stallgebäude, das die Ainsworths in eine Unterkunft für die italienischen Angestellten umgebaut hatten. Versteckt hinter einer Skulptur, vertraute er darauf, dass die Dunkelheit ihn verbergen würde.

So weit war es also gekommen. Er spionierte seinem Freund hinterher.

Lucian blieb vor einem bodentiefen Fenster stehen, hinter dem, wie Nish wusste, Paola wohnte. Sie hatte die Fensterläden geschlossen, aber an den Rändern waren deutlich schmale Lichtstreifen auszumachen. Nish beobachtete, wie Lucian sacht anklopfte.

Eine gefühlte Ewigkeit lang passierte nichts. Lucian wandte sich schon zum Gehen, als er hörte, dass hinter ihm die Fensterläden von innen geöffnet wurden.

Mattes Licht fiel auf den Innenhof. Nish konnte Paola durch die halb geöffneten Läden sehen, sie hatte sich nachlässig in ein weißes Laken gehüllt. Es verbarg weder die Wölbung ihrer schweren Brüste noch den dunklen Schimmer der Haare zwischen ihren Beinen. Sie drehte sich vom Fenster weg. In der vergeblichen Hoffnung, niemand habe ihn gesehen, sah Lucian sich um, dann folgte er ihr ins Zimmer.

Ah, dachte Nish. *Wir haben also alle unsere Geheimnisse.*

DREI

Die Schatulle hatte Bellas Mutter gehört. In ihr Holz war ein Blumenmuster aus Perlmutt eingelegt, und Bella bewahrte sie in der untersten Schublade ihrer Frisierkommode auf, verborgen unter schwarzem Samt, auf dem sich eine Vielzahl von Tuben und Tiegeln drängte.

Man konnte die Schatulle abschließen – und sie war immer abgeschlossen. Anders als die Kommode, doch das war möglicherweise sogar gut. Es zerstreute jeden Verdacht. War eine Schublade nicht abgeschlossen, lag nahe, dass sie kein Geheimnis barg.

Cecil würde sich nie die Mühe machen, eine offene Schublade zu durchsuchen.

Nach ihrem improvisierten Mahl hatte Bella Constance ihr Zimmer gezeigt. Sie war ein nettes Mädchen, offen und ehrlich. Auch hübsch, auf ihre eigene Art. Bella hatte ihr grob Lotties morgendliche Routine erklärt und dabei betont, niemand würde erwarten, dass sie am nächsten Tag anfing, aber Constance war sichtlich viel zu erschöpft gewesen, um all das aufzunehmen.

»Schlafen Sie erst einmal, Kind«, hatte sie gesagt, und Constance hatte genickt. »Morgen früh unterhalten wir uns richtig.«

Bella war zurück zu der Suite gegangen, die sie sich mit Cecil teilte, obwohl man nicht wirklich von »teilen« sprechen konnte. Sie bewohnten getrennte Zimmer, und schliefen sie mal nicht in getrennten Betten, konnte man es im Kalender rot anstreichen.

Wo in aller Welt war Cecil überhaupt? Vielleicht legte er eine Nachtschicht ein, wie er sagen würde.

Wenigstens war sie einmal ungestört – zumindest für ein Weilchen. Bella öffnete die Schublade und nahm erst die Tarnung – die Tiegel, den Samt – und dann die Schatulle heraus, in der sie ihre persönlichsten Besitztümer aufbewahrte. Sie stellte das Kästchen aufs Bett und schloss es mit dem winzigen Schlüssel auf, den sie um den Hals trug. Darin lag ein Stapel Briefe, sorgfältig zusammengehalten von einem Band.

Sie griff auf Anhieb den richtigen Brief heraus. Ihre Hände zitterten erstaunlich heftig, als sie ihn auseinanderfaltete.

Meine liebste Bella, stand da. *Ich bin ganz hingerissen von deinem letzten Brief. Wie ich mir wünschte, ich könnte dort sein, an deiner Seite, und all die Wunder erleben, die Italien zu bieten hat.*

Cecil gestand bereitwillig ein, dass er betrunken war. Zumindest sich selbst gegenüber. Bella gegenüber – nun, das war etwas anderes. Der Fernet Branca gab einem den Rest. Schreckliches Zeug. Sollte man nie mit Brandy mischen. Aber es beruhigte die Nerven, wenn man Poker spielte.

Cecil hatte zugesehen, dass er bei Julias Ankunft nicht im Hotel war. Alles zusammen wäre zu viel für ihn gewesen. Bellas Gewese und dazu Julias frostiges Auftreten. Als würden zwei Wetterfronten aufeinanderstoßen. Da hielt man sich lieber fern. Trotzdem freute er sich darauf, Julia nach so vielen Jahren wiederzusehen. Vielleicht ließ sich die alte Flamme ja wieder entfachen.

Über die Tochter, die sie für Lucian vorgesehen hatten, sagten alle, sie sei ein Hingucker. Aber Julia als Mutter zu haben – großer Gott, was für eine Vorstellung! Das arme Mädchen.

Die Vordertür war immer abgeschlossen, eine lästige Gepflogenheit. Den klobigen Schlüssel dafür wollte Cecil nicht mit sich herumschleppen, deshalb musste er sich jetzt im Dunkeln zur Küchentür vortasten, die einen kleineren Schlüssel hatte. Einen so kleinen, dass Cecil ihn ständig verlor ... Wo war er jetzt wieder? Nach kurzer hektischer Suche war er gefunden. Da steckte er ja, in seiner Jackentasche.

Cecil schaltete das Licht ein. Auf dem Küchentisch stand ein Teller mit Resten. Tapenade? Cecil schnupperte daran und probierte vorsichtig. Igitt. Angewidert spuckte er es aus.

Dann entdeckte er die Geldkassette und das Geschäftsbuch. Er griff nach dem Deckel und merkte, dass die Kassette nicht verschlossen war. So, so.

Er schaute sich um. Niemand zu sehen.

Grinsend öffnete er die Kassette, nahm den größten Geldschein, den er finden konnte, und steckte ihn sich in die Jackentasche. *Was dein ist, ist mein,* dachte er.

Bella war sicher schon in ihrem Schlafzimmer. Er würde sie überraschen. Sie mochte Überraschungen – zumindest hatte sie das früher einmal getan.

Die Nacht ließ die Villa geringer erscheinen, dachte er auf dem Weg die Treppe hinauf. Ohne die Hitze, den Ausblick und all die Mücken hätte man überall sein können.

Wie gewohnt betrat er Bellas Zimmer, ohne anzuklopfen.

Sie saß auf dem Bett und drehte sich erschrocken um. Sie wirkt aufgekratzt, dachte Cecil.

»Was machst du da?« Die Frage klang vorwurfsvoller als beabsichtigt.

»Ich schminke mich ab«, antwortete Bella rasch. »Du kommst sehr spät.«

»Der Zug wurde aufgehalten.«

»Wie war Genua?«

»Ach ... du weißt schon.« Im Augenblick fiel Cecil seine eigene Ausrede nicht mehr ein. »Wie Genua eben ist.« Er starrte Bella an. Sie war immer noch schön. Zu schade, dass sie ihn nicht an sich

heranließ. Meistens konnte er das hinnehmen. Er hatte andere Ventile, könnte man sagen. Nur nach ein paar Drinks fiel es ihm schwer, dem Drang zu widerstehen. Er versuchte, möglichst nicht verzweifelt zu klingen, als er fragte: »Soll ich zu dir kommen?«
Sie seufzte. »Heute nicht. Der Tag war ziemlich lang und anstrengend.«
»Ah, natürlich. Wie war es?«
»Julia war pikiert, weil du sie nicht begrüßt hast. Und Alice ist ein wenig vergrätzt. Abgesehen davon lief es gut.«
»Und das Mädchen?«
»Rose ist reizend.«
»Und hübsch? Gefällt sie ihm?«
Bella verdrehte die Augen. »Das Aussehen ist nicht alles, Cecil.«
»Nein. Aber ein hübsches Äußeres kann eine bittere Pille versüßen.«

Cecil hielt sich nicht lange auf, zum Glück. Bella dachte manchmal, es gehöre zu seinen wenigen Tugenden, dass er wusste, wann er unerwünscht war. Trotzdem wartete sie, bis er schnarchte, bevor sie die Verbindungstür zwischen ihren Zimmern abschloss – eine Tür, zu der nur sie einen Schlüssel besaß.

Cecil war gefährlich nah davor gewesen, ihren geheimen Schatz zu entdecken. Aber Bella hatte die Schatulle aus Vorsicht sofort in die Schublade gelegt, nachdem sie den Brief herausgenommen hatte. Jetzt zog sie ebendiesen Brief aus der Tasche ihres Morgenmantels, in die sie ihn hastig gesteckt hatte, als sie Cecil gehört hatte. Sie faltete ihn wieder auseinander, um ihn noch einmal zu lesen, und schenkte dabei vor allem den letzten Zeilen Beachtung:

Es gibt immer noch keine andere, die mir mehr bedeutete.
Für immer dein, in Liebe. Henry. X

Bei diesen Worten und dem Gedanken daran, wie Henry sie geschrieben hatte, wurde ihr flau zumute. Aber sie genügten noch nicht, um die Gefühle in ihr zu wecken, nach denen sie sich sehnte.

Bella ging leise zum Bücherregal und nahm eine Bibel heraus. Sie blätterte die hauchdünnen Seiten um, bis sie fand, was sie gesucht hatte – ein Foto, auf dem ein dunkelhaariger junger Mann mit sanften Lippen und warmem, einladendem Blick posierte. Sie starrte das Bild an, nahm es ganz in sich auf, prägte es sich ins Gedächtnis ein.

Wäre sie wirklich allein gewesen, hätte sie das Foto mit ins Bett genommen, genau wie den Brief. So jedoch war es zu gefährlich, auch wenn Cecil schlief und die Tür abgeschlossen war, deshalb versteckte sie beides wieder, bevor sie sich hinlegte.

Die Nacht war heiß. Bella schlug die schweren Decken zurück, nur ein dünnes Laken kribbelte noch angenehm auf ihrer Haut. Sie ließ die Hände über ihren Körper gleiten, machte sich von Neuem mit seinen Formen und Falten vertraut und gab sich den Gedanken hin, die sie schon den ganzen Tag abgelenkt hatten. Ihre Kehle schmerzte vor Lust. Sie stellte sich vor, dass Henry die Arme um sie schlang und sanft ihren Nacken küsste. Dass er ihre Hand nahm und sie dahin führte, wo er sie spüren wollte.

Ein lang gezogenes leises Stöhnen drang durch den Raum.

Zuerst dachte Bella, es stamme von ihren eigenen Lippen. Doch dann wurde ihr klar, dass es aus dem Flur kam – und dass dieses Stöhnen eindeutig nicht genussvoll war, sondern schmerzvoll.

Sie setzte sich ruckartig auf, ihre Enttäuschung wich Sorge. Ihr Morgenmantel hing an der Tür. Als sie ihn holen wollte, fiel ihr auf, dass sie die Fensterläden nicht richtig geschlossen hatte. Eine Bewegung draußen lenkte ihren Blick in den Innenhof. Die Fenstertür zu Paolas Zimmer im alten Stallgebäude hatte sich geöffnet, und jemand kam heraus. Im matten Licht kniff Bella die Augen zusammen.

Als sie erkannte, wer es war, schreckte sie zurück.

Es war Lucian, in einer Hand seine Schuhe, in der anderen eine leere Flasche.

Unwillkürlich hob sie eine Hand an den Mund. *Natürlich,* dachte sie. *Das passt alles zusammen.*

Dann durchdrang abermals ein Stöhnen die Stille, und Bella riss sich zusammen. Jetzt hatte sie keine Zeit, um über diese unerfreuliche Wendung nachzugrübeln.

Der Flur wurde von elektrischen Lampen an der Wand schwach erleuchtet. Bella blieb kurz stehen und horchte. Die Geräusche kamen aus der Ascot Suite – den Zimmern von Lady Latchmere.

Melissa, die Großnichte, öffnete blass und erschöpft die Tür. »Oh, Mrs Ainsworth«, sagte sie. »Ihre Ladyschaft hat starke Schmerzen.«

»Wo hat sie Schmerzen?«

»Das kann sie nicht sagen.«

»Wir brauchen einen Arzt«, entschied Bella. »Aber es ist schon so spät.« Dann kam ihr eine Idee. »Nish.«

»Wer?«

»Mr Sengupta. Der Freund meines Sohnes. Er war im Krieg Sanitäter. Er hat Lucian das Leben gerettet.«

Nish wach zu bekommen dauerte ein paar Minuten. Er sah derangiert aus und roch nach dem Meer. Bella erklärte ihm die Situation, aber er scheute sich davor einzugreifen. »Ich bin ein wenig aus der Übung«, warnte er.

Bella redete ihm gut zu. »Bitte, Nish. Würde Ihrer Ladyschaft etwas zustoßen, wäre es mit Sicherheit unser Ende, bevor wir richtig angefangen haben.«

Auf dem Dachboden war es beengt und stickig. Hier waren keine zahlenden Gäste untergebracht, und diesen Teil des Hauses mochte Bella am wenigsten – nur hier hatte sie das Gefühl, sie müsse noch Hand anlegen. Sie wartete vor Nishs Zimmer, während er einen Pyjama und eine Strickjacke anzog, dann gingen sie zusammen die Treppe hinunter und zur Ascot Suite. Lady Latchmere war eine deutliche Skepsis anzumerken, doch Bella betonte, dass Nish als Mediziner einen tadellosen Ruf besaß.

Melissas Sorgen waren schlimm mitanzusehen. Sie war überzeugt, Lady Latchmere würde sterben, nicht zuletzt weil Lady Latchmere selbst das glaubte und ihre Ansichten laut genug waren, um ansteckend zu wirken.

Im fahlen Licht der Stehlampe hätte man die reglose Gestalt auf dem Bett leicht übersehen können. Nur das regelmäßige Stöhnen zeigte an, dass sie lebte und atmete.

Bella folgte Nish und Melissa zum Fuß des Bettes. Zur Hälfte von einem Laken bedeckt, trug Lady Latchmere ein Nachthemd aus weißer Spitze und auf dem Kopf eine Nachthaube, die selbst Bellas Großmutter für zu altmodisch befunden hätte. Ihre makellosen Hände hatte sie vor der Brust gefaltet.

Nish wandte sich nervös an Bella. »Vielleicht wäre es besser, wenn Sie mich mit ihr allein ließen?«

Bella nickte.

Mit beschwörendem Blick sah Melissa sie an. »Wird sie wieder gesund?«, fragte sie. Mit ihrem sommersprossigen Gesicht wirkte sie bezaubernd jung.

Bella lächelte. »Sie ist in bester Obhut.« Sie nahm die Hände des Mädchens. »Wie wäre es mit einer Tasse Tee? Oder etwas Stärkerem?«

Melissa nickte und lachte unter Tränen.

Bevor Bella sichs versah, war es Morgen, und Nish rüttelte sie sanft wach. Sie hatte sich auf einem Sessel im Wohnzimmer der Suite zusammengerollt, neben sich ein halb leeres Glas Whisky. Das musste sie dringend wegräumen, bevor Lady Latchmere es sah ...

»Haben Sie die ganze Nacht hier verbracht?« Nish war ebenso sichtlich amüsiert wie überrascht.

»Ich habe Miss De Vere gesagt, ich würde es mir hier gemütlich machen«, antwortete Bella. »Falls sich ihre Großtante wieder schlechter fühlen sollte.« Gähnend streckte sie sich; ihre Muskeln waren erstaunlich verspannt. In Sesseln zu schlafen war etwas für junge und gelenkige Menschen. »Was ist passiert?«

»Nicht viel.«

»Muss ich einen Arzt rufen?« Sie korrigierte sich: »Einen anderen Arzt, meine ich.«

Nish überging die versehentliche Kränkung. »Ich bin kein richtiger Arzt, und nein, ich glaube nicht. Ihre akuten Symptome konnte ich lindern. Aber«, sagte er grinsend, »zum Frühstück wären Trockenpflaumen nicht verkehrt.«

»Oh!« Bella erwiderte Nishs Lächeln.

»Und darf ich einen Digestif für Ihre Ladyschaft vorschlagen? Nach jeder Mahlzeit.«

»Denken Sie an etwas Bestimmtes?«

»Vielleicht ein wenig von dem hervorragenden Limoncello, den Sie gestern Abend serviert haben?«

»Lady Latchmere trinkt keinen Alkohol.«

Er grinste. »Dann verkaufen Sie ihn ihr als italienische Limonade.«

Bella lachte entzückt auf. Was für ein köstliches Komplott.

Lady Latchmere und Melissa schliefen noch in ihrem Zimmer. Weil sie der Dunkelheit überdrüssig war, stieß Bella die Fensterläden des Wohnzimmers auf und genoss die erste schwache Brise des Tages, die vom Meer herüberwehte. Wenn die beiden Frauen später aufwachten, würde sie ein helles, lebendiges Zimmer erwarten.

Ein Bild blitzte ungebeten in ihrer Erinnerung auf – von Lucian, der letzte Nacht Paolas Zimmer verließ. Von der Flasche in seiner Hand.

»Sagen Sie, Nish«, bat sie, »welchen Eindruck haben Sie von Lucian?«

»Er scheint endlich zu heilen. Zumindest körperlich.«

»Und sonst?«

Nish zuckte mit den Schultern. »Was er durchgemacht hat, wird immer einen Schatten werfen.«

»Ich weiß, ich weiß. Ich wünschte nur ...« Sie unterbrach sich und setzte neu an. »Früher hat er immer etwas ausgeheckt. Er hatte Pläne und Ziele.«

»Das kommt wieder«, versicherte Nish ihr. »Geben Sie ihm Zeit.«

Bella blickte auf ihre Armbanduhr. Halb sieben – eine gute Zeit, um den Tag zu beginnen. Sie wusch sich, zog sich an und versuchte dabei, ihren steifen Rücken zu ignorieren.

Unten wurde sie prompt von Alice empfanden, die das Geschäftsbuch und die Geldkassette wie Trophäen schwenkte. »Die hast du gestern Abend in der Küche gelassen«, sagte sie. »Betty war richtig aufgebracht.«

Sie öffnete die Kassette, um Bella zu zeigen, was passiert war.

Bellas Wangen wurden heiß, als sie sah, dass Geld fehlte – wieder einmal.

»Danke, Alice«, sagte sie steif.

»Ich glaube wirklich ...«, setzte Alice an.

»Danke, habe ich gesagt. Ich kümmere mich um alles Weitere.«

Wütend zog Bella sich in den kleinen Raum neben der Küche zurück, der ihr als Büro diente. Dort nutzte sie die wenigen Minuten Ruhe, um einen Umschlag für einen Brief zu adressieren, den sie später an Henry schreiben wollte.

Sie war gerade fertig, als Cecil hereinplatzte. Er besaß die ärgerliche Gabe, ausgeruht auszusehen, auch wenn er am Abend zuvor getrunken hatte. Bellas arbeitsamer Vater, seinerseits kein Anhänger der Aristokratie, hätte es darauf geschoben, dass Cecil die Selbstgefälligkeit in die Wiege gelegt worden war. »Morgen«, sagte er tonlos. Er hob den Umschlag auf dem Schreibtisch auf. »Und wer ist Henry Bowater Esquire?« Er versuchte, den Namen lächerlich klingen zu lassen.

»Einer der Buchhalter meines Vaters.« Bella sagte es so voller Überzeugung, dass sie es selbst fest glaubte.

»Von der Textilfabrik?«

»Für sein privates Vermögen.« Sie beobachtete ihren Mann genau. »Ich schreibe ihm wegen unserer Bareinnahmen.«

Das Wort erzielte die gewünschte Wirkung, Cecil wich zurück wie ein Vampir vor einem Kruzifix.

»Ah«, sagte er. »Tja. Ich mache nachher vielleicht einen Spaziergang in die Stadt. Soll ich ihn für dich abschicken?«

»Ich sage dir Bescheid, wenn er fertig ist.« In Wahrheit hatte Bella vor, den Brief Paola mitzugeben. In solchen Dinge vertraute Bella ihr – auch wenn sie offenbar die Finger nicht von Lucian lassen konnte.

»Na, bestens.« Cecil wandte sich zum Gehen.

Bevor er verschwinden konnte, sagte Bella: »Ich weiß, was du getan hast, Cecil.«

Er drehte sich wieder um. »Da hast du mir etwas voraus.«

»Es ist schlimm genug, dass du das Geld genommen hast. Lüg mich bitte nicht auch noch an.«

Er schloss die Augen, als wäre das alles sehr schwer für ihn. »Ich wollte es dir sagen.«

»Wirklich? Wann?«

»Wenn ich es dir zurückzahlen kann.«

»Was ist mit dem Geld aus dem Familienfonds?«

Er zuckte mit den Schultern. »Bis auf den letzten Sou ausgegeben, fürchte ich.«

Wie sie es geahnt hatte, aber recht zu behalten war kein Trost. Ihre Wut schwoll an. »Ich kann das Hotel nicht auf Pump betreiben. Ich brauche alles Bargeld, das ich kriegen kann.«

Cecil lachte humorlos. »Ich auch, Schätzchen. Ich auch.«

Constance hatte ihren Wecker auf sechs Uhr gestellt.

Nachdem sie das Bad benutzt hatte, das sie sich mit Lottie teilte und das größer war als das gesamte Erdgeschoss ihrer Familie zu Hause in Yorkshire, zog sie ihr gutes Sonntagskleid an, nahm das Päckchen, das sie für Betty mitgebracht hatte, und ging nach unten in die Küche.

Die Tür, an die sie letzte Nacht so verzweifelt geklopft hatte, stand weit offen. Constance blieb auf der Schwelle stehen und atmete tief die frische Morgenluft ein, die nach Pinie und Sandthymian duftete. Dankbar spürte sie, dass ihre Begeisterung für Italien zurückkehrte.

Sie hörte, dass jemand die Küche betrat, und drehte sich abrupt um.

Ein rundes verschlafenes Gesicht strahlte sie an. »Bist du das, Constance? Meine Güte ...« Betty – sie musste es sein, dachte Constance – eilte auf sie zu und schloss sie in eine herzliche Umarmung. Dann ließ Betty sie los und trat zurück. »Lass dich mal anschauen. Ich habe dich zuletzt gesehen, da warst du noch ganz klein. Ach, was tut es gut, dich zu sehen.«

Constance wurde unter diesem prüfenden Blick verlegen. »Ich kann kaum glauben, dass ich hier bin«, sagte sie.

»Du wärst früher hier gewesen, hätte ich nicht die Daten durcheinandergeworfen. Wann bist du angekommen?«

»Kurz nach Mitternacht.«

Betty kreischte leise auf. »Sag mir bitte, dass du am Bahnhof eine Kutsche gefunden hast.«

Constance lächelte. »Ich habe am Bahnhof eine Kutsche gefunden.«

»Das ist immerhin etwas.« Der Blick der Köchin huschte zur Wanduhr, die Viertel nach sechs zeigte. »Und du stehst mit den Hühnern auf.«

»Alte Gewohnheiten wird man schwer los.«

»Das stimmt. Wie gefällt dir Portofino?«

»Es ist herrlich. Ich kann mich an der Gegend gar nicht sattsehen.«

»So kann es einem hier gehen. Obwohl, wenn du mich fragst, ist Whitby auf seine eigene Art genauso schön.« Sie zwinkerte, dann sah sie auf das Päckchen in braunem Papier, das Constance ihr in die Hände drückte. »Was ist das? Das hast du mir doch nicht den weiten Weg aus England mitgebracht?«

»Nur ein paar Kleinigkeiten. Mam dachte, du freust dich vielleicht. Ein Brief liegt auch bei.«

Betty legte das Päckchen auf den Küchentisch und riss es auf. Als sie den Inhalt sah, strahlte sie. »Oh, danke dem Herrn. Marmelade! Und anständiger englischer Senf.« Dann nahm sie den Brief und hielt ihn sich dicht vors Gesicht, damit sie ihren Namen auf dem Umschlag lesen konnte. »Wer hätte gedacht …?« Constance sah Tränen in ihren Augen und wollte sie trösten, aber Betty schüttelte den Kopf. »Wer hätte gedacht, als Fanny Gray und ich zusammen in Stellung waren, dass ich eines Tages – über dreißig Jahre später – hier mit ihrer Tochter stehen würde.« Lächelnd umarmte sie Constance. »Ausgerechnet in Italien!«

Aber sie hatten keine Zeit, in Erinnerungen zu schwelgen. Es gab zu viel zu tun, zu viel, das Constance lernen musste.

Mit einer Schürze ausgestattet, half sie Betty beim Frühstück, sie schnitt Obst und füllte Rührei und Speck auf Teller, die zu den Gästen gebracht wurden. Zwei Frauen, die sie bediente – eine in mittleren Jahren und unhöflich, die andere schön, aber ausdruckslos, Rose hieß sie wohl –, waren sehr anspruchsvoll, sie ließen den Kaffee zurückgehen, weil sie ihn zu bitter fanden, und das Obst, weil es »zerdrückt« war. Alles in allem jedoch waren die Leute freundlich.

Sie erledigte gerade in dem riesigen eckigen Spülbecken – es war so groß wie eine Badewanne! – den Abwasch, als Bella in die Küche kam und erklärte, jetzt sei der passende Moment, um mit Constance ihre Aufgaben zu besprechen.

»Lottie steht natürlich an erster Stelle«, sagte sie. »Aber es fallen auch andere Arbeiten an. Betty zu helfen, so wie heute Morgen. Putzen, falls nötig. Sie müssen richtig mit anpacken.« Sie lächelte. »Bis jetzt scheinen Sie sich ja wunderbar zu schlagen.«

»Ich erledige gern jede Arbeit, Mrs Ainsworth.« Das meinte Constance auch so. Sie freute sich darüber, hier zu sein.

»Wunderbar! In meinem Büro hängt eine Uniform, die Sie tragen sollten, wenn Sie sich nicht um Lottie kümmern.« Bella reichte ihr einen Stapel Speisekarten. Sie waren von Hand geschrieben, die Schrift voller Schnörkel. »Als Erstes können Sie die in den Speisesaal bringen. Und beantworten Sie alle Fragen unserer Gäste.«

Constance warf einen Blick auf die oberste Speisekarte. Sie wirkte offenbar verwirrt angesichts der vielen fremden Ausdrücke, denn Bella fragte: »Sie können lesen und schreiben, Kind?«

Darauf wusste sie keine rechte Antwort. Sie hatte keine Ahnung, wie man »stracciatella« aussprach oder was es überhaupt war. Welches englische Mädchen wusste das schon? »Ich komme zurecht, Ma'am«, sagte sie zaghaft.

Bella nahm ihr die Speisekarten ab. »Zurechtzukommen wird nicht ganz reichen.«

Constance setzte an, um zu protestieren oder die Sache zumindest richtigzustellen, als eine spröde wirkende junge Frau in der Tür auftauchte. Bella winkte sie heran. »Alice! Das ist Constance March, das neue Kindermädchen. Constance, das ist meine Tochter und Lotties Mutter, Mrs Mays-Smith.«

»Freut mich, Sie kennenzulernen, Ma'am«, sagte Constance und knickste. Irgendwie sah die Frau beinahe älter aus als Mrs Ainsworth. Verkniffen und erschöpft.

»Das muss nicht sein.« Alice klang unnötig schroff, wie Constance fand.

An Alice gewandt fragte Bella: »Wäre jetzt ein guter Zeitpunkt, um Lottie kennenzulernen?«

»Der beste Zeitpunkt ist immer jetzt«, sagte Alice. »Ich hole sie runter.«

Constance seufzte erleichtert, als Alice und Bella hinausgingen. Es fühlte sich an, als hätte sie einen nicht genau umrissenen Test bestanden. Betty schien ihre Stimmung zu spüren, sie kam zu ihr und legte ihr eine mollige Hand auf den Arm. »Nimm dir Mrs Mays-Smith' Art nicht zu Herzen«, sagte sie. »Sie ist ganz in Ordnung.« Dann senkte sie die Stimme. »Ich hatte gerade kurz einen Moment, um mir den Brief anzusehen. Ich habe mir beim Lesen die Augen ausgeweint, das gebe ich offen zu.«

Den Grund konnte Constance erraten. »Wie lieb von dir.«

»Als deine Mutter mir geschrieben und mich gebeten hat, eine Stelle für dich zu suchen ... Ich wäre doch nie darauf gekommen, warum.«

»Das konntest du auch nicht wissen.«

»Du hast ja Furchtbares durchgemacht. Du armes kleines Ding. Jetzt verstehe ich, warum du sofort die Gelegenheit beim Schopf ergriffen hast und hergekommen bist. Für einen Neuanfang. Weit weg.«

Constance nickte. Tränen stiegen ihr in die Augen. »Und genau den bekommst du hier! Einen Neuanfang! All deine Sorgen kannst du hinter dir lassen.« Betty legte Constance die Hände ans Gesicht und strich mit ihren Daumen über die tränennassen Wangen. »Die Zeit heilt alles, Liebes. Zeit ... harte Arbeit ... und gutes Essen.«

Auf halbem Weg zwischen Alassio und Portofino legte Jack über seiner Fahrerbrille die Stirn in Falten. Gefühlvoll vom dritten in den zweiten Gang zu wechseln war ein heikles Manöver, das sorgfältige Konzentration erforderte.

Claudine beobachtete ihn lächelnd. Nicht zum ersten Mal kam ihr der Gedanke, dass Jack als Fahrer ebenso war wie als Liebhaber: geschmeidig, selbstsicher und sorgsam auf den Genuss seiner Begleitung bedacht. Die Kehrseite war, dass er es sehr auskostete, die Kontrolle zu haben – und überzeugt davon war, dass nur er wusste, wie es richtig war.

Aus Automobilen hatte Claudine sich nie viel gemacht. Angesichts dieses Exemplars fiel es ihr allerdings schwer, nicht beeindruckt zu sein.

Es war ebenso kraftvoll wie schön. Andere Fahrzeuge quälten sich ächzend und klappernd über Italiens gewundene Bergstraßen, der Bugatti dagegen wurde mit allem fertig.

Jack und sie waren den ganzen Sommer lang die französische und die italienische Riviera entlanggegondelt. Von Cannes aus waren sie einer funkelnden Kette von Festen, Konzerten, Blackjack-Spielen und Auszeiten in Villen der Küste entlang nach Osten gefolgt, mit Station in Nizza, Monte Carlo, San Remo und Alassio. Ihr nächster Halt war Portofino, die angeblich schönste Stadt von allen.

Es war fast ein Jahr vergangen, seit Jack in Paris Claudines Auftritt gesehen hatte. »Du singst wie ein Engel«, hatte er mit seinem weichen texanischen Akzent gesagt.

Claudine hatte gerade die Bühne verlassen. Sie war verschwitzt und müde und nicht in der rechten Stimmung. Aber obwohl Jack sichtlich auf die fünfzig zuging und nicht unbedingt ihr Typ war – korpulent, Geheimratsecken in den dunkelblonden Haaren, der Schnurrbart zu ordentlich –, konnte er sie mit seinem altmodischen Charme und der Ausstrahlung gelassener Souveränität für sich einnehmen.

»Es wäre mir eine Ehre, wenn ich Sie zum Essen einladen dürfte«, sagte er mit einer eleganten Verbeugung. »Wir Amerikaner in Paris müssen zusammenhalten.«

»Na gut«, willigte sie lächelnd ein. »Aber ich suche das Restaurant aus.«

Sie ging mit ihm ins La Coupole am Boulevard de Montparnasse. Inmitten der Stammkundschaft, einer Gruppe von bunt zusammengewürfelten Ausländern, viele von ihnen Künstler und Autoren, fühlte sie sich immer wohl. Und sie empfand es als beruhigend, wie oft sie dort andere schwarze Gäste sah.

Jack wusste, was Claudine machte. Sie hatte ihm von ihrem Engagement am Lido in Venedig erzählt und von Cole Porter, der sie den Produzenten am Théâtre des Champs-Élysées empfohlen hatte. Aber was war mit ihm?

»Ach, Sie wissen schon«, antwortete er und machte sich über sein Coucroute à l'Alsacienne her. »Dies und das.«

»Geht es etwas genauer, Jack?«

Er betrachtete sie mit verschleiertem, unentschlossenem Blick. »Was, wenn ich sagen würde, ich wäre ein *commissionaire d'objets d'arts*?«

Claudine zog eine Augenbraue hoch. »Ist es denn wahr?«

Jack lächelte. »Sagen wir, es ist nicht unwahr.«

Wie sie bald lernen sollte, fasste dieser Dialog ihren Geliebten treffend zusammen.

Jack existierte irgendwo zwischen Wahrheit und Unwahrheit, zwischen Ehrlichkeit und Lüge. Aber das störte sie nicht besonders. Zumindest hatte es sie bis jetzt nicht gestört.

Warum nicht? Weil Claudine nicht damit gerechnet hatte, dass die Beziehung halten würde. Das Problem war, dass sie sich als erstaunlich beständig herausstellte. Und je länger sie andauerte, desto deutlicher wurde Claudine, dass sie mehr brauchte, als Jack ihr geben konnte. Nicht unbedingt eine feste Bindung, aber Sicherheit, sie wollte darauf vertrauen können, dass Jack, sollten sie als Paar nach Amerika zurückkehren, immer noch so gern mit ihr zusammen sein – und zusammen mit ihr gesehen werden – würde, wie auf der ewigen Spielwiese Europa.

Jack liebte es zu reisen. Aber wenn man ständig reiste, nahm man seine Umgebung kaum noch wahr. Das Leben wurde langweilig und mechanisch, eine verschwommene Folge neuer Städte und neuer Menschen. Zum ersten Mal in ihrem Leben sehnte Claudine sich danach, Wurzeln zu schlagen. Aber wo? Und mit wem?

Die Küstenstraße wand sich endlos an steinigen Landzungen entlang, an hohen Felswänden und steilen Hügeln. In der brennenden Sonne duftete die Luft nach Thymian. Claudine zog ihre Sonnenbrille herunter, damit sie die verstreuten Dörfer und Pinienwälder besser sehen konnte.

Der Motor dröhnte so laut, dass man sich nur schwer unterhalten konnte. Aber beide hatten lange nicht mehr gesprochen, und allmählich wurde das Schweigen unbehaglich. Claudine lehnte sich zu Jack hinüber und brüllte ihm ins Ohr: »Erzähl mir vom Hotel Portofino.«

Er grinste. »Es ist ein Hotel«, rief er zurück, ohne den Blick von der Straße zu nehmen. »In Portofino.«

»Sehr witzig.« Sie boxte behutsam gegen seinen Arm.

»Viel weiß ich nicht darüber«, gab Jack zu. »Nur dass es noch nicht lange geöffnet hat. Weniger als ein Jahr. Es soll sehr komfortabel sein. Große Suiten. Moderne Bäder. Ein herrlicher Blick auf die Stadt und die Bucht. Es wird von einem englischen Paar geleitet, Cecil und Bella Ainsworth. Er ist irgendein Adliger, aber pleite wie die meisten von ihnen heutzutage. Das ganze Geld gehört ihr.«

»Wie bedauerlich«, sagte Claudine. »Für ihn, meine ich.«

Jack lachte. »Würde ich auch sagen.«

»Woher weißt du das alles?«

»Cecil ist der Freund von einem Freund von einem Freund.«

Jetzt war es an Claudine zu lachen. »Bei dir ist jeder ein Freund von einem Freund von einem Freund.«

Jack zuckte mit den Schultern. »So ist es am besten.« Er warf ihr einen kurzen Blick zu und zwinkerte, dann achtete er wieder auf die Straße. »Man braucht Beziehungen, Schätzchen. Wenn man Erfolg haben will.«

Rose stand am Geländer und blickte aufs Meer, als Lucian näher kam. Sie hatte gewartet und gehofft, dass er sie finden würde, weil sie glaubte, dass dieses Kleid, das ihre Mutter für sie ausgesucht hatte – ein cremefarbenes Shiftkleid mit Spitzenärmeln, betont durch eine lange Perlenkette –, sie hier von ihrer besten Seite zeigte. Anziehend, aber bescheiden. Modisch, aber nicht in einem abschreckenden Maß.

Freude durchfuhr sie, als sie merkte, dass Lucian offenbar ähnlich gedacht hatte. »Da sind Sie ja!«, rief er gespielt verärgert.

Sie lächelte schüchtern. »Da bin ich«, sagte sie, dann drehte sie sich wieder zum Meer um. Sie spürte, dass er sich einen Moment Zeit nahm, um ihre Schönheit zu bewundern, ihre einzige Eigenschaft, in die sie vollstes Vertrauen hatte. Sie war immer schön gewesen, so sehr, dass sie nie überlegt hatte, ob man im Leben noch etwas anderes braucht.

Es war noch Morgen, aber schon angenehm warm. Sie standen am Geländer, blickten aufs Meer und genossen die Brise, die ihnen durch die Haare fuhr.

»Was für ein schöner Ausblick«, sagte Lucian, dann stockte er verlegen. »Wollen wir nachher hinunter an den Strand gehen? Am späten Nachmittag kühlt es sich etwas ab. Wir könnten auch eine Bootsfahrt machen. Können Sie schwimmen?«

»Ich weiß nicht genau.«

»Dann wird es mir eine Freude sein, es Ihnen beizubringen.«

Rose war nicht sicher, ob sie überhaupt schwimmen wollte. Dabei wurde man nass, und nass sah niemand besonders gut aus. »Ich weiß nicht«, sagte sie. »Ich werde sehen, was Mama sagt.«

Lucian musterte sie amüsiert, offenbar fragte er sich, warum sie für etwas so Einfaches die Erlaubnis ihrer Mutter brauchte. »Hier gibt es so viel Schönes zu sehen und zu tun, Rose«, pries er an. »Florenz und Pisa sind nur eine Tagesfahrt entfernt. Ein Stück die Küste rauf liegt Genua.«

»Ich weiß. Da haben wir den Zug genommen.«

»Und hier in der Nähe gibt es kleinere Sehenswürdigkeiten. In fast jeder Kirche findet man einen Schatz. Es ist, als würde man in einem Museum leben.«

Etwas Schlimmeres konnte Rose sich nicht vorstellen. Sie verzog das Gesicht und sagte: »Ich hoffe, es ist nicht zu langweilig.« Die Bemerkung sollte ein Witz sein, aber er verpuffte, und Lucian schien nicht zu wissen, wie er reagieren sollte. Rose merkte wieder einmal, dass Witze nicht ihre Stärke waren. Warum nur?

Sie war völlig durcheinander. Nicht nur wegen dieses peinlichen Gesprächs, sondern weil sich herausgestellt hatte, dass der attraktive Kutscher, dessen hübschen Nacken sie so durchdringend angestarrt hatte, kein namenloser Italiener war – sondern Lucian. Jetzt stand sie ihm gegenüber, dem Mann, über den ihre Mutter pausenlos geredet hatte, und wusste nicht, wie sie sich verhalten sollte. Fand sie ihn anziehend? Mochte sie ihn überhaupt? Es schien unmöglich, diese Fragen zu beantworten. Dabei wirkten sie gar nicht schwierig.

Ein seltsames Geräusch riss sie aus ihren Gedanken. »Was ist das?«, fragte sie und sah sich um.

»Was meinen Sie?«

»Dieses furchtbare pulsierende Summen.«

Lucian horchte demonstrativ. »Ach, die Zikaden.«

»Die was?«

»Das sind Insekten. So ähnlich wie Grashüpfer.« Er suchte mit dem Blick die Büsche und Sträucher in ihrer Nähe ab. »Warten Sie. Ich schaue mal, ob ich eine für Sie finde.«

Rose kreischte. »Nein, Lucian! Bitte! Nicht! Ich kann Insekten nicht ausstehen.«

Sie sah zum Fenster hoch, wo sie hinter der Scheibe die kerzengerade eiserne Gestalt ihrer Mutter erkennen konnte, die sie beobachtete.

Das überraschte sie nicht, sie war es gewohnt. Aber wer war der Mann, der plötzlich neben ihrer Mutter erschienen war? Mama musste gehört haben, wie er sich näherte, aber statt sich umzudrehen, schloss sie die Augen. Dabei legte sich ein eigentümlicher Ausdruck auf ihr Gesicht. Innere Ruhe, dachte Rose. Oder war es Begierde?

Julia wusste, dass es Cecil war, ohne sich umzudrehen. Als er hereingekommen war, hatte sich die ganze Atmosphäre im Raum verändert. Sogar sein Geruch war noch derselbe wie früher – der Moschusduft von Eau de Cologne und Tabak. Das hatte sie schon immer anziehend gefunden.

Lautlos trat er zu ihr ans Fenster, viel zu nah, und spähte über ihre Schulter. »Ärger im Paradies, wie ich sehe.«

Sie rührte sich nicht. »Woher kommst du so plötzlich? Bist du mir aus dem Weg gegangen?«

»Als ob ich das könnte. Oder tun würde. Führt mein Sohn sich anständig auf?«

»Sagen wir einfach, der Anfang war etwas holprig.«

»Ich habe schon gehört.«

»Und dich darüber amüsiert, vermute ich.«

»Ein bisschen, das gebe ich zu. Was ist mit dem Mädchen? Wird sie bei unserem Plan mitspielen?«

»Oh, Rose ist absolut fügsam«, sagte sie, als wäre die Frage absurd. »Sie wird tun, was man ihr sagt.«

Bella warf im Vorübergehen zufällig einen Blick in die Bibliothek und sah Julia und Cecil, die vor dem Fenster vertraut miteinander sprachen. Ihr schnürte sich die Brust zusammen. Welchen Unfug richtete er jetzt wieder an?

Andererseits sollte er sich ruhig mit Julia befassen. Große Güte, sie hatte es wirklich in sich. Bella war ihr und Rose in die Arme gelaufen, als sie vom Frühstück kamen. Sie hatte die beiden Frauen gefragt, wie sie geschlafen hatten, und war ernsthaft an der Antwort interessiert gewesen, nachdem sie so viel Mühe in die Zimmer gesteckt hatte.

Julia hatte darauf abgezielt, sie zu verletzen. »Ausreichend. Es war heiß im Zimmer. Und recht beengt, fürchte ich.«

»Es tut mir leid, dass Sie das so empfinden.«

Wie zuvor hatte Rose sich beeilt, den Schaden zu beheben. »Ich habe geschlafen wie ein Baby. Man fühlt sich eher wie in einem wunderbaren Landhaus als in einem Hotel.«

Bella hatte der Situation entfliehen wollen und Richtung Speisesaal gedeutet, aber Julia hatte sich nicht abwimmeln lassen. »Ich habe mich gefragt, ob Sie vielleicht geräumigere Zimmer haben.«

»Wir sind komplett ausgebucht.« Bella hatte darauf geachtet, ruhig und beherrscht zu klingen.

»Aber die Zimmer sind nicht belegt. Vielleicht sollte ich mit Cecil sprechen.« Julia hatte sich umgeblickt. »Falls er in der Nähe ist.«

»Nein, nein. Ich werde sehen, was ich tun kann.« Cecils unbesonnene, nutzlose Einmischung war das Letzte, was Bella brauchte.

Vielleicht ging es bei dem Gespräch der beiden in der Bibliothek ja darum.

Aber jeder Gedanke einzuschreiten wurde von einem lauten, fröhlichen Hupen draußen vertrieben.

Ach ja, dachte sie. *Die Turners kommen ja heute Morgen!*

Bella wusste über Automobile nicht viel mehr, als dass sie einen scheußlichen Lärm verursachten. Trotzdem fiel es schwer, nicht von dem schimmernd roten Fahrzeug beeindruckt zu sein, das knirschend zum Stehen kam, als sie hinaus in den Sonnenschein trat.

»Meine Güte!«, rief sie. »Was für ein imposanter Auftritt!«

Der Fahrer nahm seine Brille ab und strahlte sie an. Mit breitem amerikanischem Akzent sagte er: »Jack Turner. Zu Ihren Diensten.«

Um das Automobil versammelte sich eine Menschentraube. »Ein Bugatti«, bemerkte Graf Albani anerkennend. »Nett.« Sekunden später hatte sich die allgemeine Aufmerksamkeit jedoch auf die elegante Frau verlagert, die auf der anderen Seite des Fahrzeugs ausstieg und in deren kraus gelockten Haaren sich der Wind verfing.

»Danke«, sagte sie, als Billy zu ihr ging, um zu helfen. Sie sprach ebenfalls mit einem starken amerikanischen Akzent.

Billy machte große Augen, als er ihre Kleidung sah – ein Herrenanzug, so geschnitten, dass er ihre Figur beeindruckend zur Geltung brachte. Betty war aus der Küche geeilt, um zu sehen, was los war, und stieß ihn kräftig an. »Hör auf, so zu starren, Junge. Hol einfach die Koffer!«

Bella führte die Neuankömmlinge ins Foyer und bat sie, sich ins Gästebuch einzutragen. »Hier, bitte«, sagte sie und gab Jack einen Stift. »Für Sie und …« Diskret warf sie einen Blick auf die Hand der Frau; sie trug keinen Ring. »Mrs Turner.« Jack unterschrieb wortlos, dann sah er seine Begleiterin vielsagend an.

Sie schmunzelte kurz. »Sie können mich Claudine nennen.«

Während seiner Genesung hatte Lucian gelernt, wie wichtig es war, sich beschäftigt zu halten. Genauer gesagt hatte ihn sein Arzt darauf gebracht – um Lucians Grübelei und Sinnieren auf ein Minimum zu beschränken. In der ersten Zeit hatte nicht viel dazugehört, den schwarzen Hund aus seinem Zwinger zu locken, und weil er so wahllos über Lucian hergefallen war, waren diesem die Angriffe umso brutaler erschienen. Lucian konnte an einem herrlich angenehmen Sommertag über die Felder spazieren, und plötzlich öffnete sich in seiner Seele ein Loch, in das er hineinstürzte.

Mit der Zeit hatte er gelernt, diese Anwandlungen mit einem Pinsel fernzuhalten. Die Malerei holte Lucian aus seinem Kopf heraus. Nicht nur durch die ständige Wiederholung, das automatische Auftragen von Öl auf eine Leinwand, sondern weil etwas Äußeres seine ganze Konzentration forderte, ob es eine Obstschale war oder eine Eisenbahnbrücke.

Das Problem war, dass Lucians Vertrauen in seine Kunst von genau den Menschen, die ihn seiner Meinung nach hätten unterstützen sollen, untergraben wurde. Was Italien so reizvoll machte – und ihn dazu bewogen hatte, seinen Stolz herunterzuschlucken und seinen Eltern hierher zu folgen –, war die Landschaft, die sich zum Malen regelrecht anbot.

Sein Vater allerdings war Künstlern gegenüber derart feindselig eingestellt, dass Lucian sich jedes Mal schwach oder verblendet vorkam, wenn er über seine Ambitionen sprach. Diese Ablehnung drang in seine eigenen Gedanken vor, bis sogar beim inneren Zwiegespräch seine Stimme einen spöttischen Unterton annahm.

Seine Familie hatte seine Versuche, sich eine glückliche Zukunft aufzubauen, vergiftet. Ihnen war nur wichtig, dass er heiratete.

Sein Gespräch mit Rose hatte zu seiner schlechten Stimmung beigetragen. Wie konnte ein so schöner Mensch so hohl sein? Auf dem Rückweg vom Bahnhof hatte er sich eine ganz andere Rose erträumt – scharfsinnig, souverän und eigenständig. Die erste Hochstimmung war einer Art Lethargie gewichen, als ihm klar wurde, dass seine Hoffnung jeder Grundlage entbehrte. Rose war eine zu große Verheißung gewesen, als dass er an sie hätte glauben dürfen; sie stand so sehr unter der Fuchtel ihrer Mutter, dass sie Lucian an die zerdrückten Feigen erinnerte, die er hin und wieder im Garten fand.

Erfreut darüber, die Bibliothek leer vorzufinden, zog Lucian ein Buch aus einem Regal und blätterte halbherzig darin. Trollope. Als würde irgendein Mensch, der bei Verstand war, ins ferne Italien reisen und denken: »Ich weiß, was ich jetzt mache – ich lese *Die Türme von Barchester*.« Er nahm sich vor, Nish von diesem Gedanken zu erzählen. Es würde ihn sicher amüsieren.

Er kicherte noch leise, als seine Mutter hereinkam. »Wo sind alle?«

»Schlafen, wenn sie vernünftig sind.«

»Du wolltest also keine Siesta halten? Gestern Abend warst du ziemlich lange auf.«

Also wusste sie von seinem Besuch am Strand. Er hob den Blick. »Warum bist du hier? Hast du eine Aufgabe für mich?«

Sie ging zu ihm. »Ich wollte nur wissen, wie es dir geht. Du warst nicht unter den Zuschauern, als die Turners eintrafen.« Sie formulierte es, als hätte ein Theaterstück Premiere gefeiert.

Lucian zuckte mit den Schultern. »Gäste kommen und gehen. Das hier ist immerhin ein Hotel.«

»Du musst nicht unhöflich werden.«

»Hat Vater dich geschickt?«

»Lucian!« Sie klang ernsthaft bestürzt.

»Was? Er drängt mich bei jeder Gelegenheit. Sag ihm, dass er sich keine Sorgen machen muss.«

Eine Hand legte sich mütterlich auf seinen Arm. »Die Sorgen mache ich mir.«

»Um diese verdammte Hochzeit?«

»Um *dich*!«

Er sah ihr an, dass sie die Wahrheit sagte. Die dunklen Schatten unter ihren Augen zeigten es ihm, die Ader, die sanft an ihrer rechten Schläfe pochte. »Das musst du nicht«, sagte er.

»Aber ich tue es. Du wirkst so anders.«

»Was soll das heißen?«

»Es soll heißen, dass du deine Zeit vergeudest. Auf ziemlich ungesunde Art.«

Lucian wirkte getroffen. »Du klingst genau wie er. ›Geh nach Hause. Such dir Arbeit. Heirate.‹«

»Mir ist völlig egal, was du machst. Nur mach irgendetwas.«

»Du wolltest mich hier haben.«

»Das will ich immer noch. Natürlich will ich dich hier haben. Etwas anderes sage ich doch gar nicht.«

Eine verdrießliche Stille senkte sich über das Zimmer. Lucian beschloss, sie zu beenden. »Und was ist mit dir?«

»Ich habe etwas, in das ich mein Herzblut stecke.« Bella deutete vage auf ihre Umgebung.

»Und erfüllt es dich?«

»Das und die Mutterschaft.«

»Und die Ehe mit Vater?«

»Natürlich«, sagte sie wenig überzeugend. »Die auch.«

»Kann man seine Bestimmung darin finden, jemanden zu lieben?«

»Wenn man diesen Menschen wirklich liebt, ja.«

»Aber wenn nicht?«

Bella wollte gerade antworten, als Cecil hereinplatzte. »Warum versteckt ihr euch denn hier und macht so lange Gesichter?« Er hatte sich in Schale geworfen, bemerkte Lucian. Er trug einen Anzug. Offenbar wollte er jemanden beeindrucken. Er musterte das einst so attraktive Gesicht seines Vaters.

Bella antwortete in einem Ton, als würde sie ihn regelrecht hassen. »Wir haben über die Liebe gesprochen«, sagte sie, ohne den Blick von Lucian zu lösen.

Cecil schnitt eine Grimasse. »Herrje.« Dann drehte er sich um und ging.

Um Lucian eine Freude zu machen, hatte Bella eine Auswahl seiner Gemälde in den Salon und an eine eher unauffällige Wand hinter der Treppe gehängt. Cecil sah erstaunt, dass Jack Turner, der neue amerikanische Gast, sie ganz offensichtlich interessiert betrachtete.

Der Anblick von Jacks Auto in der Zufahrt hatte Cecil zu der Überzeugung gebracht, dass es nützlich sein könnte, diesen Mann kennenzulernen. Also hatte er sich auf die Suche nach ihm gemacht. Zum Glück war er bald fündig geworden.

»Nicht schlecht, oder?«, rief er jetzt und schlenderte zu Jack. Tatsächlich hatte er keine Ahnung, ob die Bilder etwas taugten.

»Viel besser als ›nicht schlecht‹«, sagte Jack.

Cecil streckte die Hand aus. »Cecil Ainsworth. Ich vermute, meine Frau kennen Sie schon.«

Der andere Mann schüttelte ihm unangenehm schlaff die Hand.

»Jack Turner«, sagte er, dann wandte er sich wieder dem Gemälde zu, dass er begutachtet hatte – ein Porträt einer Frau in einem Satinkleid mit einer gelben Rose in der Hand. »Von einem heimischen Künstler?«

»Könnte man so sagen. Mein Sohn, Lucian.«

Jack zog eine Augenbraue hoch. »Er hat Talent.«

»Kann sein, aber behalten Sie das für sich. Er soll auf keinen Fall glauben, er könne mit der Malerei sein Geld verdienen.«

Sie lachten verschwörerisch.

»Kann man die Bilder kaufen?«, fragte Jack.

Die Frage verblüffte Cecil. »Möglich.« Darüber hatte er noch nie nachgedacht. »Sind Sie ein Sammler?«

»Eher nicht. Aber ich kenne ein paar.«

Cecil wollte weitere Fragen stellen, aber dann hörte er, wie jemand mit leichten Schritten die Treppe herunterkam. Es war Jacks Begleiterin – wohl nicht seine Frau, dachte Cecil –, diese Claudine, von der alle sprachen. Unter ihrem Seidenkimono sah Cecil einen knallroten Badeanzug mit hohem Beinausschnitt. Ihre Haut hatte einen weichen goldbraunen Ton.

»Schätzchen, das ist Mr Ainsworth«, sagte Jack, ohne sich umzudrehen. Er schien genau zu wissen, wer dort stand, nur durch den Klang ihrer Schritte.

Claudine nahm weder ihre Sonnenbrille noch ihren Hut ab, aber sie streckte Cecil eine Hand entgegen. »Ich bin entzückt«, sagte er und küsste ihr die Hand. Dann wandte er sich wieder an Jack. »Irgendwelche großen Pläne für heute?«

»Wir wollen einen kleinen Ausflug zum Strand machen«, sagte Jack.

Cecil wies ihnen den Weg, ausnahmsweise gefiel er sich darin, den aufmerksamen Gastgeber zu spielen. »Dann erlauben Sie mir, Ihnen die Tür zu öffnen. Jetzt ist die perfekte Zeit, um schwimmen zu gehen.«

Kaum waren Jack und Claudine aus der Tür, kehrte Melissa, die das Paar beobachtet hatte, auf die Terrasse zurück, wo Lady Latchmere auf einem Stuhl döste. Sie schlich näher und flüsterte: »Tante! Wach auf! Das musst du sehen!«

Lady Latchmere kollerte leise wie ein Truthahn, als würde sie sich aus dem Schlaf hochkämpfen. »Was?« Sie schlug nach Melissas Kopf, die sich schnell außer Reichweite brachte. »Immer mit der Ruhe, Liebes. Nicht so hastig.«

»Aber sieh doch!«

Sie zeigte auf Claudine, die in vollendeter Haltung wie auf dem Laufsteg zum Strand hinunterstolzierte. Jack folgte ihr mit ihrer Tasche und ihrem Sonnenschirm.

Lady Latchmere verrenkte sich den Hals und streckte dabei jede ihrer verknöcherten Sehnen auf der Jagd nach Klatsch.

»Gütiger Himmel!«, sagte sie, als sie einen Blick auf den roten Badeanzug erhaschte. Sie ließ sich gegen die Lehne fallen und fächelte sich Luft zu. »Mir wird ganz schwindelig.«

Melissa machte sich Sorgen. »Soll ich Mr Sengupta holen?«

»Das wird nicht nötig sein. Aber vielleicht könnte ich noch ein Glas von dieser italienischen Limonade trinken, die ich beim Frühstück hatte.«

»Ich schaue mal, was ich tun kann«, sagte Melissa.

Die *caffè* in Portofino waren teuer. Es gab dort die gleichen Metalltischchen und weißen Tassen von Lavazza wie in Genua, nur mit einem Aufschlag von dreißig Prozent für das Privileg, englischen Matronen beim Planschen in der Brandung zusehen zu dürfen. Hin und wieder jedoch konnte man Glück haben und den Anblick genießen, wie eine echte englische Rose ihre Kleider ablegte …

Im Hotel Portofino wohnten gleich mehrere solcher Rosen, dachte Roberto. Die jüngere hieß sogar Rose. Sie hatte Haut wie Seide, glatt und zart. Zwar war sie ein wenig dünn, aber das waren englische Mädchen oft. Man musste sie mästen wie Gänse.

Die englische Rose trat im Doppelpack mit ihrer Mutter auf. Bei dem Gedanken an die ältere Frau grinste Roberto wie ein Wolf. Mit der war nicht gut Kirschen essen. Sie wachte über ihre Tochter wie über ein Kleinkind.

Geh nicht dahin!
Wo warst du?

Den lieben langen Tag, von morgens bis abends. Es war ihm schleierhaft, wie das Mädchen das ertragen konnte.

Roberto nippte an seinem Campari Soda. Jemand kam den Weg vom Hotel herunter. Ein mittelgroßer Mann mit einem Sonnenschirm. Vor ihm ging mit langen Schritten eine große schwarze Frau mit der umwerfendsten Figur, die Roberto je gesehen hatte.

Am Strand angelangt, streifte die Frau ihren Kimono ab und enthüllte … Großer Gott! Das Warten hatte sich gelohnt. Roberto nahm die Sonnenbrille ab, um besser sehen zu können. Nur war er nicht der Einzige, der sie bemerkt hatte. Eine kleine Menschenmenge versammelte sich am Strand und rückte der Stelle, an welcher der Mann ein Handtuch ausbreitete, langsam immer näher.

Menschen! Sie versperrten ihm die Sicht!

Roberto stand auf und reckte den Hals. In diesem Moment näherte sich ein Mann seinem Tisch. Er wurde von zwei jüngeren Männern begleitet. Die beiden, die Beine dick wie Baumstämme, die Füße leicht auseinander, blieben ein Stückchen entfernt stehen und verschränkten die Arme. Der ältere Mann hatte kurz geschnittenes Haar und zog die Schultern nach vorn. Seine Kleidung war gepflegt, aber billig. Er streckte die Hand aus.

»Danioni«, sagte er. Er sprach mit einem rauen ländlichen Akzent. Das klang nicht einmal nach Genua.

»Freut mich, Sie kennenzulernen.« Roberto bemühte sich, seinen Ärger zu verbergen, als er den Blick vom Strand losreißen musste.

Danioni trat zurück. »Verzeihen Sie, dass ich Ihre … Beobachtungen störe. Aber ich würde gern etwas wissen. Sind Sie Parteimitglied?«

»Ich überlege einzutreten.« Roberto sprach bewusst knapp und geschliffen.

Danioni folgte Robertos Blick, der wieder zu der Frau gehuscht war. Sie hatte sich am Strand ausgestreckt und zog alle Aufmerksamkeit auf sich. »Eine Ausländerin?«

»Könnte sie etwas anderes sein?«

»Wohnen Sie in dem englischen Hotel?«

Roberto nickte und zündete sich eine Zigarette an.

»Ich hoffe, Sie sind wachsam.«

Roberto grinste. »Mein Vater wohnt auch da. Er liebt die Engländer.«

Danioni zog Schleim hoch und spuckte ihn neben Robertos Füße. »Also hat er nicht im Krieg gekämpft.«

Roberto starrte auf die bebende gelbe Masse. Dann hob er langsam den Blick zu Danionis fahlem, missmutigem Gesicht. »Soweit ich es verstanden habe, ist der Krieg vorbei«, sagte er.

»Wirklich?« Danioni zog die Augenbrauen hoch. Er warf seinen Begleitern einen Blick zu, und sie lächelten gehorsam. »Eigenartig. Ich habe gehört, er hat noch nicht einmal begonnen.«

Bei ihrem Streit – oder sollte sie es eine Meinungsverschiedenheit nennen? – mit Lucian hatte Bella ihm als Letztes mitgegeben, wenn er nicht nur Trübsal blasen, sondern sich nützlich machen wolle, könne er Constance das Lesen beibringen.

»Wer ist Constance?«, hatte er gefragt.

»Das neue Kindermädchen.«

»Die junge Frau, die ich vorhin in der Küche gesehen habe? In der Dienstmädchenuniform?«

»Sie wird ein bisschen von allem machen.«

»Arme Constance.«

Bella hatte beschwichtigend gelächelt. »Hast du ›radikale Anwandlungen‹?« Damit spielte sie auf einen berüchtigten Krach zwischen Lucian und seinem Vater an.

»Könnte sein.« Lucian zögerte. »Ich verstehe nicht, warum wir nicht ein Kindermädchen und ein Hausmädchen einstellen können, wenn wir beides brauchen.«

Bella seufzte. »Lucian, Cecil, sogar Alice – sie ahnten nicht mal, wie teuer es war, den Laden am Laufen zu halten; oder sie wussten es, und es war ihnen egal.« »Weil wir keinen Dukatenesel haben«, sagte sie schroff. »Außerdem sind gute Angestellte heutzutage schwer zu finden. Und ich glaube, sie ist etwas Besonderes.«

Lucian fand Constance mit einer zerlesenen Ausgabe der *Ilias* in der Hand.

»Ah«, sagte er. »Was ist das? Trollope?«

Sie schlug das Buch laut zu, ihre Wangen erröteten. »Wie bitte, Sir?«

»Schon gut. Nur ein Gedanke. Zeigen Sie es mir?«

Constance hielt das Buch wie einen Schild vor sich, Lucian nahm es ihr trotzdem ab.

»Es wäre vielleicht klug, mit etwas weniger Ehrgeizigem als Homer anzufangen, meinen Sie nicht?« Er gab es ihr zurück.

Sie nickte und stellte es schnell dahin zurück, wo sie es gefunden hatte.

»Ich habe gehört, dass Sie ein bisschen Hilfe mit dem Lesen brauchen«, erklärte er.

»Ich konnte nur die Speisekarte nicht lesen, das ist alles. Die Schrift war komisch.« Sie hatte einen starken Yorkshire-Akzent. Er klang reizend, richtig charmant.

»Tja, meine Mutter hat darauf beharrt, dass ich Ihnen helfen soll.«

»Ich weiß, Sir. Deshalb war Mrs Mays-Smith so freundlich, mir eine Stunde freizugeben.«

Lucian zog seine Jacke aus und setzte sich am Schreibtisch bequem zurecht. Constance blieb, wo sie war, vor dem Bücherregal. Bildete er es sich nur ein, oder schmollte sie? Er sah sie ungeduldig an. »Wissen Sie, was? Ich will genauso wenig hier sein wie Sie. Aber wir sollten wenigstens versuchen, das Beste daraus zu machen.«

Nach kurzem Zögern kam Constance an den Tisch. Sie zog einen Stuhl zurück und setzte sich. »Na gut«, sagte sie. »Sir.«

»Bitte nennen Sie mich Lucian.«

»Lucian.« Sie zog die Nase kraus. »Das klingt komisch. Nicht der Name«, fügte sie hastig hinzu. »Zu hören, wie ich ihn sage.«

Lucian lächelte. Sie war ein liebes Mädchen. »Fangen wir mit dem Alphabet an«, sagte er.

Aus einer Ledermappe nahm er eine Kinderfibel, ein Blatt Papier und einen Bleistift. Er legte die Gegenstände im gleichen Abstand nebeneinander auf den Tisch, als sollte die erste Lektion sein, sorgfältig Ordnung zu halten.

»Sehen Sie mal, wie Sie mit diesen Übungen zurechtkommen«, sagte er. »Und geben Sie einfach Bescheid, wenn Sie fertig sind.«

Während Constance sich an ihre Aufgabe machte, ließ Lucian sich tiefer in seinen Lieblingssessel – den roten Ledersessel mit den Nieten – sinken und versuchte, sich auf seine Zeitung zu konzentrieren. Er dachte an den Generalstreik zu Hause, der sein Interesse wecken sollte, das war ihm klar. Aber er konnte sich nicht verkneifen, immer wieder verstohlen Constance anzusehen. Sie war keine klassische Schönheit, nicht so wie Rose. Ihre Augen unter den dicken Augenbrauen standen ein wenig zu eng zusammen. Ihre Kleidung war wie zu erwarten abgetragen und formlos. Trotzdem hatte sie etwas an sich.

Er musste eingenickt sein, denn für ihn ganz unvermittelt räusperte sie sich.

Hastig blickte er auf und setzte sich im Sessel zurecht, um zu überspielen, dass er eingeschlafen war. »Sind Sie fertig?«, fragte er mit vorgetäuschter Aufmerksamkeit.

»Ich muss jetzt gehen.« Sie sah zur Tür der Bibliothek. »Ich werde gebraucht.«

»Dann lassen Sie mich mal sehen.«

Sie gab ihm das Blatt, das sie sorgsam zur Hälfte zusammengefaltet hatte.

»Morgen um die gleiche Zeit?«, schlug er vor.

Constance zögerte. »Da muss ich mit Mrs Mays-Smith sprechen.«

»Soll ich?«

»Ich mache es selbst. Ich bin bei ihr angestellt.« Eine respektvolle Pause. »Wenn es nichts weiter gibt, Sir?«

»Nein, nichts«, sagte Lucian.

Sie verließ das Zimmer, und als er ihr nachsah, verspürte er den seltsamen Drang, sie zurückzurufen – nur um noch einmal ihre zarte Nähe zu genießen. Aber ihm fiel kein plausibler Grund ein, und so wäre es eine hässliche Machtdemonstration gewesen. Überhaupt Angestellte zu haben war schändlich genug und nichts, was Lucian bei seinen Künstlerfreunden erwähnt hätte – nicht einmal bei denen, die daheim mit Dienstboten aufgewachsen waren. Was bei den meisten der Fall war, wenn er so darüber nachdachte.

Als er von seiner Grübelei, die ihm nicht das beste Bild von sich selbst offenbarte, genug hatte, entfaltete er das Blatt, das Constance ihm gegeben hatte.

Was dort stand, ließ ihn laut lachen.

Ich weiß vielleicht nicht, was Eier Benedict sind, aber das Alphabet kenne ich!

Cecil begegnete der neuen Dienstbotin auf dem Weg zur Terrasse. Sie kam gerade aus der Bibliothek und hatte dieses reizvolle kesse Lächeln auf den Lippen, das man bei Mädchen wie ihr oft sah. Wer war sie? Lotties Kindermädchen oder etwas Ähnliches? Bella hatte eine gute Wahl getroffen.

Er hatte eine Flasche Brandy und eine klare Mission – Jack suchen und einen anständigen Plausch mit ihm führen. Cecil hatte ihn auf der Terrasse entdeckt, formell gekleidet und ohne Claudine. Was ihn einerseits enttäuschte, ihm andererseits nützlich sein konnte.

Er schnappte sich zwei Gläser von der Kredenz im Speisesaal, bevor er sich dezent dem Tisch näherte.

»Darf ich mich dazusetzen?«

Jack blickte auf. »Nur zu.«

Cecil schenkte ihnen beiden großzügig ein. Dann holte er ein silbernes Etui aus der Tasche, öffnete es mit theatralischer Geste und enthüllte eine Reihe dicker Zigarren. Eine davon bot er Jack an, aber der Amerikaner zögerte.

»Keine Sorge«, beruhigte Cecil ihn. »Sie sind importiert. Bei gewissen Dingen verlässt man sich nicht auf die Italiener.«

Lächelnd nahm Jack eine Zigarre und ließ sich Feuer geben. Ein paar Minuten lang pafften die beiden in behaglichem Schweigen.

Cecil sagte: »Sie haben mir von Ihren Verbindungen zur Kunstwelt erzählt.«

»Habe ich?«

»Sie haben ein Auge für diese Dinge, das merke ich. Ist das Ihre Branche?«

»Ein bisschen An- und Verkauf.«

»Sie haben eine Galerie?«

Jack schüttelte den Kopf. »Privatkunden.«

Cecil ließ einen Moment verstreichen, bevor er die wichtigste Frage stellte. »Und Sie glauben, diese Kunden würden vielleicht ein paar von Lucians Werken kaufen wollen?«

»Mein Interesse war rein persönlicher Natur«, antwortete Jack rundheraus.

»Oh.« Cecil versuchte, sich seine Enttäuschung nicht anmerken zu lassen.

Jack sprach weiter. »Mit Bildern aus diesem Jahrhundert kann man nicht viel Geld machen. Es sei denn natürlich, man ist Matisse.«

»Natürlich.«

»Die Renaissance dagegen …« Jacks Gesicht hellte sich auf. Cecil entging nicht, dass er es »Ree-nääi-sens« aussprach. Verdammte Amerikaner. »Damit sieht es ganz anders aus.«

»Wirklich?«

»Die hat mir den Bugatti eingebracht.«

In Cecils Brust regte sich etwas. Ein plötzliches animalisches Fieber. »Die alten Meister?«

»Die verkaufen sich in den Staaten wie warme Semmeln. Alter Geldadel. Banker von der Wall Street. Sie bekommen einfach nicht genug davon.«

»Faszinierend.«

»Das beste Geld verdient man natürlich mit der Authentifizierung. Wenn man hunderttausend für einen Tintoretto hinlegt … Na ja, dann will man sicher sein, dass man bekommt, was man bezahlt hat.«

»Die Leute bezahlen für Ihr Prüfsiegel?«

»Nicht für meines.« Er sah Cecil durch den Zigarrenqualm an. »Aber ich habe den Besten in der Branche an der Hand.«

Natürlich, sagte sich Danioni, war es sehr vornehm, dieses Hotel Portofino. Es ließ sich nicht leugnen, dass die Engländer den Markt verstanden. Möglicherweise besser als einige italienische Hoteliers. *Dieser Klingelzug zum Beispiel,* dachte er, als er an dem Seil vor dem Eingang zog. Wie viele Hotels hatten heutzutage noch eine so altmodische Glocke? Die meisten hatten elektrische Klingeln und waren stolz darauf. »Sehen Sie mal, meine elektrische Klingel! Drücken Sie auf den Knopf, Sie werden staunen.« Die Engländer dagegen … Sie hielten sich an die alten Methoden, weil sie angeblich die besten waren – und die Leute glaubten ihnen.

Während er sich als Mr Danioni vom Gemeinderat vorstellte, fragte er sich, ob Mrs Ainsworth das Abzeichen an seinem Revers aufgefallen war – ein Anstecker der Nationalen Faschistischen Partei mit der italienischen Tricolore und den römischen »Fasces«. Er hatte den Eindruck, dass ihr Blick ihn gestreift hatte, aber er konnte sich nicht sicher sein.

Nachdem er herausgefunden hatte, dass sie ein wenig Italienisch sprach, fragte er sie, ob sie sich irgendwo unter vier Augen unterhalten konnten.

Sie wirkte überrascht. »Mein Mann ist nicht hier, fürchte ich. Er kommt später zurück.«

Danioni musste ihr erklären, dass er nicht mit ihrem Mann sprechen wollte. Er wollte mit ihr reden.

Sie führte ihn in ein Zimmer, das sie wegen der Bücherregale als Bibliothek bezeichnete und in dem eine junge Dame und ein etwa sechs Jahre altes Mädchen lasen. Offenbar vermittelte Mrs Ainsworth' Gesichtsausdruck den Ernst der Lage, denn die beiden verließen sofort das Zimmer.

»Ihre Tochter?«, fragte er.

»Unser Kindermädchen.«

»Ah. Das fabelhafte britische Kindermädchen. Der Fels, auf dem das Königreich steht, nicht wahr?«

Mrs Ainsworth ging nicht auf seine Bemerkung ein. »Womit kann ich Ihnen dienen, Mr Danioni?«

Also zum Geschäftlichen. Er zog aus der Innentasche seiner Jacke einen Brief – ihren Brief an den Mann, den sie Henry nannte – und legte ihn auf den Tisch. »Es ist eine delikate Angelegenheit.«

Mrs Ainsworth beäugte den Umschlag misstrauisch, dann hob sie ihn auf. Danioni konnte ihre Angst spüren. »Wer hat Ihnen den gegeben?«

Er zuckte mit den Schultern. Dabei wusste er es ganz genau. Er hatte Paola auf dem Weg zum Briefkasten abgefangen. Sie war eine vernünftige Frau – um ihren Mann war es jammerschade – und zu klug, um etwas vor ihm zu verbergen. Warum sollte man seiner Familie und sich unnötige Probleme einhandeln?

»In diesem Ort passiert nichts, von dem ich nicht weiß«, sagte er jetzt.

»Das ist ein vertraulicher Brief.« Mrs Ainsworth wirkte zunehmend aufgebracht.

»Allerdings. Voll vertraulicher Gefühle. Das wäre *una grande disgrazia*, nicht? Sollte er … wie sagen Sie? … in die falschen Hände fallen.«

Er hatte erwartet, ein Häuflein Elend zu sehen. Stattdessen richtete sie sich zu ihrer vollen beachtlichen Größe auf und sagte: »Dann muss ich Ihnen danken, Signor Danioni. Für die Rückgabe des Briefes.«

Danioni verstand ihren Versuch, das Gespräch zu beenden, und stand ebenfalls auf. Sie ging zur Tür, aber als sie ihn verabschieden wollte, sagte er noch etwas. »Ich hoffe … all die anderen Briefe, die Sie geschrieben haben, sind bei ihrem Empfänger angekommen.«

Darauf schloss Mrs Ainsworth die Tür hinter sich. Mit verschränkten Armen stand sie vor ihm. »Was genau wollen Sie?«

Ein Lächeln breitete sich auf Danionis Gesicht aus. Er genoss jedes Mal den Augenblick, wenn sie begriffen. Manche Menschen brauchten länger als andere.

»Was wir alle wollen, Signora Ainsworth.«

VIER

Bella saß im Nachthemd an ihrer Frisierkommode und kämmte sich die Haare aus. Letzte Nacht hatte Cecil wie ein Toter geschlafen, und sie war in ihr Zimmer geschlichen, hatte die Fensterläden geöffnet – um böse Geister hinauszulassen, sagte sie sich – und die frischen Düfte der italienischen Nacht tief eingeatmet.

Dann war sie wieder neben ihn ins Bett geschlüpft, weil sie wusste, wie vergrätzt er war, wenn er sie nach einer ihrer seltenen gemeinsamen Nächte nicht dort vorfand.

Die Fensterläden waren immer noch offen, aber jetzt ließen sie die brennende Sonne und den Radau der Zikaden herein. Eine Fliege krabbelte verschlafen die Wand bis zum Deckenfries hinauf. Bella beobachtete sie wie hypnotisiert. Dann glitt ihr Blick zurück zum Spiegel. Darin ragte Cecil nackt hinter ihr wie ein Schatten auf.

»Sind wir wieder Freunde, Bella?«

In ihrem benebelten Traumzustand hörte sie ihn nicht richtig.

»Ich habe gefragt: ›Sind wir wieder Freunde?‹«

»Ja, Cecil.« Widerwillig drehte sie sich zu ihm um.

»Dann sag es«, bat er flehentlich.

Sie unterdrückte ein Seufzen. »Wir sind wieder Freunde.«

»Gut. Du weißt ja, ich ertrage es nicht, wenn du einen Groll auf mich hast.«

Er steckte sich eine Zigarette zwischen die Lippen und wollte sie anzünden.

Bella verzog das Gesicht. »Muss das sein?«

Cecil unterdrückte demonstrativ sein Missfallen, fügte sich aber.

Als Bella die oberste Schublade ihrer Kommode aufzog, um die Bürste zurückzulegen, fiel ihr Blick auf Henrys Brief. Sie hatte ihn in ihrer Eile dort hineingesteckt, um ihn in einem ruhigen Moment in ihre Schatulle zu legen. Ihr blieb gerade genug Zeit, um die Schublade zu schließen, ganz beiläufig, bevor Cecil zu ihr kam, über ihre Schulter streichelte und ihren Hals küsste.

Ihre Blicke trafen sich im Spiegel.

»Es war schön, Bellakins, oder?«

»Sehr schön.« Und es stimmte. Er war ein guter Liebhaber, bewährt und verlässlich.

»Warum siehst du dann aus wie sieben Tage Regenwetter?«

»Ich weiß nicht. Mir geht einiges durch den Kopf.«

Seufzend ließ Cecil die Hand von ihrer Schulter fallen. »Sag es nicht.«

Seinen Gesichtsausdruck ertrug sie kaum. »Ich weiß, dass du es furchtbar findest, über Geld zu sprechen.«

»Das ist es nicht. Ich finde nur furchtbar, welche Unannehmlichkeiten es bringt, wenn man zu wenig davon hat.«

Bella stand auf, um in ihr Ankleidezimmer zu gehen, aber er nahm sie in die Arme. »Es gäbe dafür ja eine einfache Lösung, Schätzchen.«

Sie schüttelte den Kopf. »Meinen Vater um Geld zu bitten ist alles andere als einfach.«

»Das schon wieder.«

»Er war unglaublich großzügig. Sogar mehr als großzügig.«

»Bei unserer Hochzeit hat er genau das ausgezahlt, was in unserem Ehevertrag vereinbart war. Nicht einen Penny mehr oder weniger.«

»Wäre nur etwas davon bei uns angekommen.«

Verärgert ließ Cecil sie los. »Fang nicht davon an. Die verfluchten Erbschaftssteuern kannst du mir nicht vorwerfen. Das Anwesen, das Haus, der ganze Rest ... Am Ende fällt alles Lucian zu.«

»Falls er jemals zurückgehen will.«

Und warum sollte er das wollen?, dachte sie. Es war ein scheußlicher Ort. Wie ein Mausoleum.

Cecil versuchte es mit einer anderen Taktik. »Dein Vater … Er hat nur noch dich. Er vergöttert dich, er will dich glücklich machen. Ihm wäre es um keine Summe schade, die du für das Hotel ausgibst.«

»Ich kann nicht ständig als Bittstellerin zu ihm gehen.«

»Das ist doch Wahnwitz.« Er hatte die Stimme erhoben, sein Gesicht war rot. »Ihm kommt das Geld aus den Ohren!«

»Was ist wahnwitzig daran, anderen nichts schuldig sein zu wollen?«

»Das bist du doch längst! Er hat jedes Kissen und jeden Kerzenhalter in diesem verdammten Laden bezahlt.«

»Und ich habe versprochen, ihm das Geld zurückzugeben.«

»Er rechnet nicht damit, auch nur einen Penny wiederzusehen.«

»Deshalb bin ich fest entschlossen, dass er es doch tut.«

Sie waren in derselben Sackgasse gelandet wie jedes Mal. Es war nur passend, dachte Bella, dass Cecil auch reagierte wie jedes Mal – dramatisch, als hätte er triumphiert, nicht sie.

»Schluck deinen verfluchten Stolz herunter, Bella.« Er spie ihr die Worte voller Verachtung entgegen, dann ging er hinaus und knallte die Tür hinter sich zu.

Warum?, dachte sie auf der Bettkante hockend. *Warum kann er nicht liebevoller sein? So wie damals, als ich ihn kennengelernt habe?*

Nish schlenderte auf der Suche nach einem ruhigen Plätzchen für eine Zigarette durch den Garten, als er Claudine sah, die Frau, über die alle sprachen.

In einem weiten Seidenpyjama saß sie im Schneidersitz auf einer Art Rattanmatte. Es wäre ihm unangenehm gewesen, sie zu stören, deshalb wollte er sich zurückziehen, aber sie hatte ihn schon bemerkt. Sie presste die Handflächen aneinander und verbeugte sich leicht.

Nish war nicht unter den Zuschauern gewesen, als sie vor dem Hotel ankam. Dafür hatte Lucian ihm die Szene in allen Einzelheiten geschildert.

»Ich glaube, sie ist Sängerin«, hatte er gesagt. »Oder Tänzerin. Auf jeden Fall weiß sie, wie man Eindruck macht.«

»Namaste«, sagte sie jetzt.

Bei dem Wort zuckte Nish zusammen. »Wie bitte?«

Ein erschrockener Ausdruck huschte über ihr Gesicht. »Habe ich es falsch ausgesprochen?«

»Nein! Nein, bitte. Überhaupt nicht. Es war nur das erste Wort auf Hindi, das ich sich seit … sehr langer Zeit gehört habe.«

»Tja, es ist das einzige, das ich kenne.« Sie lächelte. »Das einzige, das er mir beigebracht hat.«

Sie nahm wieder ihre Yogahaltung ein, während Nish sich auf die Gartenbank neben ihr setzte.

Nish hakte nach: »Und wer ist er, wenn ich fragen darf?«

»Der Bruder des Maharadscha von Jaipur.« Sie blickte geradeaus und hielt den Rücken gerade.

»Sie waren in Jaipur?« Damit hätte sie ihm etwas voraus, dachte Nish beschämt.

»Gott, nein!« Sie bewegte sich immer noch nicht. »Er hat sich meine Show angesehen.«

»In Amerika?«

»In Paris.« Endlich löste Claudine sich aus der Pose und stand geschmeidig auf. Sie setzte sich neben Nish, Seide ergoss sich auf die Bank. Ihre Zehennägel waren knallrot lackiert. Ihre Haut, mehrere Töne dunkler als seine eigene, war schimmernd und glatt. Ohne zu fragen, pflückte sie ihm die Zigarette aus den Fingern, nahm einen tiefen Zug und blies einen perfekten Rauchring in die Luft. »Ich war seit dem Krieg nicht mehr zu Hause.«

»Ich auch nicht.«

Sie gab ihm die Zigarette mit einem Lächeln zurück. Beide hatten sie sich vor einer Pflicht gedrückt, und das gefiel ihnen.

»Und was halten Sie von Italien?«

Sie lachte. »Sie meinen wohl eher, was hält Italien von mir? Italien würde mich am liebsten auf der Stelle verhaften. Sie sind nur noch nicht dazu gekommen, gegen mich ein Gesetz zu erlassen.«

Nish schauderte innerlich. »Ich habe das Gefühl, das könnten sie bald nachholen.«

Sie stand auf und nahm die Pose »herabschauender Hund« ein, die langen Arme und Beine vollkommen gerade ausgestreckt. »Es ist nicht nur Italien, oder? Machen wir uns nichts vor.« Ihre Stimme klang gedämpft. Sie verharrte in ihrer Haltung und schaute neckisch unter ihrer Achsel hindurch. »Das tun Sie sicher genauso wenig wie ich.«

Es war seltsam, dachte Nish. Die meisten Männer – nahm er jedenfalls an – würde es verrückt machen, dieser Frau mit diesem außergewöhnlich gelenkigen Körper so nah zu sein. Ihm entging nicht, dass dieser Körper alle traditionellen Kriterien für Attraktivität erfüllte. Und er saß hier und ließ das kräftige Blau des Meeres und das trockene Rascheln des Winds in den Palmen seine Sinne erfüllen.

Claudine setzte sich wieder und schlug die Beine übereinander. »Er war mein Mentor, falls Sie es wissen wollen.«

»Der Bruder des Maharadscha?«

»Er wollte mir eine Perle so groß wie ein Entenei schenken. Aber ich konnte ihm seine Wünsche nicht erfüllen. Also musste er sich damit begnügen, mir Yoga beizubringen.«

»Da haben Sie sich sehr ehrenhaft gezeigt«, räumte er mit einem schelmischen Nicken ein. Auch wenn er sich nicht zu ihr hingezogen fühlte, machte ein kleiner Flirt doch Spaß.

»Ich, ehrenhaft?« Claudine lachte. »Sie scherzen.« Sie deutete mit einer Kopfbewegung auf den Boden neben sich. »Wollen Sie mitmachen, Herzchen?«

»Das ist nichts für mich.«

»Kommen Sie schon.« Sie winkte ihn näher. »Den Dreh haben Sie schnell raus.«

Nish zögerte einen letzten Moment, dann zog er in einem Anfall von Spontaneität seine Gamaschen aus und ließ sich behutsam auf alle viere nieder. Er hatte Angst, seine neue Hose zu verschmutzen oder zu zerreißen.

»In Cannes ist mir etwas aufgefallen«, sagte Claudine. »Sie wollen alle Haut haben wie wir.«

»›Sie‹?«

»Die Weißen.« Sie betrachtete ihre eigene Haut. »Früher war das keine Mode, aber jetzt ...« Sie zuckte mit den Schultern. »Jetzt schon, zumindest wirkt es so. Die Frauen liegen da und braten angemalt und eingeölt wie Steaks in der Sonne. Wenn sie aufstehen und essen gehen, reden sie nur darüber, wie braun sie sind, wie viel brauner als jemand anders. Sie sind so versessen darauf, dunkler zu werden, dass sie ihre Haut verbrennen. Eines Abends waren Jack und ich im Restaurant des Ambassadeurs. Am Nebentisch saß eine Frau mit wunden roten Stellen an den Armen und verbundenen Beinen. Ich sagte zu ihr: ›Das sieht schmerzhaft aus.‹ Und wissen Sie, was sie geantwortet hat?«

Nish schüttelte den Kopf.

»Sie sagte: ›Sie haben damit ja kein Problem.‹«

Sie lachten.

»Meine Großmutter ist als Sklavin gestorben«, fuhr Claudine fort. »Und es hat seinen Grund, dass meine Haut nicht dunkler ist. Aber natürlich, ich habe damit ja kein Problem.«

»Sie wollen braun sein«, sagte Nish. »Aber sie wollen nicht wir sein.«

Sie nickte. »Genau.«

Hätte Nish den Moment wählen können, in dem sie von Lucian und Rose überrascht wurden, wäre es nicht dieser gewesen. Doch da schlenderten die beiden Seite an Seite auf sie zu.

Der junge Traum der Liebe.

Rose hatte sich sportlich herausgeputzt mit einem Kricketpullover, einer Tasche aus geflochtenem Stroh, die an ihrem Arm baumelte, und einem gemusterten blauen Tuch in den Haaren. Wie ein Kind, das in einer Kostümkiste gewühlt hat, dachte Nish herablassend.

»Was macht ihr?«, fragte Lucian, als er sie erreicht hatte. »Freiübungen?«

Nish verdrehte die Augen. »Das ist Yoga, du Esel.«

»Ist noch Platz für uns zwei?«

Claudine lächelte. »Je mehr, desto besser.«

Lucian sah Rose an. »Was meinen Sie?«

Bevor sie antworten konnte, ertönte Julias Stimme wie eine Begräbnisglocke. »Rose? Wo bist du?«

»Ich lasse es lieber«, sagte sie.

»Im Ernst?« Claudine klang höflich, aber ungläubig.

»Ja.« Rose wandte sich zum Gehen.

»Ich bin jeden Morgen hier«, rief Claudine ihr nach. »Falls Sie es sich anders überlegen.«

Constance verstand nicht, warum Julia und Rose aus der Epsom Suite auszogen. In ihren Augen war sie wunderschön. Die Tapete war sichtlich neu, aber ihr zartes Muster – das man erst aus der Nähe bemerkte – ließ sie wirken, als wäre sie im Laufe der Jahrzehnte im langsam durchs Zimmer streifenden Sonnenlicht verblasst. Dadurch erschien das Zimmer trotz seiner Pracht warm und wohnlich. Es war nicht darauf ausgelegt, sie auszuschließen, wie so viele der Zimmer in den Herrenhäusern, in denen sie gearbeitet hatte. Solche Zimmer hatte sie meist aus einer anderen Perspektive gesehen – auf ihren Knien, wenn sie morgens als Erstes die Kamine reinigte und neu herrichtete.

Jetzt war es anders.

Bella hatte sie gebeten mitzukommen, damit sie lernen konnte, die Zimmer für neue Gäste vorzubereiten. Constance wunderte sich laut, dass die Drummond-Wards auszogen.

Bella antwortete: »Meine Güte, nein! Sie haben nur um eine andere Suite gebeten. Wobei mir der Grund schleierhaft ist.«

Constance schaute sich um. »Ich habe noch nie ein so schönes Zimmer gesehen, Mrs Ainsworth.«

»Danke, Constance. Hoffen wir, dass Mr und Mrs Wingfield Ihre Meinung teilen.«

Erschrocken über Bellas gequälte Miene beeilte Constance sich, ihr zu versichern: »Das werden sie ganz bestimmt.«

Als sie das Zimmer betraten, bezog Paola gerade das Bett neu. Bellas Gruß beantwortete sie mit einem uneleganten Knicks. Constance war von den lockigen schwarzen Haaren und ihren vollen, sinnlichen Lippen wie gebannt.

Paolas körperliches Selbstvertrauen zeigte sich in einem Verhalten, das zunächst trotzig wirkte, in Wahrheit aber nur munter und unbeschwert war. Es sagte: *Das bin ich, und so lebe ich.*

Zum ersten Mal in ihrem Leben begriff Constance, dass man sie dazu erzogen hatte, kein Selbstvertrauen zu haben. Nichts anderes bedeutete es, in diesem Augenblick der Geschichte in England ein Dienstmädchen zu sein, zur Arbeiterklasse zu gehören. Ein vollkommener Mangel an Selbstvertrauen.

Paola war Witwe, das hatte Bella ihr erzählt. Constance fragte sich, was Paola vor dem Tod ihres Mannes gewesen war und getan hatte. Hatte sie davor auch schon in Diensten gestanden? Oder lag ein vollkommen anderes Leben hinter ihr? Sie sah nicht so aus, als hätte sie schon viel erlebt.

Bella sprach mit Paola Italienisch, dann übersetzte sie für Constance. »Ich habe ihr gesagt, dass Sie ihr helfen werden. Das scheint ihr zu gefallen. Ich bin nicht sicher, wie gut sie Englisch versteht. Aber man weiß nie.«

Kaum hatte Bella das Zimmer verlassen, zwinkerte Paola Constance demonstrativ zu. »Man weiß nie«, sagte sie auf Englisch mit starkem Akzent.

Constance klappte die Kinnlade herunter. »Sie sprechen ja wirklich Englisch!«

»Ein bisschen. Signor Lucian ...«

»Master Ainsworth?«

»Er gibt mir ...« Sie stockte auf der Suche nach dem richtigen Wort.

»Unterricht?«

»*Si*. Englischunterricht.« Sie kicherte, und Constance musste grinsen. Paolas Lachen wirkte ansteckend.

Aber dann geschah etwas Merkwürdiges, und Constance erinnerte sich daran, dass ihre Mutter sie gewarnt hatte – Italiener seien so unbeständig wie das Wetter im April.

Constance hielt eine Daunendecke an einer Ecke fest, schüttelte sie mit Paola auf und sagte: »Ich bekomme auch Unterricht.«

Paola hielt inne und sah sie scharf an. »Unterricht?«

»*Si*.«

»Von Signor Lucian?«

»*Si*.«

Die Stimmung wurde frostig. Paola runzelte missbilligend die Stirn und zog so fest an der Decke, dass sie Constance fast aus der Hand rutschte.

»Was ist los?« Constance sah sie über das breite Bett hinweg an. »Was habe ich gesagt?«

Aber Paola hatte schlagartig jedes Wort Englisch verloren.

Lucian fühlte sich verpflichtet, Rose kurz darauf ins Hotel zu folgen. Allmählich wurde er dieser Situation überdrüssig.

Wenn man wusste, dass man gegängelt und herabgewürdigt wurde, warum tolerierte man es dann? So gelassen Rose auch nach außen wirkte, dachte er, innerlich musste sie doch schäumen vor Wut.

Jedenfalls überraschte es ihn nicht, dass er sie im Salon am Fenster stehend fand. Sie wirkte verloren, ihr Kricketpullover hing locker an ihrer zierlichen Gestalt. Sie starrte in den Garten, wo Claudine und Nish immer noch plauderten und über ihre Yogaposen lachten.

An einem niedrigen Tisch saß Julia und las einen Reiseführer.

Sie blickte mit ihren Reptilienaugen auf. »Sie wirken erhitzt«, sagte sie.

»Ich habe gerade ein wenig Yoga gelernt.«

»Yoga?« Sie ließ das Wort gleichzeitig drollig und grotesk klingen.

»Das ist eine Art … Gymnastik auf der Stelle«, erklärte Lucian, obwohl er vermutete, dass Julia das sehr wohl wusste. »Die Inder machen es seit Jahrhunderten.«

»Mr Sengupta bringt es Ihnen bei?«

»Nein, Mrs Turner.«

Wie aufs Stichwort drang Claudines Lachen von draußen herauf.

»Sie scheint eine Frau mit vielen Talenten zu sein«, bemerkte Julia.

»Offenbar.«

Sie widmete sich wieder ihrem Buch, aber Lucian hatte noch etwas zu sagen. »Wenn ich mir erlauben darf …«

»Ja?«

»Ich dachte … Ich hoffe … mit Ihrer Erlaubnis könnte Rose sich vielleicht mit mir die Stadt ansehen. Und danach eventuell zum Strand gehen. Für Malunterricht.«

Julia drehte den Kopf zu Rose, die noch am Fenster stand. »Habt ihr darüber gesprochen?«

»Nein, Mama.« Sie klang panisch.

»Wir würden uns freuen, wenn Sie uns begleiteten«, bot Lucian an.
»Ich würde darauf bestehen.« Sie schlug ihr Buch zu. »Aber wird es nicht furchtbar heiß sein?«
»Am Meer weht immer ein leichter Wind. Und es gibt überall Schatten.«
»Ich fände dann einen Nachmittagstee angemessen. Einen richtigen Nachmittagstee.«
Lucian nickte. »Das lässt sich leicht einrichten.«
»Mit Bedienung.«
»Natürlich.«
Julia runzelte die Stirn, als würde sie abwägen. »Vielleicht würde es dem Kind ebenfalls Freude machen.«
»Rose?« Lucian machte ein verwirrtes Gesicht.
»Ich meinte Ihre Nichte. Lottie.«
»Ah. Sicher. Welch liebenswürdige Idee. Ich spreche mit meiner Schwester.«
»Rose wird es sicher auch Freude machen. Allerdings fürchte ich, Ihre Bemühungen werden vergebens sein. Sie besitzt keinerlei künstlerisches Talent.«
Bei dieser Stichelei errötete Rose vor Wut. Lucian sah, dass sie ihre schlanken Finger anspannte, und machte sich für eine, wie er hoffte, scharfe Entgegnung bereit, die Julia deutlich in die Schranken weisen würde.
Die Antwort, die kam, war gemäßigt. Aber ihre Zurückhaltung hatte Methode. »Du sagst immer, ich solle jede Möglichkeit nutzen, um mich weiterzuentwickeln, Mama.«
»Das stimmt«, gab Julia zu.
»Also gut. Ich glaube, ich sollte gehen. Ich glaube, ich werde gehen.« Sie sah Lucian an. Das machte sie für ihn.
Die Stille nach dieser Ankündigung war angespannt und erwartungsvoll. Sie schien eine Ewigkeit anzuhalten, so lang, dass Lucian

unwohl in seiner Haut wurde, denn in Wahrheit missfiel es ihm, Streit mitanzusehen, das hatte er als Kind oft genug bei seinen Eltern erdulden müssen.

Rose richtete ihre Aufmerksamkeit auf ihre Mutter. Die beiden Frauen starrten sich an. Rose presste die Lippen aufeinander, und zwischen ihre Augen grub sich eine eigensinnige Falte.

Julias durchdringender Blick fixierte Rose wie eine stählerne Klammer. Dann, ganz plötzlich und mit einem humorlosen Lächeln, gab sie nach und schaute auf die Uhr auf dem Kaminsims. »Nun gut«, sagte sie. »Du bist erwachsen. Du musst dich weiterentwickeln, wo du es für richtig hältst.«

»Wunderbar«, sagte Lucian. »Das wäre dann geklärt.«

Dankbar für eine Ausrede, das Zimmer zu verlassen, marschierte er geradewegs zur Kiste unter der Treppe, in der er seine Malsachen aufbewahrte.

Er zog an beiden Seiten der Kiste, um sie vorzurücken, und stieß sich dabei den Kopf am niedrigen Türrahmen. »Verdammt«, sagte er, hob den Blick und entdeckte seinen Vater, der ihn von der Treppe aus beobachtete. In seinem makellos gebügelten cremefarbenen Leinenanzug sah er ein wenig absurd aus – der älteste Dandy der Stadt.

»Vater«, brachte er heraus. »Du bist es.«

»Ich bin es.« Cecil schaute von den Staffeleien und Farben zu seinem Sohn. »Du weißt, dass dieser Unsinn früher oder später aufhören muss, oder?«

»Unsinn?«

Cecil deutete auf die Gemälde an der Wand. »Die sind keinen Penny wert. Keines von ihnen. Das weiß ich aus sicherer Quelle.«

»Mir sind sie etwas wert.« Lucian bereute seine Antwort sofort, sie klang so schwach und halbherzig. Genau das, was sein Vater von ihm erwartete. »Ich gebe Miss Drummond-Ward Malunterricht. Am Strand. Ich dachte, das würde dich freuen.«

Cecil überdachte das, mit einer Hand rieb er über das polierte Mahagonigeländer. »Immerhin etwas, schätze ich. Na gut. Dann lass die Dame nicht warten.«

Die Eier tanzten leicht im sprudelnden Wasser. Constance legte den Deckel wieder auf den Topf. *Ein paar Minuten noch,* dachte sie.

Den Großteil des Vormittags hatte sie mit Lottie verbracht, die ihr Spielzeug, Bücher, Krimskrams sowie eine gefangene Motte in einem Glas gezeigt hatte. Lottie hatte das Glas hochgehalten, damit Constance die großen zusammengefalteten Flügel über dem pelzigen Körper erkennen konnte.

»Du musst ein Loch in den Deckel machen«, hatte Constance erklärt. »Sonst kann sie nicht atmen.« Mit von Francesco geliehenem Werkzeug hatte sie dem Kind gezeigt, wie man einen Nagel durch den Deckel hämmerte.

»Das ist nur eine einfache Motte«, hatte Lottie gesagt. »Als Nächstes will ich einen Totenkopfschwärmer fangen. Die sind riesig, wie Kolibris! Und das Muster auf ihren Flügeln sieht aus wie ein Schädel mit gekreuzten Knochen.«

Sie war ein reizendes, liebenswürdiges Kind, gesund und mit großen Augen, nicht besonders anstrengend. Kinder wie Lottie waren es gewohnt, ihre Eltern nicht oft zu sehen. Und sie hatte keine Geschwister – was ihr einerseits Freiheiten ließ, andererseits aber verwirrend war, als wäre sie die Königin eines unbekannten Landes.

Constance fragte sich, wie es wohl war, in diesem Alter ein ganzes Zimmer für sich allein zu haben. Ein ganzes Haus, in dem man herumlaufen konnte. Wuchs man dadurch mit der Überzeugung auf, man habe ein unverbrüchliches Recht auf Raum und Freiheit, was auch geschah?

Die Mutter, Alice, war eine seltsame Person. Frostig und spröde. Vielleicht würde sie mit der Zeit auftauen.

In der Küche war es kühl wie in einem Gewölbe mit Möbeln. Constance war froh darüber, die italienische Hitze war sie nicht gewohnt. Leise summend schob sie rhythmisch einen Fuß vor und zurück. Wieder sah sie nach den Eiern. Fast fertig.

Sie hatte es genossen, Zeit mit Lottie zu verbringen – es kam ihr nicht zu sehr wie Arbeit vor –, aber es hatte sie unweigerlich auch traurig gemacht, weil sie an Tommy denken musste. Der Küchendienst war eine willkommene Abwechslung. Ihr fiel Bettys Bemerkung ein, harte Arbeit und gutes Essen würden einen Menschen gesund machen. Das stimmte, und aus Bettys Munde bedeutete es etwas, nachdem sie so viel durchgemacht hatte. Constance' Mutter hatte immer gesagt: »Ich weiß nicht, wie Betty damit fertigwird. Was wir erlebt haben, ist dagegen nichts.«

Betty schnitt dünne, gleichmäßige Scheiben von einem Laib Brot, den sie am Morgen gebacken hatte.

»Womit belegst du die Sandwiches, Betty?«, rief Constance.

»Gute Frage. *La lingua di* ...« Betty stockte. «Warte mal. Mrs Ainsworth hat es mir aufgeschrieben.« Sie kramte in ihrer Schürze und präsentierte eine Einkaufsliste. »*La lingua di ... vitello.*«

»Und was ist das?«

»Kalbszunge. Eine Delikatesse in dieser Gegend.«

»Zu Hause essen wir auch manchmal Zunge. Allerdings nicht vom Kalb. Vom Ochsen.«

»Ein Stückchen Ochsenzunge mag ich auch«, stimmte Betty zu.

»Sag mal, freust du dich? Auf den Strand?«

Constance zuckte mit den Schultern. »Ich bin da nur zum Bedienen.«

»Vielleicht kannst du mal die Zehen ins Wasser strecken.«

»Bestimmt hält mich Mrs Drummond-Ward dafür viel zu sehr auf Trab.«

Betty schnitt die Krusten von den Sandwiches. »Die Frau ist ein richtiger Drache.«

»Betty!« Constance schlug eine Hand vor den Mund, um nicht zu lachen.

»Was denn? Stimmt doch! Wie sie dieses arme Mädchen herumkommandiert.«

»Rose ist sehr schön.«

»Na ja, kann sein. Albernes kleines Ding. Sie traut sich kaum, den Mund aufzumachen.« Sie schlug die Sandwiches in Pergamentpapier ein und hielt das Päckchen hoch, damit Constance es begutachten konnte. »Aber ich sollte wohl lieber meine Zunge hüten. Wenn du verstehst, was ich meine!«

Sie lachte los – so herzhaft, dass Constance bald mit einstimmen musste.

Dann machte Betty sich an die Scones und wurde nachdenklicher dabei. »Sie wird noch früh genug hier das Sagen haben.«

»Wer, Rose?«

»Hast du es dir noch nicht zusammengereimt? Sie und Master Lucian?«

»Sie sind verliebt?«

Betty schnaubte. »Um die Liebe können sie sich später noch Gedanken machen. Wenn sie verheiratet sind.«

Constance hob die Eier mit einem Schaumlöffel aus dem Topf und legte sie in eine Schüssel mit kaltem Wasser, damit sie nicht weitergarten. »Dann ist alles abgesprochen?«

»Nein. Aber spätestens bis zum Ende des Sommers. Zumindest wenn es nach Mr Ainsworth geht.«

Cecil marschierte zielstrebig voran, sorgsam darauf bedacht, auf dem Kopfsteinpflaster nicht seine Schuhe zu verschrammen oder in etwas Unschönes zu treten. Was er trug, hatte er sehr bewusst ausgewählt. Immerhin drückte Kleidung eine Menge aus. Bei dem neuen Kindermädchen zum Beispiel. Sie war mit ihrem spitzen Gesicht ganz hübsch, aber ihre Kleider sahen aus wie aus Sackleinen.

Er bahnte sich einen Weg durch die schmalen, erstaunlich vollen Straßen der Stadt Portofino, bis er das Telegrafenamt erreichte, direkt hinter La Piazzetta in einem gedrungenen einstöckigen Haus in der Farbe von krümeligem Shortbread. Auf einem Schild an der Tür stand »Chiuso«, aber ob etwas geschlossen war oder nicht, war Cecils Erfahrung nach in Italien häufig Verhandlungssache, vor allem wenn man ein Portemonnaie voller Geldscheine hatte. Er klopfte laut, doch niemand öffnete.

Cecil trat vorsichtig zurück, um den flatternden Tauben auf der Steintreppe auszuweichen. Er zündete sich eine Zigarette an und überlegte seinen nächsten Schachzug.

Italiens Rückständigkeit konnte einen zur Weißglut treiben. Nach ihrem Nickerchen nach dem Essen, ihrer Siesta, waren die Italiener regelrecht süchtig. Sie rechtfertigten es mit der Hitze, dabei wusste jeder, dass diese nur als Ausrede für stundenlanges Faulenzen diente. Aber – er überprüfte es auf seiner Armbanduhr – es war noch Vormittag. Zwanzig nach elf!

Genau das meinten seine Freunde im Kolonialdienst, wenn sie sich ständig beklagten. In diesen Gefilden war es unmöglich zu bekommen, was man wollte, wann man es wollte. Absurd!

Eine Frau ging vorbei. Mittleres Alter, Italienerin. Irgendein Problem mit dem Bein. Cecil sagte »*Telefono?*«, und tat, als würde er sich einen Hörer ans Ohr halten, aber die Frau ignorierte ihn einfach. Wie unhöflich.

In diesem Moment bemerkte er einen drahtigen kleinen Mann in der Tür der Stadtverwaltung gegenüber. Der Mann befingerte seine Manschettenknöpfe. Er kam Cecil bekannt vor. War er vielleicht aus irgendeinem Grund im Hotel gewesen? Cecil war sich nicht sicher. Der Mann hob grüßend den Hut, und Cecil fielen die beiden jüngeren Männer auf, die hinter ihm standen. Unter ihren schwarzen Hemden zeichneten sich deutlich stramme Muskeln ab.

»Mr Ainsworth«, rief der Mann. »Brauchen Sie *assistenza*?«

»Ich bin auf der Suche nach einem Telefon«, rief Cecil zurück.

Der Mann lachte und hob mit ausladender Geste die Schultern. »Wir sind arme Italiener. Wir staunen über die Engländer und ihre Erfindungen.«

»Sagen Sie das mal Mr Marconi«, sagte Cecil. Es zahlte sich immer aus, den Einheimischen zu schmeicheln. Er tippte sich an den Hut und wollte sich abwenden.

So leicht ließ sich der Mann allerdings nicht abschütteln. »Einen Moment, Signore.« Widerstrebend drehte Cecil sich um und sah, dass der Mann auf die offene Tür des Gebäudes hinter ihm zeigte. »Wenn Sie mitkommen, kann ich Ihnen vielleicht helfen.«

Cecil nickte den Muskelprotzen in den schwarzen Hemden, die draußen blieben, zu und folgte dem Mann die Treppe hinauf in sein überraschend geräumiges Büro mit einem Tisch, einem Schreibtisch und einem großen Stehventilator. Auf der Fensterbank welkten Topfpflanzen vor sich hin. Dem Schreibtisch gegenüber hing ein gerahmtes Foto von Benito Mussolini an der Wand. Wie üblich wirkte der italienische Ministerpräsident ein wenig wahnsinnig mit seinen geballten Fäusten und dem stolz vorgereckten Kinn.

»Ah«, sagte Cecil. »Der große Mann.«

»Ein wirklich großer Mann.«

»Sie würden ihn uns nicht mal leihen? Um ein paar Engländern Verstand einzubläuen?«

Der Mann schaute ihn ausdruckslos an.

Cecil scharrte mit den Füßen. »Vielleicht auch nicht.«

Auf dem Tisch stand ein glänzendes schwarzes Telefon. »Bitte«, sagte der Mann. »Nutzen Sie es, solange Sie es brauchen.«

Cecil ließ sich auf den Stuhl hinter dem Schreibtisch nieder. »Sie sind sehr freundlich. Ich bezahle natürlich dafür.«

Mit seiner Reaktion zeigte der Mann deutlich, dass er einen solchen Vorschlag beleidigend fand.

»Aber ich bestehe darauf«, sagte Cecil.

»Nein, ich bestehe darauf.« Er schlug die Hacken zusammen, zückte eine Visitenkarte und legte sie vor Cecil auf den Tisch. »Vincenzo Danioni. Zu Diensten.«

»Cecil Ainsworth. Zu Ihren Diensten.«

Sie gaben sich die Hand, dann ging Danioni hinaus. Cecil wartete einen Moment, bis Danioni weit genug entfernt war, bevor er ein in Kalbsleder gebundenes Notizbuch herausholte und die Telefonnummer suchte, die er brauchte.

Nach dem üblichen Theater mit der Vermittlung nahm ein Butler den Hörer ab. Und nach weiteren gefühlten Stunden endete dieser Hörer in den Händen von Edmund, seinem Bruder – Viscount Heddon, um seinen offiziellen Titel zu nennen, der ihm Einladungen zum Dinner einbrachte, wenn er auch sonst nichts zu bieten hatte.

»Cecil? Bist du das?« Es zischte in der Leitung, die Stimme seines Bruders klang undeutlich und wie unter Wasser.

»Ja, ich bins.«

»Aus Italien?«

»Ja, Edmund. Aus dem fernen Italien.«

»Na, Donnerwetter.«

Cecil lehnte sich auf dem Stuhl zurück und legte die Füße auf den Schreibtisch. »Wie geht es dem alten Kasten?«

»Ach, du weißt schon. Ächzt leise unter der Belastung.«

»Und Margot?«

»Glücklich, wenn sie im Sattel sitzt.« Edmund legte eine Pause ein, hörbar verwundert über diesen unerwarteten Anruf. »Was verschafft mir das Vergnügen?«

»Ich komme direkt zur Sache.«

»Das wäre mir lieb.«

»Hast du noch Großvaters Rubens?«

»Den mit der dicken Blonden vor dem Spiegel? Aus dem Wohnzimmer im Westflügel?« Cecil begutachtete seine Fingernägel. »Genau den.«

»Hängt immer noch zwischen den Vorfahren und setzt Staub an, soweit ich weiß.«

»Also dann. Sei so nett, pack ihn in eine Kiste und schick ihn her.«

»Und warum sollte ich das machen?«

»Weil ich vielleicht jemanden kenne, der ihn kaufen will.«

»Für mehr, als es kosten würde, ihn zu verschicken?«

»Viel mehr. Es würde reichen, dir den Steuereintreiber ein, zwei Jahre vom Hals zu halten.«

Cecil genoss es, sich so großzügig zeigen zu können. Das geschah nicht sehr oft.

»Allerdings«, erinnerte Edmund ihn, »haben wir nur das Wort des alten Knaben. Dafür, dass es ein Rubens ist.«

Mit diesem Einwand hatte Cecil gerechnet. »Nicht mehr lange, hoffe ich.«

»Wie meinst du das?«

»Ich habe einen Amerikaner gefunden. Er kennt sich mit solchen Sachen aus.«

»Sieh mal einer an«, sagte Edmund. »Halt mich auf dem Laufenden.«

Cecil versicherte ihm, das würde er tun.

Er wollte gerade den Hörer auflegen – was sein Bruder am anderen Ende schon getan hatte –, als er ein eigenartiges Klicken hörte. Wahrscheinlich ein Fehler in der Leitung. Nichts, worüber man sich Sorgen machen müsste.

Auf dem Weg nach draußen hielt er nach Danioni Ausschau, um sich noch einmal für die Großzügigkeit zu bedanken. Da er nirgends zu finden war, machte Cecil sich auf den Weg zur Bar an der Ecke. Zur Feier des Tages war definitiv ein gutes Gläschen angesagt.

Mitten im Foyer war ordentlich zusammengestellt, was für den Ausflug zum Strand gebraucht wurde. Alice bemerkte die Schaufel und den Eimer und dachte, Lottie werde sicher viel Spaß haben. Dann betrachtete sie die Staffeleien und Leinwände, die Pinsel und Stifte und Zeichenblöcke und presste die Lippen aufeinander. So viele ... Utensilien.

Sie teilte die Gefühle ihres Vaters bezüglich Lucians Malerei. Es war eine dekadente, ungehobelte Angewohnheit, als eine Form der Therapie noch akzeptabel, aber mehr nicht. Dabei war Alice selbstkritisch genug, um zu vermuten, dass diese Einstellung auf eigene Makel hinwies – auf ein Fehlen ähnlicher Talente und eine Starrheit, die eine zunehmend dogmatische Richtung annahm. Weil sie sich aus diesem engen Korsett nicht befreien konnte, hatte sie ihre Schwächen zu Tugenden erhoben und die Verbitterung und Unnachgiebigkeit, die daraus folgten, der Trauer zugeschrieben. Sie wusste, dass sie älter wirkte, als sie es tatsächlich war, also kleidete sie sich älter, also wirkte sie älter ... Es war ein Teufelskreis.

Sie drehte sich um und sah, wie Lady Latchmere schneller, als man es ihr zugetraut hätte, den Salon verließ. Trotz ihrer Unhöflichkeit beim gestrigen Dinner tat sie Alice leid. Sie spürte einige Gemeinsamkeiten. Ihr Respekt der Etikette gegenüber. Ihre Unduldsamkeit gegenüber neumodischen Methoden.

Sie würde auf sie zugehen, beschloss sie, und alle überraschen, indem sie die ältere Frau für Aktivitäten gewann, von denen niemand erwartete, dass sie sie gutheißen würde.

Sie rief ihr nach: »Lady Latchmere!«

Die Angesprochene drehte sich steif um. »Ja? Was gibt es?«

»Würden Sie gern an dem Ausflug zum Strand in Paraggi heute Nachmittag teilnehmen? Er soll sehr schön sein, habe ich gehört. Der einzige Sandstrand in der Nähe.« Alice hatte Paraggi noch nie besucht – trotz Lotties Bitten, einmal mit ihr dorthin zu gehen.

Entsetzen malte sich auf Lady Latchmeres Gesicht ab. »Grundgütiger, nein. Ich kann Sand nicht ausstehen.«

Alice lächelte verständnisvoll. »Vielleicht würde ein Besuch der Kirche am Sonntag uns beiden besser gefallen.«

Dieser Vorschlag rief eine noch stärkere Reaktion hervor. Lady Latchmeres Stimme schraubte sich eine volle Oktave in die Höhe. »Ein Besuch der Kirche? In Italien?«

Alice war zutiefst verlegen. »Es tut mir leid«, sagte sie. »Ich nahm an ...«

»Nichts spendet mir mehr Trost als die Religion, meine Liebe. Allerdings nur die richtige. Nicht dieser ganze Qualm und Papismus!«

Claudine betrat die Halle – leicht, aber dafür teuer bekleidet. Offenbar hatte sie das Ende ihres Gesprächs mitgehört. »Im Sturm ist jeder Hafen recht, sage ich immer.« Sie zwinkerte Alice zu.

Alice beschloss, diese übermäßige Vertrautheit zu ignorieren; sie hatte gelesen, das sei eine Angewohnheit von Amerikanern. »Gehen Sie gewöhnlich in die Kirche, Mrs Turner?«

»An mir ist nichts gewöhnlich, Liebes.« Dabei sah sie gezielt Lady Latchmere an. »Aber eine kleine Beichte ist immer gut für die Seele. Oder?«

Aus Sorge, wie Lady Latchmere auf diese Provokation reagieren könnte, verzog Alice sich nach draußen, wo Constance, Paola und Francesco die Kisten und losen Gegenstände in die Kutsche luden. Lucian überwachte das Ganze und achtete erwartbar penibel darauf, wie die Staffeleien gelagert wurden. Seitab standen Julia und Rose mit ihren Sonnenschirmen und voller Ungeduld.

»Wer ist das denn?« Constance wischte sich den Schweiß von der Stirn und deutete mit einem Nicken auf das Ende der Zufahrt, wo eine andere Kutsche aufgetaucht war. Das ganze verhaltene, gedankenverlorene Trüppchen drehte sich um.

Die Kutsche kam sanft zum Stehen. Dann stieg der Fahrer aus und öffnete die Tür. Ein sportlich wirkender junger Mann mit dicken schwarzen Haaren, die seine stechend blauen Augen betonten, sprang heraus. Ihm folgte vermutlich seine Ehefrau, ausgestattet mit einem schlichten roten Kleid und traumhaften hohen Wangenknochen.

Francesco löste sich von der Gruppe, um die Koffer zu holen, während das Paar ins Hotel stürmte, bevor die Zuschauer sie auch nur begrüßen konnten. Sie machten den Eindruck, als fühlten sie sich bedrängt, wie Filmstars, die auf der Croisette von Fotografen belagert wurden.

»Das sind also die Wingfields.« Alice erinnerte sich, dass sie diesen Namen in der Buchungsliste gelesen hatte.

Lucian schien ihr von allen am meisten beeindruckt zu sein. Er rief Rose und Julia, die verdutzte Mienen machten, zu: »Ich kann kaum glauben, dass er hier ist! Plum Wingfield!«

»Wer?«, fragte Rose.

»Gehört er zu den Wingfields aus Suffolk?«, überlegte Julia.

»Keine Ahnung«, sagte Lucian. »Ich weiß nur, dass er Tennisspieler ist. Und zwar ein großartiger.«

Julia und Rose wirkten so unbeeindruckt, wie Alice sich fühlte. Lucian war manchmal wie ein Kind. Scherte sich tatsächlich irgendjemand um Tennis? Nein, und trotzdem schwadronierte er immer noch davon.

»Vor ein paar Jahren hätte er fast den Daviscup für uns gewonnen!«

»Wenn Sie es sagen«, meinte Julia.

Wenigstens schienen die Wingfields sich in der Epsom Suite wohlzufühlen.

»Der Ausblick ist fantastisch«, sagte Plum, während er sich aus dem Fenster lehnte. Er besaß die tadellosen Manieren eines Eton-Absolventen und die Angewohnheit von Politikern, dem Gegenüber im Gespräch tief in die Augen zu schauen.

»Ja, nicht wahr?«, sagte die Ehefrau, die sich als Lizzie vorgestellt hatte. Sie war schwer einzuschätzen, dachte Bella, möglicherweise war sie älter als Plum. Sie schien von der Reise ermüdet zu sein, während Plum munter und lebhaft war. »Und dieses Zimmer ...« Sie sah sich um. »Es ist wunderschön eingerichtet. Hier ist alles, was man sich wünschen könnte.«

»Wahrscheinlich ist auch irgendwo ein Barschrank«, vermutete Plum, »man muss nur suchen.«

Lizzie sagte nichts. Bella tat, als habe sie nichts gehört. Was ihr leichtfiel, denn sie war voll und ganz abgelenkt von dem, was sie gerade durchs Fenster erspäht hatte – Cecil kam mit diesem Italiener, Danioni, die Zufahrt herauf. Panik stieg in ihr auf. Wie in aller Welt hatten die beiden sich gefunden? Eine solche Verbindung konnte zu nichts Gutem führen.

»Wenn Sie mich entschuldigen wollen«, sagte sie, »ich muss dringend mit jemandem sprechen.«

»Machen Sie sich um uns keine Sorgen«, entgegnete Plum. »Wir amüsieren uns allein.«

Cecil und Danioni waren auf der Terrasse, als Bella sie fand. Wie schrecklich, Danioni hier im Hotel zu haben! Es fühlte sich an, als würde er es beschmutzen.

»Da bist du ja«, sagte Cecil. »Darf ich dir Mr Danioni vorstellen?«

Der Italiener zog seinen Hut mit einer pompösen Geste, die Bella an Charles Dickens' Uriah Heep erinnerte. »Es ist mir eine Ehre, Signora Ainsworth.«

Sie nahm den Gruß so knapp zur Kenntnis, wie es die Höflichkeit gerade noch zuließ. »Bitte entschuldigen Sie, Mr Danioni, ich muss Cecil etwas fragen.« Sie bedeutete Cecil, dass sie ihn allein sprechen wollte, verließ die Terrasse und wartete im Speisesaal auf ihn.

Endlich kam er nach.

»Was macht er hier?«, zischte sie.

»Danioni? Er ist ausgesprochen hilfsbereit. Ich dachte, im Gegenzug könnten wir ihm wenigstens etwas Gastfreundschaft erweisen.«

»Gastfreundschaft?«

»Du weißt schon. Tee. Ein, zwei Sandwiches. Ein Stück von Bettys Kuchen. Dann kann er einen Nachmittag lang glauben, er sei ein Engländer.«

Sie sah zu Danioni hinaus, der auf der Terrasse auf und ab lief und vorgab, kein bisschen fasziniert zu sein. »Hat er ... dich um etwas gebeten?«

»Nein, um nichts. Ich durfte sein Telefon benutzen und zu Hause anrufen, ganz ohne Gebühr.«

»Du weißt, er ist ein ...« Sie sah ihn vielsagend an, aber Cecil erwiderte ihren Blick verständnislos. »Er ist ein Faschist, Cecil.« Sie tippte auf ihr Revers, wo Danioni das Abzeichen trug, das Erkennungssymbol mit einem Rutenbündel und einer Axt.

»Na ja, ja. Kann sein. Aber du weißt doch, was ich immer sage – besser als die verdammten Roten.«

»Wir haben ausgemacht, dass wir uns, so gut es irgend geht, aus der Lokalpolitik heraushalten.«

Er tat den Einwand ab. »Man weiß nie. Er könnte nützlich sein.«

»Lady Latchmere könnte ihm begegnen!«

»Die beiden haben wahrscheinlich mehr gemein, als du denkst. Also dann.« Er schlug die Hände zusammen. »Jetzt den Tee. Lässt du uns welchen bringen?« Sie wandte sich ab. »Oh«, fügte er hinzu, »und Bellakins: Frag Albani, ob er uns Gesellschaft leisten möchte. Das könnte die Unterhaltung auflockern.«

Bella fiel auf, dass sie Graf Albani seit einer Weile nicht gesehen hatte. Sie beschloss, ihn zu suchen, hoffte aber, dass er sich von Danioni fernhalten würde.

Die Hitze am Strand war wirklich unerträglich. Nur gelegentliche Windböen verschafften Constance, Francesco und Paola etwas Erleichterung, während sie alles für das Picknick vorbereiteten. Sie hatten jedes erforderliche Stück einzeln von der Straße holen müssen, wo die Kutsche sie abgesetzt hatte.

Sie stellten den Tisch und die Stühle auf. Constance hielt den Strandschirm fest, und Francesco grub ein Loch in den Sand. Dann baute Paola am Fuß des Schirms ein Nest aus Steinen, damit er stehen blieb. Als sie den Tisch für den Nachmittagstee endlich decken konnten, waren sie schon erschöpft.

Lucian war mit Julia und Rose nach Portofino gefahren, um ihnen ein paar Sehenswürdigkeiten zu zeigen. Constance stellte sich vor, wie sie durch Rosengärten schlenderten, wie sie haltmachten, um die Werke eines Straßenkünstlers zu bewundern, und kühle schattige Kirchen erkundeten, in denen es nach Kerzen und alten Gebeten roch. Würde Rose so etwas gefallen?

Auf ihrer Stirn bildeten sich Schweißperlen. Paola fächelte sich mit der Hand Luft zu. Sie fand es sichtlich absurd, dass die Engländer in der prallen Mittagshitze am Strand picknicken wollten.

Bald trafen die anderen ein, unter Lucians Führung kamen sie ungelenk den Pfad herunter.

»Meine Güte, ist mir heiß!«, ächzte Rose unter ihrem Sonnenschirm. Dann bemerkte sie den gedeckten Tisch, auf dem das silberne Besteck in der Sonne glänzte. »Wie hübsch. Von diesem ganzen Tourismus bin ich hungrig geworden.«

»Ich wünschte, ich könnte dasselbe behaupten«, sagte Julia. Sie wartete darauf, dass Paola ihr den Stuhl zurechtrückte. »Mir verschlägt die Sonne den Appetit.«

Lottie lief zu Constance. Sie strahlte vor Freude. »Isst du mit uns?«, fragte sie. »Sitzt du neben mir?«

»Jetzt nicht«, flüsterte Constance. »Ich bin im Dienst.« Sie zwinkerte.

»Ziemlich ungewöhnlich«, bemerkte Julia, »ein Kindermädchen zu haben, das gleichzeitig Dienstmädchen ist.«

»Wirklich?« Lucian setzte sich entspannt hin, während Paola ihm ein Glas Limonade einschenkte. »Warum sollte man diese alten Unterscheidungen beibehalten?«

»Damit wir alle wissen, wo wir stehen«, sagte Julia. »Und damit die Dienstboten wissen, wo sie stehen.«

In Constance stieg Wut auf. Betty hatte mit dieser Frau absolut recht gehabt.

»Wir sind rauf zur Kirche gelaufen«, erzählte Lottie und klammerte sich an Constance' Hand. »Drinnen war es kalt und hat gerochen. Was ist dieser komische Geruch in Kirchen?«

»Weihrauch«, sagte Lucian.

»Warum haben wir das zu Hause nicht?«

Julia nippte an ihrer Limonade und verzog – offenbar wegen des herben Geschmacks – das Gesicht. »Weil die episkopalen Bestimmungen zu Hause es verbieten.«

Lottie runzelte die Stirn. »Was heißt das?«

»Dass wir keine Katholiken sind«, sagte Lucian. »Widmen wir uns doch lieber den Sandwiches.«

Nachdem sie geholfen hatte, nach dem Essen abzuräumen, spielte Constance mit Lottie auf einem feuchten Fleckchen Sand. Lucian stellte zwei Staffeleien nebeneinander auf. Der Plan war, Aquarelle vom Meer zu malen – mit dem glitzernden Wasser, den Silhouetten der Boote in der Ferne, der grün gesprenkelten Landzunge.

Rose saß neben ihm und hielt den Pinsel, als wäre er eine geladene Waffe. Immer wieder musste Lucian sich zu ihr neigen und ihr zeigen, was sie tun sollte. Constance hörte, wie er ihr Tipps gab. »Erst machen wir eine Skizze mit dem Zeichenstift, dann untermalen wir mit Farbe. Für den Himmel brauchen wir ein blasses Kobaltblau, dann – hier – einen neutraleren Ton, damit das Laub etwas atmen kann …«

»Das klingt alles furchtbar kompliziert«, sagte Rose.

Einmal warf Lottie einen Ball, der direkt hinter den Staffeleien landete. Als Constance ihn holte, warf sie verstohlen einen Blick auf Rose' Skizze und erkannte sofort, dass Rose kein Auge hatte, nicht mal im Ansatz. Was sie da produziert hatte, war plump und naiv wie ein Kinderbild.

Constance hatte gedacht, dieses Wissen würde sie freuen oder ihr zumindest eine dumpfe Genugtuung verschaffen. Aber zu ihrer Überraschung tat es das nicht.

Derweil saß Julia wie Gräfin Koks auf ihrem Stuhl und beobachtete ein kleines Fischerboot, das ein Stück von der Küste entfernt ankerte. Paola brachte ihr Wasser, das sie ohne einen Dank annahm.

Julia fragte: »Wonach wird da getaucht?«

Lucian folgte ihrem Blick zum Boot. »Jakobsmuscheln? Oder vielleicht nach Seeigeln?«

Die Taucher kamen an die Oberfläche und warfen ihren Fang ins Boot. Auch Constance beobachtete sie, ihr fiel etwas auf. Sie drehte sich um und rief Lucian zu: »Ist das nicht Billy?«

Lucian blickte durch sein Fernglas. »Ich fasse es nicht! Ich habe mich schon gefragt, wo er sich den ganzen Tag herumtreibt.«

Johlen und Lachen wehten vom Boot herüber. Billy rang mit einem seiner Begleiter, dann tauchte er mit ihm ins Wasser. Es sah nach großem Spaß aus, und Constance war nicht überrascht, als Lottie, die ebenfalls zugesehen hatte, Lucian fragte, ob er mit ihr schwimmen gehen wolle.

»Jetzt nicht, Lots. Ich bin beschäftigt.«

»Oh.« Lottie sah aus, als wäre sie den Tränen nahe.

Constance eilte zur Rettung. »Wollen wir stattdessen planschen gehen?«

Lucian bedachte sie mit einem dankbaren Blick, als sie sich bückte und ihre Schuhe aufschnürte.

Im Hotel Portofino war Cecils Teegesellschaft zu Ehren von Danioni in vollem Gange. Bella empfand die Atmosphäre als furchtbar, sie fühlte sich falsch an und sauer wie Milch. Und dazu penetrant männlich, wie in einem dieser scheußlichen Pall-Mall-Clubs. Cecil war ganz in seinem Element, er rauchte eine der stinkenden Zigarren, die er für besondere Gelegenheiten aufsparte. Gerade hatte er einen Witz erzählt, wahrscheinlich einen von der schlüpfrigen Sorte, und schüttete sich mit Graf Albani vor Lachen aus.

Ironischerweise bemerkte Danioni sie als Erster. Er stand zur Begrüßung auf, obwohl sie protestierte, er solle sitzen bleiben, und als Graf Albani sie sah, erhob er sich ebenfalls und fragte, ob sie sich zu ihnen geselle.

»Leider nein«, sagte sie. »Ich wollte nur nachsehen, ob Sie gut versorgt werden.«

»Wie immer«, entgegnete er. »Danioni ist von den Scones ganz hingerissen.« Er zeigte auf den Teller, auf dem nur noch wenige Krümel lagen.

Danioni fragte ihn auf Italienisch: »Wie nennen die Engländer sie?«

Graf Albani antwortete demonstrativ auf Englisch. »*Fat Rascal*, was so viel heißt wie fetter Schlingel, glaube ich.« Mit einem Blick bat er Cecil um Bestätigung.

»Genau, sehr passend«, sagte Cecil.

Danioni küsste seine Fingerspitzen, um Bella zu zeigen, wie begeistert er war. »*Squisito*«, sagte er.

Bella nahm das Kompliment mit einem verkniffenen Lächeln an.

»Er meint, mit großen Teegesellschaften für die Leute aus der Stadt könnten wir einen Batzen Geld machen«, sagte Cecil.

Graf Albani nickte. »Da muss ich ihm zustimmen.«

Bella erstickte die Idee direkt im Keim. »Betty hat alle Hände voll damit zu tun, unsere Gäste zu versorgen. Aber ich gebe Ihre Komplimente gern weiter. Wenn Sie mich jetzt entschuldigen wollen, meine Herren.«

Lucian hatte die Grundform skizziert und trug jetzt Farbe auf, kleine Tupfen hier und dort, um Ton und Textur aufzubauen. Sein Ziel war ein Eindruck von Dunst und durchdringender Hitze, der seine eigenen Gefühle vermitteln sollte – im Moment fühlte er sich ausgedörrt, weil ihnen das Wasser ausgegangen war, leicht verbrannt von der Sonne und voll Ehrfurcht für die Elemente. Hin und wieder löste er sich von dem Bild und betrachtete die Landschaft durch sein Fernglas. Die Schatten, die über die Hügel krochen. Den weißen Streifen, wo das Meer auf den blauen Himmel traf.

Julia schnipste mit den Fingern. »Darf ich mir das leihen?«

Ein Bitte wäre nett, dachte Lucian. Aber er gab ihr das Fernglas, nachdem er sich die Farbe notdürftig von den Händen gewischt hatte. Julia hatte ihr schattiges Plätzchen unter dem Schirm aufgegeben und war aufgestanden, scheinbar wollte sie das andere Ende des Strands begutachten.

Lottie war mit Rose losgezogen. Sie tat Lucian ein wenig leid. Sie genoss diese Fülle an erwachsenen Spielkameraden sichtlich und würde tieftraurig sein, wenn der Tag zu Ende ging.

Hinter ihm näherte sich Constance. Sie roch nach dem Meer und nach Schweiß. Er spürte, dass sie sein Bild betrachtete, so intensiv, dass er plötzlich verlegen wurde.

»Es macht nicht viel her«, sagte er. »Zumindest noch nicht.«

Sie sagte: »Wenn ich irgendetwas halb so gut könnte wie Sie das hier, würde ich glücklich sterben.«

Sie sprach so voller Inbrunst, dass er aufhorchte. Er zeigte auf sein Skizzenbuch und eine Schachtel Zeichenstifte und sagte: »Sie können es gern probieren.«

Gerade wollte sie Ja sagen, da war er sicher, als sie Lottie mit Rose im Schlepptau barfuß den Stand heraufen sahen. Lucian spürte etwas, eine Art Schmerz in seinem Bauch, und erkannte verblüfft, dass es Enttäuschung war.

»Guck mal«, rief Lottie. »Guck mal, was Rose gefunden hat!« Er hockte sich vor sie, und sie legte ihm eine wunderschöne Perlmuschel in die Hand.

»Donnerwetter«, sagte Lucian. »Die ist bestimmt ein Vermögen wert, Lots.«

Als er die Muschel zurückgab, tauschten er und Rose ein wissendes Lächeln. Er zeigte auf die Staffelei. »Sind Sie bereit?«

»Ich schätze schon«, sagte sie wenig begeistert.

»Sie machen das gut«, ermutigte Lucian sie.

Rose errötete. »Wenn Sie es sagen.«

Constance wich zurück. »Komm mit, Lottie«, sagte sie. »Lassen wir Lucian und Rose ihre Bilder weitermalen.«

In diesem Moment rief Julia laut: »Meiner Treu!«

Erschrocken legte Lucian den Pinsel weg. »Was ist denn?«

Sie winkte ihn näher und gab ihm das Fernglas. Am anderen Ende des Strands erspähte er eine kleine, aber spektakuläre Szene.

Claudine hatte sich auf einem Liegestuhl ausgestreckt, in wohligträger Pose, umringt von Schaulustigen.

»Meinen Sie, wir sollten sie retten?«, fragte Lucian und nahm das Fernglas herunter.

»Himmel, nein«, sagte Julia. »Ein paar Minuten noch, dann verkauft sie Eintrittskarten.«

In ihrem tief ausgeschnittenen Badeanzug und mit der runden Sonnenbrille von Foster Grant gab Claudine sich vollkommen ungerührt. Aufmerksamkeit zu erregen, vor allem an solchen Orten, war sie gewohnt. Schwarz zu sein, zudem eine schwarze Frau, brachte das mit sich. Warum sollte sie also nicht mitspielen? Etwas davon haben?

Sie hatte die Menschentraube, die sich um sie herum gebildet hatte, nach Kräften ignoriert. Jetzt allerdings war sie durstig und winkte zwei Jungen aus der ersten Reihe zu sich. Sie zog ihre Sonnenbrille herunter, was den gewünschten Effekt hatte und die beiden in Schrecken versetzte. Offenbar fühlten sie sich als Voyeure wohler.

»Schon gut«, sagte sie. »Ich beiße nicht.«

Die Jungs sahen sich nervös an, bevor sie sich in Claudines Nähe wagten.

Sie kramte zwei Münzen aus ihrer Tasche und gab sie dem größeren Jungen. Er hatte einen zart angedeuteten Schnurrbart und schwarze, nach hinten gestrichene Haare. »*Due limonate*«, sagte sie. Sie zeigte auf sich selbst, dann auf die beiden. »*Una per me. Una per voi.*« Eine für mich. Eine für euch. Der Junge nickte und zog seinen Freund mit den Hang hinauf zu den Geschäften.

Sie wollte sich gerade wieder hinlegen, als sie auf einem hölzernen Sprungturm ein Stück vom Ufer entfernt Roberto bemerkte, den jungen Italiener aus dem Hotel. Sie zog die Brille noch weiter herunter, damit sie seinen schlanken braunen Körper besser sehen konnte. In seiner knappen Badehose, die nichts der Fantasie überließ, machte er einen Schwalbensprung ins klare blaue Wasser.

Er blieb lange unter der Oberfläche, so lange, dass Claudine sich schon Sorgen machte. Sie setzte sich auf und zog die Knie an die Brust. Aber dann – wie durch ein Wunder, schien es – tauchte er wieder auf. Er zog sich auf die Plattform, stand auf, strich sich durch die nassen Haare und ließ das Wasser von sich abtropfen.

Er weiß, dass ich hier bin, dachte sie lächelnd. *Und dass ich ihn beobachte. Die Frage ist, wie reagiere ich darauf?*

FÜNF

Bella beobachtete durch das Fenster, wie Cecil und Graf Albani sich umständlich von Danioni verabschiedeten. Bei ihrem geselligen Baritonlachen grauste es ihr. Warum veränderten Männer sich so sehr, verhielten sich so grob und verächtlich, wenn sie zusammenkamen? Cecil war immer stolz auf seine Gabe gewesen, sich einfügen zu können, was auch schon sein größtes Talent darstellte. Graf Albanis Verbindlichkeit entschuldigte Bella damit, dass Danioni sein Landsmann war. Trotz allem war sie enttäuscht, dass er um den hinterlistigen Erpresser nicht den großen Bogen gemacht hatte, den er verdient hätte. Sie hatte ein besseres Bild von ihm gehabt.

Der Graf kam als Erster herein. In seinem dunkelgrauen Anzug mit Fischgrätmuster – in der Saville Row geschneidert, wie er ihr stolz erzählt hatte – musste ihm furchtbar heiß sein, dachte Bella. Aber er schien nicht einmal zu schwitzen.

»Sie halten nicht viel von Danioni«, sagte er, als er sich zu ihr ans Fenster gesellte.

»War es so offensichtlich?«

»Ihre Manieren waren tadellos.«

»Italien wäre der Himmel, gäbe es nicht so viele nicklige Bürokraten.«

»Das stimmt«, sagte er lächelnd. »Trotzdem wäre es klug von Ihnen, ihn zu tolerieren.«

»Wegen seiner politischen Haltung?«

»Weil Männern wie ihm nichts mehr Freude macht, als anderen Unannehmlichkeiten zu bereiten.«

»Das wird mir allmählich auch klar.«

Cecil kam hereingepoltert und ließ die ernsthaft-vertraute Stimmung platzen. »Wie sieht es mit nächstem Donnerstag aus?« Mein Gott, er zehrte an ihren Nerven.

»Donnerstag?« Bella runzelte die Stirn.

»Für unsere erste öffentliche Teegesellschaft. Danioni hat versprochen, Gäste aufzutreiben.«

»Also wirklich, Cecil! Das ist äußerst anmaßend.« Genau das wollte Bella nicht – Scharen von Danionis Kumpanen in ihrem Hotel. Aber Cecil schien wild entschlossen.

»Unsinn«, sagte er. »Was meinen Sie, Graf?«

»Die ganze Stadt wird Ihnen das Hotel einrennen. Wir Italiener geben vor, wir fänden die Engländer perfide und würden sie verachten. Dabei streben wir danach, genau wie Sie zu sein.«

Cecil zwinkerte Bella zu. »Genau, wie ich dachte.« Er wandte sich an Graf Albani. »Leisten Sie mir bei einem Drink Gesellschaft?«

»Vielleicht später.« Graf Albani hatte das Talent, ein Nein wie ein Ja klingen zu lassen. Cecil gab sich damit zufrieden und zog von dannen, ohne zu bemerken, dass der andere Mann besorgt in Bellas Nähe blieb. An sie gewandt fragte der Graf: »Habe ich die falsche Antwort gegeben?«

»Nein, nein. Die Idee ist großartig«, sagte sie matt.

»Es wäre mir eine Freude, wenn ich Ihnen bei diesem kleinen Unterfangen helfen dürfte.«

»Ihr Rat ist immer sehr willkommen.«

»Vielleicht könnten Mrs Mays-Smith und ich die Speisekarte zusammen planen.«

Sie folgte Graf Albanis verzücktem Blick durch die offene Tür auf die Rezeption, die gerade von Alice besetzt war. Mit blassem ernstem Gesicht füllte sie den neuesten Schwung Formulare aus, die von der italienischen Regierung verlangt wurden. Bella hatte sich immer für aufmerksam gehalten und stolz geglaubt, sie sei bei allem im Bilde, was ihre Kinder betraf. Wie hatte sie übersehen können, was hier vor sich ging?

Ihre Gedanken überschlugen sich, und sie brachte heraus: »Das würde Alice bestimmt sehr freuen.« In Wahrheit hatte sie noch nie vorhersagen können, was Alice freuen würde. Etwas zu bemerken bedeutete nicht, dass man es auch in den Griff bekam.

»Es wird eine perfekte Vereinigung von italienischem *gusto* und englischer Raffinesse«, verkündete der Graf.

Bella bemühte sich, ihre Beklommenheit zu verbergen. »Ich kann es kaum erwarten.«

Julia schlief auf einem Liegestuhl und schnarchte mit offenem Mund. Constance lächelte, als ihr ein weiterer Spruch ihrer Mutter einfiel: »Mund zu, sonst kommen die Fliegen rein.« Seltsam, wie der Schlaf jemanden verändern konnte, wie er eine energische, Furcht einflößende Person ihrer Macht und ihres Einflusses beraubte. Constance konnte sich gut vorstellen, dass Rose eine Atempause nur vergönnt war, wenn ihre Mutter schlief.

Constance saß Julia zu Füßen und zeichnete Lottie, die, eine Puppe an die Brust gedrückt, auch eingeschlafen war, allerdings auf einem Handtuch unter einem Strandschirm. Sie sah zu Lucian hinüber, der hinter Rose stand und sanft ihre Hand führte, während sie mit dem Pinsel auf die Leinwand tupfte. Dann glitt ihr Blick weiter zu Paola, die ungehalten und polterig die Essenssachen wegräumte. Irgendwas lag hier in der Luft, etwas, das ihr entgangen war. Sie hatte das Gefühl, es müsse auch mit Paolas Reaktion neulich zusammenhängen, als Constance ihr erzählt hatte, dass Lucian ihr ebenfalls Unterricht gab.

War Paola in Lucian verliebt?

Die Vorstellung gefiel ihr nicht, obwohl sie die beiden kaum kannte.

Am besten sollte sie den Gedanken vertreiben. Sich mit etwas anderem beschäftigen.

Sie wandte sich wieder ihrer Zeichnung zu und versuchte, die feuchten sandigen Locken auf Lotties Stirn einzufangen, als die schläfrige Ruhe von einem Schrei durchbrochen wurde.

Er stammte von Rose. »Verflixt!«, rief sie und sprang auf.

»Rose«, sagte Lucian. »Es tut mir leid.«

Auf einem Ärmel von Rose' Kleid war deutlich ein knallroter Fleck zu sehen. Rose starrte ihn entsetzt an, und einen Moment lang dachte Constance, es könnte Blut sein. »Es ist ruiniert! Das geht nie mehr raus.« Vorwurfsvoll streckte sie den Arm aus.

Der Lärm weckte Julia. Sie riss die Augen auf. »Was ist passiert?«

»Farbe, Mama.«

»Ich habe dir doch gesagt, du sollst vorsichtig sein!«

Lucian trat vor. »Es ist meine Schuld, Mrs Drummond-Ward. Ihr Ärmel hat meine Palette gestreift.«

Plötzlich begann Rose zu weinen – dicke Tränen strömten unaufhaltsam über ihr verzerrtes Porzellanpuppengesicht. Constance schämte sich für sie. Dieser Auftritt war unwürdig, wie der Wutanfall eines Kindes.

»Das geht raus, versprochen.« Lucian holte ein Fläschchen Terpentin aus seinem Malkasten und wollte Rose' Ärmel damit betupfen. Aber als sie den alten fleckigen Lappen sah, zuckte sie vor Schreck zurück.

»Ich fühle mich ganz schwach«, sagte sie, und tatsächlich wirkte sie noch blasser als sonst. Constance eilte zu ihr und half ihr zu ihrem Stuhl zurück.

»Wir sollten zurückgehen«, verlangte Julia.

Lucian stimmte zu. »Natürlich.«

»Sofort, meine ich.«

Sie einigten sich. Francesco würde die Drummond-Wards in der Kutsche zusammen mit Paola und den Picknicksachen zum Hotel bringen. Constance würde mit Lucian und Lottie zurückbleiben und das Malzubehör zusammenpacken, anschließend würden die drei zu Fuß zurücklaufen.

Die Staffeleien waren für das Malen *en plein air* gedacht und somit leicht. Beide unter einen Arm geklemmt, hatte Constance die Hände frei, um die Farben zu tragen, die in einem Köfferchen verstaut waren, und die Tasche mit den Skizzenbüchern und Leinwänden. Die schlimmste Hitze des Tages war vergangen, trotzdem folgten sie dem Weg in gemäßigtem Tempo. Lucian trug die schlaftrunkene Lottie vor der Brust. Beim Anblick der kleinen Füße, die in ihren Sandalen herunterbaumelten, und der langen dunklen Locken kam in Constance ein zärtliches Gefühl auf. Gleichzeitig sorgte sie sich um Lucian, der schwerer atmete, als sie erwartet hätte.

Er wirkte erschöpft und verdrießlich. »Was für ein Theater«, sagte er wie zu sich selbst. »Wegen einem bisschen Farbe.«

»Es schien sie sehr mitzunehmen.«

»Wer trägt denn am Strand ein Seidenkleid?«

Constance verspürte den Drang, Rose zu verteidigen, als wären sie Schwestern. »Sie wollte sich nur besonders hübsch machen.«

»Damit bin ich in Ungnade gefallen.«

»Rose verzeiht Ihnen bestimmt.«

»Nicht bei Rose. Bei meinem Vater, meine ich.«

Darauf wusste Constance nichts zu antworten. Lucian spürte ihr Unbehagen und sagte: »Es tut mir leid. Es ist ungerecht, Sie da hineinzuziehen.«

»Das macht mir nichts. Wirklich nicht.«

Er zeigte auf das Malköfferchen und die Staffeleien. »Kommen Sie damit gut zurecht?«

»O ja. Machen Sie sich um mich keine Sorgen. Die Sachen sind bestimmt leichter als Lottie.«

»Das müssen Sie ja wissen.«

Sie lächelte. »Es gab noch keinen Anlass, sie hochzuheben.«

»Sie gehen sehr gut mit ihr um.«

»Danke.«

»Haben Sie darin viel Erfahrung? Sich um Kinder zu kümmern?«

Es war eine unschuldige Frage, gestellt voller Liebenswürdigkeit. Vielleicht hatte Constance deshalb einen Kloß im Hals und Tränen in den Augen. Sie betete, Lucian würde es nicht bemerken, aber ihr Schweigen erregte seine Aufmerksamkeit, statt sie zu zerstreuen.

»Es tut mir leid«, sagte er nach einem Blick auf sie. »Ich wollte nicht …«

Sie wandte das Gesicht ab, er sollte sie nicht ansehen. »Es ist schon gut. Es sind die Sonne und das Salz. Sie reizen meine Augen.«

Ein Moment verstrich, bevor er sanft fragte: »Da ist doch noch mehr, oder?«

Auch das war freundlich gemeint. Aber es war falsch, das alles, ganz falsch – sie wollte darüber nicht reden. Ihre Arbeitsstelle hing davon ab, *nicht* darüber zu reden. Also blieb ihr keine andere Wahl, als zu lügen. Nur hasste sie es zu lügen. Die Menschen logen zu oft, zu leichtfertig. Das wusste sie aus Erfahrung. Und am Ende fiel es auf einen selbst zurück.

»Würde es Ihnen etwas ausmachen, wenn wir das Thema wechseln?«, bat sie.

Lucian lag auf dem Bett und spielte träge mit einem losen Faden der Überdecke, während seine Mutter sich fürs Dinner anzog. Bei seiner Mutter zu sein, während sie diese erstaunliche Verwandlung vollzog, war eine alte Angewohnheit aus seiner frühen Kindheit, und weder er noch Bella waren bereit, sie aufzugeben.

Das Abendlicht fiel als geheimnisvoller sanfter Schimmer durchs Fenster. Wenn Bella sich drehte, traf es in einem besonderen Winkel auf ihr Haar und ließ es aussehen wie von Flammen umspielt.

Ich muss sie malen, dachte er. *So wie Rembrandt seine Mutter gemalt hat.*

Aber der Gedanke ans Malen erinnerte ihn nur an diesen Nachmittag mit allem, was schiefgelaufen war.

Im Hotel angekommen, hatten Constance und er sich getrennt, sie musste Lottie baden, die am Tor aufgewacht war, er musste die Pinsel auswaschen und die Malsachen wegräumen. Sein Skizzenbuch hatte er bei sich behalten und es zu Bella mitgenommen, wo er merkte, dass er eigentlich mütterlichen Rat brauchte.

In einem langen wirren Wortschwall hatte er ihr von Rose und dem Kleid erzählt und dass Julia und sie früher zurückgefahren waren. Sein Gespräch mit Constance erwähnte er ganz bewusst nicht.

»Nicht gerade ein voller Erfolg, was?« Bella richtete ihre Haare vor dem Spiegel.

»Könnte man so sagen.«

»Mach dir keine Sorgen, Schatz. Paola bringt es mit ihren Zauberhänden wieder in Ordnung.«

Etwas zu schroff fragte er: »Worauf willst du hinaus?«

Bella blickte ihm in die Augen. »Ich meine nur, dass sie das Kleid reinigen wird.«

»Verstehe.« Lucian wechselte das Thema. »Hat Vater etwas gesagt?«

»Worüber?«

»Die Hochzeit.«

»Ich habe nicht mit ihm gesprochen«, sagte sie. »Er trinkt seit einer Weile mit Graf Albani.«

»Ich muss genauer wissen, was er will.«

Bella drehte sich abrupt um. »Wie oft muss ich es dir noch sagen? Was er will, ist unwichtig!«

»Hast du mal versucht, ihm das zu sagen?«

»Es kommt allein auf Rose und dich an. Und darauf, ob ihr glaubt, dass ihr zusammen glücklich werden könntet.«

Er nickte zweifelnd.

»Siehst du eine Chance dafür?« Sie zögerte. »Dass ihr zusammen glücklich werdet, meine ich?«

Lucian seufzte. »Man bekommt kaum einen Eindruck von ihr, so wie ihre Mutter uns ständig belauert.«

Bella lächelte. »Sie ist wirklich ziemlich Ehrfurcht gebietend.«

Er lachte. »Ehrlich gesagt fällt es mir schwer, mir Vater und sie als Paar vorzustellen.«

»Sie waren sehr jung. Zu jung, um es ernst zu meinen.«

»Dann waren sie nicht verlobt?«

»Nicht offiziell. Soweit ich weiß.«

»Ich hatte immer den Eindruck. Das würde auch erklären, warum er so versessen darauf ist, dass Rose und ich heiraten.«

Jetzt runzelte Bella die Stirn. »Das verstehe ich nicht.«

»Du weißt schon – die Fehler der Vergangenheit wettmachen. Julia und er haben es versäumt, die beiden Vermögen durch eine Ehe zu vereinen. Jetzt hat er mit Rose und mir eine zweite Chance.«

»Sollte das sein Gedanke sein, so hat er ihn mir jedenfalls nicht anvertraut.« Sie erhob sich von ihrem Hocker und breitete die Arme aus. Er stand auf, ließ sich von ihr umarmen, legte den Kopf auf ihre Schulter und atmete ihren Duft von Jasmin und Sandelholz ein, der ihn immer an seine Kindheit erinnerte. »Gib der Sache mit Rose Zeit«, flüsterte sie, und er nickte.

Als sie sich ein wenig verlegen voneinander lösten, rutschte Lucians Skizzenbuch vom Bett. Bella hob es auf und blätterte aus höflichem Interesse darin, bis sie an einem Bild hängen blieb, das ihr besonders zu gefallen schien. »Wenigstens hat sie den Blick einer Künstlerin«, bemerkte sie und deutete mit einer Kopfbewegung auf die Seite. »Das ist doch schon was, oder?«

»Hm?«

Sie legte Lucian das offene Buch in die Hände und setzte sich wieder vor den Spiegel.

Sobald er die Zeichnung sah, war ihm klar, was seine Mutter nicht erkennen konnte – das Bild war auf keinen Fall von Rose. Rose hatte kein Auge. Wer das gezeichnet hatte, war sichtlich nicht ausgebildet, besaß aber ein angeborenes Talent, Gegenstände dreidimensional zu sehen und sie einzufangen. Vor allem das Schattieren war extrem gut gelungen.

Constance, dachte er. *Das war Constance.*

Sosehr ihn diese Erkenntnis überraschte, so sehr freute sie ihn.

Mit dem Buch in der Hand – er beschloss, es von nun an in seiner Schreibtischschublade zu verwahren – ging Lucian in sein Zimmer, um sich umzuziehen.

Auf dem Weg nach unten holte er kurz darauf wie verabredet seine Mutter ab, dann gingen sie zusammen auf die Terrasse, wo sich die Gäste schon versammelten. Der Abend war mild und angenehm. Bella wurde sofort von Lady Latchmere abgefangen, die zwischen Daumen und Zeigefinger einen Limoncello hielt.

Lucian schob sich lächelnd durch die Menge bis zu Francesco, der adrett in seiner Uniform an einem niedrigen Tisch Bellinis mixte. Mit einem dankbaren Lächeln nahm Lucian ein Glas, leerte es sofort und genoss das Kribbeln des süßen dickflüssigen Getränks auf seiner Zunge. Er tauschte das leere gegen ein volles Glas, dann ging er zu Plum und Lizzie, die allein am Ende der Terrasse standen.

»Ich hoffe, ich störe nicht«, sagte er, nachdem er sich ordentlich vorgestellt hatte.

»Überhaupt nicht.« Plum war ein schlanker, geschmeidiger Mann, der Charme und Anstand ausstrahlte.

»Ich habe sie 23 im Queens Club gesehen«, sagte Lucian. »Sie haben einen Australier geschlagen. Tom irgendwas.«

»Todd Philips.«

»Den meinte ich. Sechs zu zwei, sechs zu vier, sechs zu zwei, glaube ich.«

»Sechs zu drei im Dritten.« Plum lächelte voller Bedauern, erkannte aber Lucians Versuch an. »Was macht schon ein Punkt mehr oder weniger?«

»Sie haben kaum einen Ball verpasst!«

»Und jetzt trifft er kaum noch einen.« Diese bissige Bemerkung kam von Lizzie, die mit leerem und, man musste es sagen, gelangweiltem Ausdruck neben Plum stand.

Lucian wechselte das Thema. »Was bringt Sie nach Portofino?«

»Ich habe letzte Woche in Monte Carlo gespielt«, sagte Plum strahlend.

»Er hat in der ersten Runde verloren«, fügte Lizzie hinzu.

Plum warf Lucian einen gequälten Blick zu, der um männliche Solidarität heischte. »Ende der Woche fahre ich nach Mailand. Da beginnt nächsten Montag ein wichtiges Turnier.«

»Was bedeutet, dass wir mit etwas Glück am Dienstag den Zug nach Hause nehmen.« Lizzie leerte ihr Glas.

Lucian fand die Situation peinlich und unbehaglich. Er sah sich nach jemand anderem um, mit dem er reden konnte, nach irgendeinem Fluchtweg, aber er entdeckte keinen. Nish unterhielt sich mit Graf Albani. Rose war noch nicht erschienen – wahrscheinlich stritt sie sich irgendwo mit ihrer Mutter. Claudine und Jack betraten gerade den Speisesaal ...

Claudine und Jack. Claudine war eine faszinierende Frau. Mit Jack hatte er noch nicht gesprochen, zugegeben – aber er musste interessant sein, da er mit Claudine zusammen war.

Er entschuldigte sich bei den Wingfields und folgte dem amerikanischen Paar in den ruhigen, von Kerzen erleuchteten Speisesaal.

Als er seinen Vater sah, erstarrte er plötzlich. Sein alter Herr hielt direkt auf das Paar zu. Sie waren unterwegs zu ihrem Tisch und konnten ihm nicht ausweichen, die armen Seelen.

Weil er die Turners nicht mit ihm teilen wollte, kehrte Lucian auf die Terrasse zurück und versuchte, dabei möglichst leger zu wirken – als hätte er sein Glas irgendwo abgestellt und würde es suchen. Aber ihm drängte sich eine Frage auf … Warum war sein Vater so interessiert an den Amerikanern?

※

Cecil hatte eine Weile vor dem Speisesaal gestanden, als er Claudine sagen hörte: »Ich weiß nicht, wie es dir geht, aber ich bin halb verhungert.«

Seit dem Telefonat war er ganz aufgeregt wegen des Gemäldes und brannte darauf, seinen Plan in die Tat umzusetzen – einen Plan, bei dem er Jacks diskrete Hilfe brauchte.

Es gelang ihm, das Zusammentreffen wie zufällig wirken zu lassen. »Ah, Jack! Wie schön, Sie zu sehen.«

»Cecil.«

Die Männer gaben sich die Hand. Vor Claudine machte Cecil eine Verbeugung. Er warf seinen ganzen Charme in die Waagschale. »Ich bin gerade auf dem Weg nach draußen, aber darf ich Sie später zu einem Schlummertrunk einladen?«

Claudine erkannte, dass Cecil nur Jack ansah und nicht sie. »Er meint ›Sie‹ im Singular, nicht im Plural«, sagte sie und ging zu ihrem Tisch.

Jack versuchte, sich herauszuwinden. »Nichts für ungut. Aber ich glaube, da werde ich passen.«

»Vielleicht morgen?«

»Vielleicht.« Er schickte sich an, Claudine zu folgen.

»Ach, nicht schlimm«, sagte Cecil. »Es kann warten.«

»Was kann warten?«

»Die Geschichte von Großvaters Rubens.«

Jack hielt abrupt inne. *Jetzt wirst du hellhörig, du kleines Wiesel,* dachte Cecil.

»Ihr Großvater besitzt einen Rubens?«

»Besaß, nicht besitzt«, berichtigte Cecil. »Er hat den Löffel abgegeben, als die alte Königin noch auf dem Thron saß.«

Jacks Interesse war geweckt. Er hatte sich wieder umgedreht, das Essen war schlagartig vergessen. »Und, wo ist er jetzt?«

»Er hängt im Haus meiner Familie.«

»Und Sie sind sicher, dass es ein Rubens ist?«

Cecil lachte. »Ich hatte gehofft, das könnten Sie mir sagen.«

Der Saal füllte sich langsam, die Gäste kamen nach und nach von der Terrasse herein und unterhielten sich in kleinen Grüppchen. Es roch zunehmend nach Zigarettenrauch und Parfum. Jack blickte zu seinem Tisch hinüber, an dem Claudine mit dem Rücken zu ihm Lippenstift nachlegte.

»Morgen«, sagte er. »Unterhalten wir uns morgen. Dann ist es einfacher.«

Sie waren wie Patienten auf der gleichen Krankenstation, dachte Cecil, sie fanden in der Krankheit des anderen Trost.

»Sehr gut«, sagte er. »Dann morgen.«

Bella erwachte mit leichten Kopfschmerzen, vielleicht eine Folge der Bellinis, die sie sich gestern Abend gegönnt hatte. Wie viele waren es gewesen? Drei? Oder vier?

Egal. Sie hatte sie genossen.

Bella wusch sich, zog sich an und kam auf dem Weg nach unten an der Ascot Suite vorbei, aus der ein ziemliches Gezeter drang. Ihr erster Gedanke war, Lady Latchmere sei möglicherweise wieder unpässlich. Aber dann wurde die Tür geöffnet, und eine fahrige Melissa sagte Nein, diesmal gebe es ein anderes Problem, ob Bella nicht hereinkommen wolle?

Lady Latchmere saß im Bett, vor sich das Frühstückstablett, und ihre Brust hob und senkte sich unter aufgeregtem Keuchen. *Wenn ich raten müsste,* dachte Bella, *würde ich sagen, jemand hat ihr Aprikosen- statt Bitterorangenmarmelade gegeben.* Aber auch das war nicht der Grund des Tumults. Nein, das Problem schien das Brot zu sein, eine gebutterte Scheibe, die Lady Latchmere wie eine Spielzeugflagge in der Luft schwenkte.

»Vollkommen unglaublich!«, sagte sie. »Ich hätte mir fast einen Zahn abgebissen.« Um ihren Beinaheschmerz zu lindern, trank sie einen großzügigen Schluck Limoncello, jetzt fester Bestandteil jeder Frühstücksbestellung aus der Ascot Suite. Die langen dünnen Finger, die sich zuckend um den Stiel legten, erinnerten Bella an einen Weberknecht.

»Es tut mir furchtbar leid, Ihre Ladyschaft«, sagte sie ernsthaft entsetzt. »Ich schicke sofort jemanden mit einem neuen Tablett herauf.«

Bella eilte die Stufen hinunter. Vor der Tür zum Speisesaal stand Lucian, als habe er auf sie gewartet. »Gibt es ein Problem?«, fragte er mit etwas ratloser Miene und gerunzelter Stirn.

»Dir auch einen guten Morgen«, sagte Bella. »Was für ein Problem? Warum fragst du?«

»Weil es offenbar kein Frühstück gibt.«

Bellas Hände wurden vor Panik feucht. Was ging hier vor sich?

In der Küche saß Betty am Tisch und hatte den Kopf in den Armen vergraben. Constance hockte neben ihr und versuchte unter dem Blick der entnervten Alice, sie zu trösten. Als sie ihre Arbeitgeberin sah, sagte Betty matt: »Oh, Mrs Ainsworth.«

In der Hoffnung auf eine Erklärung wandte Bella sich an Alice, aber ihre Tochter zuckte nur mit den Schultern. »Ich bekomme nichts Vernünftiges aus ihr heraus.«

Bella stellte den Korb mit dem ungenießbaren Brot vor Betty auf den Tisch. Sanft, aber streng sagte sie: »Als Sie diese Stelle angenommen haben, waren wir uns einig, Betty. Bei uns kommt nur das Beste auf den Tisch.«

»Es ist nicht ihre Schuld«, warf Constance heftig ein.
Alice bedachte sie mit einem finsteren Blick. »Seien Sie still!«
Aber Constance war beharrlich. »Sie kann nicht aus dem Nichts Frühstück zaubern.«
»Aus dem Nichts?«, fragte Bella.
»Es sind keine Lebensmittel da, Mrs Ainsworth. Sehen Sie selbst. Es wurde nichts geliefert. Kein Brot, keine Milch, keine Eier.«
»Die Vorratskammer ist leer!« Betty hob den Kopf zu lautem Wehklagen, dann vergrub sie ihn wieder in den Armen.
Die Außentür öffnete sich. Billy kam hereingestürmt und legte zwei große Brote und einen Laib Käse auf den Tisch. Aus seinen Taschen holte er Eier.
»Oh«, machte Betty. »Du kleiner Schatz. Leg sie hier rein ...« Sie nahm eine Schüssel aus dem Regal hinter sich und stellte sie auf den Tisch.
»Mehr konnte ich nicht auftreiben, Ma«, sagte Billy. Betty hatte sich beruhigt und machte sich schon an die Arbeit. »Niemand wollte mir etwas verkaufen, Mrs Ainsworth. Ich habe mir zusammengebettelt, was ging.«
»Da muss doch ein Missverständnis vorliegen«, sagte Bella.
»Verzeihen Sie, Ma'am, aber nein. Ich glaube nicht. Sie haben mir die Tür vor der Nase zugeschlagen!«
»Das ergibt doch keinen Sinn. Soweit ich weiß, sind wir mit unseren Zahlungen nirgendwo im Rückstand.«
Stumm überdachte Bella die Angelegenheit. *Welche Macht dieser Danioni hier besitzen muss,* dachte sie. *Eine ganze Stadt so einzuschüchtern, dass sie nach seiner Pfeife tanzt.*
Es war wirklich beängstigend, und das nicht nur, weil das Hotel Portofino heute kein Frühstück servieren konnte.
Alice fragte: »Was ist los, Mama?«
»Wann fängt der Gottesdienst an?«
Alice schaute auf die Uhr. »In zwei Stunden.«

»Es klingt seltsam«, sagte Bella, »aber ich glaube, die Lösung unseres Problems könnten wir in der Kirche finden.«

Schon kurz nach ihrer Ankunft in Portofino hatte sie gelernt, dass der Kirchgang in Italien noch wichtiger war als in England. Die Gemeinde war hier tatsächlich frommer und größer, aber ebenso wie in Tonbridge oder Leeds dienten die Gottesdienste hier vor allem als gesellschaftliche Ereignisse, bei denen Geschäftliches besprochen und getratscht wurde. Ob man es liebte oder hasste, die Kirche schweißte die Gesellschaft zusammen. Ihre endlosen Feste, Prozessionen und Feuerwerke konnte man ebenso wenig ignorieren wie einen Ladenbesitzer oder einen lästigen Gemeinderat.

Bellas Idee war es, eine vereinte Front zu bilden, die Truppen zu mobilisieren, wie sie es nannte. Sie beauftragte Lucian damit, rasch in seiner schönsten Schrift eine Bekanntmachung zu verfassen, um die Gäste über den morgendlichen Gottesdienst zu informieren und ihnen die Teilnahme zu empfehlen, denn die Messe sei »eine hervorragende Gelegenheit, Italiener in ihrem natürlichen Umfeld zu beobachten«. Den fertigen Text rahmte Bella ein und stellte ihn im Foyer auf den Rezeptionstresen.

Nish machte Claudine darauf aufmerksam und erklärte den Hintergrund. Sie willigte ein, sich der Gruppe anzuschließen, sagte aber, Jack zu fragen habe keinen Sinn, also ließ Bella es. Graf Albani versicherte Bella, er würde mitkommen, obwohl ihm die Formulierung nicht gefiel – »›natürliches Umfeld‹! Was sind wir, Elefanten?«. Alice sagte bereitwillig für Lottie und sich zu, Melissa folgte der Einladung ebenfalls. Bella war betrübt, wenn auch nicht überrascht, dass Lucian sich strikt weigerte. Er müsse Pinsel reinigen, sagte er.

Noch weniger überraschend war die Reaktion von Lady Latchmere, die behauptete, bei dem bloßen Gedanken an den Besuch einer katholischen Messe würde ihr übel: »Hätte ich gewusst, dass das Hotel Portofino ein Hort papistischer Schändlichkeiten ist, wäre ich hier niemals eingezogen!«

Nach einer Weile machten sie sich gemeinsam auf den Weg zur Kirche San Martino, zogen bummelnd über das Kopfsteinpflaster und die Treppen hinauf, die nicht für elegante Schuhe gebaut waren. Als sie den mit einem Mosaik verzierten Platz vor der Kirche erreichten, wartete eine Mischung aus Touristen, Stadtbewohnern und, wie Graf Albani es nannte, armem Landvolk vor dem Eingang.

Inmitten dieser Schar stand Danioni und schwang eine Rede wie ein Anwalt vor Gericht. Er sah den Grafen, nahm den Hut ab und verbeugte sich tief, was Bella wütend machte und ihre Entschlossenheit festigte, es mit ihm auszufechten – wenn ihr der Moment richtig erschien. Jetzt würde sie nur einen Warnschuss abgeben.

Lotties Hand so fest gepackt, dass das Mädchen sich beschwerte, marschierte sie direkt auf ihn zu. »Signor Danioni!«

Er wandte sich um und unterbrach dafür sein Gespräch mit einem kleinen Mann mit schütteren Haaren, den Bella als den örtlichen Apotheker erkannte. »Ah, Mrs Ainsworth.« Er rang sich ein schmieriges Lächeln ab. »Ich wusste gar nicht, dass Sie religiös sind.«

»Keine Sorge«, sagte sie, »ich werde nicht vor der ganzen Stadt eine Szene machen. Zumindest nicht *vor* der Messe.«

Er zog den Hut, dabei sah sie, dass sein Blick auf Claudine und Nish fiel, die gerade die Stufen hinauf in die Kirche gingen. Seine Abscheu war nicht zu übersehen.

»Haben Sie das bemerkt?«, fragte Nish. Claudine und er folgten Alice zu einer Kirchenbank, die ihnen allen Platz bot.

Claudine blickte sich um. »Nein. Was?«

»Dieser Mann. Wie er uns angestarrt hat.«

»Ach, der. Wissen Sie, was, Herzchen? So etwas übersehe ich. Sonst würde ich den ganzen Tag nichts anderes sehen. Und das ist ermüdend.«

Nish saß am Ende der Reihe, wie ein Kirchendiener. Im Laufe der Messe merkte er überrascht, wie sehr er das wohltönende, wenn auch leere Mysterium der lateinischen Liturgie mit ihrer beruhigenden Vertrautheit genoss. Messen war er von seinem katholischen Internat gewohnt, wo seine Teilnahme erwartet wurde, obwohl er einer anderen Religion angehörte. Dabei ließ sich die Atmosphäre hier nicht mit der eisigen Kapelle in Stonyforth vergleichen. Kinder liefen ungehindert mit Spielzeug und Opferkerzen umher und nahmen die alten Frauen gar nicht wahr, die sich weinend und bittend in den hintersten Bänken zusammendrängten, so verdorrt und grau wie Asche.

Auf dem Weg aus der Kirche trat Alice zu ihm. »Vielen Dank, dass du gekommen bist, Nish. Ich war nicht sicher, ob die Kirche …«

»Etwas für mich ist?«

»Nein.« Sie errötete. »Nur weil … Na ja, weil Lucian so schrecklich *gegen* all das hier ist.«

»Er sagt, Gott sei in den Schützengräben gestorben. Viele, mit denen ich gedient habe, empfinden es so.«

Claudine fragte: »Sie waren an der Front?«

»Indischer Sanitätsdienst.« Er salutierte knapp.

»Und glauben Sie auch, dass Gott nicht aus dem Krieg zurückgekommen ist, Mr Sengupta?«

Nish überlegte. »Der englische Gott vielleicht nicht. Meiner schon.«

Alice und Claudine gingen weiter. Nish streckte einem kleinen Jungen, der ihn anstarrte, schielend die Zunge heraus. Es war als Spaß gemeint, aber der Junge wirkte richtig erschrocken und vergrub das Gesicht an der Seite seiner Mutter. Nish wandte schuldbewusst den Blick ab, bevor die Frau etwas bemerken und ihn dafür rügen konnte.

Vor der Kirche wartete er mit Melissa und Claudine auf Bella und Francesco. Eine elegant gekleidete Frau mit aristokratischem Auftreten verließ mit einer Begleiterin die Kirche. Alice rief: »Lady

Caroline!« Aber die Frau warf nur einen kurzen Blick in Alice' Richtung und ging weiter.

»Also so was!« Alice wirkte zutiefst entrüstet.

»Vielleicht hat sie Sie nicht gesehen«, vermutete Melissa.

»Oder sie wollte es nicht«, sagte Claudine.

Bella, die mit einer Hand ihren Hut festhielt, gesellte sich zu ihnen. »Was ist los? Was ist so lustig?«

»Ich glaube, ich wurde gerade brüskiert«, sagte Alice.

Melissa fügte hinzu: »Von Lady Caroline Haig!«

Claudine sah sie fragend an. »Sollte ich wissen, wer das ist?«

Melissa erklärte, sie sei die Tochter des Earl of Harbone und sie hätten eine Villa auf den Hügeln gemietet.

»Wir haben ihnen einen Besuch abgestattet, als sie angekommen sind«, fügte Alice hinzu. »Dabei waren sie tadellos höflich.«

Claudine runzelte die Stirn. »Ich hoffe, sie hat Sie nicht meinetwegen ignoriert.«

»Bestimmt nicht«, sagte Bella ein wenig zu energisch. »Es gibt sicher eine völlig einleuchtende Erklärung.«

Am anderen Ende des Platzes plauderte Lady Caroline mit Graf Albani. Als er sich wieder der Gruppe aus dem Hotel anschloss, schauten ihn alle erwartungsvoll an. »Habe ich etwas verpasst?«

»Wir haben gerade über die Haigs gesprochen«, sagte Bella.

»Wie es aussieht, kennen Sie Lady Caroline«, meinte Alice.

»Ich war mit ihrem Onkel in Oxford«, erklärte der Graf.

Aber Bella wirkte abgelenkt. Wie Nish auffiel, hatte sie jemanden entdeckt – den verschlagenen Mann, der ihn und Claudine vor dem Gottesdienst angestarrt hatte. »Entschuldigen Sie mich?«, bat sie und bahnte sich durch die Menge einen Weg zu ihm.

»Worum geht es denn da?«, fragte Nish.

Doch niemand schien es zu wissen.

Schon komisch, dachte Cecil, wie sich die Dinge änderten. Gerade noch wollte jemand nicht mit einem sprechen. Und dann, ganz plötzlich, will er es doch. Wie Jack zum Beispiel. Er hatte Cecil Zeitung lesend in der Bibliothek angetroffen und ihn herzlich gegrüßt, ohne das argwöhnische Zögern ihrer ersten Begegnungen. Alle anderen waren zur Kirche aufgebrochen. Mit solchen Dingen hielt Cecil sich nicht auf und Jack offenbar auch nicht, denn als Cecil das Thema ansprach, sagte er: »Ich knie nur vor dem Altar des Mammons.« Was zufällig genau Cecils Überzeugung traf.

Grinsend zog Jack den Schlüssel für seinen Bugatti aus der Tasche und ließ ihn baumeln. »Ich dachte, Sie wollen mich vielleicht auf eine kleine Spritztour begleiten.«

»Das«, Cecil faltete seine Zeitung zusammen, »ist eine hervorragende Idee.«

Das Automobil lag bewundernswert gut in den Kurven, allerdings war die Straße schmal, und Cecil grauste davor, was passieren könnte, wenn sie einem anderen Fahrzeug begegneten. Aber er behielt seine Angst für sich. Außerdem schien Jack zu wissen, was er tat.

Sie hielten an der Straße zwischen Rapallo und Camogli an. Von der Felskante aus blickten sie auf die verstreute Flut rot gedeckter Dächer und hinunter auf die alte Burg am Ufer.

»Erstklassige Tennisplätze in Rapallo«, merkte Cecil an. Nicht dass er sie schon einmal genutzt hätte. Er hatte nur vorgegeben, Tennis zu mögen, um Bella in ihren Flitterwochen zu beeindrucken. »Und es gibt da eine englische Bibliothek, habe ich gehört.«

»Sie und Ihre Leute kommen herum.« Jack lächelte. »Wir allerdings auch.«

Sie kehrten zum Automobil zurück. Während Jack rauchend an der Motorhaube lehnte, fuhr Cecil mit einem Finger über das heiße Metall. »Der muss ein hübsches Sümmchen gekostet haben.«

»Schöne Dinge sind eine ewige Freude.«

»So sagt man.«

»Es ist ein Type 35«, sagte Jack. »Der Wagen hat Aluminiumräder, und die Federn sind durch die Vorderachse geführt. Bugatti hat letztes Jahr damit die Targa Florio gewonnen. Der Mann ist ein Genie, ich sage es Ihnen.«

Cecil hatte keine Ahnung von Autos, wollte Jack aber gern aufs Wort glauben. Trotzdem glühte in ihm patriotischer Stolz auf. »Ein größeres Genie als Walter Bentley?«

»Bentley?« Jack lachte. »Wissen Sie, wie Bugatti Bentleys nennt? ›Die schnellsten Laster der Welt‹. Und er hat recht.«

Cecil hielt dagegen. »Mag sein. Schade nur, dass die Itaker im Krieg nicht so gut ausgestattet waren. Dann hätten sie sich vielleicht ein bisschen besser geschlagen.«

»Haben Sie gedient?«

»Letztes Mal nicht.« Er hielt inne, der Geist seiner kurzen, mittelmäßigen Militärlaufbahn spukte ihm durch den Kopf. »Meine letzten Kämpfe habe ich vor der Jahrhundertwende einige Meilen vor Ladysmith gefochten. Wie steht es mit Ihnen?«

Jack senkte kopfschüttelnd den Blick. Da gab es eine Geschichte, das spürte Cecil. Aber Jack war nicht bereit, sie zu erzählen. Noch nicht.

Cecil lehnte sich neben Jack an die Motorhaube und holte ein zerknittertes Blatt Papier aus seiner Innentasche. »Wegen des Gemäldes«, sagte er und glättete das Blatt.

Jack musterte es mit zusammengekniffenen Augen. »Das kann es nicht sein.«

»Natürlich nicht. Das habe ich aus einem von Lucians Büchern rausgerissen.«

Jack nahm das Blatt und begutachtete es eingehend. »Venus mit einem Spiegel.«

»Das ist die Kleine. Ich habe eine Weile gebraucht, um darauf zu kommen.«

»In der Kunst der Renaissance war sie ein beliebtes Motiv«, erwiderte Jack leichthin.

»Wenn Sie es sagen.« Cecil mochte Menschen nicht, die Wissen zur Schau stellten, das er selbst nicht besaß.

Jack schnaubte. »Ihr Rubens trägt also keinen Titel?«

»Nein. Er ist auch nicht signiert. Leider.«

»Hmm.«

»Ist das ein Problem?«

Jack zuckte leicht mit den Schultern. »Für diese Zeit ist es nicht ungewöhnlich.«

»Und ich vermute, an diesem Punkt kommen Burschen wie Sie ins Spiel?« Cecil wurde ungeduldig. Er wollte Antworten, keine gewichtigen Vagheiten.

Jack gab ihm das Blatt zurück. »Es lässt sich nicht sagen. Erst muss mein Kontakt sich das Bild ansehen.«

»Natürlich«, sagte Cecil. »Das verstehe ich. Deshalb ist es schon auf dem Weg zu uns.«

Diese Neuigkeit zeigte die gewünschte Wirkung, Jack war überrascht. »Ihnen ist es wirklich ernst damit?«

»Wenn es um Geld geht, immer.«

Jack schwieg. Dann sagte er: »Wenn es nicht das ist, was Sie sagen, ist es eine verdammte Menge Mühe für gar nichts. Für uns beide.«

Cecil zog einen Flachmann aus der Tasche. »Keine Sorge, mein Guter.« Er nahm einen Schluck, dann reichte er die Flasche an Jack weiter. »Wir finden bestimmt eine Möglichkeit, dass es sich für Sie lohnt.«

Bildete Bella es sich nur ein, oder wich Danioni zurück, als sie sich näherte? Wie alle Dorftyrannen war er im Grunde seines Herzens ein Feigling und ging Konfrontationen lieber aus dem Weg. »Signore«, sagte sie. Die Menge um sie herum, die Tatsache, dass sie sich in der Öffentlichkeit befanden, verlieh ihr Kraft. »Auf ein Wort, bitte?«

Er willigte mit einer Verbeugung ein, dann entschuldigte er sich bei seinen Begleitern, die einen wissenden Blick tauschten.

»Ich nehme an, dass ich diese wunderbare Überraschung heute Morgen Ihnen zu verdanken habe«, sagte Bella.

»Ich verstehe nicht, Signora.«

»Oh, ich glaube, Sie verstehen. Sie haben es selbst gesagt. Hier geschieht nichts, von dem Sie nichts wissen.«

Er legte den Kopf schief. »Möglich.«

»Dann können Sie mir vielleicht auch sagen, was dieses Problem lösen wird. Ich kann mein Hotel ohne Vorräte aus der Stadt nicht führen. Oder ohne das Wohlwollen der Menschen hier.«

Er drehte sich um. Bella folgte seinem Blick zurück zur Kirche und sah auf den Stufen eine Frau in einem blauen Kleid. Die Frau beobachtete sie genau. Danioni hob eine Hand zum Gruß, und sie erwiderte die Geste. »Meine Frau«, sagte er.

»Weiß Ihre Frau, dass Sie mich erpressen?«

Er verzog das Gesicht. »Was für ein hässliches Wort. In Italien halten wir nichts von Erpressung, Signora.«

»Wovon halten Sie dann etwas?«

»*Furbizia.*«

»Ich verstehe nicht.«

»Findigkeit. Sie bringt uns Essen auf den Tisch. Und kauft Kleider für unsere Frauen.« Wieder blickte er zu seiner Frau und dann zu Bella. »Hübsche Kleider. Und Schmuck. Wie *zaffiro.*«

»Saphire?«

Er sah auf Bellas Hand, an der ein Saphirring funkelte.

»*Si. Zaffiro.* Meine Frau, sie mag sie sehr gern.«

Constance und Betty standen vor dem Waschbecken, als Bella die Küche betrat. Sie lachten und alberten herum, Constance bewegte das Maul des Fisches, als würde er sprechen. Als sie Bella bemerkten, hörten sie auf und nahmen Haltung an, wobei man ihren zu ernsten Gesichtern noch das Lachen ansehen konnte.

»Ich freue mich, dass es Ihnen besser geht, Betty.«

»Danke, Mrs Ainsworth. Ich bin wieder richtig beisammen.«

Im ersten Moment sorgte Constance sich, etwas würde Bella auf der Seele liegen. Sie wirkte gereizt und abgelenkt und rieb ständig den Mittelfinger ihrer rechten Hand. Sie hat viel um die Ohren, sagte Constance sich. Diese Sache mit den Lieferungen heute Morgen – als wäre es nicht schon schwer genug, ein Hotel zu führen.

Jedenfalls schienen die schimmernden frischen Fische auf dem Tisch sie aufzumuntern. »Da war aber jemand fleißig.«

»Das war Billy, Ma'am«, sagte Constance.

»Meine Güte. Hat er die alle selbst gefangen?«

»Nein, Mrs Ainsworth. Er kennt ein paar Jungs unten am Hafen. Sie helfen sich gegenseitig.«

»Danken Sie ihm bitte von mir. Das wird ein fabelhaftes Dinner.«

»Ich gebe es weiter, Mrs Ainsworth.«

»Danke, Constance. Und, Betty, mir wurde versichert, dass wir ab morgen früh wieder beliefert werden.«

»Ich bin sehr erleichtert, das zu hören, Ma'am.«

Bella wollte gerade gehen, als ihr Blick auf den Fisch fiel, über den die beiden vorher gelacht hatten. »Himmel, was für ein hässlicher Bursche!«

Constance hob ihn auf. »Er ist meinem Onkel Albert wie aus dem Gesicht geschnitten«, sagte sie. Und das stimmte.

»Ich hoffe, er schmeckt besser, als er aussieht.«

»Ich zermartere mir schon das Hirn, was ich aus ihm machen könnte«, gestand Betty. »Ich wollte mal einen Blick in dieses Buch werfen …«

»Artusi?«

»Genau das.«

Während die anderen sich unterhielten, hatte Paola aus der Vorratskammer Besen und Staubtücher geholt. Als sie die Küche gerade wieder verlassen wollte, hörte sie etwas, bei dem sie die Ohren spitzte. »Artusi? Pah!« Sie blähte die Wangen auf und schüttelte langsam den Kopf ob dieser tiefen englischen Ahnungslosigkeit.

Bella fragte sie auf Italienisch nach ihren Ansichten über Artusi und übersetzte die Antwort für die anderen. Wie sich zeigte, mochte Paola Artusi nicht, denn er war ihrer Meinung nach ein »dummer alter Mann, der nichts weiß«. Sie fügte hinzu, dass der Fisch, den Billy und seine Freunde gefangen hatten, Knurrhahn war – ein guter Speisefisch, vor allem für Suppen geeignet.

»Paola würde sie sich gern etwas näher ansehen«, sagte Bella. »Wenn Sie nichts dagegen haben, Betty?«

Die Köchin machte eine einladende Geste. »Nur zu.«

Auf Bellas Zeichen hin stellte Paola die Kiste ab, die sie getragen hatte, und nahm sich die Fische vor, ein glitschiges Exemplar nach dem anderen suchte sie nach schadhaften oder vergammelten Stellen ab. Aus ihrem billigenden Brummen und Grummeln schlossen alle Anwesenden, dass ihr gefiel, was sie sah. Nur wenige Fische wurden für unzulänglich befunden und aussortiert.

Bella und Betty sahen sich an.

»Vielleicht wäre eine Souschefin heute Abend ganz nützlich«, schlug Bella vor.

»Der Gedanke kam mir auch gerade, Ma'am.«

»Soll ich sie fragen?«

»Es sieht nicht so aus, als müsste man sie groß überreden.«

»Wunderbar.« Bella klatschte in die Hände. Sie sah begeistert aus. »Das wird ein besonderes Dinner. Wir nennen es ›einen italienischen Gruß‹.«

Constance half abends immer, das Essen zu servieren, nachdem sie Lottie ins Bett gebracht hatte. Bei ihrer vorherigen Stelle hatte sie gelernt, bei Tisch vorzulegen, Bella jedoch bevorzugte in der Regel eine schlichtere Methode. An diesem Abend sollte Betty die Teller in der Küche anrichten, und Constance und Billy sollten sie in den Speisesaal bringen.

Lottie hatte von der Fischsuppe gehört und war außer sich, dass sie nicht dafür aufbleiben durfte. »Die italienischen Kinder dürfen alle aufbleiben«, beklagte sie sich bei Constance.

»Du bist aber keine Italienerin«, erinnerte Constance sie. »Wir machen die Dinge anders. Außerdem hilft es deiner Mutter nicht, wenn du herumläufst und im Weg stehst, während wir die Gäste bedienen.«

»Ich laufe nicht herum«, versprach Lottie mit Tränen in den Augen.

Am Ende willigte Bella ein, dass Lottie helfen durfte, den Speisesaal vorzubereiten. Das kleine Mädchen sah mit seinem himmelblauen Leinenkleid mit der weißen Paspel am Kragen bezaubernd aus. Sie, Alice und Constance breiteten die frischen Tischtücher aus, deckten Besteck und Beilagenteller ein und stellten Schalen mit Blumen in die Mitte der Tische. Alice zeigte ihrer Tochter, wie man die Servietten faltete.

Während sie arbeiteten, schaltete jemand – Lucian? – das Grammofon ein. Getragene Töne wehten durchs Haus. Constance hatte so etwas immer als Musik für reiche Leute empfunden – es war eine Oper. Im Rundfunk hatte sie Ausschnitte davon gehört, aber sie hatte nie einen Zugang gefunden, es kam ihr einfach nicht wie etwas vor, das jemand freiwillig hören würde. Jetzt hatte sie zum ersten Mal, und obwohl die Sprache ihr ein Rätsel war, das Gefühl, sie würde diese anhaltende Sehnsucht und Melancholie, diesen erhebenden Ausdruck aufgewühlter Emotionen verstehen. Ihr Herz trauerte all dem nach, was sie zurückgelassen hatte, und Constance musste sich sehr bemühen, um nicht von diesen Gefühlen überwältigt zu werden.

Paola hatte den ganzen Nachmittag lang gekocht. Betty hatte zugesehen, sich Notizen gemacht und versucht, nicht im Weg zu stehen. »Sie ist echt gut«, hatte Betty immer wieder gesagt. »Sie gibt Paprika und alles rein.«

Normalerweise nahmen nicht alle Gäste am Dinner teil. Oft aß der eine oder andere von ihnen außerhalb, schließlich herrschte in Portofino kein Mangel an guten Restaurants. Aber es hatte sich herumgesprochen, dass dieser Abend etwas Besonderes werden sollte – ein einzigartiger Gruß aus der italienischen Küche.

Um acht Uhr hatten die Gäste ihre Cocktails geleert und Platz genommen. Die Stimmung war aufgekratzt und erwartungsvoll, und es verlieh dem Abend zusätzliche Würze, dass niemand wusste, was sie erwartete, weil die Zutaten des Mahls geheim gehalten wurden. Allerdings hatte der köstliche Duft schon am Nachmittag das Hotel erfüllt.

Paola schöpfte großzügige Portionen Fischsuppe in riesige flache Schüsseln, die Constance und Billy vorsichtig in den Speisesaal trugen. Zuerst bedienten sie Roberto und Graf Albani. Als Constance die Schüssel vor den Grafen stellte, sog er den aufsteigenden Dampf ein, berührte sanft ihren Arm und sagte: »Also, meine Liebe. Sie müssen mir verraten, was das ist.«

Damit hatte Constance schon gerechnet, und sie wusste genau, was sie sagen sollte. »Es ist eine ligurische Fischsuppe mit Knurrhahn, Rotbarbe und Jakobsmuscheln.« Sie war nicht sicher, wie man »Scampi« aussprach, also erwähnte Constance sie einfach nicht.

»Famos«, sagte der Graf. »Und nehme ich da einen Hauch Fenchel wahr?«

»Ja, Sir.«

»Sagen Sie mir …« Er winkte sie näher zu sich und senkte die Stimme zu einem Flüstern. »Ist das Signora Bettys Werk? Oder Signora Paolas?«

»Man könnte es ein Gemeinschaftsprojekt nennen, Sir.«

Er brüllte vor Lachen. »Wie diplomatisch! In einem solchen Hotel ist das sicher eine unschätzbare Eigenschaft.«

Billy hatte den Kürzeren gezogen und musste Julia und Rose bedienen, allerdings schien die Suppe ihnen zu munden. Constance sah, wie Rose einen der Scampi aus ihrer Schüssel fischte und ihn Julia zeigte, die erschrocken die Augen aufriss.

Lady Latchmere wirkte dagegen zutiefst misstrauisch, als sie ihren Löffel an den Mund hob. Aber dieser Ausdruck wich unerwarteter Freude, nachdem sie probiert hatte.

Kurz vor Ende der Mahlzeit ging Constance in die Küche, um eine andere Schürze anzuziehen, und sah Billy, der sich gerade aus der Tür und in die Nacht schlich. Bestimmt, um sich mit seinen neuen Freunden zu treffen. Sie hoffte, dass sie ihn nicht auf Abwege brachten. Er wirkte auf Constance sehr jung. Diesen Typ kannte sie von zu Hause. Dorfjungs. Immer auf ein Abenteuer aus, nur ohne zu wissen, wann es genug war.

Wahrscheinlich, dachte sie, hatten die Leute früher dasselbe über sie gesagt.

Obwohl sie das Essen fast allein gekocht hatte, war Paola so nett, beim Abwasch zu helfen. Betty, Constance und sie erledigten das Spülen und Abtrocknen in erschöpfter, aber zufriedener Stille, bis Betty ihre Schürze aufhängte und sagte: »So. Ich gehe ins Bett.«

»*Buona notte*, Elizabetta«, sagte Paola.

Betty strahlte. »Du hast uns heute Abend alle Ehre gemacht, Liebes.«

Paola verstand es sichtlich nicht ganz, aber sie umarmte Betty.

Jetzt waren nur noch sie beide übrig, und die Atmosphäre kühlte merklich ab. Offenbar glaubte Paola, zwischen Constance und Lucian würde sich etwas abspielen. Dabei beruhte das alles auf einem Missverständnis – denn da war nichts, oder?

»*Buona notte*, Paola«, sagte Constance und schickte sich an hinaufzugehen.

Paola antwortete nicht.

Oben in ihrem Zimmer setzte Constance sich im Nachthemd an ihre Frisierkommode. Im Spiegel musterte sie ihr Gesicht mit einer Strenge, die andere als unverdient bezeichnet hätten. Aber sie hatte immer schon eher Makel als Vorzüge entdeckt; vielleicht erschien es ihr einfach angebracht, schonungslos mit sich selbst zu sein, als hätte sie es nicht besser verdient. Nicht nach dem, was geschehen war. Auch wenn es nicht ihre Schuld war. Wahrlich nicht.

Vorsichtig, um den Verschluss nicht zu beschädigen, nahm sie das Medaillon ab, das sie stets an einer Kette um den Hals trug, und öffnete es. Darin war ein winziges Foto von Tommy, aufgenommen, als er sechs Monate alt war. Sie waren extra nach Keighley gefahren, und er hatte die ganze Zeit geweint, der kleine Fratz. Lächelnd küsste sie das winzige Foto, dann fing sie trotz der Müdigkeit, die ihr in den Knochen steckte, mit dem Brief an, den sie den ganzen Tag schon geplant hatte.

Meine liebste Ma, ich habe dir so viel zu erzählen …

Bella schminkte sich im Badezimmer mit einem weichen Baumwolltuch ab. Cecil war irgendwo unterwegs. Er hatte als Einziger die Fischsuppe verpasst. Früher hätte er sie mit Genuss gegessen. Es wäre eine Freude gewesen, die sie miteinander geteilt hätten.

Solche Dinge gehörten der Vergangenheit an. An seinen derzeitigen Freuden, Poker und Brandy, hatte sie kein Interesse. Wirklich wütend machte sie allerdings, dass sein Verhalten sie in eine Rolle drängte, die sie nicht spielen wollte – die der sauertöpfischen Abstinenzlerin, die ihm wie eine Karikatur aus dem achtzehnten Jahrhundert Gardinenpredigten über den Dämon Alkohol hielt.

Sie zuckte vor Schreck zusammen, als ein Geräusch sie aus ihren Gedanken riss – ein heftiges Krachen aus der Nähe der Küche.

Ob das Cecil war? Was stellte er jetzt wieder an? Als er ein paar Minuten später noch nicht aufgetaucht war, zog sie ihren Morgenmantel über und ging auf leisen Sohlen nach unten, um nachzusehen.

In der Küche war es stockdunkel. Sie schaltete das Licht an, und ihrem ersten Eindruck nach war die Küche makellos. Die Mädchen hatten hervorragend sauber gemacht. Als sie den Lichtschalter gerade wieder umlegen und ins Bett gehen wollte, hörte sie etwas.

Es war unverkennbar ein Stöhnen.

Ihr stockte das Herz, dann schlug es so heftig, dass ihr schlecht wurde. »Wer ist da?« Bewaffnet mit einer großen Schöpfkelle aus Metall wagte sie sich zögerlich weiter in die Küche. »Bist du das, Cecil?«

Sie fasste sich ein Herz und trat entschlossen vor, die Kelle hoch erhoben und bereit zum Schlag – da entdeckte sie eine zusammengekauerte Gestalt unter dem Tisch. Sie sah genauer hin. Es waren zwei Gestalten, von denen sie nur eine erkannte.

»Billy!«

»Es tut mir leid, Ma'am.« Er hatte eine Prellung an der Wange, seine Kleidung war zerrissen. Auf seinen Schoß gebettet, lag der Kopf eines Jungen in seinem Alter. Er war blutverschmiert, das Haar verkrustet. Sein Gesicht war zerschunden und geschwollen, die Augen nur noch schmale Schlitze.

»Was in aller Welt?«, fragte sie entsetzt.

»Bitte seien Sie mir nicht böse«, flehte Billy. »Ich wusste nicht, was ich sonst tun sollte.«

»Aber was macht er hier, Billy? Was ist mit ihm passiert?«

»Oh, Mrs Ainsworth.« Billys Stimme kippte. »Es waren die Faschisten. Sie haben ihn bewusstlos geschlagen.«

SECHS

In dieser Nacht stürmte es heftig. Regen trommelte auf die Palmen und strömte von den Dachrinnen. Lange, zackige Blitze stürzten sich auf die Hügel und ließen das Castello Brown so hell erstrahlen, als stünde es in Flammen.

Constance hatte nicht direkt Angst, sie hatte ein solches Unwetter nur noch nie erlebt und konnte nicht schlafen. Bei jedem Knall wackelte das Hotel, und die Fenster klapperten. Sie lag auf der Seite und überlegte, ob sie die Fensterläden öffnen und sich das Spektakel ansehen sollte. Am Ende entschloss sie sich dagegen. Sie wollte sich gerade umdrehen und wieder versuchen einzuschlafen, als jemand an ihre Tür hämmerte.

Es war Billy, in seiner normalen Kleidung und mit einer Kerze, die sein schmutziges, zerschlagenes Gesicht beleuchtete.

Sie schnappte nach Luft. »Billy! Was ist denn nur passiert?«

Seine Stimme war tonlos, so sehr musste er sich beherrschen. »Mrs Ainsworth hat gesagt, du sollst in den Stall kommen, sofort. Bring eine Schüssel mit heißem Wasser mit. Und Handtücher.«

Bevor sie noch etwas fragen konnte, wandte er sich ab.

Constance band sich die Haare zusammen und zog ihren Morgenmantel über. Als sie den Innenhof überquerte, regnete es noch, und die Luft war dunstig. Der Mond warf zitternd silbriges Licht auf das nasse Kopfsteinpflaster. Sie stieß fast mit Nish zusammen, der dem gleichen dringenden Ruf gefolgt war. In einer Hand trug er eine braune Arzttasche, mit der anderen schloss er einen widerspenstigen Knopf eines Hemds, das er sichtlich hastig übergestreift hatte.

»Worum geht es, Mr Sengupta?«, fragte sie. »Was ist passiert?«

»Ich weiß es nicht«, sagte er erschöpft. »Aber offen gesagt, träume ich davon, eine Nacht ungestört schlafen zu können.«

»Wie meinen Sie das?«

»Ich scheine hier kein Gast zu sein, sondern ein Arzt auf Abruf.« Er stellte sofort richtig: »Ich will mich natürlich nicht beklagen ...«

Billy ging voran, er führte sie zu den alten Ställen, in denen die Kutschpferde untergebracht waren. Als über ihren Köpfen wieder ein Donnerschlag dröhnte, hörten sie den leisen angsterfüllten Schrei eines Mannes.

Nish erkannte die Stimme zuerst. Er blieb stehen und überlegte laut: »Lucian?« Constance und er drehten sich in die Richtung, aus der das Geräusch gekommen war – die Unterkünfte der Angestellten auf der anderen Seite des Innenhofs. »Er hasst Donner«, erklärte Nish. Er wirkte plötzlich verlegen. »Er erinnert ihn an Frankreich.«

Ja, dachte Constance. Das muss furchtbar sein, unerträglich. Aber was hatte Lucian mitten in der Nacht im Stallgebäude zu suchen, wenn sein Zimmer im Haupthaus lag?

Fast hätte sie Nish gefragt. Doch als sie die Frage in ihrem Kopf formuliert hatte, zog sich auch schon ihr Herz zusammen, weil ihr klar wurde, dass sie die Antwort genau kannte. Constance hatte es die ganze Zeit geahnt, nur war sie zu dumm und naiv gewesen – zu gutgläubig, nahm sie an –, um es zu erkennen. Es war wirklich kein Wunder, dass Paola sie nicht ausstehen konnte!

Jetzt war nicht die Zeit, um über solche Dinge nachzugrübeln. Bella rief leise, aber voller Dringlichkeit von der Tür aus nach ihnen. »Bitte! Kommen Sie schnell.«

Sie betraten die erste Pferdebox, in der ein Junge in Billys Alter auf einer provisorischen Strohmatratze lag.

Der Junge stöhnte vor Schmerzen. Constance zwang sich, ruhig zu bleiben, und kniete sich neben ihn. Sie tränkte ein Tuch mit Wasser aus der Schüssel. Seine Haut und seine Kleidung starrten vor Blut, sein blasses Gesicht war so geschwollen, dachte sie, dass seine eigene Familie ihn wohl nur noch an seiner zerschlissenen Jacke und den kurzen braunen Haaren erkannt hätte. Er lag vollkommen reglos da, als wäre die kleinste Bewegung pure Qual. Sanft wollte Constance ihm das gröbste Blut vom Gesicht tupfen. Aber jedes Mal wenn sie seine Haut berührte, jammerte er vor Schmerz. Es war einfach herzzerreißend. Wie konnte jemand einem Jungen so etwas antun?

»Warten Sie kurz.« Nish hockte sich neben sie. »Ich gebe ihm etwas gegen die Schmerzen.« Er nahm eine Injektionsnadel aus seiner Tasche und zog etwas aus einem Fläschchen auf. »Krempeln Sie ihm den Ärmel hoch und halten Sie seinen Arm ruhig.« Er hob den Blick zu Bella, als wollte er um Erlaubnis bitten. »Ich gebe ihm Morphium. Ein Viertel Gran.«

»Tun Sie, was immer Sie tun müssen«, sagte sie.

Der Arm des Jungen spannte sich an, als die Nadel seine Haut durchstieß. Nach wenigen Minuten hörte das Stöhnen auf, und Constance säuberte weiter sein Gesicht. Als sie ihre Aufgabe so gut wie möglich erledigt hatte, strich sie ihm beruhigend übers Haar. Es fühlte sich an wie das Fell einer Katze.

Sie blieb vielleicht eine Stunde lang bei ihm, es war schwer zu sagen, bis Bella sie zu sich rief und flüsterte. »Sie haben jetzt genug getan, Kindchen.«

Der Sturm war vorübergezogen. Von den Hügeln hallte Vogelgezwitscher herunter. Sie versammelten sich vor der Stalltür – Nish, Constance und Bella. Bella hatte Billy in die Stadt geschickt, um der Familie des Jungen Bescheid zu geben.

Jetzt wandte sie sich an Nish. »Wie geht es ihm?«

»Er ist stabil, aber noch schwach. Er hat viel Blut verloren.«

»Wird er wieder gesund?«

»Er ist jung und stark. Allerdings fürchte ich, sein Sehvermögen könnte gelitten haben.«

Nish hatte noch nicht ausgesprochen, als Billy auf den Innenhof eilte, gefolgt von zwei Italienern mittleren Alters mit einem Leiterwagen. Als Zeichen des Dankes tippten sie sich vor Bella an den Hut, dann gingen sie stumm an Constance vorbei in den Stall.

»Wer sind diese Leute?«, fragte Bella.

Billy sagte: »Ist besser für Sie, wenn ich sie nicht vorstelle, Mrs Ainsworth.«

Constance folgte den Männern in den Stall. Sie wechselten schroff ein paar Worte auf Italienisch. Und dann hoben sie den schlafenden Jungen hoch, sie zerrten ihn an Füßen und Schultern nach oben, dass sein zerschundener Körper in der Mitte durchhing. Trotz des Morphiums schrie er vor Schmerzen, als die Männer ihn auf den rostigen Wagen legten. Constance rief: »Seien Sie vorsichtig mit ihm!« Aber die beiden ignorierten sie und zogen eine Abdeckung über den Jungen, als wäre er schon tot.

Der Anblick setzte auch Nish zu. »Er muss zu einem Arzt«, erklärte er Bella. »Sagen Sie ihnen, das ist unbedingt nötig. Bitte!«

Sie sprach mit den Männern, und die beiden machten den Eindruck, als würden sie zuhören. Einer von ihnen nickte, was hoffen ließ. Dann schoben sein Begleiter und er den Karren ohne viel Federlesens vom Hof, so, wie sie gekommen waren.

Bella wandte sich Billy zu. »Geh und mach dich frisch.«

»Ja, Ma'am.«

»Und dann möchte ich Constance und dich in meinem Büro sehen. Du hast viel zu erklären, junger Mann.«

Billy schlich davon. Constance nahm die Schüssel und die Waschlappen und versuchte dabei, die geflüsterten Worte zwischen Nish und Bella zu verstehen. Sie spürte ein nervöses Flattern in der Brust. Warum wollte Bella sie sehen? Was hatte sie falsch gemacht? Sie hatte nur helfen wollen … War sie nicht so schnell gekommen, wie sie konnte?

»Hat Billy sonst noch was gesagt?«, fragte Nish gerade. »Darüber, wie der Junge verletzt wurde?«

»Nur, was ich Ihnen gesagt habe. Es waren Mussolinis Schläger.«
»Und das in diesem verschlafenen Städtchen!«
»Oh, Nish«, sagte sie verzweifelt. »Verstehen Sie es immer noch nicht? Die sind überall!«

In Bellas Büro herrschte die nervöse, angespannte Atmosphäre eines Gerichtssaals. Mit den getünchten Wänden und dem hohen schmalen Aktenschrank wirkte das Zimmer durch und durch englisch und erinnerte Constance ein wenig an die Arbeitszimmer der Haushälterinnen, die sie gekannt hatte. Es schien, als sei die italienische Welt hier ausgesperrt, alles hier drin stand vage für Vorschriften und Geld und unterdrückte Gefühle, und es schien auf traurige Art passend, wie sehr sich die Sonne hinter dem kleinen Flügelfenster abmühen musste, einen Eindruck zu hinterlassen.

Die Erkenntnis kam ganz plötzlich. *Miss Ainsworth – Bella ist in diesem Zimmer nicht glücklich.* Aber das war anmaßend. Es stand ihr kein Urteil darüber zu, wie tief oder erfüllend Bellas Beziehungen waren – zu ihrer Familie, dem Hotel und zu Italien.

Constance erinnerte sich an diesen ersten Moment der Verbundenheit, als sie zusammen in der Küche gesessen hatten und Bella ihr die Tapenade zugeschoben hatte. Sie erkannte, dass ihr größter Wunsch war, die Förmlichkeit zwischen ihnen beiden zu überwinden. Sie hoffte, Bella würde ihr, Constance, ihr wahres Selbst mit einer einzigen geheimen Geste offenbaren.

Als wäre sie Bella gleichgestellt und nicht ihre Bedienstete.

Betty und sie standen hinten an der Wand, während Bella an ihrem Schreibtisch saß und versuchte herauszufinden, was genau letzte Nacht passiert war. Sie so beherrscht und geduldig zu sehen war beängstigender, als es offene Wut gewesen wäre.

»Warum hast du ihn hierhergebracht, Billy?«

»Ich bin wohl in Panik geraten, Ma'am.«
»Wurdet ihr verfolgt?«
»Ja.«
»Von wem?«
»Ein paar Typen. Drei oder vier.«
»Wissen sie, dass du hier arbeitest?«
»Nein, Ma'am.«
»Immerhin etwas.« Bella schwieg eine Weile, als überlegte sie, was sie antworten sollte. Schließlich sagte sie: »Ich weiß, dass du in bester Absicht gehandelt hast, Billy. Aber so etwas darf nicht noch einmal vorkommen.«

Billy ließ den Kopf hängen. Wird es nicht, Ma'am, das verspreche ich.«

»Die Situation in Italien ist sehr kompliziert, und wir dürfen nicht öffentlich Partei ergreifen. Verstehst du das?«

Er nickte.

»Na gut. Du kannst gehen.«

Auf dem Weg zur Tür warf er seiner Mutter einen scheuen Blick zu. »Tut mir leid, Ma.«

Aber Betty reagierte frostig und ungerührt. »Geh mir aus den Augen.«

Constance fühlte mit beiden von Herzen mit, vor allem mit Billy. Er war noch ein Kind – das Kind, das Constance immer noch in sich spürte, wenn sie morgens einfach nur rennen und tanzen und etwas in die Luft werfen wollte. Wenn sie vergessen wollte, dass sie zwanzig Jahre alt war und schon Mutter.

Eine Mutter, die ihrem Kind fern war.

Nachdem Billy die Tür geschlossen hatte, brachte Betty heraus: »Ich weiß nicht, was ich sagen soll, Ma'am.«

»Sie müssen nichts sagen, Betty. Es ist nicht Ihre Schuld.«

»Seine Brüder haben ihm früher was hinter die Ohren gegeben, wenn er aus der Reihe getanzt ist. Aber jetzt ... Na ja, für eine Frau allein ist es nicht einfach. Man muss erst mal herausfinden, wie man mit einem Jungen in diesem Alter umgeht.«

Bella schlug einen sanfteren Ton an. »Billy gereicht Ihnen zur Ehre, Betty. Er ist nur auf Abenteuer aus, mehr nicht.«

Betty verließ das Zimmer, und Constance wappnete sich. Jetzt war sie an der Reihe.

Sie war es gewohnt, angebrüllt zu werden. Trotzdem schämte sie sich über die Maßen, weil sie Bella enttäuscht hatte, ohne es auch nur zu merken.

Oder hatte sie die Lage falsch eingeschätzt? Das Lächeln hinter dem Schreibtisch, das ihr galt – und es war ein Lächeln, keine Frage –, war offen und freundlich.

»Ich möchte Ihnen meine Dankbarkeit ausdrücken«, sagte Bella.

Constance wäre nicht erstaunter gewesen, hätte Bella sich vor ihr nackt ausgezogen. »Es war nichts, Mrs Ainsworth.«

»Und ich baue auf Ihre Diskretion.«

»Sie können mir vertrauen, Ma'am.«

»Ungerechtigkeit ist mir unerträglich, das verstehen Sie sicher.« Bella schaute aus dem Fenster. »Vor allem wenn sie mit Stiefeln oder Fäusten durchgesetzt wird.«

»Ja, Ma'am. Mir geht es auch so.« Ein seltsames Gespräch, dachte Constance. Wohin führte es?

»In jeder anderen Situation würde ich im nächsten Augenblick bei Mr Danioni vor der Tür stehen. Und würde ihn mir vorknöpfen.«

»Davon bin ich überzeugt, Mrs Ainsworth.«

»Aber ich habe alles in dieses Hotel gesteckt. In seinen Erfolg. Und wenn ich scheitern würde oder man es mir wegnehmen würde, weiß ich nicht, wie ich damit zurechtkäme.«

»Nein, Ma'am.«

Bella sah aus, als kämen ihr gleich die Tränen. »Himmel!« Sie lachte verlegen. »Was müssen Sie von mir denken? Ihnen meine Sorgen anzuvertrauen. Und dabei sind wir kaum mehr als Fremde!«

»Das macht doch nichts, Ma'am.« In Wahrheit war Constance hocherfreut darüber, dass die Förmlichkeiten zwischen ihnen so schnell schwanden.

»Danke, Constance.« Bella stand auf, und damit änderte sich die Atmosphäre, es war ein Zeichen für einen leichteren, leichtfertigeren Ton. »Dann kümmern wir uns jetzt mal um die Teegesellschaft. Graf Albani drängt richtig darauf, dass wir sie geben. Wir sollen mit unserem englischen Gebäck bei den Einheimischen Eindruck machen.«

Sie fanden Betty im Gespräch mit Alice vor dem Küchenherd. Die beiden teilten anfallende Arbeiten auf und erstellten den Speiseplan. Constance hoffte, man würde sie in die Stadt schicken, um etwas zu kaufen. Sie machte gerne Besorgungen, und außerdem hatte sie das Bedürfnis, allein zu sein. Sie wollte darüber nachdenken, was Bella ihr gesagt und worum sie sie gebeten hatte, es ging ihr immer noch im Kopf herum.

Alice bemerkte Constance und fragte: »Wo ist Lottie?«

»Ich weiß nicht. Ich war ...«

»Sie sind doch ihr Kindermädchen, oder nicht? Warum sind Sie hier?« Sie musterte Constance von oben bis unten. »Noch dazu in Ihrem Morgenmantel?«

Bella kam ihr zu Hilfe. »Sie hat mir geholfen, Alice. Sehr sogar, muss ich sagen.«

»Ja, dann.« Das nahm Alice den Wind aus den Segeln, und Constance konnte das missmutige, unzufriedene Kind erahnen, das sie wahrscheinlich einmal gewesen war. »Es ist nur so«, fuhr Alice fort, »ich überlege, ob eine Teegesellschaft überhaupt eine gute Idee ist.«

»Es verschafft uns ein weiteres Standbein«, sagte Bella.

»Aber Betty hat jetzt schon alle Hände voll zu tun!«

»Ich bin jederzeit bereit, es zu probieren«, sagte Betty ein wenig beleidigt. »Sie wissen doch, wie gern ich backe.«

Alice verzog das Gesicht. »Das hat neulich aber anders gewirkt.«

»Ich könnte helfen«, bot Constance rasch an. »Ich kann Betty natürlich nicht das Wasser reichen. Aber ich kann Plätzchen backen. Oder notfalls ein Blech Ingwerkuchen.«

Alice schwieg, aber Bella lächelte ermutigend. »Ich weiß nicht, ob die braven Bürger von Portofino für Ingwerkuchen bereit sind. Aber danke, Constance.«

»Ich nehme mit Kusshand jede Hilfe, die ich kriegen kann, Liebes«, sagte Betty.

Bella wandte sich an Alice. »Du kümmerst dich also darum?«

»Ja, Mutter.«

»Und sprichst mit Graf Albani? Darüber, was wir servieren sollten?«

Alice seufzte. »Muss das wirklich sein? Ich würde lieber allein die Entscheidungen treffen.«

»Er hat sehr nachdrücklich darum gebeten, involviert zu werden.«

»Ich kann mir kaum vorstellen, dass sein Interesse an Kuchen weit darüber hinausreicht, ihn zu essen.«

»Na ja«, sagte Bella, »vielleicht ist es nicht der Kuchen, der ihn interessiert.«

Die einsetzende Stille tat sich wie ein Abgrund auf. Sie wurde von Betty durchbrochen, die sich eine Hand vor den Mund hielt, um ihr Lachen zu unterdrücken. Constance wusste nicht, wohin sie blicken sollte, also starrte sie auf ihre Finger, an denen noch das Blut des italienischen Jungen klebte.

Mit hochrotem Kopf wich Alice von der Gruppe zurück, bis sie an dem Tisch lehnte, auf dem verstreutes Mehl noch von Bettys Versuch zeugte, *gnocchi* zu machen.

Es war, als hätte Bella vergessen, dass Dienstboten anwesend waren. Oder vielleicht, dachte Constance voller Freude, war es ihr einfach egal.

Lucian und der arme alte Kutscher warteten seit einer guten halben Stunde auf die Drummond-Wards. Endlich kamen sie mit einer Fülle von Taschen und Sonnenschirmen aus dem Hotel und gaben sich gegenseitig die Schuld an ihrer Verspätung.

Rose konnte einfach nicht von ihren Haaren lassen ...

Nein, ihre Mutter hatte die falschen Schuhe mitgenommen ...

Insgeheim zweifelte Lucian daran, dass es eine kluge Entscheidung war, Genua nur mit einem Baedeker als Begleiter zu erkunden. Er hatte sich als Stadtführer angeboten, war aber zurückgewiesen worden. Mutter und Tochter wollten »das echte Italien« allein erleben, allerdings vermutete Lucian, dass es ihnen um das Italien der Geschäfte und Salons ging, nicht um das der Galerien und Museen, das er bevorzugte.

Wie auch immer. Er hatte gewartet, um ihnen nachzuwinken, ganz der pflichtgetreue Schwiegersohn, den seine Eltern aus ihm machen wollten.

»Wenn Sie Zeit haben, sollten Sie den Palazzo Bianco besichtigen«, riet er, als er Julia die Trittstufen hinauf in die Kutsche half. »Da hängt ein außergewöhnlicher Caravaggio.«

Julia konnte ihre Langeweile kaum verbergen. »Wir haben viel zu erledigen. Rose hat keine passenden Kleider für die Teegesellschaft, die in aller Munde ist.«

Lucian ließ sich nicht beirren. »Der Dogenpalast ist auch einen Blick wert. Zumindest von außen.«

Rose zog die Nase auf entzückende Art kraus. »Was ist ein Doge?«, fragte sie.

»So etwas wie ein gewählter König.«
Sie riss die Augen auf. »Genua hat einen eigenen König?«
»Genua war zu seinen Hochzeiten so gefürchtet wie keine zweite Republik am Mittelmeer.« Lucian war erfreut, dass er einen Hauch Interesse hatte wecken können. »Der alte Joe Green hat sogar eine Oper über die bekanntesten Dogen von Genua geschrieben, wenn ich mich recht erinnere.«
Julia beäugte ihn skeptisch. »Mein Mann hat eine Loge in Covent Garden, Mr Ainsworth. Und ich habe noch nie von Joe Green gehört, ob jung oder alt.«
»Giuseppe Verdi?«
Der Penny fiel. »Ah.« Es war ihr kein bisschen peinlich. »Wie geistreich.«
»Ich verstehe nicht«, sagte Rose.
Die Kutsche ruckelte davon und ließ Lucian beunruhigt und auch ein wenig verärgert zurück.
An Rose allein konnte er Gefallen finden, denn wenn sie ihn langweilte, konnte er sie immer noch ansehen.
Julia allein konnte er ertragen, weil er im Laufe seines Lebens vielen solcher Frauen begegnet war und eine gewisse Immunität entwickelt hatte.
Zusammen raubten sie ihm allerdings den letzten Nerv.
Er wandte sich zum Hotel um, als Plum gerade durch die Haustür kam. Plum, sein Tennisheld! Hier und jetzt lief er über den Kies auf Lucian zu. In jedem anderen Moment wäre Lucian hingerissen gewesen.
»Ainsworth! Genau der Mann, den ich gesucht habe. Sie können mir nicht zufällig helfen? Ich würde mich gern in den Sattel schwingen.«
»Auf ein Pferd?«
»Bloß nicht, nein! Auf ein Fahrrad! Ich war Infanterist, kein Eselklopper!«

»Mein Fehler«, sagte Lucian erstaunt über Plums heftige Reaktion.

»Ich dachte, ich mache mal eine Trainingsfahrt. Ein bisschen Kraft in die alten Beinmuskeln pumpen. Für die bevorstehende Schlacht.«

»Ich werde sehen, was ich tun kann.«

»Guter Mann.«

Lucian kam eine Idee. »Vielleicht könnten Sie mir im Gegenzug ein paar Tennisschläger leihen?«

»Schläger? Gern, alter Knabe. Liebend gern. Ich reise immer mit mehr, als ich brauche.«

Sie kehrten ins Hotel zurück. Plums Enthusiasmus erhielt einen Dämpfer, als Lucian gestand, dass er dieser Tage nicht oft Tennis spielte. Nicht dass er Einzelheiten erwähnt hätte, zu denen zertrümmerte Knochen und experimentelle plastische Chirurgie gehörten. Davon wollten die Leute in der Regel nichts hören.

»Ich will mit meiner Nichte locker ein paar Bälle schlagen«, erklärte er.

»Locker ein paar Bälle schlagen?« Plum zuckte zusammen, als wäre ihm schon der Gedanke ein Graus. Er wandte seine Aufmerksamkeit Bella zu, die am Empfang einen Stapel Post für die Gäste sortierte, den sie aus ihrem Büro mitgebracht hatte. »Ich nehme nicht an, dass etwas für mich dabei ist, oder?«

»Ich fürchte nein.« Sie lächelte. »Erwarten Sie etwas?«

»Einen Brief von zu Hause.«

»Er kommt bestimmt. Auch wenn die Post hier nicht besonders verlässlich ist. Gelinde gesagt.«

Plum hatte die Angewohnheit, im Gespräch sein Gegenüber so genau zu beobachten, als wollte er das Kunststück eines Zauberers durchschauen. Er ließ Bella nicht aus den Augen, die ihm zunickte und dann den Büroschlüssel in eine Schublade hinter dem Tresen legte.

»Keine Sorge«, sagte er. »Vielleicht trudelt er morgen ein.«

»Das wird er bestimmt.«

Als er ging, reichte Bella Lucian einen Brief – »Einen für dich« – und sah die anderen durch. »Und einen ... zwei ... *drei* für deinen Vater.« Auf einem stand in Prägedruck *Casino di Sanremo*.

Sie sahen sich vielsagend an.

»Lass mich«, bat Lucian und nahm ihr die Briefe ab.

»Streite dich nicht mit ihm.«

»Warum sollte ich? Was würde das bringen?«

Er fand seinen Vater in der Bibliothek, wo er die Zeitung las. Cecil blickte auf und runzelte die Stirn. »Was gibt es?«

»Mama hat mich gebeten, dir die hier zu geben.«

Den Brief vom Casino hatte er obenauf gelegt. Es bereitete Lucian Freude zu sehen, wie Cecil die Briefe nahm – im vollen Bewusstsein, dass sein Sohn keinen Zweifel über den Inhalt hegte.

Doch Cecil tat, als wäre alles in Ordnung. Gelassen steckte er die Umschläge in seine Innentasche.

»Danke«, sagte er. »Lass dich nicht aufhalten.«

Die restliche Post verteilte Bella selbst und bewahrte dabei den interessantesten Brief bis zuletzt auf. Er war an Alice adressiert – ein cremefarbener Umschlag, dick und schwer, die Adresse in einer erlesenen Handschrift, die noch ordentlicher war als Lucians. Allerhand Grund zur Neugier also, und dann klebte auch noch eine örtliche Briefmarke darauf.

Sie fand ihre Tochter im Salon zusammen mit Melissa und Lady Latchmere. Sie gaben ein eigenartiges Trio ab, alle drei mit demselben trübsinnigen Gesichtsausdruck, der Bella an eine Büste in der St.-Pauls-Kathedrale erinnerte.

Zumindest Alice' Gesicht hellte sich auf, als sie den Brief sah. »Meine Güte«, sagte sie und drückte ihn wie eine heilige Reliquie an sich.

»Willst du ihn nicht öffnen?«, fragte Bella.

»Dräng mich nicht«, erwiderte Alice unwirsch.

Langsam löste sie die Klappe des Kuverts. Sie war entzückt über ihr Publikum, das noch Zuwachs bekam – Graf Albani war in der Tür erschienen und beobachtete sie aufmerksam.

Alice überflog den säuberlich eng geschriebenen Text. »Er ist von Lady Caroline!« Sie stand auf, weil sie ihre Überraschung und Freude kaum beherrschen konnte.

»Was schreibt sie?« Melissa kreischte beinahe. »Oh, spannen Sie uns nicht auf die Folter, Alice!«

»›Liebe Mrs Mays-Smith. Bitte vergeben Sie mir meine unverzeihliche Unhöflichkeit, Ihnen erst jetzt zu schreiben und für Ihren Besuch vorletzte Woche in der Villa Franchesi zu danken.‹«

»Wir müssen nicht jedes Wort hören, Liebes«, sagte Bella.

Alice las stumm weiter, ihr Blick huschte von links nach rechts. »Ihre Mutter lädt uns zu einem leichten Dinner ein!«

»Uns alle?«, fragte Melissa.

»Sie, liebe Melissa. Und Ihre Tante ...«

»Sehr freundlich!«, sagte Lady Latchmere wenig überzeugt.

»Und Mama und Papa. Und Graf Albani. Und die Drummond-Wards.«

»Kenne ich diese Leute?«, fragte Lady Latchmere.

Geduldig erklärte Melissa, dass Lady Caroline die Tochter des Earl of Harbone war.

»Die Countess freut sich darauf, Ihre Bekanntschaft zu machen, Ihre Ladyschaft«, sagte Alice.

»Hmm«, machte Lady Latchmere. »Ist es weit?«

»Eine kurze Kutschfahrt in die Hügel«, erklärte Bella.

»Man kann aber nicht von mir erwarten, mich spätnachts noch auf Reisen zu begeben.«

»O bitte, Tante!« Man hörte Melissa an, dass sie an ihrer Großtante verzweifelte.

Graf Albani trat vor. »Vielleicht würden Sie mir gestatten, mit

Ihnen zu reiten, Lady Latchmere. Und Ihnen meinen persönlichen Schutz anzubieten.«

»Ihren Schutz?« Lady Latchmere grummelte leise. »Nun ja …«

»Und wann findet das große Ereignis statt?«, fragte Bella.

Alice sah wieder auf den Brief. »Am einundzwanzigsten.« Sie stieß einen leisen Schrei aus. »Das ist Donnerstag.«

Bella konnte sich nicht erinnern, wann sie Alice zum letzten Mal so voller Leben gesehen hatte. »Dann warne Betty lieber vor, damit sie nicht unnötig Essen vorbereitet.«

»Und wir müssen unsere Kleider aussuchen«, fügte Alice hinzu.

Erstaunlich, welche Wirkung dieser Brief hatte, dachte Bella. Alice und Melissa eilten Arm in Arm hinaus und rempelten dabei fast Graf Albani an, der sich lächelnd mit seinen langen spitzen Fingern übers Kinn strich.

Plötzlich begriff Bella. »Haben wir Ihnen dafür zu danken, Graf?«, fragte sie verschmitzt.

»Sie sollten Lady Caroline dafür danken.«

»Wirklich?« Sie schaute ihn immer noch an und wartete, dass er ihren Blick erwiderte, aber er wollte nicht mitspielen. »Wer auch immer dahintersteckt, er hat jemanden sehr glücklich gemacht.«

»Dann bin ich auch glücklich.« Lächelnd neigte er den Kopf, bevor er den Salon verließ.

Jetzt waren nur noch Bella und Lady Latchmere übrig.

Die ältere Frau war immer noch beunruhigt. »Bin ich sicher, wenn ich mich in seine Obhut begebe? Sie wissen ja, was man Italienern nachsagt.«

»Ich weiß nicht, was Sie meinen, Lady Latchmere.« Die Frau hegte wirklich seltsame Ansichten.

»Sie sind berüchtigt dafür, habe ich gehört.«

»Berüchtigt wofür, Ihre Ladyschaft?«

»Himmel auch, Mrs Ainsworth! Muss ich es wirklich ausbuchstabieren?«

Bella biss sich auf die Lippe, um nicht zu lächeln. »Graf Albani ist ein sehr aufmerksamer Mann und überaus korrekt. Zumindest kenne ich ihn nur so.«

»Und gibt es eine Gräfin Albani?«

»Er ist Witwer.«

»Ah«, sagte Lady Latchmere finster. »Dann ist das die Erklärung.«

Constance ging wieder hinunter, nachdem sie sich für den Tag angezogen hatte. Nach der unterbrochenen Nacht war sie erschöpft, aber sie beschloss, sich nicht davon übermannen zu lassen. Das sollten Dienstboten nie tun. Ihre Mutter sagte immer: »Du wirst nicht bezahlt, um dich müde durch den Tag zu schleppen.«

An diesem Morgen hatte sie »Lottie-Dienst«, wie sie es insgeheim nannte. Für sie war es immer der schönste Teil des Tages.

Der erste Mensch, den sie sah, und zwar durchs Küchenfenster, war Lucian. Er befestigte eine Schnur an zwei Stöcken, die im Boden steckten. Neben ihm ließ Lottie einen Ball auf einer Art straff bespanntem ovalem Reifen hüpfen. Sie wirkte recht geübt darin.

Constance ging hinaus und fragte Lottie, woher sie dieses Ding habe.

»Von Mr Plum«, sagte sie.

Lucian lachte, aber Constance erkannte unter seinen Augen verräterische dunkle Schatten. »Sie meint Mr Wingfield. Er hat uns zwei Schläger geliehen. Als Dank dafür, dass ich mithilfe von Billy ein Fahrrad für ihn aufgetrieben habe.«

Constance war nicht ganz sicher, wer Mr Wingfield war. Den letzten Schwung neuer Gäste hatte sie noch nicht kennengelernt. »Und was machen Sie damit?«

»Das hier wird das Netz«, sagte er und knotete die Schnur fest.

»Das Netz?«

»Sie wissen schon. Für Tennis.«
Dieses Wort hatte sie noch nie gehört. »Tennis?«
Lucian sah so verwirrt aus, wie sie sich fühlte. »Guter Gott. Sagen Sie nicht, Sie wissen nicht, was Tennis ist?«
»Nicht so richtig. Genauer gesagt, gar nicht.«
»Was ist mit Wimbledon?«
Sie schüttelte den Kopf.
Lucian kniff die Augen zusammen. »Sie wollen mich nicht auf den Arm nehmen, oder, Miss March? Wie bei der Sache mit dem Lesen?«
»Ich schwöre es bei meinem Leben.«
Sein Gesicht hellte sich auf. »Na dann. Jetzt kann ich Ihnen wirklich etwas beibringen.«

Er zeigte Constance, wie man den Schläger – so hieß der ovale Reifen – hielt und wie man aufschlug. Er erklärte ihr, warum es wichtig war, dass sie den Arm nicht verkrampfte und die Knie leicht beugte. Er kam immer wieder zu ihr, um ihre Haltung zu korrigieren, und sie genoss die sanften respektvollen Berührungen seiner Hände auf ihrem nackten Arm.

Lottie vor Begeisterung schreien und kreischen zu hören war eine Freude. Constance strich sich eine Haarsträhne aus der verschwitzten Stirn. Es war wunderbar, in dieser kraftvollen, strahlenden Hitze draußen zu sein – und dafür wurde sie noch bezahlt.

Sie schlugen den Ball hin und her. Einmal spielte sie ein Ass. Oder hieß es Pass? Dann schlug sie den Ball unglaublich fest und traf Lucian damit am Kopf, sehr zu Lotties Belustigung. »Aus!«, rief sie und wedelte mit dem Finger in Constance' Richtung. »Aus! Aus!«

Constance hatte keine Ahnung, wovon ihr junger Schützling sprach.

Aber sie ließ sich nicht abschrecken. Langsam bekam sie den Dreh heraus!

Als Nächstes probierte sie etwas aus, das Lucian eine verkehrte

Vorhand nannte, aber der Ball segelte über Lucians Kopf hinweg und Richtung Küchenfenster ...

Mit einem hellen Klirren ging das Fenster in die Brüche.

»O nein!« Panik durchströmte Constance, sie ließ den Schläger fallen und lief zur Küchentür.

»Keine Sorge«, rief Lucian und folgte ihr. »Und entschuldigen Sie sich nicht. Ich werde Sie decken.«

Als sie das Haus erreichten, fegte Betty schon die Scherben auf, und Alice sah ihr mit verschränkten Armen zu.

»Tja«, sagte sie. »Das war nicht besonders schlau, was?«

»Pass auf«, bat Constance Lottie, die barfuß die Küche durchqueren wollte. Sie nahm die Hand des Mädchens und hielt sie fest.

Stumm vor Schreck standen sie da und sahen zu, wie der Besen die Glasscherben zu einem säuberlichen Häufchen zusammenkehrte.

Dann kam Bella atemlos herein, sicher hatte Alice sie aus ihrem Büro holen lassen. »Was in aller Welt ist hier los?« Sie blickte vom einen zum anderen.

»Wir haben ein Fenster eingeworfen«, sagte Lucian.

»Das sehe ich auch!«

»Wir haben Tennis gespielt«, erklärte Lucian.

»Wer ist wir?«

»Lottie und ich.« Er stockte. »Und Miss March.« Er sah zu Constance, die am liebsten im Boden versunken wäre. »Es war ein Missgeschick.«

»Ein teures und vermeidbares.«

Lottie brach in Tränen aus. »Ich war es nicht, Oma Bella!«

In diesem Moment redeten Lucian und seine Schwester gleichzeitig los.

»Ich war es!«, sagte Lucian.

»Es war Constance!«, sagte Alice.

Constance fing an zu zittern. Hatte Alice gesehen, was passiert war?

»Es war meine Schuld«, wiederholte Lucian mit mehr Nachdruck. »Ich habe herumgeblödet. Und dabei ein bisschen übertrieben.« Bella schlug sich eine Hand vor den Mund, und Constance meinte, in den müden Augen der älteren Frau Tränen zu sehen. »Als hätte ich nicht schon genug um die Ohren!«
»Es tut mir leid, Mama«, sagte Lucian. »Ich bringe es in Ordnung.«
»Darum will ich doch bitten.«
Sie drehte sich um und rauschte hinaus. Constance sah Lucian an und wollte ihm vermitteln, wie dankbar sie ihm war, aber er eilte seiner Mutter nach, bevor die mit grünem Filz bespannte Tür zum herrschaftlichen Teil des Hauses zufallen konnte. Zurück blieben nur Alice und sie, die sie finster anstarrte. Constance hatte den Eindruck, dass, wäre Lottie nicht dort gewesen, Alice furchtbare, unverzeihliche Dinge gesagt hätte. Das Äußerste, was Alice sich in dieser Situation gestattete, weil es vage genug war, um Lottie nicht zu verstören, war: »Denken Sie daran, wo Ihr Platz ist.«

In Bellas Büro herrschte ein ungewohntes Durcheinander. Auf dem Mahagonischreibtisch lagen verteilt Rechnungen, und der Teppich warf Falten. Bei allem Ärger über seine Mutter beunruhigte Lucian der Anblick.
»Hast du Probleme?«
»Nein, es ist alles in Ordnung.« Sie schob die Rechnungen zu einem ordentlichen Stapel zusammen.
»Das wirkt aber nicht so.«
»Es ist nichts, Lucian! Bitte!« Sie wirkte aufgewühlt.
»Geht es um Geld?«
Ihr Kopf ruckte hoch. »Was bringt dich auf den Gedanken?«
»Du machst einen ziemlichen Wirbel wegen ein paar Lira für ein kaputtes Fenster.«

Bella schwieg.

Er senkte den Blick auf die Hände seiner Mutter. »Und mir ist aufgefallen, dass dein Ring fehlt. Ich dachte, du warst vielleicht gezwungen, ihn zu verkaufen.«

Instinktiv bedeckte sie ihre rechte Hand mit der linken – viel zu spät. »Was für eine lebhafte Fantasie du hast! Meine Hände waren durch die Hitze etwas angeschwollen, mehr nicht, deshalb habe ich ihn abgenommen.«

Er glaubte ihr kein Wort. »Du hast mir heute Morgen den Brief vom Casino gegeben. Das zeigt mir doch, dass du zumindest unterbewusst wolltest, dass ich weiß, was los ist.«

Seine Mutter machte ein verkniffenes Gesicht. »Das Bargeld ist ein wenig knapp, das ist alles. Wir mussten vieles im Voraus bezahlen. Und ich musste eine Forderung erfüllen, mit der ich nicht gerechnet hatte.«

Besorgt schlug Lucian einen sanfteren Ton an. »Kommt alles in Ordnung?«

»Davon gehe ich aus. Wenn wir es bis zum Ende der Saison schaffen.«

»Kann Großvater nicht helfen?«

»Ach, Lucian. Du nicht auch noch. Du weißt, dass ich Schmarotzertum nicht ausstehen kann.«

»Vergiss, dass ich das gesagt habe.« Der Vorschlag war ihm peinlich.

»Ich habe dir gesagt, dass es mein Traum sei, ein Hotel zu eröffnen. Aber dieser Traum kann nur überleben, wenn ich es so weit bringen kann, dass es sich selbst trägt.«

Lucian setzte sich. Stille senkte sich auf sie, und seine Stimmung verfinsterte sich. »Vielleicht hat Vater recht. Vielleicht sollte ich wirklich nach Hause gehen und mir Arbeit suchen. Und auch alles andere tun, was nötig ist.«

Aber Bella schüttelte den Kopf. Sie streckte ihm die Arme ent-

gegen, und er ergriff ihre Hände. »Nein, nein. Niemand wird dich zwingen, etwas zu tun, bevor du dazu bereit bist.«
»Vielleicht werde ich nie wirklich bereit sein..«
»Das lass mich mal beurteilen.« Endlich wurden auch Bellas Stimme und ihr Gesichtsausdruck sanfter. »Schließlich bin ich deine Mutter.«

Während der Vormittag verstrich, füllte sich der Strand von Paraggi mit Touristen. Männer standen in Grüppchen zusammen und unterhielten sich, während die Frauen ihre breitkrempigen Strohhüte unter Steinen festklemmten, ihre Badekleider anzogen und lachend ins Meer liefen. Es war warm und windstill, der Himmel weit und leer über dem sengend heißen Sand.

Auf einem Liegestuhl lauschte Claudine dem trägen Schwappen der Wellen. Neben ihr lag Lizzie, die Frau des Tennishelden. Sie waren sich im Foyer zufällig begegnet. Lizzie hatte Claudine gefragt, ob sie sich ihr anschließen dürfe. Sehr gern, hatte Claudine geantwortet und es auch so gemeint. Jack hatte sie im Hotel gelassen.

Sie gehörte zu den wenigen Menschen im Hotel, die wussten, wer Plum Whitfield war, weil Tennis nun mal ein beliebtes Tratschthema war. Und sie liebte Tratsch. Nun sah sie hinüber zu Lizzie, die angespannt und unzufrieden wirkte, als wäre sie von der Hitze unangenehm überrascht worden. Um die Wahrheit zu sagen, konnte man sich eine angenehmere Begleitung vorstellen.

»Wenn ich nicht aufpasse, sehe ich bald aus wie ein Hummer«, sagte sie.

Claudine zog eine Seidenstola mit Fransen aus ihrer Tasche und legte sie der anderen Frau um die Schultern. »Hier, bitte«, sagte sie.

»Spüren Sie sie nicht?«, fragte Lizzie.

»Was?«

»Die Sonne.«
»Doch, sicher. Wenn ich zu lange draußen bleibe.«
»Aber werden Sie … Sie wissen schon …«
Claudine war klar, worauf sie hinauswollte. »Dunkler?«
Lizzie nickte.
»Wir alle bekommen in der Sonne eine andere Farbe, Schätzchen.«
»Sie nehmen mir die Frage nicht übel?«
»Himmel, nein. Ich wurde schon Schlimmeres gefragt!« Und deutlich unhöflicher, dachte Claudine. Sie war bereit, die Naivität von Lizzies Frage in diesem Punkt zu übersehen. Dass die Engländerin sie so respektvoll gestellt hatte, machte viel aus.

Lizzie kicherte, dann wurde sie abrupt still und ließ ihren Blick bewusst und nüchtern über Claudines Gesicht und Körper gleiten. »Es muss schwer sein.«

»Manchmal«, gestand Claudine ein. »Und manchmal nicht.«

Lizzie ließ das auf sich wirken – die Nuanciertheit, die hinter ihrer Antwort steckte, hoffte Claudine, nicht ihre scheinbare Schlichtheit. Dann sagte sie: »Ich glaube, ich werde ein paar Meter gehen. Vielleicht hole ich mir einen Drink.«

Dabei wurde Claudine gerade von Robertos Anblick abgelenkt. Er stand auf einer Gruppe eng beieinanderliegender gedrungener Felsen. »Gehen Sie ruhig«, sagte sie. »Ich komme gleich nach.«

»So machen wir es«, sagte Lizzie.

Als Claudine sicher war, dass Lizzie sich weit genug entfernt hatte und es nicht bemerken würde, lehnte sie sich vor, um einen besseren Blick auf Robertos beeindruckende Statur zu haben.

Im verwegensten Teil ihres Hirns nahm eine Idee Gestalt an. Bei dem Gedanken daran wurde ihr Mund trocken und ihr Puls schneller.

Sie wartete, bis er gesprungen war. Dann stand sie auf, watete in die plätschernden Wellen und tauchte so schnell unter, dass er sie nicht sah. Nach dem ersten Schock fühlte sie sich unter Wasser wunderbar sicher und gelassen. Was anderen die Kirche gibt, dachte sie, gibt mir das Meer – dieses Gefühl, man wäre umfangen von etwas Größerem und Großartigerem als man selbst.

Als gute Schwimmerin erreichte sie bald die Felsen, zog sich hinauf und stand schon, als sein Kopf die Wasseroberfläche wieder durchbrach. Sie blickte zu ihm hinunter, selbstsicher und gebieterisch und sich völlig im Klaren über ihr Aussehen und ihre Wirkung auf Männer wie Roberto.

Er grinste. »*Ciao*«, sagte er, kletterte aus dem Wasser und stellte sich neben sie.

»*Ciao.*«

»Signora Turner?«

Claudine nickte. »Ich habe Sie im Hotel gesehen.«

Er zeigte auf sich. »Roberto. Roberto Albani.«

»Freut mich, Sie kennenzulernen, Roberto Albani.« Sie streckte eine tropfnasse Hand aus, und er küsste sie.

»Mein Englisch ist ... wenig«, sagte er.

»*Parlez-vous Français?*«

Er wirkte verwirrt.

»Keine Sorge, Schätzchen. Wir müssen nicht reden.«

Dann standen sie da und musterten einander. Roberto ahmte einen Sprung ins Wasser nach. »Sie wollen?«

»Und ob ich will.«

Claudine vollführte einen vollkommenen Schwalbensprung ins Meer. Sie schwamm weiter und blieb unter Wasser, solange sie konnte. Hoffentlich lang genug, damit er sich Sorgen machte und versucht war, hinterherzuspringen und sie zu retten.

Sie tauchte auf und sah sich um. Er stand nicht mehr auf den Felsen. Wo also war er?

Mehrere Meter entfernt kam er nach oben. Endlich. Er streifte sich das Wasser vom Gesicht, entdeckte sie und grinste breit.

Sie lachte und schwamm los, überzeugt, dass er ihr folgen würde.

Bei ihren früheren Entdeckungstouren war sie auf eine geschützte Bucht mit Sandstrand ganz in der Nähe gestoßen. Sie hielt darauf zu, wechselte vom Kraulen zum Brustschwimmen, bevor sie sich schließlich von den Wellen schwerelos ans Ufer tragen ließ.

Dort stützte sie sich auf die Ellbogen und wartete auf Roberto, der aus dem azurblauen Wasser schritt. Er blieb vor ihr stehen, das Gesicht umrahmt von Sonnenstrahlen, dann fiel er auf die Knie. Sie sank entspannt auf den Sand zurück, eine stumme Einladung an ihn, ihren Körper mit seinem zu bedecken.

Jetzt war Roberto über ihr, seine sehnigen Arme umfingen sie, seine breite haarlose Brust nur ein paar Fingerbreit über ihren Brüsten. Aus jeder Pore seiner Haut schien trockene, berauschende Hitze zu strömen. Sie schlang einen Arm um seinen Hals und zog ihn an sich. Sein Mund näherte sich ihr, und dann küssten sie sich – ein drängender, aufregender Kuss, gegen den sie beide machtlos waren. Seine weichen Lippen, der Geschmack seiner Zunge – alles war, wie sie es sich erhofft hatte.

Als sie sich keuchend voneinander lösten, ließ Claudine die Hände über die straffen Konturen seines Rückens gleiten und unter den lockeren Bund seiner Badehose.

Sie lächelte zu ihm auf, ihre Haut kribbelte vor Erwartung.

»*Bene*«, sagte sie. »*Molto bene.*«

SIEBEN

In Portofino angekommen, führte Lucian und Nish der erste Weg zum *tabaccaio* in der Via Roma, damit Nish sich mit Caporals eindecken konnte, seinen Lieblingszigaretten.

Sie waren zu diesem Spaziergang aufgebrochen, um einen klaren Kopf zu bekommen. Es war Lucians Idee gewesen, aber Nish hatte begeistert zugestimmt. Manchmal sorgte Lucian sich, er würde seinem alten Freund nicht genug Aufmerksamkeit widmen. Aber er hatte doch versuchen müssen, sich auf Rose und auch sich selbst zu konzentrieren. Herauszufinden, was er eigentlich vom Leben wollte. Das brachte einen gewissen Egoismus mit sich. Außerdem, dachte er, war Nish mit seinen ganzen Büchern und seiner Politik jemand, der sich selbst genügte. Er hatte es nicht nötig, dass Lucian um ihn herumscharwenzelte.

Unterwegs waren sie einem langbeinigen englischen Mädchen begegnet, das wohl in einem der Hotels weiter oben in den Hügeln wohnte und beim Laufen las. Sie hatte Lucians »Hallo« ignoriert oder vielleicht gar nicht gehört, und ihm wurde unbehaglich klar, dass er sie beneidete – um ihre Freiheit, sich so tief in ein Buch zu flüchten, dass sie sich ganz auf die einfachen Freuden einer Geschichte einlassen konnte.

Noch erwartete man nichts von ihr, aber das würde sich bald ändern. So hielten es die Engländer nun mal. Lucian war nicht sicher, ob Nish verstand, wie sehr ihn die Pläne seiner Familie einzwängten, dieses Gewirr von Annahmen, wen er heiraten und wie er seinen

Lebensunterhalt verdienen sollte. Was ironisch war, weil es Nish mit seiner Familie ganz ähnlich erging.

Darüber hatten sie während Lucians Genesungsphase gesprochen. Nishs Vater wollte, dass er nach Indien zurückkehrte – er sollte eine passende junge Frau heiraten und als Arzt nach britischen Gepflogenheiten praktizieren.

Nish selbst wollte das nicht. Er sah schon den indischen Sanitätsdienst kritisch, weil das Empire ihn für seine Zwecke einsetzte. »Also ehrlich«, hatte er eines Abends gesagt, als er Lucians Verband wechselte, »was machen Leute wie ich überhaupt hier? In einem europäischen Krieg, in dem es um europäische Geopolitik geht?«

Nish wollte mit ebensolcher Inbrunst Autor werden, wie Lucian Maler werden wollte. Sie verstanden einander. Zumindest hatte Lucian das immer angenommen.

Nachdem sie den Tabakladen verlassen hatten, standen sie einen Moment auf dem Gehweg und warteten plaudernd auf eine Lücke im Verkehr, um die Straße zu überqueren. Es roch nach trockener Hitze und Rinnsteinen. Ein Hund rannte wie ein Schatten vorbei und bellte etwas an, das er gesehen hatte. Vor der *drogheria* fegte eine alte Frau langsam und systematisch die Stufen.

Ein Motorrad näherte sich – der Fahrer war Mechaniker, wenn man nach dem Öl auf seinen Händen und seinem Gesicht ging. Als das Fahrzeug sie fast erreicht hatte, trat aus dem Nichts ein Schwarzhemd auf die Straße und zwang das Motorrad damit, entweder anzuhalten oder ihn niederzumähen.

Lucian und Nish nutzten die Gelegenheit, um die Straße zu überqueren. Nish, der wie immer höflich sein wollte, bedankte sich mit einem Nicken. Aber das Schwarzhemd starrte ihn nur an. Dann raunte der Mann ein paar Kameraden, die zu ihm getreten waren, etwas zu, und sie lachten hämisch.

Einer der anderen, ein stämmiger Kerl mit glatt zurückgekämmten Haaren, fragte: »*Cosa stai fissando?*« Was guckst du so?

Lucian wollte sich vor ihm aufbauen, aber Nish zog ihn weiter.
»Nicht, Lucian.«
»Aber er hat uns beleidigt.«
»Das ist es nicht wert. Glaub mir.«
Eine andere Stimme rief: »*Ehi! Negretto!*« *He! Schwarzer!*
Sie gingen zügig weiter und versuchten, zielstrebig statt panisch zu wirken. Manchmal schauten sie sich um, und immer waren da noch diese Männer mit dem boshaften Grinsen.
»*Venite qui, bei ragazzi!*« *Kommt zurück, hübsche Jungs!*
Lucian warf Nish einen Blick zu. »Die lassen nicht locker, oder?«
Nish schüttelte den Kopf.

Sie gingen schneller, drängten sich unter Entschuldigungen an Fußgängern vorbei und rannten los, als sich vor ihnen ein leeres Stück Gehweg auftat.

Ein Wagen mit *gelato* verschaffte ihnen wertvolle Sekunden, als er aus einer Seitenstraße kam und ihren Verfolgern den Weg versperrte. Sie schoben sich daran vorbei, wichen in eine Gasse aus und drückten sich an die Wand. Nur einen Moment später gingen die Schwarzhemden unter lautem Gerede und Gelächter vorbei, die Verfolgung hatten sie aufgegeben.

Keuchend ließ Nish sich in die Hocke sinken. Er wischte sich das Gesicht mit einem Taschentuch ab. »Manchmal frage ich mich, wann das aufhört. Falls es je aufhört.«

Lucian war ebenfalls erschöpft. Er stützte die Hände auf die Knie. Dann hörten sie eine Stimme – tief, italienisch. »Signori? Kann ich behilflich sein?« Ein dunkelhaariger Mann Anfang zwanzig kam aus den Schatten auf sie zu.

»Ist schon gut«, sagte Lucian. Schützend ergriff er Nishs Arm. »Wir brauchen keine Hilfe.«

Der Mann hob die Hände. »Keine Sorge. Am hellen Tag tun die Ihnen nichts, demütigen Sie höchstens ein wenig.«

Lucian beäugte ihn misstrauisch. »Und wer sind Sie?«

»Ich heiße Gianluca.« Er winkte, dass sie ihm folgen sollten. »Bitte. Hier entlang. Zu Ihrer Sicherheit.«

Stumm folgten sie ihm, vorbei an Balkonen, auf denen Wäsche trocknete, und Fenstern, durch die sie beruhigende Klänge hörten, weinende Babys und streitende Paare. Nach etwa fünf Minuten traten sie aus diesem Gewirr schmaler, ihnen fremder Gassen auf die Strandpromenade, auf der sich gut gekleidete Touristen tummelten. Lucian fühlte sich verschwitzt und schäbig, als würden alle ihn anstarren.

»Das Hotel liegt dahinten«, sagte Gianluca und zeigte in die Richtung.

Lucian fragte: »Woher wissen Sie, wo wir wohnen?«

Er lachte. »Jeder weiß, wo die Engländer wohnen.«

»Ich bin kein Engländer«, sagte Nish.

»Aber Sie benehmen sich wie einer.« Nish wirkte beleidigt. Gianluca bemerkte es und schob sofort eine Erklärung nach. »Meine Freunde haben Sie heute Morgen im Hotel gesehen. In Portofino sind Sie der Einzige, der auf ihre Beschreibung passt.«

Natürlich. Die Männer mit dem Leiterwagen.

Nishs Mitgefühl und seine Neugier wogen schwerer als sein Groll. »Wie geht es dem Jungen?«

Gianluca verzog das Gesicht, als wollte er sagen: *Nicht gut.*

»Hat ihn jemand untersucht?«

»Die Ärzte hier ... Sie sind nicht für Menschen wie uns.«

Lucian konnte nicht widerstehen zu fragen: »Wer sind ›Menschen wie Sie‹?«

»Die, die kämpfen.«

Aus seiner Hosentasche holte Gianluca ein Flugblatt und gab es Nish. Die Vorderseite griff das Motiv vom Totenschädel mit gekreuzten Knochen auf, aber mit Mussolinis Kopf anstelle des Schädels. Lucian nahm seinem Freund das dünne Blatt aus der Hand und betrachtete es, bevor er es zurückgab.

»Wir haben beide gesehen, was passiert, wenn Männer kämpfen«, sagte Nish. »Den ganzen Schrecken.«
Das beeindruckte Gianluca nicht. »Und was wollen Sie machen? Wenn die Sie holen kommen?«
»In England gibt es keine *Faschisti*«, sagte Lucian voller Überzeugung.
»Natürlich gibt es die, mein Freund. Sie haben nur noch nicht ihre Hemden angezogen.« Gianluca sah sie unverwandt an. Seine Augen – in einem harten metallischen Blau – waren klar, aber tief in ihnen funkelte und regte sich etwas.

Im Hotel angekommen, ging Nish sofort nach oben. Er wusch sich im Gemeinschaftsbad im zweiten Stock, das ausnahmsweise nicht besetzt war, und gönnte sich dann den Luxus eines kurzen Mittagsschlafes.
Als er aufwachte, schrieb er in sein Tagebuch. Er war wütender als beim letzten Mal, als er zum Stift gegriffen hatte, aufgewühlt angesichts der politischen Situation, weniger geneigt, Gnade walten zu lassen mit Italien oder den englischen Touristen.

Seit dem Marsch auf Rom sind mittlerweile mehrere Jahre vergangen. Und die Engländer besuchen Italien, sicher geschützt in ihren Luxushotels, und machen sich weis, der Faschismus habe nichts mit ihnen zu tun. Aber sie irren sich. Der Faschismus hat in Italien alle Lebensbereiche durchdrungen. Mussolinis Schwarzhemden begehen in allen Provinzen Gewalt gegen diejenigen, die sie als subversiv erachten, weil sie sozialistische Ansichten hegen. Oder weil ihre Haut eine andere Farbe hat.
Wenn Sie fragen, woher ich das weiß, werde ich es Ihnen sagen. Ich habe es selbst erlebt.

Er dachte immer wieder an Gianluca. An den Gruß mit geballter Faust, bevor er losgelaufen war. An seine blauen Augen und die Adlernase. Die hervortretenden Oberarmmuskeln. Nish fragte sich, wie er nackt aussehen würde.

Hör auf, hör auf. Lächerlicher, unnützer Gedanke.

Das Flugblatt auf seinem Schreibtisch lockte ihn. Er nahm es in die Hand und kostete die verführerische Gefahr der Botschaft darauf aus, das Gefühl des billigen Papiers zwischen seinen Fingern, des Papiers, das Gianluca berührt hatte.

Der Text war auf Italienisch. Nish wünschte, er könnte ihn richtig verstehen. Das eine oder andere Worte kannte er, und sein Italienisch-Englisch-Wörterbuch war nicht schlecht.

Besser wäre allerdings eine anständige idiomatische Übersetzung von jemandem, der längere Zeit in Italien verbracht hatte.

Er klappte sein Tagebuch zu und zog seine Jacke an.

Aber Lucian war nicht in seinem Zimmer, wie er es gesagt hatte. Seine klangvolle Stimme wies Nish den Weg nach unten, in die Bibliothek.

Er blieb vor der Tür stehen und lauschte. Constance las Lucian bedächtig und stockend etwas vor. Offenbar gab er ihr irgendeinen Unterricht.

»Dann erwählte die schöne Helena einen Prinzen, dessen Name Men… Men…«

»Menelaos«, vervollständigte Lucian sanft.

»Der Bruder von Aga…memnon, der in … ah!«

»Mykene. Lesen Sie weiter. Sie machen das großartig.«

Nish klopfte leise an die Tür. »Tut mir leid, dass ich unterbreche.«

»Muss es nicht.« Lucian blickte auf. »Wir lesen Homer.«

»Die Kinderversion«, fügte Constance leicht verlegen hinzu.

Lucian sah ihn gleichmütig an. »Wolltest du etwas?«

»Es kann warten.«

Aber Lucian hatte das Flugblatt in Nishs Hand schon entdeckt. »Das kenne ich doch.«

Nish wagte sich einen weiteren Schritt in die Bibliothek vor. »Ich dachte, du kannst mir vielleicht sagen, was da steht.«

Lucian schnipste mit den Fingern. »Dann mal her damit.« Mit zusammengekniffenen Augen las er den klein gedruckten Text vor: »*An alle, die Gerechtigkeit und Freiheit lieben! Wir lehnen jede Gemeinschaft mit dem Faschismus und seinen Verbrechen ab* …« Er las weiter, übersetzte im Kopf und fasste dann zusammen. »Morgen Abend findet ein Treffen statt. In einer Werkstatt. Irgendwo in der Nähe der Straße nach Rapallo.« Er drehte das Blatt um und betrachtete Mussolinis Karikatur auf der Vorderseite. »Ein bisschen kindisch, oder?«

Nish schnappte sich den Zettel.

Lucian runzelte die Stirn. »Sag nicht, du hast vor, da teilzunehmen?«

»Willst du dich über mich lustig machen? Weil ich mich informieren will?«

»Natürlich nicht. Sei nicht so empfindlich.«

»Hältst du Mussolini für einen Witz?«

»Für mich sind alle Politiker verachtenswert. Egal, von welchem Schlag.«

Eine typische Antwort von Lucian. Voller Überzeugung, aber vage. Er legte sich nie fest. Sie starrten sich durchdringend an. Dabei war es, als würde das Zimmer plötzlich kippen, die Möbel schienen in den Ecken zu schrumpfen, und Nish drängte sich das Gefühl auf, er sei fremd, unwillkommen, allein.

Was zur Folge hatte, dass er zuerst nachgab. »Es tut mir leid. Ich dachte nur, es könnte nicht schaden, ein bisschen mehr darüber zu wissen, was hier los ist. Es lohnt nicht, dass wir uns darüber zerstreiten.«

Lucian schüttelte den Kopf. »Nein, nein. Ich sollte mich entschuldigen. Ich bin manchmal zu oberflächlich.« Er stand auf, umarmte Nish und klopfte ihm auf den Rücken, als sie sich voneinander lösten.

Constance rutschte auf ihrem Stuhl hin und her. Nish hatte sie ganz vergessen. »Es tut mir leid«, sagte er zu ihr. »Ich habe Ihnen den Unterricht verdorben.«

»Nein, nein«, sagte sie. »Wir waren ohnehin fast fertig.« Sie räumte ihre Sachen zusammen. Die Situation schien ihr nicht peinlich zu sein, was Nish erleichterte.

»Bitte gehen Sie nicht meinetwegen«, sagte er.

»Das tue ich nicht. Ich muss Alice gleich Lottie abnehmen. Dann will das Dinner vorbereitet werden.«

»Sie halten sicher nicht viel von uns«, sagte Lucian. »Wir streiten uns hier wegen nichts.«

»Für mich klang das nicht wie nichts.« Constance stockte. »Mein Bruder, Arthur ... Er sagt, in jedem von uns lauert ein Faschist.«

»Er klingt wie ein weiser Mann«, meinte Nish.

»Kann man so nicht sagen. Er ist nach Kanada ausgewandert. Dabei kann er Kälte nicht ausstehen!«

Alle lachten.

Lucian fragte: »Haben Sie eine große Familie?«

»Nicht mehr. Zu Hause ist nur noch Mam übrig. Und der kleine Tommy.« Ihre Stimme kippte leicht, als sie diesen Namen aussprach.

»Es muss Ihrer Mutter schwergefallen sein, Sie gehen zu lassen«, sagte Nish.

Sie reagierte mit einer Direktheit, die Nish überraschte. »Wie steht es mit Ihnen, Mr Sengupta?«

»Mit mir?«

»Ja, mit Ihnen.«

»Ich habe meine Familie seit fast zehn Jahren nicht mehr gesehen.«

»Zehn Jahre!« Sie schnappte nach Luft.

»Sein Vater hat ihn mit zwölf weggeschickt«, erklärte Lucian. »Damit er irgendwann gebildet ist wie ein Engländer.«

»Und wie lange dauert das?«, fragte Constance.
Nish lachte. »Ich sage es Ihnen, wenn ich es herausfinde.«

»Wo waren Sie?«, fuhr Alice sie an. »Ich habe tausendmal geläutet.«
»Es tut mir leid. Ich war bei Master Lucian. Der Unterricht ging länger.«
»Offenbar.«
Constance war Alice und Francesco in die Arme gelaufen, als diese gerade die Küche verließen – Alice mit einem klappbaren Waschtisch, Francesco mit einer Schüssel und einem Krug mit heißem Wasser.
»Hier«, sagte Alice und gab ihr den Waschtisch. »Nehmen Sie das und folgen Sie Francesco zur Suite der Turners. Mrs Turner hat sich beklagt, weil jemand das Gemeinschaftsbad belegt und sie nicht hineinkann. Also wirklich«, seufzte sie, »nicht jede Suite kann ein eigenes Bad haben. Wir sind nicht das Savoy.«
Die Tür der Turners wurde beinahe sofort geöffnet, dahinter kam Claudine in einem seidenen Unterkleid zum Vorschein, das sich so eng an ihren Körper schmiegte, dass sie genauso gut nichts hätte tragen können.
»Wunderbar«, sagte sie, als sie sah, was die Angestellten brachten. »Stellen Sie es da ab. Den Waschtisch neben dem Frisiertisch, bitte.«
Unsicher, den Blick abgewandt, trug Francesco den schweren Krug zur Kommode. Bevor Constance die Schale auf den Waschtisch stellen konnte, huschte er schon aus der Tür.
»Da hat es aber jemand eilig«, bemerkte Claudine. Sie hatte sich auf einen Samthocker vor ihrem Frisiertisch gesetzt und hielt in der linken Hand einen Schwamm. »Können Sie mir helfen?« Sie streckte Constance den Schwamm entgegen und bedeutete ihr, sie solle ihr Nacken und Rücken waschen. »Ich habe überall Sand. Am Strand ist es ein wenig mit mir durchgegangen.«

Mit gesenktem Kopf saß Claudine reglos da, während Constance ihr den Nacken langsam und behutsam mit dem Schwamm wusch, den Blick im Spiegel auf den Körper der älteren Frau in ihrem durchsichtigen Unterkleid gerichtet. Claudine legte den Kopf auf die Seite und schaute plötzlich auf. Constance errötete und sah sofort weg.

»Ist schon gut. Ein Blick tut nicht weh.«

»Ich wollte nicht unhöflich sein«, sagte Constance mit einem schüchternen Lächeln.

»Sie haben noch nie Haut wie meine gesehen, oder?«

Constance schüttelte den Kopf. »Ich stelle mir vor, dass Helena von Troja Ihnen sehr ähnlich gesehen hat.«

»Und wer ist Helena von Troja?«

»Eine Frau in meinem Buch. Wegen ihr wurde ein Krieg geführt. Zwischen den Griechen und den Trojanern.«

Claudine lachte auf. »Dann werde ich mich bemühen, nicht auch einen loszutreten. Kriege sind schlecht fürs Geschäft!«

Sanft lockerte Constance das Unterkleid, fuhr mit dem Schwamm zwischen Claudines Schulterblätter und folgte den Erhebungen ihrer Wirbelsäule. Allmählich verlor sich ihre Anspannung, und sie genoss die Ungezwungenheit von Claudines Gesellschaft. »Darf ich Sie etwas fragen, Mrs Turner?«

»Sicher. Aber eins nach dem anderen, ich bin keine Mrs, und todsicher keine ›Turner‹.«

»Aber ich dachte ...«

»Natürlich dachten Sie.« Sie lächelte. »Ich bin Claudine Pascal. Nun, in Paris war ich es noch.«

»Und jetzt?«

»Bin ich immer noch Claudine, schätze ich. Meistens.«

Wie verwirrend, dachte Constance. Sie drückte den Schwamm aus und tupfte Claudine mit einem Handtuch trocken. »Ihr Leben klingt so aufregend.«

»Das stimmt«, gab Claudine zu. »Aber Aufregung wird überbewertet. Finden Sie nicht?« Als sie das sagte, legte sich ein trauriger, nachdenklicher Ausdruck auf ihr Gesicht, und Constance beschloss, nicht nachzuhaken.

Als sie fertig waren, suchte Claudine in ihrem Schrank nach einem Kleid, und Constance stellte Krug und Schüssel zusammen.

»Ich schicke nachher Francesco hoch, damit er den Waschtisch holt, Miss Pascal.« Sie lächelte, und Claudine erwiderte es.

»Einen Moment.« Claudine kramte in einer Tasche auf ihrem Bett, holte eine Handvoll Münzen hervor und wollte sie Constance geben.

Constance schüttelte den Kopf. »Das ist wirklich nicht nötig.«

»Nehmen Sie es, Kind.«

»Das geht nicht.«

Claudine bemerkte, wie der Blick des Dienstmädchens kurz auf die kleine Sammlung Lippenstifte auf dem Frisiertisch fiel. Lächelnd sagte sie: »Wäre Ihnen einer von denen lieber?« Sie nahm einen goldenen zylinderförmigen Stift, in dessen Seiten ein Blattmuster graviert war. Oben prangten die Initialen »P&T« in einem Kranz.

»Das steht für Park & Tilford«, erklärte Claudine. »Eine amerikanische Marke.«

Constance hielt das Röhrchen nervös in der Hand. »Ich wüsste gar nicht, was ich damit machen soll.«

»Das ist ganz einfach. Ich zeige es Ihnen.«

Sie schürzte die Lippen und forderte Constance auf, ihrem Beispiel zu folgen und dann stillzuhalten, während sie ihr großzügig bräunlich rosafarbenen Lippenstift auftrug. Dann tupfte sie Constance einen kaum wahrnehmbaren Hauch Rouge auf die Wangenknochen.

»Und jetzt die Augen«, sagte sie. »Sie wissen ja, was man über Augen sagt, oder?«

»Was denn?«

»Dass sie die Fenster zur Seele sind.«

Constance lächelte und versuchte, sich nicht zu bewegen, während Claudine verschiedene Farben Lidschatten ausprobierte. »Glauben Sie das?«

»Nein«, antwortete Claudine, ohne zu zögern. »Augen können täuschen. Dass Sie eine gute Seele haben, merke ich an Ihrer Art zu reden. An Ihrem Verhalten.«

Sie nahm Constance bei den Schultern, drehte sie leicht herum, und dann betrachteten sie das Ergebnis im Spiegel. Constance erkannte die Person, die sie ansah, nicht wieder, aber Claudine schien sie zu gefallen. »Weiß der Himmel, ob Männer meinetwegen kämpfen würden. Sie haben jedenfalls alles, was man braucht, um einen Krieg auszulösen.«

Constance errötete und wandte den Blick ab. »Niemand beachtet mich.«

»Weil Sie sich verstecken! Sie dürfen nicht so schüchtern sein, zeigen Sie, was Sie haben. Und was Sie wollen.«

Sie drückte Constance sanft auf den Hocker und löste ihre Haare. Sie waren goldbraun mit blonden Strähnen, wo die Sonne sie aufgehellt hatte.

»Sind Sie sicher?« Constance genoss es, so verwöhnt zu werden, aber sie hatte Sorge, dass die Dinge ausuferten. »Mrs Mays-Smith wird das nicht gefallen.«

Claudine sah sie ungläubig an, dann lachte sie und drückte Constance' Schultern. »Aber, Schätzchen«, sagte sie, »es geht doch nicht darum, Mrs Mays-Smith zu gefallen.«

»Was treibt ihr beide?« Bella streckte den Kopf durch die Tür der Bibliothek und sah, dass Lucian und Nish einen Stapel Grammofonplatten durchsahen. »Seid vorsichtig damit. Sie sind zerbrechlich, wisst ihr.«

»Wir lassen unsere vertane Jugend wieder aufleben«, sagte Lucian.

»Die hier!« Nish zog eine Platte aus der Papierhülle. »Leg die auf!«
Lucian las das Etikett. »O Gott, bitte ...«
In gespieltem Ernst runzelte Bella die Stirn. »Nicht fluchen, Lucian.«
Sie ließ die beiden lächelnd allein. Der Abend nahte. Zeit, die Lampen anzuzünden. Während sie zum Salon ging, hörte sie noch das verheißungsvolle Knistern, dann setzte die Musik ein, die unverkennbaren Klänge von »For He Is an Englishman« aus *HMS Pinafore*.

Summend machte Bella sich wieder an die Arbeit. Wie der Großteil der Konkurrenz hatte auch das Hotel Portofino elektrisches Licht. Aber Bella – ebenso wie die Mehrheit der älteren Gäste, wie sie vermutete – bevorzugte die Atmosphäre von Öllampen, die ein diffuses herbstliches Licht ausstrahlten.

Als sie gerade den Docht einer besonders widerspenstigen Lampe einstellte, bemerkte sie aus den Augenwinkeln etwas, das sie zusammenzucken ließ.

Im grünen Sessel vor dem Fenster saß Lady Latchmere. Sie wirkte desorientiert, als wäre sie gerade aus einem unruhigen, von Träumen erfüllten Schlaf aufgewacht.

»Es tut mir leid, Ihre Ladyschaft«, sagte Bella. »Ich habe Sie nicht gesehen.«

»Ich wollte mich gerade fürs Dinner ankleiden«, sagte Lady Latchmere. Ihre Stimme klang matt und reglos.

Die Musik spielte immer noch.

»Ich muss jedes Mal lächeln, wenn ich dieses Lied höre«, sagte Bella.

»Gewiss.«

»Die Italiener haben uns die Oper gegeben, und das haben wir daraus gemacht. Wir sind schon ein komisches Volk. Nun ja, wenigstens haben wir Elgar.«

Sie wollte schon die nächste Lampe anzünden, als Lady Latchmere sagte: »Ich habe es auf der Bühne gesehen.«

Bella drehte sich um. »Ja?«

»*HMS Pinafore*, im Savoy. Vor dem Krieg. Mit Ernest.«

Sie zog ein Medaillon unter ihrem Kleid hervor, öffnete es und winkte Bella näher, damit sie das Foto darin betrachten konnte. Bella zog einen Stuhl heran und setzte sich neben sie. Am Rande bemerkte sie, dass die Musik verstummt war. Sie nahm das Medaillon in die Hand. Das Foto zeigte einen gut aussehenden jungen Mann in einer Offiziersuniform.

»Das war mein Ältester«, sagte Lady Latchmere. »Er trat auf eine Landmine. An einem Ort, der Mont Sorrel heißt. Neun Jahre ist es morgen her.« Nach einem Moment sprach sie weiter. »Er war gerade erst dort angekommen.«

Bella gab ihr das Medaillon zurück. Sie war selbst überrascht, als sie den Anhänger hervorzog, den sie am Hals trug. Sie hatte ihn noch nie jemandem gezeigt. Aber Bella hatte das starke Gefühl, dass jetzt der richtige Zeitpunkt war. Der Drang, sich zu öffnen, war so mächtig, dass sie sich nahezu gezwungen fühlte.

Auf dem Foto in ihrem Medaillon war ein kleiner Junge in einem Matrosenanzug. »Das ist mein Jüngster. Laurence«, sagte Bella. »Nächsten Monat wäre er vierzehn geworden.« Lady Latchmere hielt es vor sich und betrachtete es genau. »Die Grippe hat ihn geholt«, fügte Bella hinzu. »Er ist einer der Gründe, warum wir hierhergezogen sind.«

»Um neu anzufangen?«

»An einem Ort ohne Erinnerungen.«

Die Uhr tickte beruhigend. Bald würde sie zur halben Stunde schlagen.

Lady Latchmere schloss Bellas Hände um das Medaillon und umfasste sie mit ihren eigenen. »Ich wünschte, ich besäße Ihren Mut, meine Liebe.« In diesem Moment kam Bella die plötzliche Eingebung, dass die andere Frau gar nicht so viel älter war als sie selbst, dass sie vielleicht fünf Jahre trennten, wenn nicht weniger.

Der Unterschied war, dass Lady Latchmere in der Vergangenheit stecken geblieben war. Schlimmer, die Vergangenheit hatte sich in ihr angestaut wie in einer großen Kiste und existierte für sie weiter, und an jedem Tag, von morgens bis abends, musste sie alles von Neuem durchleben, ohne es je zu überwinden.

Eine schlimmere Qual konnte Bella sich nicht vorstellen.

Das Dinner brachte einen weiteren ligurischen Klassiker: in Weißwein geschmortes Hähnchen mit Rosmarin, Pinienkernen und Tomaten, serviert mit gedünstetem Spinat.

»Das war mal richtig lecker«, sagte Betty zu Constance, als sie einen Stapel schmutziger Teller neben die Spüle stellte. »Und schwierig war es auch nicht.«

Constance hätte gern angemerkt, dass das Rezept nur deshalb so unkompliziert gewirkt hatte, weil Paola ihnen wieder zur Hand gegangen war. Aber sie biss sich auf die Zunge.

Zu ihrem leisen Unmut hatte weder Betty noch jemand anders die dezente, aber entscheidende Veränderung bemerkt, die Claudine in ihrem Gesicht bewerkstelligt hatte.

Betty übergab Constance ein Tablett voller Glasschälchen mit einer dicken hellbraunen Masse.

»Was ist das?«

»Tiramisu. Die italienische Version eines Sherry-Trifles, mit Amaretto anstatt Sherry. Sei so gut und bring sie rüber.«

Constance straffte die Schultern, holte tief Luft und marschierte in den Speisesaal.

Vielleicht lag es an ihrer Haltung, aber dieses Mal war es merklich anders – sie spürte es wie die Entladung, wenn man einen Türknauf berührte.

Als sie Billy begegnete – er war gerade auf dem Rückweg in die

Küche –, stieß er leise einen anerkennenden Pfiff aus, und sie schauderte innerlich, obwohl sie es nicht auf ihn abgesehen hatte, wenn man es so nennen konnte. Sie stellte das Tablett auf der Kredenz ab und wartete auf weitere Anweisungen von Bella, die den Nachtisch überprüfte.

Bella fiel keine Veränderung auf. Aber das war zu erwarten. Sie lebte manchmal in ihrer eigenen Welt.

Das Tiramisu konnte serviert werden. Als Constance sich Claudines Tisch näherte, zwinkerte die ältere Frau ihr zu. Mr Turner sah kurz auf, aber sein Blick war fragend, als würde er sie erkennen und doch nicht erkennen – verständlich, hatte es bis jetzt doch kaum Kontakt zwischen ihnen gegeben.

Roberto war derjenige. Er nahm Frauen wirklich wahr. Mit seinem Vater und Cecil an einem Tisch saß er da und langweilte sich, weil die beiden sich auf Englisch unterhielten und er kein Wort verstand. Er setzte sich aufrechter hin, als sie näher kam, und musterte sie ausgiebig mit einem lasziven Lächeln. Sie nickte und lächelte zurück, dann ging sie rasch zu Nish weiter. Roberto war kein Mann, den sie ermutigen wollte. Auch wenn er schöne Augen hatte.

Nish war an seinem Tisch und beobachtete Lucian, der bei Julia und Rose saß.

»Wieder ganz allein?«, fragte sie.

»Sieht so aus.« Er schaute sie genauer an, als sie das Schälchen auf den Tisch stellte. »Irgendwas an Ihnen ist anders.«

Sie lächelte, wandte sich aber ohne Kommentar ab.

Ihr nächster und wichtigster Halt war Lucians Tisch.

Rose und er saßen dicht nebeneinander und gingen eine Auswahl von Kunstpostkarten durch, die sie bei ihrem Ausflug nach Genua gekauft hatte. Gesprächsfetzen oder besser gesagt Teile von Lucians Bemerkungen wehten zu ihr herüber. »Die Genueser Schule wird leicht übersehen, dabei ist vor allem Strozzi faszinierend ...« Rose nickte gebannt. Oder war sie doch angeödet? Es war schwer zu sagen.

Nur Julia hob den Blick, als der Nachtisch serviert wurde. Constance verharrte einen Moment, weil sie hoffte, Lucian würde sie bemerken und beachten.

Er tat es nicht. Er redete weiter, als hätte er Angst aufzuhören.

Dafür starrte Rose' Mutter sie an, sie starrte mit einer gelangweilten Boshaftigkeit, die beängstigend war, gerade weil sie so beiläufig schien.

Ihr Blick sagte: *Ach, um Himmels willen.*

Zu Hause hätte eine solche Behandlung in Constance einen nützlichen Instinkt zur Notwehr geweckt. Hier aber fühlte sie sich dumm und bloßgestellt. Sie wollte nur noch fliehen, bevor man die aufsteigenden Tränen in ihren Augen sah. Sie klemmte sich das Tablett unter den Arm und lief hinaus. Draußen wischte sie sich mit der freien Hand grob die Farbe von den Lippen.

Am nächsten Tag stand Cecil früher als üblich auf, weil ihm bewusst war, dass es viel zu tun gab. Nach einem leichten Frühstück mit Eiern und mehreren Tassen starken bitteren Kaffees, für den er eine Vorliebe entwickelt hatte, schrieb er mehrere Briefe. Einer ging an das Casino, darin bedankte er sich für die Rechnung und versicherte, die Zahlung werde bald erfolgen.

Das Wichtigste war, sich nicht von Bella oder den Dienstboten in irgendwelche lästigen häuslichen Dramen verwickeln zu lassen.

Um der Gefahr zu entkommen, unternahm Cecil einen seiner Spaziergänge. Er wanderte hinauf zum Albergo Delfino, einem konkurrierenden Hotel, das man über einen steilen, schmalen Weg erreichte, an dem hier und da alte Frauen aus dem Ort saßen und auf Kissen Spitze klöppelten. Sie ignorierte man natürlich.

Das Delfino war ein altes weitläufiges Gebäude, nicht unähnlich dem Hotel Portofino, und hatte eine Terrasse mit Blick auf den

Hafen. Es war vor allem bei Deutschen beliebt, und während man Deutschland gegenüber natürlich skeptisch blieb, so waren doch die jungen Frauen dort, von denen einige gerüchtehalber nackt sonnenbadeten – *O tempora, o mores!* –, recht wohlgestaltet, und die Fenster boten einen prachtvollen Blick über das blaue Meer nach Chiavari und Sestri Levante ein Stück die Küste hinauf, das ließ sich nicht leugnen.

Er überlegte, weiter zum Faro di Portofino zu gehen, entschied sich aber dagegen. Den Reiz dieses Leuchtturms hatte er nie nachvollziehen können. Der Turm war in den Jahren nach Cecils und Bellas erstem Besuch in Portofino gebaut worden und verschandelte in seinen Augen die Landschaft. Zugegeben, für Schiffe mochte er ganz hilfreich sein.

Niemand hatte ihn direkt gebeten, bei den Vorbereitungen für die Teegesellschaft zu helfen, aber weil es seine Idee gewesen war, ging er davon aus, dass man seinen Beitrag schätzen würde, und machte sich auf den Rückweg.

Als er zurückkam, war der Großteil der schweren Arbeit allerdings bereits erledigt. War es nicht immer so? Francesco hatte den Rasen gemäht und geharkt und errichtete jetzt mit Billys Hilfe ein großes weißes Zelt, wofür er mit einem leisen Poch-Poch Stöcke in den Boden hämmerte.

Cecil durchstöberte den Keller nach etwas, das er denjenigen Gästen servieren konnte, denen Tee möglicherweise nicht genügte. Er war stolz auf seine Weinsammlung, zu der mehrere Flaschen Petrus von 1915 und ein Chateau Margaux von 1900 gehörten.

Danioni und seine Freunde würden wahrscheinlich etwas Italienisches bevorzugen, was Cecil entgegenkam.

Er fand ein paar Kisten Fusel aus dem Piemont – billig, aber annehmbar – und rief Billy, der sie hinauf in die Küche schleppen sollte.

Alle wirkten geschäftig, das Hotel war erfüllt von Leben. Es war eigenartig, aber als die Vorbereitungen für die Veranstaltung Gestalt annahmen, wurde Cecil immer nervöser. Menschenmengen beunruhigten ihn. Dazu kam die Sorge um das Gemälde, das heute eintreffen sollte. Würde er die Lieferung verpassen? Würde es überhaupt geliefert werden? In einem Land wie Italien konnte man nie wissen.

Während Paola die Terrasse fegte, wurden Teller mit Sandwiches und Krüge voll Limonade auf die Tische unter den Gartenschirmen verteilt. Man hatte sich in Schale geworfen, und Cecil merkte, dass er dasselbe tun sollte, also ging er nach oben und zog seinen Lieblingsanzug aus cremefarbenem Leinen mit einem neuen Hemd und Kragen an. Er stutzte seinen Schnurrbart, anschließend färbte er ihn mit dem Silbernitrat, das er jeden zweiten Tag mit einer Zahnbürste auftrug.

Die schwache Meeresbrise kribbelte auf seiner Haut. Cecil blickte aus seinem Fenster auf den sonnengesprenkelten Rasen, die wolkigen Rosenbüsche und die Schmucklilien. In solchen Momenten war er stolz auf alles, was Bella erreicht hatte, und verübelte sich selbst, dass er ihre Arbeit nicht mehr wertschätzte.

Er beschloss, sich mehr zu bemühen; beschloss, ein besserer Ehemann zu sein. Nicht dass er ein schlechter gewesen wäre. Er wusste, wie schlecht Männer sein konnten – das wusste jeder Mann. Es war ein geheimes beschämendes Wissen, das von Generation zu Generation weitergegeben wurde. *So* schlimm war er nicht.

Das prächtige Wetter hielt sich. Er hörte Bellas Bemerkung, sie hätten kein besseres Wetter für die Teegesellschaft bestellen können.

Gegen drei Uhr trafen die ersten Gäste ein.

Er kämmte sich gerade die Haare, als er hörte, dass sich die Tür zur Suite der Drummond-Wards öffnete. Rose' Stimme drang heraus, in ihr lag ein Hauch von Panik. Sie hatte keinen Hut. Welchen Hut sollte sie tragen? Dann Julias Stimme, eine Oktave tiefer: »Den gleichen, den du Sonntag getragen hast.« Nein, nein, den konnte sie nicht nehmen, damit hatte man sie schon gesehen.

Also wirklich!

Cecil wartete oben, solange er konnte, überwand sich aber schließlich und ging nach unten, wo Graf Albani – der so ziemlich das Kommando übernommen hatte – gerade Alice und Lucian einer Gruppe örtlicher Würdenträger vorstellte, allen voran … Danioni.

Betty und Constance brachten immer neue Teekannen und Teller gefüllt mit Kuchen und Scones. Es gab auch italienisches Gebäck, das auf Drängen des Grafen auf der Speisekarte gelandet war. Aber daraus machte Cecil sich nicht viel.

Er schenkte sich ein Glas von dem Piemonteser Wein ein und leerte es in einem Zug. Der Wein war so dünn und sauer, dass Cecil husten musste.

Die Gruppen teilten sich und bildeten sich neu. Auf der anderen Seite des Rasens stand Bella, sie sah in ihrer pastellfarbenen *Robe de style* von Jeanne Lanvin, zu der er sie letztes Jahr überredet hatte, wunderschön aus. Sie war umringt von Männern, darunter Danioni, Danionis Stellvertreter und ein Mann vom Elektrizitätswerk. Wahrscheinlich der Leiter der Schmiergeldabteilung.

Verdammte Itaker. Immer auf Geld aus.

Nish unterhielt sich mit Alice. An einem der Tische saß Rose neben ihrer Mutter und plauderte mit Lucian. Offenbar hatte sie noch nie so entzückende Sandwiches gesehen.

Julia fiel ihr ins Wort. »Die sind nur Dekoration, nicht zum Essen gedacht.«

Cecil lächelte, obwohl er enttäuscht war. Er fand keine Freude an der Veranstaltung, dabei hatte er sich solche Mühe gegeben, damit sie überhaupt stattfand. Jetzt stand er abseits da und umklammerte sein leeres Glas wie eine Requisite.

Er schaute auf seine Taschenuhr. Halb vier. Es sollte längst da sein. *Komm schon, komm schon.*

Fünf Minuten später heulte ein Motor auf dem Vorplatz auf und übertönte das höfliche Geschnatter. »Wenn Sie mich entschuldigen würden«, sagte er, im Grunde zu niemandem, und verschwand rasch.

Als er den Vorplatz erreichte, sah er zwei stämmige Italiener aus einem Pritschenwagen steigen.

»Ah«, sagte er, schlagartig in leutseliger Stimmung. »*Buongiorno, amici miei.*« Ohne Umschweife zogen die Männer eine Abdeckung von einer großen flachen Kiste. Freude durchströmte Cecils Brust. Die Männer trugen sie ins Haus. Cecil folgte ihnen und bat sie, sie in der Bibliothek an die Wand zu stellen.

Als er die Männer hinausgeleitete, kam Jack die Treppe herunter. Genau im rechten Moment!

»Ah«, sagte Cecil. »Sie kommen gerade richtig.«

»Ich habe den Lieferwagen vom Fenster aus gesehen.« Jack rieb sich vor Vorfreude die Hände. »Alles unversehrt?«

»Scheint so.«

»Darf ich es mir mal ansehen?«

»Ich wollte mit der großen Enthüllung noch ein wenig warten, wenn es Ihnen nichts ausmacht.« Cecil gab sich betont gelassen. Er zeigte nach draußen. »Die Teegesellschaft, Sie verstehen. Man würde mich vermissen.«

»Gehen Sie ruhig.«

»Ich bin sicher, das Warten lohnt sich.«

In diesem Moment kam Plum mit schnellen Schritten die Treppe herunter. An die Gesellschaft hatte er offensichtlich nicht gedacht, denn er war nicht dafür angezogen. Vielleicht wollte er sie trotzdem besuchen. Immerhin kleidete ihn seine Berühmtheit.

»Tut mir leid, Kameraden. Habs eilig!«

Jack wich zur Seite aus und ließ ihn vorbei.

Als er außer Sichtweite war, fragte Jack: »Glauben Sie, er hat uns gehört?«

»Wer, Plum? Nein. Und selbst wenn, seine Gedanken drehen sich nicht um Kunst. Eher darum, Tennisspiele zu gewinnen.«

»Sie haben wahrscheinlich recht«, sagte Jack. Aber er wirkte skeptisch.

Cecil schloss die Tür zur Bibliothek, dann ging er hinaus, wo Danioni durch das Fenster des Pritschenwagens mit einem der Männer sprach. *Verdammt,* dachte er. *Was treibt der Mistkerl jetzt wieder?*

Danioni blickte auf, als Cecil herauskam. »Sie haben eine Lieferung bekommen, wie ich höre.«

»Das stimmt.«

»Aus England?«

Cecil erstarrte. »Ich weiß nicht recht, warum Sie das betreffen sollte.«

Danioni lächelte. »Den *consiglio comunale* betrifft nun einmal alles, Signor Ainsworth. Polizeiliche Angelegenheiten, Genehmigungen, Steuern...« Er legte eine Pause ein. »Zum Beispiel auf Importe.«

»Das verstehe ich«, sagte Cecil. »Aber ich kann Ihnen versichern, dass es hier nichts von Interesse für Sie gibt.« Er kramte sein silbernes Zigarrenetui aus der Jackentasche, streckte es dem Italiener entgegen und versuchte dabei, den kribbelnden Schweiß unter seinen Achseln zu ignorieren. »Zigarre gefällig?«

Betty holte gerade ein Blech *Fat Rascals* aus dem Ofen, als Constance mit zwei leeren Sandwichtabletts hereinkam.

Die Köchin schaute zu ihr auf. »Alle Sandwiches weg?«

»Bis zum letzten.«

»Das ging schnell.«

»Die Leute haben sie verschlungen!«

»Dafür musste ich mir in drei Meilen Umkreis alle Gurken zusammenbetteln.«

Constance stellte die leeren Tabletts in die Spüle. »Die meisten davon hat Graf Albani gegessen. Nach dem siebten habe ich nicht mehr mitgezählt.«

»Ich mag Männer mit einem guten Appetit. Da hat man was zum Festhalten!«

»Betty!«

Beide prusteten vor Lachen.

Betty sagte: »Man kann ihn sich kaum mit diesem zierlichen Persönchen zusammen vorstellen.«

Constance sah sie fragend an.

»Ist es dir noch nicht aufgefallen?«

»Was denn?«

»Er macht Mrs Mays-Smith schöne Augen.«

»Sie ist halb so alt wie er!«

»Stimmt, aber sie könnte es schlechter treffen. Ich wette, ihm gelingt es, mal ein Lächeln auf ihr griesgrämiges Gesicht zu zaubern.«

Constance fand es herrlich, wenn Betty so redete. Wenn sie die Dinge sagte, die sie selbst dachte, aber nicht auszusprechen wagte.

»Mal etwas anderes, ich wollte dich schon längst fragen – was ist mit Lotties Vater passiert?«

»Dasselbe wie mit allen anderen.«

Die gute Laune, die gerade noch geherrscht hatte, wich einer trüberen, nachdenklicheren Stimmung. Die beiden Frauen verstummten.

Dann schüttelte Betty sich. »Na los«, sagte sie. »Verteilen wir sie auf die Teller. Es gibt nichts Traurigeres als kaltes Gebäck.«

Die Teegesellschaft hatte sich aufgelöst. Die Gäste streiften in Grüppchen umher und bewunderten die gelassene Eleganz des Gartens und die Aussicht auf das glitzernde Meer.

Weil ihr in ihrem hellen, aber formellen Kleid warm wurde, wollte Bella ins Haus gehen. Auf dem Weg entdeckte sie Danioni vor dem Fenster der Bibliothek, wie er mit einer Hand an der Scheibe versuchte, ins Zimmer zu spähen. Sie rief: »Sind Sie auf Beutezug, Mr Danioni?«

Er trat vom Fenster zurück. »*Non capisco.*«

»Überlegen Sie, was Sie als Nächstes stehlen können?« Voller Wut hielt sie ihm ihren nackten Ringfinger vor Augen. Wo der Saphirring gesessen hatte, war die Haut heller.

»Bitte.« Danioni tat, als wäre er enttäuscht. »Wir sind doch Freunde.«

»Freunde erpressen sich nicht.«

»Schon wieder! Dieses Wort!« Er hob die Hände, als wäre er beleidigt. »Sie haben mir ein Geschenk für meine Frau gegeben. Und ich habe Ihnen Gäste für Ihr Hotel gebracht. So macht man das unter Freunden.«

»Geben und nehmen«, sagte sie frostig.

»Ja. Geben und nehmen.« Er deutete auf das Hotel. »Aber vergessen wir nicht – einige von uns haben mehr zu geben als andere.«

Danioni tippte sich an den Hut und ging über die Zufahrt davon. Als Bella ihm nachsah, kam ihr der Gedanke, dass Danioni nicht unrecht hatte. Manche hatten wirklich mehr zu geben als andere.

Trotzdem wäre sie zu fast allem bereit gewesen, um ihn loszuwerden, ohne auf seine Forderungen einzugehen.

Was immer der verheißungsvolle Gegenstand in der Bibliothek war, er hatte Plum den Nachmittag verdorben. Ständig hatte er daran denken müssen. Er hatte selbst gemerkt, dass er sich deshalb seltsam verhielt. Regelrecht nervös, hätte Lizzie gesagt.

Er hatte sie in die Suite gebracht. Sie hatte zu viel Wein getrunken, obwohl es doch eine Teegesellschaft war, und klagte über Kopfschmerzen. Plum sollte für sie ein paar Aspirin besorgen. Natürlich, hatte er gesagt. Er würde Bella fragen, und das hatte er auch vor.

Aber zuerst ging er in die Bibliothek und schloss lautlos die Tür hinter sich.

Irgendwas ging hier vor sich.

Es gab einen Grund, warum er es so weit geschafft hatte: Er sah und hörte immer genau hin.

Nun durchquerte er den Raum und versuchte, die Schreibtischschubladen zu öffnen. Ihm war aufgefallen, dass Cecil kein eigenes Büro besaß und diesen Schreibtisch hier nutzte, was einiges über die Machtverhältnisse zwischen seiner Frau und ihm aussagte.

Die meisten Schubladen waren abgeschlossen. Die unterste allerdings nicht. Es lag sogar ein Brief darin, von dem Casino in San Remo. Plum lächelte. Er ahnte schon, worum es darin ging.

Mit zitternden Händen – eine unselige neue Entwicklung – zog er das Schreiben aus dem Umschlag. Eine Rechnung. Sein Blick wanderte sofort ans Ende der Seite: *»Totale dovuto: 20 530 lira.«*

So, so. Was für ein ungezogener Mann Cecil Ainsworth doch war.

Vom Flur klangen Stimmen herein, und er erschrak. Als sie sich entfernten, suchte er weiter die Bibliothek ab – bis er schließlich etwas entdeckte: Es lehnte an der Wand, in Stoff gewickelt und zum Teil hinter einem Stuhl verborgen. Ein Gemälde, recht klein eigentlich. Trotzdem schlug sein Herz schneller. Er ging hinüber und wollte das Tuch an einer Ecke anheben, aber in diesem Moment öffnete sich die Tür, und Jacks Stimme ertönte.

Verdammt!

Sein Herz hämmerte. Er konnte sich gerade noch hinter dem Schreibtisch ducken, bevor zwei Männer hereinkamen.

Jack und Cecil.

»Die Sache tut mir leid«, sagte Cecil. Soweit Plum es sehen konnte, trug er eine Staffelei bei sich. »Die Teegesellschaft, meine ich. Lästige Geschichte. Meine Frau hat Anwesenheitspflicht verhängt.«

Cecil ging zu dem Gemälde und hob es auf. Unter dem Schreibtisch kauerte Plum sich noch kleiner zusammen in der Hoffnung, sie würden ihn nicht entdecken. Bellas Mann zog das Tuch herunter und ließ es fallen, dann platzierte er das Bild auf der dreibeinigen Staffelei. So deutete Plum zumindest Cecils Bewegungen. Ehrlich gesagt sah er kaum mehr als ein paar Schuhe – braune Oxfords, leicht verschrammt.

»Erster Eindruck?«, fragte Cecil.

Stille, während Jack das Gemälde begutachtete. »Es ist kleiner, als ich erwartet habe«, sagte er schließlich.

Wieder eine Pause. »Ist das ein Problem?« Cecil klang angespannt.

Plum spitzte die Ohren. Dieses Gespräch erwies sich als äußerst interessant.

»Kunst verkauft man nicht am laufenden Meter.«

Plum verlagerte unter dem Schreibtisch sein Gewicht. In seinem linken Bein kündigte ein erstes Kribbeln einen Krampf an.

Er hörte, wie jemand einen Schritt zurücktrat. »Hmm«, machte Jack.

»Und?« Cecil klang ungeduldig.

»Ich bin kein Experte.«

»Wie ist denn Ihr Eindruck?«

»Sein Stil ist es jedenfalls.«

Cecil klatschte freudig in die Hände, wie ein Kind bei einer Zaubervorführung.

»Langsam«, warnte Jack. »In seiner Werkstatt sind Hunderte Bilder dieser Art entstanden. Manche hat er selbst gemalt. Bei manchen hat er ein bisschen mitgeholfen. Andere hat er nur betreut. Wahrscheinlich ist es eher aus der Schule von Rubens als ein echter Rubens.«

»Aber es könnte als einer durchgehen?«

»Könnte es.«

»Und wie viel würde es kosten, es zu authentifizieren?«

»Ein paar Hundert Dollar vielleicht.«

»Nein. Ich meine … wie viel würde es kosten, damit es in jedem Falle authentifiziert wird?« Seine Stimme hatte einen drängenderen

Ton angenommen. »Oh …« Jack überlegte. »Vierzig Prozent, wenn es mehr als hunderttausend bringt. Ein Prozent weniger pro zweitausend darunter?«

»Sagen wir fünfundzwanzig?«

»Dreißig.«

»Abgemacht. Es versteht sich von selbst«, sagte Cecil, »aber ich brauche eine schriftliche Kopie der Authentifizierung. Und eine Anzahlung. Bevor ich Ihnen das Bild gebe.«

»Natürlich.«

Plum riskierte einen Blick: Ein Handschlag besiegelte die Abmachung. Dann gingen die beiden Männer hinaus und ließen das Gemälde auf der Staffelei zurück, wo jeder, der wollte, es stehlen konnte.

Als er sicher war, dass die beiden fort waren, krabbelte Plum aus seinem Versteck. Er dehnte Arme und Beine, lief auf und ab und gab sich betont ungezwungen, falls jemand plötzlich hereinkommen sollte.

Immer wieder starrte er auf das Gemälde.

Eine füllige blonde Frau, die in einen Spiegel sah.

Von Kunst hatte Plum keine Ahnung. Trotzdem schien es ihm unvorstellbar, dass dieses Gemälde so viel wert sein sollte. Mehr als er, ein Sportler in der Blüte seines Lebens.

Er klopfte sich den Staub ab.

Cecil würde bald zurückkehren, um das Gemälde zu holen.

Plum tat, was er besonders gut konnte: sich schleunigst aus dem Staub machen.

Claudine war nicht zu dem leichten Dinner in der Villa Franchesi gebeten worden. Dafür erhielt Jack überraschend eine Einladung, nachdem Rose, die kleine Drummond-Ward, von einer Migräne außer Gefecht gesetzt wurde.

Wahrscheinlich hatte sie zu viel Sonne abbekommen. Und zu wenig getrunken. Jedenfalls hatte Nish ihr ein paar Pülverchen gegeben, und jetzt lag sie mit einer kalten Kompresse auf der Stirn in ihrer Suite.

Cecil hatte Jack gebeten, an Rose' Stelle mitzukommen. Sie waren schnell beste Freund geworden. Was Claudine nicht überraschte. Die beiden waren vom gleichen Schlag. Opportunisten. Laut Cecil gab es beim Dinner für Claudine leider keinen Platz mehr …

»Eine wahre Schande«, hatte er angeblich zu Jack gesagt, »schließlich weiß ich, dass Lady Caroline liebend gern … Mrs Turner kennenlernen würde.«

Claudine legte gar keinen besonderen Wert darauf teilzunehmen. Aber die Vorstellung, dass Jack ohne sie zu dem Dinner ging, störte sie. Sie glaubte, nein, sie wusste, was dahintersteckte, und dafür gab es ein Wort. Rassismus. Und es war ermüdend, ihn Tag für Tag zu erleben. Weiße Menschen machten sich ja keine Vorstellung.

In Paris war er nicht so allgegenwärtig gewesen, weil mehr schwarze Menschen in der Stadt lebten – Maler, Tänzer, Musiker. Auch Autoren – wie ihr guter Freund Langston. Kreative Menschen. Wenn sie im Grand Duc mit Ada »Bricktop« Smith und Florence Jones gefeiert hatte, hatte sie sich zu Hause gefühlt. Hier dagegen … Hier würde es immer anders sein.

»Und es macht dir wirklich nichts aus?«, fragte Jack, als er sich vor dem Spiegel die Krawatte band.

»Ich kann es gern wiederholen«, sagte sie müde. »Es macht mir nichts aus.«

»Ainsworth sagt, dieser Harbone hat in London ein riesiges Haus. Angeblich vollgestopft mit Kunst.«

»Klingt ja nach einem tollen Fang.«

Ganz so sarkastisch hatte es nicht klingen sollen. Jack deutete ihren Tonfall richtig und kam zu ihr, um ihr seine besondere Art von Trost zu spenden, die Art, die eher ihn tröstete als sie. Sie wandte sich ab, als er sie küssen wollte.

»Komm schon, Liebling«, sagte er. »Sei nicht böse. Du weißt, dass ich viel lieber hier bei dir wäre.«

»Ich habe dich kaum zu Gesicht bekommen. Die ganze verdammte Zeit nicht.« Es überraschte sie selbst, wie verärgert sie war.

»Du weißt, dass ich mich ums Geschäft kümmern muss.«

»Nein, Jack. Du musst dich um mich kümmern.« Sie trieb die Sache auf die Spitze. »Du willst nicht mit mir gesehen werden. Ist es das?«

Gereizt wandte er sich ab. »Ich habe es dir doch erklärt! Es ist nur ein Platz frei!«

Ihr skeptischer Blick zeigte ihm, dass sie das nicht überzeugen konnte.

Er versuchte es weiter. »Schau mal. Ich bin mit dir hierher gefahren, oder?«

»Ja, bist du, Schätzchen.« Sie stützte sich auf die Ellbogen. »Aber langsam frage ich mich, warum.«

Irgendwann öffnete Rose behutsam die Augen und merkte, dass die pochenden Schmerzen hinter ihnen verschwunden waren. Besser noch, sie verspürte stattdessen eine herrliche Leichtigkeit, ein Gefühl, an das sie sich aus ihrer Kindheit erinnerte, als sie sich noch oft leicht und frei gefühlt hatte, auf eine ursprüngliche Art wach.

Irgendwo spielte Musik. Sie wehte von unten herauf. Ein blechernes Krächzen, das doch magisch war, als würden am Ende des Gartens Feen singen.

Wie ein Kälbchen stand sie auf, ging auf wackeligen Beinen zur Tür und öffnete sie. Die Musik wurde lauter, neue Klänge drangen an ihr Ohr – Gelächter und eine Unterhaltung. Sie kamen aus dem Salon.

Die Musik kannte sie. Sie liebte dieses Lied! Es war »Sweet Georgia Brown« von Django Reinhardt.

Sie ging die Treppe hinunter und hielt sich dabei am Geländer fest. Im Salon waren Menschen. Aber alles schien anders als sonst. Die Atmosphäre war anders. Durch die offene Tür sah sie, dass der Teppich aufgerollt war, um Platz zum Tanzen zu schaffen. Lizzie, die Frau des Tennisspielers, war da. Claudine und Roberto und ein paar andere. Sie tranken Prosecco und tanzten.

Was in aller Welt war hier los? Sie blieb an der Tür stehen, beobachtete und lauschte.

»Gott, ich wünschte, ich könnte so tanzen wie Sie«, sagte Lizzie.

»Erkennen Sie keinen Profi, wenn Sie einen sehen?« Claudines Stimme.

»Sie verdienen Geld mit dem Tanzen?«, fragte Lizzie ungläubig.

»Unter anderem.« Claudine machte eine ausladende Drehung. »In Paris kennt man meinen Namen.« Mit den Händen zeichnete sie in die Luft. »Claudine ... Pascal.«

»Ein großartiger Name. Er klingt so französisch!«

»Na ja, als Louella-Mae Dobbs komme ich nicht weit. Schon gar nicht in Paris.« Claudine lachte schallend auf.

Roberto wirbelte sie herum, um mit ihr zu tanzen, und Lizzie forderte Lucian auf. Er war auch da! Lucian!

»Wo ist Ihr Mann?« Rose sah, wie er sich umschaute.

»Im Bett. Er ist furchtbar langweilig, wenn er sich auf ein Turnier vorbereitet.«

Endlich bemerkte Lucian sie an der Tür. Er eilte zu ihr, fast, als würde er marschieren. »Rose! Ihre Mutter hat gesagt, Sie hätten eine Migräne ...«

»Es geht mir schon viel besser.«

»Sind Sie sicher?«

»Ganz sicher.«

Claudine rief: »Dann kommen Sie und leisten Sie uns Gesellschaft. Hier verbietet Ihnen niemand etwas.«

Lucian reicht ihr die Hand. Nach kurzem Zögern beschloss Rose, sich heute nicht von der Vorsicht beherrschen zu lassen. Alle anderen amüsierten sich, warum sollte sie es nicht auch tun? Wie sehr sie diesen Abend genoss. Sie vergnügte sich, wie sie es sich nie vorgestellt hätte. In ihrer gezierten, verhätschelten Welt benahm sich niemand so, niemals. Einige Lieder, die sie noch nie gehört hatte, stellten Unerwartetes mit ihr an. Sie brachten Rose dazu, aus sich selbst herauszugehen, und verliehen ihr neue Energie. Alles geriet so schön in Fluss. Vielleicht lag es auch am Prosecco. Das war schwer zu sagen.

»Was ist das?«, fragte sie Claudine.

»›Pine Top's Boogie Woogie‹. Dazu haben wir in Paris getanzt. Es war wild.«

»Es ist fabelhaft!«, rief sie.

»Ich weiß!«, sagte Claudine.

Roberto goss den letzten Prosecco in Claudines Glas und bedeutete Lucian, er solle mehr holen, was der auch tat; bald reichte er Rose ein großes Glas. Roberto tanzte wild, er verrenkte und produzierte sich, während Claudine und Lizzie zusahen und sich kichernd immer wieder gegenseitig anstupsten. Als ihr Glas geleert war, reckte Lizzie es theatralisch in die Höhe.

Rose verschluckte sich an ihrem Prosecco. Lucian fragte, ob alles in Ordnung sei, und sie nickte. Sie lachte, vergnügte sich und wurde mit jeder Minute ausgelassener.

Das war so viel besser als ein dummes leichtes Dinner in einer langweiligen Villa.

Irgendwann tauchte Nish auf und mischte mit – er sprang, wirbelte und zappelte herum.

Jeder, den Rose mochte, war hier. All die netten, guten Menschen.

Jemand legte einen Charleston auf.

»Den kenne ich!«, rief Rose, und alle jubelten. »Den kenne ich!« Die Musik wurde lauter und schneller. Rose spürte Lucians Blick auf sich. Wie er sie an sich zog, wie er sie in den Armen hielt, als wäre sie aus Ton und als würde er sie zu einem besseren, ernsthafteren Menschen formen – zu jemandem, der Dinge wusste. Sie wünschte sich, er würde sie küssen. Sie konnte sich nicht erinnern, sich jemals etwas so sehr gewünscht zu haben.

Später überlegte sie, wie anders alles hätte sein können, hätte nicht etwa in diesem Augenblick Mr Turners Bugatti vor dem Hotel gehalten.

Hätte nicht ihre Mutter neben Mr Turner und Bella hinter ihm gesessen.

Hätte Julia nicht die Musik und das Lachen gehört und sich nach einem erschrockenen Blick zu Bella nicht beeilt nachzusehen.

Hätte sie, Rose, nicht als Letzte noch getanzt, errötet, verzückt, vom Leben berauscht.

Bis die Musik verstummte.

»Was ist passiert?« Rose blickte zu Lucian, der die Nadel von der Platte genommen hatte. Er starrte etwas hinter ihr an, eine offenbar beängstigende Erscheinung.

Sie drehte sich um, ihre Brust hob und senkte sich schwer, ihre vornehmen Kleider waren feucht vom Schweiß.

In der Tür stand ihre Mutter und hinter ihr Bella.

»Und was«, fragte Julia in frostigem Ton, »treibst du da, bitte?«

Nish fand Lucian im Garten. Er wirkte erhitzt, benommen, leicht betrunken.

»Das ist schlecht gelaufen«, sagte er.

Sie schauten zu den hell erleuchteten Fenstern des Salons hinauf.

Lucian fragte: »Hast du Rose gesehen?«

»O ja.« Nish lachte. »Ihre Mutter macht sie zur Schnecke. Und zwar so richtig, schätze ich.«

Lucian schnitt eine Grimasse. »Was ist mit meiner Mutter? Hat sie was gesagt?«

»Sie räumt oben mit Constance und deiner Schwester auf. Ich habe angeboten, dass wir helfen, aber sie hat nahegelegt, wir sollten lieber ins Bett gehen.«

»›Nahegelegt.‹«

»Na gut, befohlen.« Nish lachte.

»Ich werde nicht schlafen«, sagte Lucian. »Ich bin zu … aufgedreht.«

»Ich auch.« Nish zog einen Zettel aus der Tasche – das Flugblatt, das Gianluca ihm gegeben hatte. »Also, was meinst du?«

»Das Treffen? Ich meine, das wäre weit zu laufen.«

»Wir müssen nicht laufen. Nicht wenn wir ein Fahrrad haben.« Er zeigte auf das Gefährt mit dem gebogenen Lenker, das Billy für Plum organisiert hatte. Es lehnte an der Mauer hinter ihnen, eines der Handtücher des Hotels mit Monogramm klemmte noch unter ein paar Gummispinnen auf dem Gepäckträger.

»Na gut«, sagte Lucian. »Wenn es sein muss.«

In Schlangenlinien fuhren sie auf der gewundenen unbeleuchteten Straße Richtung Rapallo. Lucian hockte auf dem Lenker, und sie sangen lachend auf schlechtem Italienisch den Refrain der sozialistischen Hymne »Die Rote Fahne«.

Nach etwa einer Viertelstunde hielten sie mit einem Ruck auf dem Hof eines Gebäudes, das ohne Weiteres als Werkstatt zu erkennen war – ein mit Stuck verziertes scheunenähnliches Haus, so groß wie eine Gemeindehalle. Die Stimmen, die herausdrangen, zeigten ihnen, dass sie den richtigen Ort gefunden hatten.

Sie klopften, und ein älterer Mann, der an der Tür Wache schob, ließ sie hinein. Auf einer erhöhten Plattform vor dem dicht gedrängten, gebannten Publikum stand Gianluca. Er redete leidenschaftlich auf Italienisch und schlug dabei eine Hand mit dem Rücken in die andere.

Als sich die Tür öffnete, schaute er hoch und war einen Moment lang angespannt, aber er wirkte sichtlich beruhigt – und lächelte sogar leicht –, als er erkannte, wer hereinkam.

Und dann geschah es. Das, was jeder im Raum gefürchtet haben musste und von dem alle im Grunde wussten, dass es unvermeidlich war. Den Leuten war das Risiko der Teilnahme bewusst gewesen.

Zuerst war nur ein dumpfes Brummen von Motoren zu vernehmen, das stetig lauter wurde und schließlich zu einem Dröhnen anschwoll. Zu diesem Zeitpunkt war es zu spät zu fliehen. Die Baumwollvorhänge strahlten schon gelb vom Licht der Scheinwerfer. Autotüren wurden zugeknallt.

Der Aufpasser rief: »*Carabinieri!*«

Ein Tumult brach aus, als rasch das Licht gedämpft wurde und die Zuhörer sich verstreuten, manche flohen aus dem Gebäude, andere versteckten sich unter Möbeln oder hasteten die Feuertreppe hinauf aufs Dach. An der Hintertür herrschte Gedränge.

Lucian erstarrte, er wusste nicht, was er tun sollte. Als er sich gerade den anderen anschließen wollte, ergriff Gianluca seinen Arm, zog Nish und ihn in ein Nebenzimmer und trieb sie weiter.

»*Andiamo, andiamo …*«

Jemand schob ein paar alte Leinensäcke und Holzstücke zur Seite und legte damit eine verborgene Falltür frei. Sie war gefliest, damit sie sich in den restlichen Boden einfügte.

Gianluca zog an einem Griff, die Falltür ließ sich leicht öffnen, und ein kalter, erdiger Geruch und eine Staubwolke schlugen ihnen entgegen. Eine Strickleiter führte nach unten.

»Schnell«, sagte er. »Hier rein. Jetzt!«

ACHT

Nish stolperte die Straße entlang und versuchte, mit Lucian und Gianluca Schritt zu halten. Es hämmerte in seinem Kopf, und nach der weiten Strecke, die sie von der Werkstatt zurückgelegt hatten, war er mit seinen Kräften am Ende.

Sie kamen nur in Etappen voran, unterwegs blieben sie immer wieder stehen, warteten und achteten darauf, dass sie nicht verfolgt wurden. Als Erstes hatten sie zugesehen, dass sie von der Hauptstraße herunterkamen.

Nish war wegen des Fahrrads beunruhigt, sie hatten keine Chance gehabt, es mitzunehmen. Lucian zuckte nur mit den Schultern.»Ich würde mir keine Sorgen machen«, sagte er.»Irgendwer holt es schon.«

Sie kletterten einen steilen steinigen Abhang hinunter, durchquerten einen Bach und gelangten in einen kleinen Eichenwald. Von dort aus suchten sie sich im Mondlicht einen Weg durch einen terrassenförmig angelegten Olivenhain, bis sie ein einzelnes weißes Häuschen inmitten von Pfirsichbäumen erreichten.

Die Bewohner, ein älteres Paar, waren offensichtlich Gianlucas Freunde – Freunde und Verbündete. Obwohl es fast zwei Uhr morgens war, schliefen sie noch nicht. Gianluca sprach mit dem Mann, einer schmächtigen Gestalt mit einem dichten weißen Haarschopf und einer winzigen Stupsnase. Nish verstand das Wort »*cantina*«, sah den Mann lächeln und nicken, als wüsste er genau, wo sie verängstigt über zwei Stunden lang gehockt hatten, bis der Aufpasser an die Falltür geklopft und damit signalisiert hatte, dass die *carabinieri* abgezogen waren.

»Er sagt, wir sollen warten«, erklärte Gianluca den anderen. »Seine Frau überprüft die Straße Richtung Stadt. Sie will sichergehen, dass die Luft rein ist.«

Eine alte Frau kam herein und winkte sie ins *salotto*. Das Zimmer mit der niedrigen Decke war makellos, an den pastellrosa Wänden hingen Teller und Weidenkörbchen, auf der Anrichte stand eine Vase mit bunten Blumen. Auf dem Kaminsims zeigte eine gerahmte Chromolithografie einen bärtigen Mann, den Nish als den russischen Revolutionär und Anarchisten Michail Bakunin erkannte.

Die Frau erinnerte mit ihren seltsam rabenschwarzen Haaren an einen Vogel. Sie ging langsam und humpelte. Als sie das Häuschen verließ, holte der Mann Gläser so klein wie Fingerhüte hervor und schenkte Grappa ein, von dem einiges danebenlief. Er reichte sie herum, hob sein Glas und verkündete: »*Alla nostra.*«

Nish, Gianluca und Lucian sprachen ihm nach und leerten ebenso wie er in einem Zug die Gläser.

Lucian wandte sich an Nish. »Alles in Ordnung bei dir?«

»Bestens.«

»Was ist mit deinen Füßen?«

»Es ist nichts. Wirklich nicht.«

»Und dein Kopf?«

»Es sticht nur ein bisschen. Der Grappa wird mir helfen, ruhiger zu werden.«

Es war eigenartig, dass Lucian sich um Nishs Verfassung sorgte statt umgekehrt. Anfangs war Nish gut zurechtgekommen. Immerhin war er jung und gesund. Aber nach etwa einer Stunde hatte er sich in seinen schlecht sitzenden Schuhen Blasen gelaufen, mit denen jeder Schritt zur Qual wurde.

Er hatte befürchtet und befürchtete noch, er könnte den anderen zur Last fallen – er könnte ein Risiko sein, die Schwachstelle, durch deren Schuld am Ende alle geschnappt würden. Und das wäre kaum zu ertragen gewesen nach allem, was sie in den letzten Stunden durchgemacht hatten. Vor Sorge wurde er nervös, und wenn er nervös war, bekam er Migräne, wie schon in Frankreich, wo er manch schwere Entscheidung hatte treffen müssen. Amputieren oder nicht amputieren, zusammenflicken oder dem Tod überlassen.

Die alte Frau kehrte zurück und raunte ihrem Mann etwas zu.

»Sie sagt, es ist alles frei«, übersetzte Gianluca.

Übernächtigt, aber aufgekratzt brachen sie auf.

Nur war der Weg nicht frei. Das Trio hatte gerade den Rand von Portofino erreicht, wo die Via del Fondaco auf die Piazza della Libertà mündete, als hinter ihnen eine Trillerpfeife gellte.

Gerade noch hatte auf der Straße eine unnatürliche Stille geherrscht, jetzt kam plötzlich Leben auf. In den Häusern wurden Lampen angezündet, Fensterläden wurden geöffnet, die Anwohner wollten herausfinden, woher der Lärm kam. Ein Stückchen weiter bellte ein Hund.

Panik überkam die Männer. Sie blieben stehen, überlegten, wägten ab, was möglich war und was nicht.

»Verstecken wir uns?«, fragte Lucian. »Oder laufen wir weg?«

»Wir verstecken uns«, sagte Nish. »Ich kann nicht mehr laufen.«

»Ich auch nicht«, sagte Lucian. »Aber wir müssen.«

»Wir sollten weglaufen«, meinte Gianluca.

Also liefen sie – durch Straßen nicht breiter, als man die Arme ausstrecken konnte, ihre Schatten huschten im fahlen Licht der Straßenlaternen an ihnen vorbei.

Nish schwitzte, Übelkeit stieg in ihm auf. Das Kopfsteinpflaster war Folter, und wegen der Migräne hatte er die Orientierung verloren, im Halbdunkel sah er kaum, wohin sie liefen. Er konnte nicht mithalten, selbst mit Lucian nicht, der seit dem Krieg nicht mehr richtig rennen konnte.

Gianluca bemerkte als Erster, dass Nish Probleme hatte. Später fragte Nish sich voller Gewissensbisse, ob der Italiener sich absichtlich zurückfallen ließ, um in seiner Nähe zu bleiben. Lucian war ihnen ein wenig voraus, und Nish hörte, wie Gianluca ihm zurief: »Nicht stehen bleiben! Lauf weiter!«

Lucian schaute zurück und wirkte wohl hin- und hergerissen, doch Gianluca fügte hinzu: »Wenn sie dich schnappen, wirst du deportiert.«

Gianluca wartete, bis Nish ihn eingeholt hatte. »Komm!«

»Ich kann nicht.« Sein Herz fühlte sich an, als wollte es aus seiner Brust springen.

»Du musst.«

Wieder ertönte dieses schrille Pfeifen. Die Polizei kam näher. Gianluca packte Nish und drängte ihn weiter, er trug ihn halb durch das dämmrige Straßenlabyrinth, bis sie es irgendwie zum Hafen geschafft hatten.

Beim Anblick des Meeres schöpfte Nish Hoffnung. Den pastellfarbenen Häusern zu beiden Seiten fehlte allerdings der Charme, den sie tagsüber besaßen. Neben der Hafenmauer schimmerten die Decks der vertäuten Jachten geisterhaft weiß im Mondlicht.

Wo war Lucian? Nish musste ihn sofort finden. »Lucian«, sagte er.

»Lucian ist in Sicherheit.« Gianluca drückte Nishs Arm. »Jetzt komm zu dir! Hilf mir, ein Versteck zu finden.«

Auf dem Kiesstrand lagen mehrere Fischerboote nebeneinander kieloben. »Da«, sagte Nish und zeigte auf sie. »*Le barche.*«

Sie krochen unter eines der umgedrehten Boote und legten sich keuchend auf den Rücken. Es roch nach nassem Holz, Salz und Fisch. Gianluca legte Nish eine Hand auf den Mund, um ihm zu zeigen, er solle leiser atmen. Einen wunderbaren Moment lang war alles still, die Dunkelheit wirkte beruhigend, und das einzige Geräusch war das leise Knirschen der Steinchen, wenn die Wellen an den Strand schwappten.

Aber dann gellte wieder die Trillerpfeife. Durch den schmalen Spalt zwischen dem Sand und der Bordwand sahen sie, wie der Schein einer Taschenlampe über den Strand glitt.

Es waren insgesamt drei Männer. Zwei von ihnen waren zum anderen Ende des Hafens gegangen. Aber derjenige mit der Taschenlampe näherte sich den Fischerbooten. Danioni.

Seine Haltung war selbstsicher, lässig – die Taschenlampe in einer Hand, eine brennende Zigarette in der anderen. Er blieb stehen und nahm einen Zug, so nah, dass sie nur noch seine untere Körperhälfte durch den Spalt sehen konnten. Voll Schadenfreude bemerkte Nish einen Riss in Danionis Hose, wo er offenbar an Gestrüpp hängen geblieben war.

Doch dann machte Danioni einen Schritt auf das Boot zu, und etwas veränderte sich. Zuletzt hatte Nish seine Angst wieder im Griff gehabt, aber plötzlich breitete sie sich aus wie Nebel, und es schien unvorstellbar, dass Danioni nicht sah, wie sie aus ihrem Versteck wallte. Gianluca presste seine Hand fester auf Nishs Mund.

Vielleicht eine halbe Minute lang stand Danioni da, hielt Ausschau und lauschte. Dann wurde wieder gepfiffen, und jemand rief: »*Da questa aparte! Hanno trovato qualcosa.*« *Hier lang! Sie haben was gefunden.*

Danioni ging in die Richtung, aus der die Stimme gekommen war. Einmal drehte er sich zum Boot um. Aber was seine Aufmerksamkeit auch erregt haben mochte, es konnte nicht besonders überzeugend gewesen sein, denn sein Blick ruhte keine Sekunde auf ihrem Versteck.

Nish und Gianluca lagen wie Statuen da und horchten, während die Stimmen und Schritte zu Stille verklangen. Endlich nahm Gianluca die Hand von Nishs Mund. Vielleicht waren es die Nerven, jedenfalls fing Nish an zu lachen. Leise, aber doch laut genug, um Gianluca zu beunruhigen. Wieder versuchte der Italiener, Nish zum Schweigen zu bringen, er legte ihm leise einen Finger auf die Lippen und machte: »Schsch.«

»Sie sind doch weg«, flüsterte Nish.

»Für den Moment.«

Die Männer starrten sich an. Etwas sprang zwischen ihnen über, drängend, aber unsagbar. Dann beugte Gianluca sich zur Seite, über Nish, und küsste ihn auf den Mund. Seine Lippen fühlten sich überraschend weich an, und Nish wollte den Kuss instinktiv erwidern. Aber er tat es nicht. Er konnte es nicht.

Er drehte den Kopf weg, und Gianlucas Lippen streiften über seine Wange. »Nicht jetzt.«

Später gingen sie langsam und schweigend zum Hotel. Nish bekam allmählich einen klaren Kopf. Auch wenn seine Füße ihn noch so quälten, dass er bei jedem Schritt zusammenzuckte, linderte die Erinnerung an das, was am Strand geschehen war, seine Schmerzen besser, als Opium es gekonnt hätte. Er wollte etwas sagen, es erklären. Gianluca kam ihm zuvor.

»Ich habe schon verstanden«, sagte er. Er lächelte bedauernd und streckte Nish die Hand entgegen.

»Hast du nicht«, sagte Nish. Er trat auf Gianluca zu, legte ihm beide Hände ans Gesicht, zog ihn näher und gab ihm einen leidenschaftlichen Zungenkuss. Alle Hemmungen ließ er von sich abfallen. Gianluca küsste ihn auch, er packte Nishs Gesäß, dann ließ er eine Hand am Hosenbund entlang nach vorn gleiten.

Nish spürte seinen Herzschlag. Etwas Entscheidendes hatte sich verändert, etwas, auf das er sein Leben lang gewartet hatte. Er hatte so etwas noch nie getan, nie darüber gesprochen oder davon gelesen. Jetzt tat er es, zum ersten Mal – und es fühlte sich an wie das Natürlichste auf der Welt.

Plum saß in seinem Seidenpyjama auf dem Bett. Er genoss die Stille und dieses aufregende Gefühl von Überlegenheit, wenn man wach war, während alle anderen schliefen. Geräusche draußen hatten ihn geweckt – trommelnde Schritte und Rufe, als würde jemand verfolgt. Aber sie hatten sich bald entfernt, und er war froh, wach zu sein.

Er hatte etwas vor. Einen Plan, den er umsetzen wollte. Und jetzt war der perfekte Moment gekommen, er hätte es nicht besser vorbereiten können.

Der Vergleich mit Tennis drängte sich beinahe auf. Bei diesem Spiel unterschätzten die Leute häufig, wie wichtig Glück war, um zu gewinnen. Beim Wetten wurde geraten, konkrete Variablen zu bedenken: wie häufig welcher Spieler Asse schlug, wie oft ihm ein Break gelang, wie viele Punkte er wegen eigener Fehler abgab. Manchmal allerdings geschahen Dinge, die niemand vorhersagen könnte. Dinge, die nichts mit Tennis zu tun hatten.

Im Februar hatten Plum und Lizzie zu den wenigen Glücklichen gehört, die Karten für das sogenannte Match des Jahrhunderts im Carlton Club in Cannes ergattert hatten, das Duell der besten Tennisspielerinnen ihrer Zeit – Suzanne Lenglen und Helen Wills.

Lenglen war älter und erfahrener, aber Wills war eine außergewöhnlich gute Spielerin. Die meisten Beobachter glaubten, die zwanzigjährige Kalifornierin hätte es in sich, der kognaktrinkenden französischen Diva eine vernichtende Niederlage beizubringen – in der Meisterschaft in Lenglens Heimatland und später in Wimbledon.

Dann schlug das Unglück zu. Wills bekam eine Blinddarmentzündung und schied bei beiden Turnieren aus. Lenglen gewann die französische Meisterschaft. In Wimbledon allerdings schied auch sie aus, schon in der dritten Runde zog sie ihre Teilnahme am Turnier zurück, weil ihrer Familie das Geld ausgegangen war und weil sich die Zuschauer nach Zeitungsberichten, sie habe die königliche Familie beleidigt, gegen sie gewandt hatten, was ihre Konzentration störte.

Plum kicherte leise. Er würde nie den Fehler begehen zu glauben, Tennis sei alles. Immerhin gab es viel leichtere Wege, reich zu werden.

Nachdem er sich vergewissert hatte, dass Lizzie noch schlief, zog Plum seinen Morgenmantel über und tappte in Socken zur Tür. Im Flur blieb er kurz stehen, bevor er hinunter ins Foyer schlich.

Sein Ziel war der Empfangstresen. In manchen Hotels waren sie die ganze Nacht hindurch besetzt. Aber das Hotel Portofino war ein Familienunternehmen und unverdrossen amateurhaft in mehr Aspekten, als die Betreiber zugegeben hätten. Die Schublade, in der Bella vor Plums Augen den Schlüssel zu ihrem Büro versteckt hatte, war nicht einmal abgeschlossen. Diesen Schlüssel – sogar eine ganze Handvoll Schlüssel – zu finden dauerte nur Sekunden.

Die Bürotür ließ sich leicht und lautlos aufschließen. Im Licht eines Feuerzeugs durchstöberte Plum die Schubladen von Bellas Schreibtisch und fand eine Geldkassette. Er probierte einen der anderen Schlüssel aus und konnte sein Glück kaum fassen, als er die Kassette damit öffnete. Das war zu einfach!

Die Kassette war vollgestopft mit Bargeld. Er nahm eine Handvoll Geldscheine heraus, dann richtete er alles her, wie er es vorgefunden hatte.

Er hatte gerade die Schlüssel in den Rezeptionstresen zurückgelegt und wollte nach oben gehen, als er hörte, wie jemand aus der Küche das Foyer betrat. Eine Stimme rief: »Nish?«

»Ich bins, Wingfield.« Plum schlug einen Ton überraschter Rechtschaffenheit an. »Und Sie sind?« Er schnackte das Feuerzeug an und hielt es in die Höhe.

»Ainsworth.« Das war unverkennbar der junge Lucian.

»Dass man sich hier sieht«, bemerkte Plum. »Hatten Sie Durst?«

»So ähnlich. Und Sie?«

»So ähnlich.« Er ließ die Flamme ausgehen. »Dann gute Nacht.«

»Gute Nacht.«

Auf dem Weg die Treppe hinauf spürte er Lucians Blick im Rücken und verfluchte sich, weil er nicht besser aufgepasst hatte. Einzig Lucians furchtbarer Zustand beruhigte ihn, er sah verschwitzt und zerzaust aus. Und warum hatte er Plum für Nish gehalten? Sehr mysteriös, das alles.

Woher Lucian auch gekommen war, offenbar hätte er dort nicht sein sollen.

Heute Abend war noch etwas geschehen, nach der unerlaubten, aber durch und durch harmlosen Tanzerei, über die sich gewisse Gäste so aufgeregt hatten.

Die Frage lautete, was?

Am Morgen stand Bella früh auf und ging in den Garten. Sie pflückte Blumen, vor allem Rosen und Kamelien, und arrangierte sie sorgsam in einer Kristallvase. Auf eine schlichte Karte schrieb sie »Für Ernest«, dann steckte sie diesen stillen Gruß zwischen die Blüten und stellte das ganze Arrangement auf Lady Latchmeres Tisch.

Um acht Uhr war es schon warm genug, um die Türen zur Terrasse zu öffnen. Sie bat Paola, Laub und anderen Grus wegzufegen, dann beobachtete sie Constance beim Frühstücksdienst, die gerade Rose und Julia aus einer großen Bialetti-Kanne Kaffee einschenkte. Julia saß kerzengerade da, mit einer Miene, als sollte niemand wagen, auch nur in ihre Richtung zu sehen. Rose starrte stumm auf ihren Teller.

Bella konnte sich ein Lächeln nicht verkneifen.

Auf der anderen Seite des Saals versteckte Lizzie sich hinter einer Sonnenbrille. Sie sah aus, als wäre ihr übel, während Plum einen Teller Rührei verschlang. Das Brötchen, das Paola ihr anbot, lehnte sie wortlos mit einem Kopfschütteln ab.

Lady Latchmere kam ausnahmsweise allein, ohne Melissa. In ihrer typisch steifen Haltung ließ sie sich auf ihrem Stuhl nieder, aber ihre Miene hellte sich auf, als sie die Blumen sah, und noch mehr, als sie die Karte las.

Sie ließ ihren Blick durch den Saal schweifen. Als sie Bella entdeckte – was nicht schwer war, da Bella sie beobachtet und auf diesen Moment gewartet hatte –, hob sie ganz leicht die Hand als verstecktes Zeichen des Dankes. Bella nickte, dann wandte sie ihre Aufmerksamkeit anderen Dingen zu.

Sie schaute zu Lucian, der gerade eine Scheibe Toast mit Marmelade bestrich. Er sah erschöpft aus. Paola räumte seinen Tisch ab und ignorierte seine Versuche, ihre Aufmerksamkeit zu erregen. Der frühere Funken und die Verbindung zwischen ihnen waren spürbar verschwunden. Aber warum?

Dafür wirkte Nish endlich einmal zufrieden, obwohl er wieder allein am Tisch saß. Was für ein eigenartiger Junge. Eine Mischung aus Stärke und Schwäche, Anhänglichkeit und Unabhängigkeit.

Nach dem Frühstück trat Bella ihre Schicht an der Rezeption an. Sie sortierte die Schachtel mit den abgegebenen Zimmerschlüsseln, als plötzlich Lady Latchmere vor ihr stand.

Bella spürte, dass sich etwas in Lady Latchmere verändert, dass etwas nachgegeben hatte. Ihre alte Härte und Verbissenheit waren völlig von ihr abgefallen.

Gerade als Bella zur Begrüßung nickte, ertönten laute, schnelle Schritte. Sie stammten von Julia, die Rose aus dem Speisesaal und die Treppe hinauf dirigierte. Sowohl Bella als auch Lady Latchmere drehten sich leicht mit und sahen ihnen nach.

Als sie verschwunden waren, räusperte Bella sich. »Ich hoffe, das übermütige Treiben gestern Abend war kein Ärgernis für Sie, Ihre Ladyschaft.«

Die ältere Frau lächelte nur. »Ihr Abend scheint deutlich vergnüglicher gewesen zu sein als unser Dinner. Ich wünschte nur, Melissa wäre auch hiergeblieben und hätte sich amüsiert.« Bella wirkte offenbar überrascht, denn sie sprach sofort weiter. »Um Ernests willen, meine ich. Ich habe beschlossen, mir ein Beispiel an Ihnen zu nehmen und etwas moderner in meinen Ansichten zu werden. Etwas weniger voreingenommen.«

Lucian war der Nächste, der den Speisesaal verließ und nach oben ging. Auch ihm sahen die beiden Frauen nach.

»Nachdem wir so viel Unheil angerichtet haben«, fuhr Lady Latchmere fort, »können wir es den jungen Leuten nicht verdenken, wenn sie dem Leben so schnell wie möglich so viel wie möglich abgewinnen wollen. Wer weiß, wie viel Zeit ihnen bleibt, es zu genießen?«

»›Dass es nie wiederkehrt, das macht den Reiz des Lebens aus.‹« Lady Latchmere überlegte. »Ist das Shakespeare?«

»Emily Dickinson.«

»Mein armer Junge. Er hat den Reiz des Lebens nicht genug auskosten können.« Sie hielt die Vase hoch; Bella hatte noch nicht bemerkt, dass Lady Latchmere die Blumen von ihrem Tisch mitgenommen hatte. Dafür hatte sie beide Hände gebraucht, was hieß, dass sie ihren Stock nicht mehr benutzte. »Es hat mich sehr gerührt, dass Sie an ihn gedacht haben, meine Liebe«, sagte Lady Latchmere.

»Das werde ich ab jetzt immer tun, Ihre Ladyschaft.«

»Bitte, meine Liebe.« Sie sah Bella eindringlich an. »Meine Freunde nennen mich Gertrude.«

Nach der Begegnung mit Plum und nachdem er nachgesehen hatte, ob Nish sicher in seinem Zimmer war, hatte Lucian sich auf sein Bett fallen lassen und war in einen tiefen traumlosen Schlaf gesunken. Mit dem Aufwachen überkam ihn erneut ein Gefühl der Unruhe, er musste ständig an Paola denken.

Als er letzte Nacht das Hotel erreicht hatte, war er direkt zu ihrem Zimmer gegangen. Er hatte ihr von dem Treffen und der Razzia erzählen wollen. Im Gegenzug hatte er sich Verständnis und Mitgefühl erhofft, dasselbe, was er ihr am Anfang ihrer Beziehung entgegengebracht hatte, wenn sie stockend, aber voller Hingabe von ihrem verstorbenen Mann erzählte. Und was sie ihm entgegengebracht hatte, wenn nächtliches Donnergrollen ihn zittern und zucken und schreien ließ.

Er hatte gesehen, dass sie in ihrem Zimmer war, weil das Licht gebrannt hatte. Mehrmals hatte er geklopft und ihren Namen gerufen, aber als Antwort war es bei ihr nur dunkel geworden. Und jetzt, beim Frühstück, ignorierte sie ihn wieder – sie wich seinem Blick aus und ging schnell zum nächsten Tisch, obwohl sie sonst einen Moment lächelnd stehen geblieben wäre und heimlich von seinem Toast abgebissen hätte.

Was war nur los?

Als er kurz darauf am Gemeinschaftsbad im ersten Stock vorbeiging, öffnete sich die Tür, und Rose kam heraus.

Lucian runzelte die Stirn, eine dumme Reaktion. »Ich dachte, Sie haben Ihr eigenes Bad.«

»Das nutzt Mutter gerade«, erklärte Rose. »Und mir war plötzlich übel ...« Sie sah wirklich sehr blass aus.

Sie wollte weitersprechen, aber ein Stück den Flur hinunter öffnete sich die Tür zu ihrer Suite, und eine Stimme rief: »Rose?«

Lucian drängte Rose zurück ins Bad und schloss die Tür ab. Vor Schreck fielen Rose fast die Augen aus dem Kopf. Sie war noch nie mit einem Mann in einem Badezimmer gewesen!

Lucian legte einen Finger an die Lippen. Schritte näherten sich, ein schnelles Getrappel auf dem Parkett. Dann wurde am Türknauf gerüttelt. »Rose? Bist du da drin?«

»Besetzt«, sagte Lucian und versuchte, seine Stimme zu verstellen.

»Verzeihung«, sagte Julia.

Aber Lucian konnte sie immer noch vor der Tür atmen hören.

Julia stand vor der Badezimmertür, als Bella die Treppe hinaufging. Es war beeindruckend, dachte Bella, wie gefasst Julia jederzeit wirkte – eiskalt gefasst. Es lag an ihrer Haltung, schloss Bella, während sie sich mit Abscheu an ihre Erfahrungen aus der Schulzeit erinnerte, wo man ihr dasselbe beigebracht hatte.

Julias Anblick weckte in Bella sofort die Sorge, im Badezimmer der Suite würde etwas nicht richtig funktionieren. Aber nein, versicherte Julia ihr mit einer Formulierung, die ja nicht als Kompliment gedeutet werden konnte, alles sei ausreichend.

»Haben Sie Rose gesehen?«, fragte sie.

»Seit dem Frühstück nicht mehr«, sagte Bella. »Aber ich würde gern mit Ihnen über Rose sprechen.«

»Über sie sprechen?« Julia wirkte argwöhnisch.

»Ja. Vielleicht könnten wir …?« Bella deutete auf die Suite.

»Wenn es sein muss.«

Julia ging voran. Sie trat ans Fenster und starrte aufs Meer, um Blickkontakt zu vermeiden. »Ich möchte mich entschuldigen«, sagte sie.

»Wofür denn?«

»Für das unerquickliche Schauspiel, das sich uns gestern Abend nach unserer Rückkehr vom Dinner bei Lady Caroline geboten hat.«

Bella zuckte mit den Schultern. »Sie waren nur etwas ausgelassen.«

»Eher betrunken.«

»Es hat mich gefreut zu sehen, dass Rose sich amüsiert«, sagte Bella. »So langsam hatte ich befürchtet, dass sie bei uns unglücklich ist.«

Julia wandte sich zu Bella um. Sie machte einen beleidigten Eindruck. »Wollten Sie darüber mit mir sprechen?«

»Ich dachte nur, es ist an der Zeit, dass wir uns unterhalten. Von Frau zu Frau, wenn Sie so wollen. Über Rose und Lucian.«

»Die Einzelheiten habe ich bereits mit Cecil besprochen.«

»Die finanziellen Einzelheiten, ja. Es gibt noch andere Aspekte zu berücksichtigen.«

Julia verzog die Lippen zu einem kalten, herablassenden Lächeln.

»Herzensangelegenheiten, meinen Sie?«

»Natürlich. Warum nicht?«

»Wie sentimental von Ihnen.«

»Ist es sentimental, wenn man die eigenen Kinder wohlbehalten und glücklich wissen möchte?«

»Nein. Aber Glück über Status und Sicherheit zu stellen ist es.«

Bella antwortete nicht. Sie öffnete die Balkontüren und ging hinaus.

Julia folgte ihr. »Habe ich Sie beleidigt?«

Bella blickte geradeaus. »Keineswegs.«

»Ich fürchte, das habe ich doch.«

»Ich habe mich nur gefragt, ob Sie glauben, dass Rose bereit ist. Mehr nicht.«

»Sie ist ein Jahr älter, als ich es war.«

»Trotzdem«, sagte Bella. »Sie wirkt sehr jung.«

Julia überlegte. »Würde es irgendeinen Vorteil bringen zu warten?«

»Vielleicht würde es ein paar Dingen mehr Perspektive verleihen. Und sie könnten erkennen, ob sie gut zueinanderpassen.«

»Passt irgendjemand von uns zu dem Menschen, den wir geheiratet haben? Gerade Sie und ich, Bella … Wir sollten nicht vorgeben, dass Liebe schwerer wiegt als Geld, wenn es um die Ehe geht.«

Die Bemerkung sollte Bella treffen, und das tat sie. Dieser starke Drang, andere herabzusetzen und zu beherrschen – woher hatte Julia ihn? Was hatte sie in ihrer Kindheit erlitten? Julia war wie ein Felsbrocken, zusammengepresst aus tausend Kränkungen, Ärgernissen und Enttäuschungen.

Ohne ein weiteres Wort verließ Bella den Balkon und die Suite. Sie hatte getan, was sie konnte. Aber an Julia biss selbst sie sich die Zähne aus.

Nervös und mit geröteten Wangen saß Rose auf dem hölzernen Toilettendeckel. Lucian hockte auf dem Rand der Badewanne.

»Geht es Ihnen gut?«, fragte er. »Sie sehen etwas angeschlagen aus.«

Sie schüttelte den Kopf. »Ich fühle mich gar nicht wohl.«

»Aber wohl genug, um an unserer Bootsfahrt teilzunehmen, hoffe ich.«

Sie runzelte die Stirn. »Welche Bootsfahrt?«

»Die, die wir gestern Abend verabredet haben.«

Rose sah ihn entsetzt an, als könnte sie sich nicht erinnern, dem je zugestimmt zu haben. *Kein Wunder,* dachte Lucian. Sie hatte ziemlich neben sich gestanden. »Oh, Lucian«, sagte sie. »Ich kann nicht.«

»Sie können nicht? Oder wollen Sie nicht?«

»Macht das einen Unterschied?«

Aufgewühlt stand sie auf. Lucian wollte ihre Hände ergreifen, aber sie versteckte sie hinter dem Rücken. »Wissen Sie«, sagte er, »ich kenne das. Ständig zu befürchten, seine Eltern zu enttäuschen.«

Rose hielt inne und hörte zu. »Mein Vater findet immer etwas zu beanstanden. Seit ich … verletzt … wurde, ist es, als könnte er meinen Anblick nicht mehr ertragen. Meine Mutter sagt, ich sollte nicht mehr versuchen, ihn glücklich zu machen, sondern auf mich selbst achten.«

Rose nickte.

»Ich kann nicht glauben, dass die Rose, die ich gestern Abend gesehen habe – die junge Frau, die so selbstvergessen getanzt hat –, zu viel Angst hat, ihrer Mutter zu sagen, dass sie mit ihren Freunden eine Bootsfahrt machen möchte.«

Rose lächelte schüchtern. »Ich könnte fragen?«

»Das wäre wunderbar.«

Lucian schloss die Tür auf, und kichernd bereiteten sie sich darauf vor, sie zu öffnen.

Sie hätten sich keinen schlechteren Moment aussuchen können.

Als sie auf den Gang traten, hatte Lucians Mutter gerade Julias Suite verlassen. Bella sah sie nicht, aber Julia, ihr dicht auf den Fersen, stieß praktisch mit ihnen zusammen.

Rose kreischte auf. Julia starrte Lucian voll kalter Wut an, packte Rose am Handgelenk und zerrte sie den Gang entlang zu ihrem Zimmer.

Lucian hob die Hände und presste sie leicht gegen die Schläfen. Diese ganze Situation war lächerlich, beinahe eine Farce.

Das konnte nicht mehr lange gut gehen.

Man kann ja sagen, was man will, dachte Plum, als er sacht gegen die Tür der Epsom Suite drückte, aber die Köchin hier macht verdammt gutes Rührei.

Lizzie hatte sich unter einer Steppdecke verziert mit Vögeln und roten Blumen vergraben. Ihr Gesicht hinter der Sonnenbrille wirkte winzig. Die Vorhänge waren zugezogen. Plum ging zum Fenster und suchte nach der Schnur, um sie aufzuziehen.

»Muss das sein?«, fragte sie mit entrückter Stimme.

»Jetzt weiß ich wenigstens, warum es dir so miserabel geht.«

»Hat jemand gepetzt?«

»Nur die Rechnung von der Bar.« Er zögerte. »Hör mal, Lizzie ...«

»Hmm?«

Er nahm innerlich Anlauf. »Es fällt mir nicht leicht, das zu sagen. Also sage ich es einfach geradeheraus.«

Lizzie setzte sich auf, lehnte sich an die Kissen und nahm ihre Brille ab. »Was? Was ist los?«

»Wir haben Probleme.«

»Ach, Pelham.« Sie war sichtlich beruhigt, diesen Satz hatte sie schon oft gehört. »Das sagst du doch immer.«

»Aber dieses Mal ist es mein Ernst.«

»Also gut.« Sie kannte den Ausdruck auf seinem Gesicht. »Wie schlimm ist es?«

»So schlimm, dass ich die Rechnung nicht bezahlen kann.«

»Für das Hotel?«

»Für die Bar. Für alles.«

Sie starrte ihn verdutzt an. »Dein Vater hat dir doch fünfhundert gegeben, das ist gar nicht so lange her. Wo ist das ganze Geld geblieben?«

»Ich habe es verloren.«

Lizzies Überraschung wich Sorge. »Verloren?«

»Ich habe bei dem Turnier in Monte Carlo auf mich selbst gewettet. Ziemlich hoch, fürchte ich.«

Sie besaß den Anstand, nicht überrascht zu wirken. »Kannst du ihn nicht um mehr bitten?«

»Ich habe ihm schon geschrieben. Aber das ist zehn Tage her. Und kein Mucks von ihm.«

»Er meldet sich noch. Oder?«

Er blickte zu Boden. »Dieses Mal nicht, fürchte ich.«

Sie biss sich auf die Lippen. »Und … was sollen wir jetzt machen?«

Mit der Geste eines Zauberers zog Plum die gestohlenen Geldscheine aus der Hosentasche. Er wedelte mit ihnen herum und sagte: »Ich habe einen Plan.« Dabei starrte er Lizzie unverwandt an, damit sie den Ernst der Lage begriff. »Aber damit er funktioniert, musst du bereit sein aufzubrechen. Von jetzt auf gleich.«

Betty war eine wunderbare Frau. Freundlich, fürsorglich, rücksichtsvoll. Constance hatte ihr viel zu verdanken und hätte kein schlechtes Wort über sie geduldet. Aber Himmel, war sie neugierig.

Sie bereiteten in der Küche das Picknick für die Bootsfahrt vor. Die Tür stand offen. Die Sonne strömte herein, und die Katze, der

Betty den Namen Victoria gegeben hatte – »sie glaubt, sie wäre die Königin« –, schlich auf der Suche nach Resten herum.

Offenbar hatte Betty auf dem Küchenboden Constance' Baumwolltasche entdeckt. Weil Constance die Kordel nicht zugezogen hatte, war der Inhalt zu sehen. Und ruckzuck bückte Betty sich hinunter und zog den Badeanzug heraus, den Constance nach langem Hadern, ob er angemessen war, zuoberst in die Tasche gestopft hatte.

Sie hielt ihn hoch wie etwas, das die Katze angeschleppt hatte. Constance machte ein paar lange Schritte und nahm ihn ihr rasch ab. »Den hat mir Mrs Turner geliehen«, erklärte sie. Nicht dass sie Betty eine Erklärung schuldig gewesen wäre! Sie stopfte den Badeanzug wieder in die Tasche, bevor sie weiter Sandwiches einpackte. Aber sie spürte immer noch Bettys Blick. »Was?«

»Ich hoffe, du weißt, was du tust«, sagte die Freundin ihrer Mutter behutsam.

»Und was soll das heißen?« Die Worte schossen wie Pfeile heraus, sie konnte sie nicht aufhalten.

»Es soll heißen: Sieh dich vor! So was Knappes anzuziehen! Gerade du solltest es besser wissen.«

Constance konnte kaum glauben, was sie da hörte. Von den Leuten zu Hause hätte sie so etwas erwartet, aber nicht von Betty. War sie nicht hier, um genau dem zu entkommen? »Was willst du damit andeuten?«

»Gar nichts.«

»Dass es meine Schuld war? Was mir passiert ist?« Sie warf einen Blick über die Schulter und sah, dass Betty ein finsteres Gesicht machte.

»Das habe ich nicht gesagt.«

»Aber das denkst du. Du und alle anderen.«

Betty schüttelte mit Nachdruck den Kopf. »Ich will nur nicht, dass du wieder verletzt wirst.«

Aber Constance' Zorn war geweckt. »Ich bin es leid, Betty. Mich ständig im Hintergrund zu halten. Zugeknöpft bis obenhin. Mit der Angst zu leben, jemand könnte falsch verstehen, was ich tue oder sage oder wie ich aussehe. Ich will einfach ... loslassen.«
»So ist es nun einmal!«
»Für Mrs Turner nicht.«
»An der solltest du dir kein Beispiel nehmen. Sie bekommt noch früh genug ihr Fett weg. Warte nur ab.« Sie sah, wie bekümmert Constance war, und streckte die Arme aus. »Ach, hör besser nicht auf mich, Liebes. Ich bin nur ein alter Dummkopf. Und habe vergessen, wie es ist, jung zu sein.«

Constance ließ die Umarmung zu, dann legte sie Betty die Hände auf die Schultern und sagte: »Nein, bist du nicht. Du bist die klügste Frau, die ich kenne.« Was stimmte. Constance wusste, dass sie ohne Betty verloren wäre.

Betty verdrehte die Augen. »Dann mal los mit dir. Und viel Spaß.«

Constance packte die letzten Sandwiches ein und hängte sich die Tasche um. Dann schenkte sie Betty ein Lächeln, nahm den Korb mit dem Essen und trug ihn auf den Vorplatz, wo sich die Tagesausflügler versammelten.

Ihre Tasche legte sie in das Gepäckfach an der Seite der Kutsche. Derweil unterhielten sich Bella und Lucian so laut, dass man sie nicht überhören konnte.

»Begleitet Rose euch?«

»Es sieht nicht danach aus.« Er klang gleichgültig.

»Mrs Drummond-Ward glaubt wohl, du hättest einen schlechten Einfluss.«

»Ich und alle anderen«, sagte er unverblümt und blickte dabei zu Claudine und Lizzie, die gerade aus dem Hotel kamen.

»Nun. Wenigstens kannst du dich dadurch auf unsere anderen Gäste konzentrieren.«

Mit einem Seufzer half er Claudine und Lizzie in die Kutsche; ihre Strandsachen gab er Constance, die sie verstaute.

»Begleitet Ihr Mann uns, Mrs Wingfield?«, fragte er Lizzie.

»Er hat sich zurückgezogen, fürchte ich«, sagte sie. »Spart seine Kräfte für das große Match.«

»Und Mr Turner?«

Claudine lachte. »Jack würden Sie nie auf ein Boot bekommen.« Lucian grinste. »Dann haben Mr Albani und ich Sie ganz für uns.«

Er hatte noch nicht ausgesprochen, als Roberto aus dem Hotel eilte, in die Kutsche kletterte und sich neben Claudine setzte.

Constance entging nicht, dass Claudine darüber recht ... unglücklich ... wirkte.

Alice stand einsam vor dem Fenster des Salons und biss sich auf den Daumennagel, während sie die Ausflügler beobachtete.

Hinter ihr erklang die vertraute und tröstliche Stimme ihres Vaters. »Gehst du nicht zum Ball, Engelchen?«

Es tat gut, ihn reden zu hören wie damals, als sie klein war. Sie war immer sein Liebling gewesen, keine Frage. Seine Prinzessin. Zwischen Vätern und Söhnen entstand Rivalität. Aber ihren Töchtern waren Väter viel näher.

»Niemand hat daran gedacht, mich einzuladen, Daddy.« Sie sah ihn selbstmitleidig an – zum Teil als Scherz, zum Teil war es ernst. »Ich werde nie eingeladen.«

Cecil ging zu ihr. Er legte ihr die Hände auf die Schultern. »Dann lade dich selbst ein. Misch dich etwas mehr unter die Leute.«

Sie lachte. »Du willst nicht, dass ich einsam versauere. Ist es das?«

»Ab und zu müssen wir alle mal aus uns herausgehen.«

»Ich bin zu alt, um mich herumzutreiben.«

»Dich herumzutreiben?« Er trat vor sie, damit sie sein Gesicht

sehen konnte.«»Um Himmels willen, du bist sechsundzwanzig. Du weißt doch, was man sagt. Arbeit allein macht nicht glücklich.«
»Und wie ist es so ganz ohne Arbeit, wie bei dir?«
»Na, na. So etwas höre ich oft genug von deiner Mutter, vielen Dank auch.«
Sie lächelte. »Armer alter Daddy.«
Beide waren überrascht, als Bella plötzlich im Zimmer stand. »Warum ›armer alter Daddy‹?«, fragte sie fröhlich, ohne zu bemerken, dass sie die beiden unterbrochen hatte.
»Er fühlt sich bedrängt«, sagte Alice nach einer kurzen Pause.
Cecil beeilte sich, das Ganze klarzustellen. »Ich habe unserer Tochter nur vorgeschlagen, dass sie sich gelegentlich ein wenig Spaß gönnen sollte.«
»Und ich habe ihm gesagt, dass ich zu beschäftigt bin!« Als sie das aussprach, kam in Alice eine seltsame Mischung von Gefühlen auf. Entrüstung und Angst, aber auch Schmerz wie von einer Prellung, auf die jemand drückt.

Hatte sie das ihrem Vater tatsächlich eben gesagt? Nicht ganz. Und stimmte es? War sie wirklich beschäftigt? Es kam ihr so vor. Würde ein unfreundlicher Geist Alice' Tagwerk analysieren, wäre schnell offensichtlich, dass sie über längere Zeiträume sehr wenig tat. Warum also empfand sie anders?

Sie wusste es nicht. Das war eine der Fragen, für die sie sich nie Zeit genommen hatte.

Bis jetzt.

Alice dachte: *Jeder findet auf seine eigene Art Trost. Lucian hat seine Kunst. Und ich habe Gott.*

Kurz nach dem Tod von George, Lotties Vater, als Alice an einem Tiefpunkt war, hatte ihre katholische Freundin Roberta ihr ein Buch von einem Priester geliehen. Sie hatte Alice versichert, es würde ihr Antworten auf die vielen Fragen geben, die ihr durch den Kopf schwirrten.

»Dieser Mann ist großartig«, hatte Roberta ihr erzählt. »Er weiß alles. Sein Buch ist wie ein Katechismus, jeder Frage und jeder Aussage folgt eine Antwort. Und wenn du diese Antworten liest … Na ja, dann wird dir klar, dass du dich nicht quälen musst. Dass du nicht *denken* musst. Weil das Denken für dich übernommen wird!«

WAS IST DER SINN DES LEBENS AUF DIESER ERDE?

Der Mensch wurde erschaffen, um Gott zu preisen, zu lieben und ihm zu dienen, auf dass er ewiges Leben erlange.

WELCHES ALTER SCHREIBEN SIE DER ERDE ZU?

Das können wir nicht wissen, weil Gott es uns nicht gesagt hat. Allein er war beim Anbeginn der Schöpfung zugegen.

KANN DAS KIND EINER GEMISCHTEN EHE ZWISCHEN PROTESTANTEN UND KATHOLIKEN IN DEN HIMMEL GELANGEN?

Wenn das Kind als Protestant erzogen wird, hat es dieselbe Chance wie jeder Protestant. Wird es katholisch erzogen, hat es einen kleinen Vorteil – allerdings auch das schlechte Beispiel des nicht katholischen Elternteils und den schwachen Glauben des anderen vor Augen, der sich entschieden hat, außerhalb der Kirche zu heiraten.

Das Buch hatte bei Alice wie Aspirin für die Seele gewirkt! Aber mit seinem schroffen und rigorosen Ton hatte es sie auch beunruhigt. Vor der Lektüre war sie fest überzeugt gewesen, dass George im Himmel war und dass sie und Lottie, die ihren Vater nie kennengelernt hatte, irgendwann mit ihm vereint sein würden.

Aber wegen des Buchs befürchtete sie nun, sie sei nicht gut genug für den Himmel. Wie konnte sie es sein, nachdem sie eine so furchtbare Sünde begangen hatte?

In der Nacht, bevor George zum ersten Mal England verlassen hatte, als sie noch nicht verheiratet waren, hatten sie das Bett geteilt.

Für diesen Fehltritt hatte Alice sich schon immer schuldig gefühlt, und jetzt zerfraß diese Schuld sie. Das Buch fand deutliche

Worte für ein solches Verhalten. Ihm zufolge würden Lottie und sie als geringste Strafe im Fegefeuer enden, dem »Zwischenreich ewiger Läuterung«, selbst wenn Alice Buße tat. Und dabei wusste jeder, wie schwer es im Fegefeuer war, die verlorenen Seelen seiner Liebsten zu finden, weil es viel größer war als der Himmel, in den nur relativ wenige Menschen gelangten.

Alice würde vielleicht Tage, Wochen, Jahre umherirren auf der verzweifelten Suche nach George. Und Lottie würde sich weinend an ihre Hand klammern und immer wieder fragen: »Wo ist Daddy? Du hast gesagt, Daddy wäre hier!«

Mehrere Wochen nach Georges Tod war Lucian im Fronturlaub nach Hause gekommen. Als er hörte, dass Alice sich komplett zurückgezogen hatte, dass sie weder sprach noch aß, kam er in ihr Zimmer, wo sie in Tränen aufgelöst in Robertas Buch vertieft war.

Anfangs war er sanft und mitfühlend, aber das änderte sich schnell, als er einige Abschnitte las. Er wurde wütend und laut, er schrie, das Buch gebe »Pseudoantworten auf Pseudofragen«, und sie sei töricht, weil sie ihre Zeit damit verschwendete.

»Wenn es Gott gibt«, fragte er, das Gesicht rot vor Wut, »warum ist er dann nicht in Frankreich und Belgien? Warum hat er nicht verhindert, dass George stirbt?«

Aber seine Wut erzielte nicht die gewünschte Wirkung, ihr die Augen zu öffnen. Sie bestärkte Alice noch in ihrem religiösen Eifer. Sie kapselte sich von Lucian ab, selbst nach seiner Verwundung. Selbst, nachdem er aus dem Genesungsheim in Frankreich heimgekehrt war.

Zu diesem Zeitpunkt war der Atheismus so fest in ihm verankert, dass es Alice schmerzte, es mitanzusehen. Deshalb beschloss sie, es nicht mitanzusehen – und selbst nicht mehr Gefühle zu zeigen als absolut nötig. Zeigte man Gefühle, machte man sich damit anderen gegenüber angreifbar, und das wollte sie nicht.

Hier im Salon zum Beispiel hätte sie am liebsten geweint. Aber die Schande, vor ihren Eltern zu weinen, hätte sie nicht ertragen.

Also rauschte sie davon, und Bella und Cecil blieben allein zurück und starrten sich an.

Allerdings blieb sie vor der Tür stehen und lauschte.

»Was ist denn mit ihr los?«, fragte ihre Mutter.

»Sie sagt, dass sie nicht beachtet wird.«

»Vielleicht hat sie recht. Vielleicht solltest du Alice verkuppeln und nicht Lucian.«

Es folgte eine Pause. Alice meinte fast zu hören, wie im Hirn ihres Vaters Kolben stampften und Räder ratterten. »Möglich«, sagte er schließlich und seufzte.

Dieses Seufzen kannte Alice gut. Es zeugte von Bedauern – aber auch von Verzweiflung.

Auch der restliche Morgen lief für Bella nicht gut.

Nach dem Gespräch mit Cecil und Alice ging sie in ihr Büro, holte die Geldkassette hervor und schloss sie auf. Wie sie vorhergesehen hatte, fehlte beim Abzählen eine Summe. Das alte Lied – und besonders unerfreulich angesichts der Aufgabe, die ihr bevorstand: der Besuch der Stadtverwaltung.

Das Gebäude war wie erwartet, trist und zweckmäßig, aber dazu von Schwarzhemden umgeben, womit sie nicht gerechnet hatte. Sie lungerten herum, rauchten und unterhielten sich. Zwei von ihnen rangelten miteinander und wurden von einer kleinen Menge angefeuert. Um zum Eingang zu gelangen, musste Bella verlegen einen Bogen um die Gruppe schlagen.

Auf der ersten Tür, die sie sah, stand Danionis Name. Sie klopfte und wappnete sich.

»Signora Ainsworth!« Er öffnete die Tür, bat sie herein und begrüßte sie so laut, als sollte es jemand hören. »Welch eine Ehre.« Er deutete auf einen Stuhl. »Eine Tasse Kaffee gefällig?«

Bella schüttelte den Kopf. »So lange bleibe ich nicht.«

Sie holte einen Umschlag aus der Tasche und legte ihn auf den Schreibtisch. Danioni sah erst den Umschlag und dann Bella an.

»Das ist ein Geschenk, Mr Danioni. Ein Geschenk unter Freunden.«

Lächelnd neigte er den Kopf. Dann nahm er den Umschlag und steckte ihn in seine Innentasche. »*Grazie.*«

»Und ich fürchte, es wird das letzte sein.« Diese Worte verschafften ihr eine enorme Befriedigung.

Er verzog das Gesicht. »Das höre ich nicht gern.«

»Sie halten mich für eine wohlhabende Frau. Aber jeder Penny, den ich besitze, steckt in unserem Hotel. Ich kann es mir einfach nicht leisten, Sie weiter zu bezahlen.«

Danioni überdachte das schweigend. Dann lehnte er sich vor und stützte sich mit den Ellbogen auf. In einem scharfen, bösartigen Ton sagte er: »Versuchen Sie nicht, mich für dumm zu verkaufen, Signora. Sie sind eine einfallsreiche Frau. Sie werden eine andere Möglichkeit finden.«

Bella zitterte, mit dieser Antwort hatte sie nicht gerechnet. »Und Sie sind ein einfallsreicher Mann, Signore. Dasselbe gilt für Sie.«

Es war halb zwölf, als Nish sah, wie Bella die Stadtverwaltung verließ. Er saß in der Bar in einer Ecke der Piazza, seit über einer Stunde schon. In dieser Zeit hatte er zwei Tassen Espresso getrunken, vier Caporal geraucht und zwei Kapitel von *Auf der Suche nach Indien* gelesen, in dem Forster sich hintergründig über Reiseliteratur im Stile von Baedeker mokierte.

Tatsächlich hatte er Bella schon entdeckt, als sie sich an den Schwarzhemden vorbei einen Weg ins Gebäude gebahnt hatte. Zum Glück hatte sie ihn nicht bemerkt. Aber er hatte sie genau beobachtet und sich vorgestellt, welches Bild er sich von ihr gemacht hätte, wenn er sie nicht gekannt hätte. Sie war eine attraktive Frau mit ihren hohen Wangenknochen und ihrer sanften rhythmischen Art zu gehen. Selbst mit geschlossenen Augen erkannte man sie am Klang ihrer Schritte.

Nachdem sie hinter der nächsten Ecke verschwunden war, betrachtete er müßig die Schwarzhemden und fragte sich, ob sie ihre Uniformen alle im selben Geschäft kauften.

Hinter ihm sprach ihn jemand auf Englisch an. »Ihre Rechnung, Sir.«

Ohne hinzusehen, streckte er die Hand danach aus, aber als er den linierten Zettel auseinanderfaltete, hatte er keine Rechnung vor sich.

Auf dem Zettel stand eine Botschaft.

FOLGE MIR.

Nish blickte auf und entdeckte Gianluca ein paar Meter entfernt. Sie lächelten sich an, was Nishs Herz höherschlagen ließ, dann ging Gianluca in Richtung einer Kreuzung mit einem Zeitschriftenstand davon.

Nachdem er eine Handvoll Münzen auf den Tisch geworfen hatte, stopfte Nish seine Habseligkeiten in seine Tasche und folgte seinem Freund.

Es kam Nish vor, als liefen sie durch jede Straße in Portofino. Von der Via Roma ging es die Piazza Martiri dell'Olivetta entlang und dann rechts auf die Salita San Giorgio. Nish blieb auf Abstand, er gab sich betont entspannt, als wäre er nur ein Tourist, der die Stadt erkundete.

Als Gianluca schließlich in eine Gasse einbog, dachte Nish, er würde dort auf ihn warten, aber es war niemand da außer einem Priester, der seinen Fahrradschlauch flickte, und ein paar barfüßigen Kindern, die an einer Zapfstelle alte Tomatendosen mit Wasser füllten.

Verdutzt ging er weiter – bis ihn eine Hand packte und durch eine halb geöffnete Tür zog.

Sofort fielen sie mit fiebrigen Küssen übereinander her. Und dann rissen sie sich gegenseitig die Kleidung vom Leib, begierig auf das, worauf sie schon so lange gewartet hatten.

Danach lagen sie auf einem provisorischen Bett aus Sackleinen auf dem Boden und lehnten sich an wuchtige Kartoffelsäcke. Gianluca hatte den Kopf in Nishs Schoß gebettet.

Erst jetzt schaute Nish sich um. Sie waren in einer Art Lagerhaus mit einer hohen Decke und Regalen an beiden Seiten. Durch ein einziges verdrecktes Fenster sickerte Licht. Nish sah Ballonflaschen voll Wein, Getreidesäcke, Kisten mit Obst und Gemüse.

»Was ist das hier?«, fragte er.

»Es gehört meinem Vater.«

»Ist er Bauer?«

Gianluca lachte. »Nein. Er ist Anwalt. Und besitzt Land.«

»Baut er das alles selbst an?«

»Er verpachtet das Land. Die Pächter schicken ihm ihre halbe Ernte.«

Nish zündete sich eine Zigarette an, während er darüber nachdachte. »Etwas bourgeois, oder?«

Gianluca hob den Kopf. Mit ernsten glänzenden Augen sah er ihn direkt an. »Mein Großvater hat dieses Land im letzten Jahrhundert der Kirche abgekauft. Ich habe meinen Vater bekniet, es zu verschenken.«

»Und was sagt er?«

»Er sagt, ich wäre ein Anarchist.« Nach einem Moment sprach Gianluca weiter. »Deshalb gehe ich weg.«

»Du gehst weg?«

»Mein Vater und ich. Wir sind nicht ... *simpatico*.«

»Er will, dass du dich häuslich niederlässt«, sagte Nish. Sie lachten.

»Wohin wirst du gehen?«

»Nach Turin. Da werde ich gebraucht.«

»Du wirst hier gebraucht.«

»Nicht so sehr wie dort.« Gianluca nahm seine Hand und streichelte sie. »Wir müssen den Kampf gegen Mussolini in die Städte tragen.« Er drückte Nishs Kinn sanft nach oben. »Vielleicht kommst du ja mit.«

»Was sollte ich in Turin machen?«

»Ganz einfach«, sagte Gianluca, dann beugte er sich nach einer Pause vor, um Nish zu küssen. »Du lernst, Widerstand zu leisten.«

NEUN

Claudine streckte sich auf ihrer Liege aus. Ehrlich gesagt musste sie sich immer noch an Portofino gewöhnen. Der Ort war wunderschön, und sie freute sich darüber, hier zu sein, ihn mit eigenen Augen zu sehen, nachdem sie so viel über ihn gehört hatte.

Und trotzdem. Durch die ungewohnte Feier am vorigen Abend, die sie in vollen Zügen genossen hatte, war ihr klar geworden, wie sehr sie den Lido in Venedig vermisste – die Straßencafés und Ballsäle und seltsamen Rituale, etwa dass alle den ganzen Tag über Pyjamas trugen. Es herrschte eine ungezügelte Atmosphäre, die von allen gutgeheißen wurde. Man konnte sich ohne schlechtes Gewissen vergnügen, egal, wie extrem es wurde.

Um ein Fleckchen oder gar eine Badehütte am Privatstrand des Grand Hotel Excelsior zu ergattern, musste man sich mit wichtigen Leuten anfreunden. Für Claudine hatte das bedeutet, regelmäßig eine Show abzuziehen – und nichts tat sie lieber.

In einer Nacht führte sie auf dem Steinboden des Nachtclubs Chez Vous im Excelsior den Charleston vor und riss zu begeistertem Applaus die Fersen hoch. In einer anderen sang sie auf Cole Porters *Gliggiante* – einem Tanzschiff, das über die Kanäle gondelte – »I'm a Little Old Lido Lady«, begleitet vom Jazzorchester ihres alten Freunds Leslie Hutchinson.

Danach schenkte Lady Diana Cooper höchstpersönlich – verkleidet als italienischer Soldat mit weißem Stoffumhang und dem mit

Hahnenfedern geschmückten Hut eines *bersagliere* – Claudine ein Glas Champagner ein. »Das war fabelhaft!«, rief sie. »Besuchen Sie uns doch mal, ja? Duff und ich habe eine kleine *casa* in der Via dei Catecumeni.«

Dann kam Greta Garbo angeschwebt. Die Garbo! Sie trug eine Hose und eine schlichte weiße Bluse. Ihre hellbraunen Haare sahen verfilzt und ungewaschen aus. »Du gefällst mir«, sagte sie.

»Du gefällst mir auch, Schätzchen«, sagte Claudine und deutete dann mit einem Nicken auf den Mann, der hinter der Garbo stand. Er war als Pierrot verkleidet und strahlte eine Aura trostloser Missbilligung aus. »Wer läuft dir denn da nach?«

Die Schauspielerin blickte sich um. »Oh«, sagte sie tonlos. »Das ist Cecil Beaton.«

»Der Fotograf?« Claudine hatte gehört, die beiden seien befreundet.

Die Garbo drehte sich wieder zu ihr um und nickte. »Er will mich vögeln.«

Claudine runzelte die Stirn. »Ich dachte …«

»Er wäre homosexuell? Ist er auch. Trotzdem will er mich vögeln.« Und sie zuckte mit den Schultern, als wollte sie sagen: »Was kann man da machen?«

Das war eine ganz andere Welt als diese hier – in der sie einen gesitteten Tagesausflug mit dem Charabank zum Strand unternahmen. Sie neigte den Kopf, um ihre Mitreisenden besser beobachten zu können.

Den linken Rand des Tableaus bildete Constance. Sie hatte sich eine halbe Stunde lang mit dem Strandschirm abgemüht, bis er fest und gerade stand. Jetzt bereitete sie das Picknick vor und arrangierte auf blitzenden weißen Tellern exquisite kleine Sandwiches. Liebe Güte, das Mädchen schuftete ganz schön. Ihr schweres englisches Kleid war viel zu dick und schnürte sie ein. Würde sie sich trauen, später den Badeanzug zu tragen, den Claudine ihr geliehen hatte? Sie war so hübsch. Aber das wusste sie nicht. Sie ahnte es nicht einmal.

Claudine ließ ihren Blick weiterwandern. Lucian und Lizzie waren ein Stück hinausgeschwommen und tauchten abwechselnd nach Muscheln und Steinen vom Meeresgrund. Mit Lucian hatte sie bislang nicht viel zu tun gehabt, aber er machte einen anständigen Eindruck. Lizzie genauso, auch wenn ihr Alkoholkonsum Claudine beunruhigte. Wie ihre Mutter immer sagte:»Egal, wie die Frage lautet, die Antwort findest du nicht auf dem Grund einer Flasche.«

Und Roberto, nun ja … Er lag träge hingegossen im Boot, das etwa zehn Meter vor dem Ufer ankerte. Warum er sich den anderen nicht anschloss, war ihr ein Rätsel. Claudine zog die Sonnenbrille tiefer und betrachtete ihn genauer. Sein Körper war erstaunlich, keine Frage. Aber er hatte für sie seinen Reiz verloren, und sie wusste selbst nicht genau, warum.

Manchmal war es einfach so. Man schlief mit jemandem. Und was auch immer man an dem anderen anziehend fand … verschwand einfach. Selbst nach gutem Sex, und mit Roberto war er gut gewesen.

Sie schloss wieder die Augen und ließ das vergangene Jahr Revue passieren. Auch der Sex mit Jack war anfangs gut gewesen. Diese heißen Sommerabende im Hôtel Apollinaire in der Rue Delambre, gefolgt von einem leichten Happen im Dôme und einem Spaziergang an der Seine. Wenn sie an den verrammelten Ständen der *bouquinistes* vorbeischlenderten, sprachen sie über ihre Pläne – besser gesagt über Jacks Pläne. Was er hoffte, wem für wie viel zu verkaufen.

Es schien eine Ewigkeit zurückzuliegen.

Und trotzdem waren sie jetzt hier und immer noch zusammen.

Claudine stand auf, strich die Falten aus ihrem grünen Badekostüm mit dem V-Ausschnitt und watete ins Wasser. Sie war eine gute Schwimmerin, ein paar kräftige Züge trugen sie am Boot vorbei, das schläfrig vor sich hin dümpelte. Ihr fiel auf, dass Roberto sie bemerkte, aber sie dachte sich nichts dabei.

Sie spürte angenehm ihre Muskeln, als sie der Rundung der Landzunge zu der Höhle folgte, die sie auf der Bootsfahrt hierher entdeckt hatte. Sie hatte sich sofort vorgenommen, sie zu besuchen, und jetzt würde sie es tun.

Vorsichtig, damit sie nicht am Ende Steine übersah und sich die pediküren Zehennägel einriss, näherte sie sich dem Eingang der Höhle. Drinnen ließ sie sich auf dem Rücken treiben und erfreute sich an dem steten gleichmäßigen Schwappen der Wellen und den vereinzelten Sonnenstrahlen, die sich an der Höhlendecke brachen.

Nach wenigen Minuten allerdings spürte sie etwas. Sie war nicht allein. Jemand schwamm zu ihr.

Sie hob den Kopf.

Es war Roberto. Er grinste, als wäre die ganze Sache – sollte heißen, das Eindringen in ihre Privatsphäre – ein großer Witz.

Seine unbekümmerte Art machte sie wütend. »Kannst du mich nicht in Ruhe lassen?«

Sie schwamm an ihm vorbei, Wasser spritzte auf, dann zog sie sich auf ein flaches Stück Felsen neben dem Höhleneingang. Roberto glaubte offenbar, seine Leidenschaft sollte auf die Probe gestellt werden, und folgte ihr. Er schwamm zu dem Felsen und wollte sich neben sie setzen.

Claudine trat nach ihm und schob ihn mit den Füßen zurück ins Wasser.

Zurückweisung war Roberto sichtlich nicht gewohnt. Doch er schien das alles für ein Spiel zu halten. Er packte ihr Bein und zerrte sie ins Wasser. Als ihr Gesicht nah genug war, versuchte er, sie zu küssen, rieb sein stoppeliges Kinn über ihre Wange und liebkoste mit der Nase ihr Ohr.

Aber Claudine stieß ihn mit ganzer Kraft zurück. »Lass mich in Ruhe, habe ich gesagt!«

Jetzt hörte Roberto auf, er legte verwirrt die Stirn in Falten. »*Cosa c'è?*«, fragte er. *Was ist los?*

»Verstehst du das nicht? Es war eine einmalige Sache.« Claudine streckte einen Finger hoch. »Ein Mal.«

Sie tauchte unter und schoss wie ein Torpedo an ihm vorbei, bevor er reagieren konnte.

Sie befürchtete, dass er ihr wieder folgen würde, und war erleichtert, als er auf den Felsen blieb und ins Wasser starrte.

Nicht verfolgt zu werden bedeutete, dass Claudine sich auf dem Rückweg zum Strand nicht beeilen musste. Also hielt sie immer wieder inne, um die Aussicht zu genießen, dachte an Greta Garbo und Cecil Beaton und wie schön es wäre, würden Männer ausnahmsweise einmal nicht etwas wollen.

Heute war offenbar wieder das italienische Dienstmädchen an der Reihe, nach dem Lunch den Kaffee zu servieren. Julia störte sich jedes Mal daran, wie man es hier handhabte – man goss direkt aus dem Herdkocher statt aus einer Porzellankanne. Das war so ... unelegant. Übertrieben formlos. Darüber würde sie mit Bella reden müssen.

Sie hatte mit Cecil den Lunch eingenommen. Wenigstens auf das Essen konnte man sich in diesem Hotel verlassen. Das räumte sie ein. Beide hatten es genossen, all ihre Neuigkeiten auszutauschen, aber das Gespräch war unweigerlich immer wieder auf den vorigen Abend gekommen – wenn auch mit Unterbrechungen, weil sie verstummten, sobald jemand hereinkam.

Das Dienstmädchen, Paola, sprach kein Englisch. Das wusste jeder. Möglicherweise war sie vollkommen ungebildet, das arme Ding. Trotzdem wartete Cecil, bis sie tatsächlich allein waren, bevor er das heikle Thema wieder aufgriff.

»Du findest nicht, dass du mit Rose ein wenig zu streng bist?«, fragte Cecil. Er sah zur Terrasse, wo die junge Frau halbherzig eine Patience legte. Während er sie so beobachtete, schätzte Julia sich wieder einmal glücklich, dass Rose so schön geworden war. Manchmal empfand sie diese Schönheit mehr als ihr Eigen, als Rose es tat. Schönheit war ein Kapital, das gepflegt und geschützt werden musste – und Rose war weiß Gott nicht klug genug, als dass man ihr die alleinige Verantwortung dafür hätte überlassen können.

»Ihr Verhalten war beschämend«, sagte Julia.

»War es nicht der Plan, die beiden einander näherzubringen?«

»Nicht wenn es sie ihren guten Namen kostet.« Sie nippte an ihrem Kaffee. »Außerdem ist noch nichts vereinbart.«

»Ist es nicht?«

»Zum Beispiel haben wir die finanziellen Fragen noch nicht geklärt.«

Cecil setzte sich verlegen zurecht. »Was hast du dir vorgestellt?«

»Nun ja, Ivors Mutter hat ein Haus in Bayswater. Ich dachte, die beiden könnten die zwei oberen Etagen nehmen. Und später das ganze Haus.«

»Sehr freundlich von dir.«

»Damit bleiben noch die Kosten für die Hochzeit. Und für ihren Lebensunterhalt natürlich.«

»Ich hoffe, der Junge besinnt sich und sucht sich eine passende Anstellung.«

Julia verdrehte die Augen. »Man kann einen Haushalt nicht mit Hoffnungen bestreiten.«

»Natürlich nicht.« Cecil lockerte seine Krawatte. »Deshalb … werde ich den beiden gern ein Einkommen zahlen. Bis sie auf eigenen Füßen stehen.«

»Prächtig. Hast du schon entschieden, wie hoch es sein soll?«

»Noch nicht. Ich, ähm, warte noch. Ein paar Dinge müssen sich erst regeln.«

Julia lachte humorlos. »Du musst den Mut zusammennehmen, deinen Schwiegervater um Geld zu bitten, meinst du wohl.«

»Dazu würde ich mich nie herablassen.«

»Warum denn nicht? Irgendeinen Vorteil muss es doch haben, dem höchsten Bieter seinen Stammbaum zu öffnen.«

»Ich habe andere Möglichkeiten, Geld aufzutreiben.« Julia leerte ihre Tasse und stand auf. »Nun, warte nicht zu lange.« Sie schaute wieder zu Rose, die ihre Patience aufgegeben hatte, aufs Meer starrte und wahrscheinlich wirren Gedanken über ihre Zukunft nachhing. »Wir wollen nicht, dass es sich viel weiter entwickelt. Nicht, ohne zu wissen, welchen Preis wir beide bezahlen müssen.«

Alice brütete immer noch über dem Geschäftsbuch, als Bella zurückkam, woher auch immer. Wahrscheinlich aus der Stadt, ihrer recht förmlichen Kleidung nach zu urteilen.

Normalerweise befasste Alice sich nicht mit der Buchführung, vor allem nicht, wenn Lottie in ihrer Obhut war, so wie jetzt, da Constance' Hilfe am Strand gebraucht wurde. Aber sie war für die Teegesellschaft verantwortlich gewesen, und Lottie spielte fröhlich mit ihren Puppen auf der Terrasse. »Wir haben Gewinn gemacht«, verkündete sie stolz, als Bella aus ihrem Büro kam, wo sie andere Schuhe angezogen und die Post durchgesehen hatte. »Mit der Teegesellschaft. Ich dachte, das wüsstest du gern.«

»Gut gemacht.« Angesichts der Umstände klang es wenig enthusiastisch, fand Alice.

»Nächstes Mal verdienen wir noch mehr.«

Bella stellte ein Päckchen vor sie auf den Schreibtisch. »Das ist für dich gekommen«, sagte sie. Das Packpapier war zerrissen.

»Was ist denn damit passiert?«, fragte Alice und begutachtete den Schaden.

»Es tut mir leid. Ich habe es geöffnet. Bevor ich gesehen habe, dass es an dich adressiert war.«

Vorsichtig hob Alice das Päckchen hoch. Sie riss das Papier ganz ab und blickte verwundert auf das Kästchen, das sich darunter versteckt hatte.

»Hör mal, Liebes, versteh mich nicht falsch, aber ...«

Alice drehte sich zu ihrer Mutter. Sie war verwirrt, beinahe erschrocken.

Aber Bella sprach weiter: »... das Geld ist sehr knapp. Wenn also noch etwas von deiner Witwenrente übrig ist oder von der Pension, die George Lottie und dir hinterlassen hat, dann, na ja ... dann solltest du es wirklich ins Hotel stecken. Und nicht Schmuck von Bulgari kaufen.«

»Das habe ich gar nicht«, sagte Alice. Sie öffnete das schwarze Kästchen und enthüllte ein gewölbtes Kissen aus gelbem Samt und darauf ein erlesenes goldenes Armband. Ehrlich erstaunt hielt sie es hoch. »Habe ich wirklich nicht.«

»Graf Albani«, sagte Bella plötzlich.

Entsetzt sah Alice ihre Mutter an. »O nein.« Sie spürte, wie sie tief errötete. »Nein, nein. Das kann ich nicht annehmen.«

»Du kannst«, sagte Bella. »Die Frage ist, ob du solltest.«

»Ich hätte es doch merken müssen. Was vor sich geht.«

»Wie meinst du das?«

»Er ist äußerst ... beflissen. Graf Albani.«

Schweigend überlegten sie, was die beste Vorgehensweise wäre. Bella sprach zuerst. »Du musst mit ihm reden. Sofort. Und reinen Tisch machen.«

»Weißt du, wo er ist?«

»Im Garten«, sagte Bella. »Ich glaube, er macht ein Verdauungsschläfchen.«

Alice wurde vor Aufregung ganz flau. Vielleicht ging es auch tiefer – sie war enttäuscht von sich, weil sie nicht wusste, was sie wollte und was das Beste wäre, für sie selbst und für Lottie. Mit schleppenden Schritten folgte sie dem Weg in den Garten, wo Graf Albani auf einer Bank lag, einen Panamahut tief in die Augen gezogen.

Schlief er wirklich? In dem Fall wollte sie ihn nicht wecken. Mit dem Kästchen in der Hand wartete sie einen Moment. Sie war erleichtert, dass er sich nicht rührte, weil sie auf dieses Gespräch nicht unbedingt brannte. Gerade wollte sie sich zurückziehen, als er doch noch mit seiner sonore Stimme sprach.

»Seien Sie unbesorgt. Ich ruhe nur meine Augen ein wenig aus.« Er schob seinen Hut zurück und lächelte Alice an – mit einem sehr charmanten Lächeln, das ihm wahrscheinlich schon viele Türen geöffnet hatte. »Meine liebe Mrs Mays-Smith. Es ist mir immer eine Freude.«

»Graf Albani ...«, setzte sie an, dann kippte ihre Stimme.

»Kann ich Ihnen behilflich sein?«

»Ich ... ich kann das nicht annehmen.« Sie streckte ihm das Kästchen entgegen. »Es ist sehr hübsch. Sogar exquisit. Aber unangemessen.«

Er sprach langsam und ernsthaft, als hätte er mit dieser Antwort gerechnet. »Ich bedaure, dass Sie es so empfinden.«

»Ich würde den falschen Anschein erwecken, wenn ich es annehmen würde.«

Der Graf nickte. »Ich verstehe Ihre Gefühle. Und ich werde sie Roberto übermitteln.«

Alice stutzte. »Roberto?«

»*Si*.« Graf Albani öffnete das Kästchen und betrachtete das Armband mit liebevollem Blick. »Er hat es als Geschenk für Sie ausgesucht. Als Zeichen unserer ... seiner ... Bewunderung. Für Sie und Ihre Familie.« Er klappte das Kästchen zu und schob es seufzend mit dem Daumen in seine Tasche.

»Ich wäre Ihnen sehr verbunden«, sagte Alice.

»Gut.« Und damit tippte der Graf an seinen Hut, bevor er ihn wieder in die Augen zog.

Nach guter Sitte hatte Constance sich mit ihrem Mittagessen ein Stück von denjenigen weggesetzt, die sie zuvor bedient hatte. Jetzt saß sie hinter den Körben, in die sie den Großteil der Reste und das benutzte Geschirr und Besteck geräumt hatte. Alle anderen waren längst mit dem Essen fertig. Das Personal aß immer zuletzt.

Es war ein freundliches Trüppchen, mit dem sie hier war, und sie fühlte sich sicher genug, um einen Schuss Weißwein in ihr Wasser zu gießen.

Lizzie hielt ebenfalls einen Drink in der Hand. Claudine sonnte sich. Roberto war zum Essen an den Strand gekommen, jetzt saß er am Wasser und warf schmollend Steinchen in die Wellen. Drüben bei den Felsen war etwas zwischen ihm und Claudine vorgefallen. Constance war nicht sicher, was, aber sie konnte es erraten. Lucian zeichnete derweil, er trug einen blau-weiß gestreiften Badeanzug, der seinen muskulösen Oberkörper komplett bedeckte.

Constance beobachtete ihn, während sie den Rest ihrer Weinschorle trank.

Nicht schlecht, dachte sie.

Sie nahm den Badeanzug, den sie sich von Claudine geliehen hatte, und verschwand hinter ein paar Felsen, um sich umzuziehen.

Es war ein grün-gelbes Modell von Jantzen aus geripptem Jersey mit einem kleinen roten Logo auf dem Röckchen, das ein Mädchen mitten im Sprung zeigte. So etwas hatte sie noch nie getragen. Der Badeanzug schmiegte sich an ihren Körper und betonte jede Kurve. Als sie fertig war, stand sie nur da und konnte sich vor Befangenheit nicht rühren.

»Sie werden die alle vom Hocker reißen«, hatte Claudine gesagt. »Sie müssen nur selbstbewusst auftreten. Stolzieren, nicht schlurfen.«

Ihr Instinkt sagte Constance, sie sollte nicht unbedingt stolzieren, das lag ihr nicht, aber selbstsicher gehen, als wäre das alles nichts Besonderes. Aber vielleicht könnte sie die Arme vor der Brust verschränken …

Schluss jetzt! War etwas Aufmerksamkeit nicht genau das, was sie wollte?

Den Rücken gerade, die Arme an der Seite ging sie zu Claudine und blieb vor ihr stehen. »Mrs Turner?«

Claudine öffnete die Augen. »Na, sieh mal einer an!«, rief sie, klatschte in die Hände und lachte vor Freude. »Da kann sich die Welt in Acht nehmen!«

»Ich komme mir albern vor«, sagte sie.

»Sie sehen großartig aus«, widersprach Claudine. »Genießen Sie es.«

So ermutigt schlenderte Constance den Strand entlang in Lucians Richtung. Ihr Weg führte an Roberto vorbei, und sie spürte, dass er ihr nachsah. Aber sie ignorierte ihn und ging direkt zu Lucian, der mit dem Stift zwischen den Lippen ganz in sein Bild vertieft war.

Sie stellte sich vor ihn und fragte: »Gehen Sie mit mir schwimmen?«

»Hm-hm«, machte er, ohne aufzublicken.

Es kam ihr vor, als würden Stunden vergehen, bis Lucian endlich aufschaute. Ganz kurz fiel sein Blick wieder auf die Zeichnung. Dann stutzte er, und sein Kopf schnellte wieder hoch, mit einer übertriebenen Bewegung wie bei Charlie Chaplin in seinen Filmen. Er machte ein so lustiges Gesicht – der Mund offen, der Blick hing an ihr, als hätte er noch nie eine Frau gesehen –, dass sie Mühe hatte, nicht zu lachen. »Ich dachte, Sie können mir vielleicht die Höhle zeigen.«

Er nickte stumm.

Constance wusste, wo die Höhle war, Claudine hatte es ihr vor dem Essen erzählt. Sie ging ins Wasser, schwamm schnell, kraftvoll und genoss das Gefühl, wie ihr Körper das klare Blau teilte. Immer wieder hielt sie inne und sah nach, ob Lucian ihr noch folgte, dann schwamm sie weiter. Am Eingang der Höhle zog sie sich auf die

Felsen und konnte sich gerade noch vorteilhaft zurechtsetzen, ehe er sie einholte.

Er rief: »Wo haben Sie schwimmen gelernt?«

»In Scarborough.« Sie ließ ihren Blick über das weite ruhige Meer gleiten und über den Strauß bunter Sonnenschirme an dem Strandabschnitt, von dem sie losgeschwommen waren. »Das war was anderes als hier. Und Sie?«

Er hievte sich aus dem Wasser und setzte sich mit ein wenig Abstand neben sie. »In der Schule. Da gab es einen scheußlichen See. Er war völlig zugewachsen.«

»Haben Sie da auch zeichnen gelernt? In der Schule?«

»Nein. Das konnte ich einfach immer schon.« Er folgte ihrem Blick zum Lichtspiel an der Höhlendecke. »Ein schöner Effekt, nicht wahr?«

»Wunderbar. Wie würden Sie ihn nennen?«

»Lumineszenz, glaube ich.«

Sie schwiegen wie hypnotisiert – sie von dem Schimmern und Funkeln, er davon, das merkte sie, wie sehr sie dieses Schauspiel genoss.

Einmal fing sie seinen Blick auf. Sie lächelte ihn an, schüchtern und unverbindlich, ein Lächeln, das zur Kenntnis nahm, aber nichts verhieß oder verlangte. Trotzdem war es offenbar zu viel für Lucian.

»Wir sollten wieder zurück«, sagte er und brach damit den Bann.

»Wer zuerst da ist!« Bevor er antworten konnte, ließ sie sich ins Wasser gleiten. Sie schwamm los und stellte sich vor, wie er sie dabei beobachtete.

Lizzie schenkte sich den letzten Rest Wein ein, der vom Lunch übrig war, als sie Claudine sagen hörte: »Wer hätte das gedacht.«

Sie blickte auf. »Was denn?«

»Lucian. Und Constance. Dahinten schwimmen sie zusammen.«
Lizzie sah zu ihnen hinüber und war eher überrascht als schockiert. Es gab nicht mehr viel, das sie schockieren konnte. »Liebe Güte«, sagte sie. »Ich möchte ja niemanden ›impertinent‹ nennen …«

»Aber Sie tun es trotzdem? Kommen Sie schon, Lizzie. Gönnen Sie dem Mädchen das doch.« Aus Claudines Stimme sprach ein leiser Vorwurf, und Lizzie schämte sich plötzlich. Weil sie recht hatte. Constance konnte nichts dafür, dass sie schön war. Sie konnte nichts dafür, dass sie begehrt wurde.

Vielleicht hatte Claudine den Eindruck, zu schroff gewesen zu sein, denn sie stützte sich auf einen Ellbogen und wandte sich Lizzie zu. »Sie wollten mir gerade von Pelham erzählen.«

»Wollte ich?« Sie senkte den Blick. »Nur dass ich ihm schon ewig damit in den Ohren liege. Dass er mit dem Tennis aufhören soll. Es nagt so sehr an seinem Selbstwertgefühl, wenn er verliert.«

»Männer und ihr Ego.«

Mit Claudine konnte man sich gut unterhalten. Sie verstand immer genau, was man meinte – sogar, wenn man sich selbst nicht sicher war.

»Sie sind wie Kinder!« Lizzie trank einen großen Schluck Wein. »Wegen eines dummen Tennisspiels kann Pelham tagelang schmollen, sogar wochenlang.«

Claudine schüttelte den Kopf. »Sie sind alle gleich.«

»Ehrlich gesagt ist es mir mittlerweile egal. Ich könnte ihn problemlos im eigenen Saft schmoren lassen. Wenn er sich nur endlich lang genug zusammenreißen würde, um mir zu geben, was ich will.«

»Und was wäre das?«

»Ein verdammtes Baby!«, platzte es aus ihr heraus. So leidenschaftlich hatte sie nicht werden wollen. Sie lachte verlegen und merkte überrascht, dass ihr die Tränen kamen. Ihr war nicht klar gewesen, wie aufgewühlt sie war.

»Oh, Schätzchen, versuchen Sie es schon lange?«

»Wir versuchen es gar nicht.« Das war ja das Problem. Das finstere Herz der Geschichte. »Es interessiert ihn verdammt noch mal gar nicht.«

Zwei Tränen rannen ihr über die geröteten Wangen. Es war ein seltsam tröstliches Gefühl, und Lizzie ließ sie bis zum Kinn laufen, bevor sie sie wegwischte. Claudine erhob sich von ihrer Liege, kam zu ihr und umarmte sie. »Sie haben recht. Männer sind unreife Geschöpfe. Aber das bedeutet, wenn wir sie ein bisschen verwöhnen und ein bisschen drangsalieren, können wir ihnen beibringen zu tun, was wir wollen.«

Die brennende Hitze schien immer schlimmer zu werden. Constance war müde und durstig. Ihnen war das Trinkwasser ausgegangen, aber das hatte außer ihr noch niemand bemerkt.

Sie hatte ihr nasses Badekostüm gegen ihre normale Kleidung getauscht und die restlichen Picknicksachen in einen Korb gepackt. Jetzt waren sie für die Kutsche bereit, die, so hoffte Constance, bald kommen würde.

Sie ging noch einmal zu den Felsen, um ihr Handtuch und ihre Tasche zu holen.

Aber jemand anders zog sich gerade hinter ihnen um. Constance blieb wie angewurzelt stehen. Es war Lucian. Mit dem Rücken zu ihr streifte er seinen Badeanzug ab. Es war, als würde sie dabei zusehen, wie jemand einen Apfel schälte. Er enthüllte nicht nur seinen nackten Körper – glatt wie eine Statue, milchig weiß, wo der Stoff seine Haut vor der Sonne geschützt hatte –, sondern auch eine dicke rötlich blaue Narbe, die von der Taille bis zum Hals reichte.

Sie schnappte erschrocken nach Luft – zu laut, denn er drehte sich um und erwischte sie, wie sie ihn beobachtete. Nie würde sie seinen beschämten Blick vergessen, als er hastig versuchte, sich mit seinen Händen zu bedecken.

»Es tut mir so leid«, rief sie und lief davon.

Bella verließ den Salon und sah, wie Cecil aus der Bibliothek kam. Er wirkte ungewohnt zielstrebig.

»Bellakins!«, rief er, als er sie entdeckte. »Hast du noch irgendwo ein paar Kisten Prosecco versteckt? Der Keller ist leer.«

»Ein, zwei Kisten haben ich zurückbehalten. Warum fragst du?«

»Dann sei so brav und rück ein paar Flaschen raus.«

»Ich habe es dir schon mal gesagt, Cecil. Wir können es uns nicht leisten, ihn selbst zu trinken.«

»Nicht einmal, wenn wir feiern?«

»Was gibt es denn zu feiern?«

Er lächelte. »Komm, ich zeige es dir.«

Zwei Stunden später konnte Bella immer noch kaum glauben, was sie gesehen hatte. Sie war wieder im Salon und begrüßte leicht benommen die Gäste. Paola, Constance und Francesco standen neben ihr und warteten darauf, die Gläser der Umstehenden zu füllen.

Lucian ging direkt zu ihr. »Worum geht es?«

»Dein Vater wird gleich etwas verkünden.«

»Was denn?«

»Das sagt er selbst. Wie wars am Strand?«

Lucian biss sich auf die Lippe. »Beeindruckend.«

Als alle eingetroffen waren, schlug Cecil an sein Glas, um die Aufmerksamkeit der Anwesenden zu erregen. Alle verstummten brav – sogar Lottie. Neben Cecil stand Lucians Staffelei, auf der etwas Längliches mit einem weißen Laken bedeckt war. Bella starrte es an und fragte sich, ob es wirklich wahr sein konnte.

»Danke, dass Sie uns heute zu etwas früherer Stunde Gesellschaft leisten«, begann ihr Mann und wiegte sich leicht vor und zurück. »Ich verspreche, ich werde Sie nicht vom Dinner abhalten.« Vor Aufregung funkelten seine Augen. »Ich muss gestehen, wenn es um Kunst geht, bin ich ein Banause.«

Höfliches Gelächter kam auf. Aber Bella spürte, wie peinlich berührt Lucian war. Er warf ihr einen Blick zu, als wollte er fragen: »Wie kann er darauf auch noch stolz sein?«

Ermutigt fuhr Cecil fort. »An einer gelungenen Karikatur in der *Punch* kann ich mich erfreuen wie jeder andere. Aber weiter reicht es nicht. Feingeistiges zu würdigen überlasse ich meiner Frau und meinem Sohn.«

Lächelnd deutete er auf Bella und Lucian.

»Dem restlichen Ainsworth-Clan mangelt es genauso an einem Sinn für Ästhetik, fürchte ich. Deshalb wird es Sie wahrscheinlich nicht überraschen, dass ein außergewöhnliches Kunstwerk mehr als ein halbes Jahrhundert lang daheim in unserem Haus in England vor unserer Nase hing und wir es nicht einmal geahnt haben. Jetzt habe ich es nach Portofino kommen lassen.«

Er betrachtete die andachtsvollen Gesichter vor sich. Diesen Moment kostet er aus, dachte Bella, und sie merkte, dass sie sich trotz allem für ihn freute. Sein Wohlergehen war ihr wichtig und würde es wahrscheinlich immer sein. So war es in einer Ehe.

»Ich habe es herschicken lassen, weil ich – zum Glück – eine neue Bekanntschaft geschlossen habe, ich habe einen Freund gefunden, der für Kunst ein Händchen hat.« Mit einladender Geste sagte er: »Verbeugen Sie sich, Jack.«

Jack tat nichts dergleichen, aber er hob ein wenig verlegen sein Glas.

»Jack ist nicht nur ein Connaisseur, er ist auch ein Mann der Tat. Mein Bruder und ich haben unser halbes Leben gebraucht, um zu erkennen, dass wir ein Meisterwerk besitzen. Aber Jack hat im Handumdrehen einen Mann aufgetrieben, der es authentifizieren konnte.«

Hinter ihnen rührte sich etwas. Mit einem leisen Schaben öffnete sich die Tür. Bella drehte sich um. Entsetzt sah sie, dass es Danioni war. Wer hatte ihn eingeladen? In diesem Moment zog Cecil etwas aus seiner Tasche.

»Deshalb«, fuhr Cecil fort, »ist es mir eine große Freude, Ihnen, mit diesem Brief in der Hand, der das alles beweist, ein bisher unerkanntes Werk eines alten Meisters zu präsentieren.« Er enthüllte schwungvoll das Gemälde. »Darf ich vorstellen: Peter Paul Rubens.«

Man hörte Applaus, überraschte Ausrufe, manche schnappten nach Luft, aber einige in der Menge schienen sich der Bedeutung dieser Aussage nicht sicher zu sein. Trotzdem drängten alle näher und reckten den Hals, um das Gemälde zu betrachten.

Bella, die ein wenig entfernt stand, hörte zufällig, dass Julia bei Cecil direkt zum Punkt kam. »Das also rettet dich davor, als Bittsteller zum alten Livesey zu gehen?«

»Jack sagt, wir sollten keinen Penny weniger als hunderttausend akzeptieren«, antwortete er.

Um Himmels willen, dachte Bella. *Sag es doch nicht jedem.*

Plum wirkte regelrecht erschüttert. Bella sah, wie er an Lizzie gewandt lautlos mit den Lippen formte: »Einhunderttausend Pfund!«

Direkt vor ihnen standen Lady Latchmere und Melissa. »Die Dame auf dem Gemälde ist ganz schön üppig«, sagte Melissa.

Lady Latchmere rümpfte die Nase. »So kann man es auch beschreiben.«

»Nicht dein Geschmack, Tante?«

»Ich fürchte, Nacktheit wird mir immer unangenehm sein.«

Bella hielt sich eine Hand vor den Mund, um nicht zu lachen.

Lucian begutachtete das Gemälde ausführlich, was sie nicht überraschte. Anfangs stand Rose neben ihm. Aber offenbar langweilte sie sich, denn sie ließ ihn bald allein. Lucian bemerkte nicht, dass sie gegangen war, und kommentierte weiter: »Was für eine kraftvolle Pinselführung, und gleichzeitig ist sie ganz zart. Sehen Sie sich nur die Hauttöne an. Es ist beinahe …« Er drehte sich zur Seite, wo er sichtlich Rose erwartet hatte. Stattdessen stand dort Constance in ihrer Dienstmädchenuniform, in der Hand ein Tablett.

»Lumineszent?«, beendete sie für ihn den Satz. Sie lächelten sich an.

Bella war beeindruckt. Ein Mädchen wie Constance kannte solch ein Wort. Wo konnte sie es nur gehört haben? Das bewies mal wieder, dass man die Menschen nie unterschätzen sollte.

Danioni sprach in einer Zimmerecke mit Roberto, auf den Lippen ein reserviertes, leicht überlegenes Lächeln. Dann ging Roberto, und Danioni drehte sich um und tauschte einen Blick ausgerechnet mit Francesco. Es gab irgendeine Art von Kommunikation. Bildete Bella es sich nur ein, oder nickte Danioni, als würde er eine Anweisung geben oder erhalten?

Sie wollte Cecil gerade zu seiner gelungenen Rede gratulieren, als Danioni neben ihm auftauchte. Ihr fiel auf, dass er eine Aktentasche bei sich trug.

Erstaunlich, dachte sie mit einem Schaudern. Wie schnell er das Zimmer durchquert hatte. Es ließ einen fast an böse Geister glauben.

Danioni hustete in seine Hand. »Auf ein Wort, bitte, Signore Ainsworth?«

Cecil drehte sich abrupt um. »Oh, Sie sind wieder da«, sagte er freudlos. »Natürlich. Vielleicht irgendwo, wo es ruhiger ist?«

Verärgert über die Unterbrechung führte er Danioni in die Bibliothek und schloss hinter ihnen fest die Tür.

Er lächelte, förmlich und kühl. »Was für ein Glück, Danioni. Dass Sie zufällig bei dieser Enthüllung zugegen sind.«

»Eine gute Fügung«, stimmte Danioni zu.

»Was führt Sie hierher?«

Danioni stellte seine Aktentasche auf Cecils Schreibtisch. Mit einem harten Klicken öffnete er den Verschluss, dann nahm er ein weißes Handtuch heraus. Langsam, mit sichtlichem Vergnügen, faltete er es auseinander und enthüllte das Monogramm »HP« in der unteren rechten Ecke, bevor er es Cecil zum Begutachten gab.

Cecil strich mit dem Daumen über die weiche Baumwolle. »Wo haben Sie das gefunden?«

»Es wurde auf einem Fahrrad sichergestellt. Zurückgelassen bei einer illegalen Versammlung. Von Feinden des italienischen Staats.«

»Meine Güte. Sehr kurios. Eine Ahnung, wie es da gelandet ist?« Danioni zückte ein Notizbuch und gab vor, darin nachzusehen. »Eine der Personen, die wir festgenommen haben, hat gestanden, dass sie das Fahrrad gestohlen hat. Auf Bitte von … William Scanlon.«

Cecil konnte seine Überraschung nicht verbergen. »Billy, sagen Sie? Der kleine Lümmel.«

»Er ist in kriminelle Kreise geraten.« Aus Danionis Stimme klang Bedauern.

Cecil konnte diese unliebsame Neuigkeit kaum glauben. »Und wie genau sollte man Ihrer Meinung nach vorgehen?«

»Das überlasse ich Ihnen. Sie sind der Herr des Hauses.«

»Das weiß ich zu schätzen«, sagte Cecil. Er klatschte in die Hände. »Nun. Wenn es sonst nichts gibt?« Er wollte zurück zu den anderen.

»Nein, Signore Ainsworth. Das ist alles.« Danioni wandte sich zum Gehen. Aber dann hielt er inne und klopfte auf seine Taschen, als hätte er etwas vergessen. »*Che stupido che sono!*«

»Was gibt es noch?« Cecil wurde langsam ungeduldig.

Mit schwungvoller Geste zog Danioni einen Umschlag aus seiner Innentasche. »Es ist mir gerade wieder eingefallen. Da wäre noch das hier.«

Cecil nahm ihm den Umschlag aus den langen nikotinbefleckten Fingern. Sofort erkannte er das Briefpapier von Smythson, Bellas

Lieblingssorte. Adressiert an Mr Henry Bowater Esq in 12 Lyndhurst Gardens, Harrogate.

»Woher haben Sie den?«

»Er wurde auf der Straße gefunden«, sagte Danioni.

Cecil drehte den Brief um. Er war geöffnet worden. »Das ist ein privates Schreiben meiner Frau.«

»Ich fürchte, ja.«

»Ein Brief an den Buchhalter ihres Vaters. Ich habe keinen Kopf für Geldangelegenheiten, leider. Solche Sachen überlasse ich ihr.«

»Nun dann, Signor Ainsworth.« Danioni verbeugte sich, bevor er sich, dieses Mal entschiedener, erneut zum Gehen wandte. An der Tür blieb er stehen und schoss eine letzte Spitze ab. »Ein Mann sollte immer darüber im Bilde sein, was seine Frau treibt.«

Cecil betrachtete wieder den Brief. Ihm wurde mulmig zumute, sogar leicht übel. Er wollte den Brief gerade aufmachen, als Jack in der Tür erschien. »Da sind Sie ja! Ich habe mich schon gefragt, wohin Sie verschwunden sind.«

»Jack!«, brachte Cecil heraus und setzte schnell eine freudige Miene auf. »Tut mir leid, dass ich Sie allein gelassen habe. Ich wurde verschleppt.«

»Habe ich gesehen. Komischer alter Kauz, was?«

»Sind sie alle«, sagte Cecil. Er steckte den Briefumschlag in seine Jackentasche. »Ich weiß nicht, wie es mit Ihnen aussieht, aber ich brauche jetzt noch ein Glas Prosecco.«

ZEHN

Nish sah sich das Bild als Letzter an. Er hatte beschlossen zu warten, um dem unziemlichen Gedränge zu entgehen, das ihn an einen besonders heißen, ermüdenden Besuch der Uffizien vor ein paar Monaten erinnerte.

Es war eine ganz andere Erfahrung, ein so beeindruckendes Gemälde aus der Nähe betrachten zu können. Man konnte in Ruhe davorstehen und sich sattsehen. Niemand sagte: »Entschuldigen Sie, bitte. Meine Frau würde das Bild gern anschauen, und Sie versperren ihr die Sicht.« Oder: »Sind Sie Inder, Sir? Mir war nicht bewusst, dass Inder hier Zutritt haben ...«

Das faszinierendste Detail des Gemäldes war Venus' schwarze Dienstmagd in der rechten oberen Ecke des Bildes. Ihre krausen Locken steckten unter einer weißen Haube, die von einer Kordel gehalten wurde. Voll offensichtlicher Bewunderung blickte die Dienstmagd auf Venus' lange blonde Haare, die ihr in Wellen über die Schultern fielen.

Was, wenn Rubens die Plätze vertauscht hätte? Wenn er Venus als schwarze Frau gemalt hätte? Nish nahm sich vor, bei nächster Gelegenheit mit Claudine darüber zu sprechen. War sie bei Cecils Rede hier gewesen? Er konnte sich nicht erinnern, sie gesehen zu haben ...

Nish war ganz in das Gemälde versunken und merkte im ersten Moment nicht, dass Billy hereinkam. Bettys Sohn ging umher, um leere Gläser einzusammeln. Irgendwann kam er auch zu Nish und hielt ihm das Tablett hin. Nish stellte automatisch sein Glas ab, ohne Billy weiter zu beachten. Aber der Junge blieb stehen, als würde er auf etwas warten.

»Was ist, Billy?«, fragte Nish.

Der Junge sagte nichts, sondern deutete nur mit dem Blick auf die Ecke eines Umschlags, die unter dem Tablett hervorlugte.

Er hatte eine Nachricht gebracht.

Nachdem Nish sich vergewissert hatte, dass sie allein waren, nahm er schnell den Umschlag und riss ihn auf. Darin lag ein Notizzettel mit einer Adresse, nur ein einzelner Buchstabe verriet den Absender: VIA GIOVANNI PACINI, 41, TORINO. G

Als er aufsah, war Billy schon auf dem Weg nach draußen.

Nish eilte ihm nach, wobei er versuchte, möglichst unauffällig zu wirken. Er wartete, bis Billy das Tablett in die Küche gebracht hatte, dann folgte er ihm den Flur entlang und die eiserne Wendeltreppe hinunter in den Weinkeller. Das Licht war schummrig, der kalte, modrige Geruch nach der stickigen Luft im Salon beinahe eine Wohltat.

Nish wedelte mit dem Zettel vor Billys Gesicht herum. »Von wem hast du den?«

»Von 'nem Freund. Ich sollte ihn weitergeben.«

»Ist das alles?«

»Nee, da ist noch was.«

Er holte einen Stoß Flugblätter hervor, zusammengebunden mit einem Leinenband. »Ich soll Ihnen sagen, die sollen Sie mitbringen, wenn Sie kommen.«

Nish nahm sie. Er löste das Band und zog vorsichtig eines der Flugblätter heraus. Es kündigte ein Treffen der Antifaschisten an. Auf der Vorderseite ritt eine groteske Karikatur von Mussolini auf einem Esel. Nish sah den Jungen an. »Sonst noch etwas?«

Billy schüttelte den Kopf.

»Ich nehme nicht an, dass du Italienisch lesen kannst?«

»Kein Wort. Aber mir ist auch so klar, dass da nichts Nettes über den alten Musso draufsteht.«

Aus Sorge, jemand könnte sie sehen, schob Nish die Flugblätter wieder zusammen. Rechts von ihm standen Weinfässer auf einer Steinplatte. Er stopfte die Flugblätter hinter eines der Fässer und trat zurück.

Billy war entsetzt. »Die lassen Sie aber nicht da, oder? Das gibt Gefängnis, wenn Sie erwischt werden.«

»Na ja, was soll ich denn sonst mit ihnen machen?«

»Ich könnte sie für Sie verstecken. Kostet aber was.« Billy schnappte sich die Flugblätter.

Nish wollte gerade nach dem verletzten Jungen fragen, als von der Treppe Geräusche kamen. Es war Constance, mit vier leeren Prosecco-Flaschen in den Händen. Als sie Nish und Billy sah, ließ sie die Flaschen vor Schreck beinahe fallen. »Es tut mir so leid, Mr Sengupta ...«

Das alles wurde Nish zu viel. Panisch drängte er sich ohne ein Wort an ihr vorbei, seine Schritte trommelten über die gelochten Eisenstufen, als er hinaufrannte.

Die Eingangstür des Hotels stand weit offen.

Er musste nach draußen. Er musste atmen.

Auf dem Weg in den Keller war Constance Francesco entgegengekommen. Er war oft da unten, aber normalerweise lächelte oder nickte er, wenn sie sich begegneten, jetzt hatte er sie kaum angesehen. Und sie hatte den Eindruck, er habe auf halber Treppe gestanden. Was hatte er da gemacht?

Als Constance unten auf Billy und Nish traf, zählte sie zwei und zwei zusammen. Vielleicht auch drei und zwei, ganz sicher war sie sich nicht. War Francesco bei ihnen gewesen? Oder hatte er sie belauscht?

Beide sahen schuldbewusst aus, als hätten sie etwas Verbotenes getan. Sie hätte fast laut geflucht und die Flaschen, die sie mit sich trug, fallen lassen. Aber sie riss sich im letzten Moment zusammen und entschuldigte sich bei Nish für die Störung.

Nish ging wortlos. Er rannte sogar. Was ihm gar nicht ähnlich sah. Jetzt konfrontierte sie Billy. »Was schleichst du dich hier unten rum?« Er versteckte etwas hinter seinem Rücken. »Was hast du da?«

»Nichts für neugierige Leute.«

Sie stellte die Flaschen ab und streckte die Hand aus. Widerstrebend holte Billy den Stapel Flugblätter hervor. Sie nahm das oberste. Nach einem kurzen Blick gab sie es zurück. Es war auf Italienisch geschrieben, aber die Bedeutung wurde durch das Bild auf der Vorderseite klar. »Ich weiß nicht, was das alles mit Mr Sengupta zu tun hat. Aber es bringt Ärger, das weiß ich.«

»Nicht wenn du mich nicht verpfeifst.« Er schob den Packen wieder hinter das Weinfass.

»Da kannst du sie nicht lassen!«, rief Constance. »Mrs Ainsworth … Mr Ainsworth … Die beiden kommen ständig runter!«

Billy nahm sie wieder an sich. »Ich verstecke sie unter Lady Latchmeres Bett. Wenn alle beim Dinner sind.«

Constance starrte ihn entsetzt an. »Was?«

»Reg dich mal nicht auf. Da wird sie keiner suchen.«

Nachmittags kümmerte Constance sich um Lottie. Das Mädchen hatte so viele Spielsachen – Dinge, von denen Constance als Kind geträumt hatte. Ein Jojo, einen Kreisel, mehrere Beutel Murmeln … Aber sie war auch ein Einzelkind. All diese Dinge ersetzten ihr die Geschwister. Die Freunde. Es war wirklich ein Wunder, dass sie so genügsam war und so einfühlsam.

»Du bist traurig«, sagte sie Constance heute auf den Kopf zu. »Das merke ich.«

»Bist du wohl still. Bin ich gar nicht.«
»Ist etwas passiert?«
»Natürlich nicht.«
Manchmal verspürte sie den Drang, den starken Drang, Lottie von Tommy zu erzählen. Sie hatte das Gefühl, das Kind würde es verstehen, würde Mitgefühl und Interesse zeigen. Aber Lottie war Alice' Tochter, und solche Gedanken waren verrückt. Ein Symptom, das war ihr klar, ihrer umfassenden Sehnsucht, zu den Ainsworths zu gehören und ihnen gleichgestellt zu sein. Und diese Sehnsucht richtete sich vor allem auf Lucian.

Beim Dinner – Pasta und ein Käse mit einem seltsamen Namen, Gorgonzeelia? Gorginzolla? – war Constance nicht bei der Sache. Ihr ging nicht aus dem Kopf, was sie im Keller gesehen hatte.

Nish und Billy. Worüber hatten sie gesprochen, das Francesco so interessierte? Und konnte er ihre Worte verstanden haben? Seit sie im Hotel Portofino war, sagte jeder, den sie nach Francesco fragte, dasselbe.

Ach, der spricht kein Englisch.

Genau so hatten die Leute in Menston über den alten Bill Evans, den Stallburschen, gesagt: »Ach, keine Sorge, den haben sie bei der Geburt fallen lassen ...«

Aber was, wenn sich alle irrten?

Sie kam sich vor wie eine Maschine. Drück hier, und ich serviere Essen. Drück da, und ich sage dir, woher der Wein stammt. Benommen und von Kopfschmerzen geplagt wollte sie die Gläser von der Terrasse holen, als sie Lucian entdeckte.

Dieser Satz: »Ihr Herz setzte einen Schlag aus.« Constance hatte immer geglaubt, das würde man nur so sagen.

Jetzt merkte sie, das stimmte nicht.

Er lehnte an der Brüstung und hielt Ausschau – nach Sternschnuppen, wie er erklärte. »Es ist allerdings noch ein wenig früh«, fügte er hinzu. »Die beste Zeit ist Anfang August.« In den Nächten vor und nach dem Fest von San Lorenzo. Dann ist der Himmel voll von ihnen, und ganz Italien schaut sie an.«

Sie stellte das Tablett an der Brüstung ab. »Sind es wirklich Sterne?«

Er lachte und schüttelte den Kopf, aber nicht herablassend, sondern freundlich. »Es ist ein Meteoritenschauer. Die Katholiken allerdings – sie glauben, es wären Funken von den Flammen, die San Lorenzo getötet haben. Er wurde lebendig verbrannt, wissen Sie? Von den Römern. Auf einem Eisenrost.«

»Sie wissen so viel«, sagte Constance. »Ich wünschte, ich wüsste auch was.«

»Tun Sie doch. Sie wissen, wie man einen Haushalt führt. Wie man ein Kind versorgt.«

»Frauensachen, meinen Sie.« Sie lächelte sarkastisch.

»Praktische Sachen. Was ich weiß, ist … nutzlos.« Er zog an seiner Zigarette. »Das Gemälde hat Ihnen also gefallen?«

»Das Gemälde? O ja. Wenn man sich vorstellt, dass Rubens diese Frau vor über dreihundert Jahren gemalt hat. Und es immer noch so neu aussieht.«

»So sinnlich.«

»So *zart*.«

Sie schwiegen einen Moment. Dann sagte Lucian: »Sie haben ein gutes Auge, wissen Sie das?«

Constance zuckte mit den Schultern. »So ein Gemälde habe ich noch nie gesehen. Zumindest nicht so nah, dass ich es hätte berühren können.«

»Das war nicht das Einzige, was Sie heute von Nahem gesehen haben.«

Constance errötete. Sie schaute sich nach Gläsern um, die sie einsammeln konnte.

»Es tut mir leid, dass Sie diesem Anblick ausgesetzt waren.«

Sie sagte: »Es gibt nichts, wofür Sie sich entschuldigen müssten.«

»Es muss Sie doch abgestoßen haben.«

»Es hat mir den Atem verschlagen«, sagte sie. Wie konnte er nur glauben, dass es sie hätte abstoßen können! »Ich habe nur daran gedacht, was Sie durchgemacht haben müssen, um sie zu bekommen. Und wie es sein muss, sie immer noch zu tragen.«

»Für immer Narben zu tragen, meinen Sie?«

Sie zögerte. »Wir alle haben Narben.«

»An Ihnen habe ich heute keine gesehen.« Er trat näher. »Und ich habe gesucht und gesucht. Da war kein einziger Makel.«

»Mr Ainsworth ...«

»Lucian, bitte. Sie müssen mich Lucian nennen.«

Normalerweise verspürte Constance ein Gefühl der Sicherheit, wenn sie Lucian ansah. Aber das hatte sich geändert. Es ließ sich nicht mehr leugnen, dass sie sich zueinander hingezogen fühlten. Einerseits schienen sie es beide zu begrüßen, er ebenso wie sie. Und war sie nicht hier draußen, weil sie genau das gewollt hatte?

Doch jetzt lauerten überall Gefahren.

Constance war plötzlich schwindlig, als wäre sie zu schnell aufgestanden. Die Weite hier draußen erdrückte sie, ihr Atem ging schnell und flach. Sie war panisch. Aber das konnte sie nicht zeigen. Die Maske durfte nicht fallen.

Lucian war ihr Arbeitgeber. Er stand gesellschaftlich über ihr. Wozu sollte er eine Maske brauchen?

Sie hörte sich sagen: »Ich muss gehen.«

»Natürlich«, sagte Lucian.

Sie hob das Tablett auf und brachte es leer in die Küche.

Alice und Melissa spielten im Salon eine Partie Bridge, als Roberto so zögerlich den Raum betrat, als wäre er nicht sicher, was er dort wollte.

»Mr Albani«, sagte Alice, als sie von ihren Karten aufsah. Er verbeugte sich leicht. »*Buona sera.*«

»Suchen Sie Ihren Vater?«

»*Scusi?*«

»*Tuo ... padre?*«

»*Si.*«

»Er ist zu Bett gegangen, glaube ich.«

»*Molte grazie.*«

Er wandte sich zum Gehen. Bevor er den Salon verlassen konnte, legte Alice die Karten hin und stand auf. Sie räusperte sich. »Ich wollte mich bedanken.«

Roberto drehte sich um. »*Si?*«

»Ich wollte mich bei Ihnen bedanken, *grazie* für das Armband sagen.« Sie hob eine Hand und zeigte auf ein imaginäres Schmuckstück. »Es war wunderschön. Und äußerst großzügig und aufmerksam von Ihnen.«

Er nickte lächelnd, aber Melissa war nicht sicher, ob er auch nur einen Schimmer hatte, wovon ihre Freundin sprach.

»Ich hoffe, Sie verstehen, warum ich es nicht annehmen konnte«, fuhr Alice fort. »Es bedeutet nicht, dass ich für Ihr Interesse nicht dankbar wäre.«

Sie streckte die Hand aus. Roberto neigte sich vor und küsste sie. Dann ging er merklich beschwingt hinaus.

Melissa brannte darauf, mehr zu erfahren. Als Alice sich setzte, fragte sie: »Sie haben ein Geschenk zurückgegeben?«

Alice errötete. »Ich konnte es nicht annehmen.«

»Weil er Italiener ist?«

»Ich nahm an, es wäre von seinem Vater!«

Melissa dachte nach, während sie weiterspielten. »Der arme Mann«, sagte sie. »Er spricht kaum ein Wort Englisch. Vielleicht lässt er seinen Vater in seinem Namen sprechen?«

Als Jack in die Bibliothek kam, waren Cecil und Francesco gerade dabei, den Rubens wieder in seiner Sperrholzkiste zu verstauen.

»Können wir reden?«, fragte Jack mit einem kurzen Blick auf den Italiener, der mit einem Schraubenzieher und einer Handvoll langer Schrauben bereitstand.

Cecil sah Jack an, als wäre er verrückt. »Natürlich. Er versteht kein Wort.«

»Ja dann. Wenn Sie sicher sind.« Jack nahm einen Scheck aus der Tasche und reichte ihn Cecil. Er war auf fünfzigtausend Pfund ausgestellt. »Genügt das?«

Cecil grinste. »Absolut. Hoffen wir, dass die gute Venus sich verkaufen lässt.«

»Da würde ich mir keine Sorgen machen. Die einzige Frage ist, für wie viel.«

»Soll ich sie hier wieder einschließen?«

»Ich würde sie lieber mitnehmen, wenn es Ihnen nichts ausmacht.«

»Ist sie bei Ihnen denn sicher?«

Jack hob seine Weste an und enthüllte damit einen Colt. »Sie wird bestens beschützt.«

»Na gut. Dann nehmen Sie sie mit.« Cecil trat vor und bedeutete Francesco, er solle Jack helfen, die Kiste nach oben zu tragen. »Aber kommen Sie auf einen Brandy und eine Zigarre wieder runter, Jack. Ich trinke nicht gern allein.«

Wie es ihr aufgetragen war, schloss Claudine die Tür auf und öffnete sie, als sie Jack klopfen hörte. Dann stellte sie sich neben das Bett und sah zu, wie er und Francesco die Kiste hereinbugsierten und gegen die Wand lehnten.

»Das ist es also«, sagte sie.

»Das ist es.«

»Eines muss ich sagen, es gefällt mir besser als Napoleons Säbel.«

Das war ein Scherz, den nur sie verstanden, eine Anspielung auf ein altes Schwert fragwürdiger Herkunft, das Jack für viel Geld einem amerikanischen Sammler angedreht hatte.

Jack sah die Kiste an und dann Claudine. Seine Augen sprühten vor Aufregung. »Vertrau mir, Kleines. Verglichen mit diesem Gemälde ist Napoleons Säbel ein Steakmesser.«

Sobald Francesco das Zimmer verlassen hatte, nahm Jack seinen Revolver und legte ihn vorsichtig aufs Bett. Dann sah er ihr eindringlich in die Augen. »Lass niemanden rein. Und bleib auf jeden Fall hier. Ich bin bald zurück.«

»Wohin gehst du?«

»Es ist besser, wenn du das nicht weißt.«

Claudine ließ ihn hinaus und verschloss hinter ihm die Tür. Sie hob den Revolver auf. Nachdem sie nachgesehen hatte, ob er geladen war – das war er, zumindest schien es so –, legte sie ihn in die Nachttischschublade.

Einen Moment lang stand sie einfach nur da und dachte über die Kiste und ihren Inhalt nach. Es war kaum zu glauben, dass etwas so Wertvolles hier mit ihr in diesem Zimmer sein sollte. Fast erwartete sie, eine besondere Aura wahrzunehmen. Licht oder Wärme – etwas, das zeigte, wie besonders es war. Aber nein. Es war nur eine schlichte Holzkiste.

Als sie sich entschieden hatte, was zu tun war, nahm sie ein seidenes Negligé aus ihrer Kommode und stopfte es in ihren Kosmetikkoffer.

Sie sah nach, ob die Luft rein war, verließ das Zimmer und schloss die Tür hinter sich ab.

Durch den dunklen Flur schlich sie bis zum Gemeinschaftsbad und klopfte leise an.

Lizzie öffnete die Tür einen Spaltbreit. Als sie sah, dass es Claudine war, packte sie ihr Handgelenk und zog sie lautlos ins Bad.

Normalerweise war Bella nicht vor den Angestellten auf. Aber sie war früh wach geworden, um fünf Uhr schon, und hatte sich rastlos gefühlt.

Sie zog ein legeres Baumwollkleid mit Blumenmuster an, das ihre Arme zeigte, über die man ihr immer gesagt hatte, sie seien wohlgeformt, und in dem sie sich jung fühlte. Mit offenen Haaren stahl sie sich aus ihrem Zimmer und ging hinunter in die Küche.

Sie mochte diesen Raum, weil er das Herz des Hauses war. Wäre das Hotel ein Schiff, dann wäre hier die Kommandobrücke, statt mit Hebeln und Schaltern ausgestattet mit blitzblanken Töpfen, die von der Decke hingen, und funkelnden Messern in ihren Ständern.

Sie fuhr mit einem Finger über die glatte wächserne Tischplatte. Den Tisch hatten sie in Lucca bei einer Auktion erstanden. Es hatte in Strömen geregnet, und sie war klatschnass geworden. Es war merkwürdig, daran zurückzudenken.

Aus einer Porzellanschale nahm sie eine grüne Feige, die so reif war, dass sie ihr fast in der Hand platzte. Sie steckte sich die Feige in den Mund, dann zündete sie den Herd an und kochte sich eine Tasse Tee.

Mit ihrem Tee in der Hand öffnete sie die Küchentür, stellte sich auf die Schwelle und blickte über den Hof hinweg auf die grünen Hügel und das funkelnde Meer. Der Anblick war so still und perfekt wie ein Gemälde. Schon jetzt spürte sie die Hitze der Sonne. Sie zog ihre Schuhe aus, ging nach draußen und genoss die warme Erde unter ihren nackten Füßen.

Das hast du dir immer gewünscht, dachte sie. *Halt es fest. Erinnere dich daran, wenn dir das Leben wie eine unentwegte Anstrengung erscheint.*

Ein Bild blitzte in Bellas Erinnerung auf. Dieser arme Junge, der so hilflos auf dem Boden gelegen hatte. Sie beschloss, nach ihm zu fragen, wenn sie Billy das nächste Mal sah. Allerdings würde er wahrscheinlich nichts wissen – oder Bella nichts erzählen. Hatte sie ihn nicht vor jedem weiteren Kontakt mit dem Jungen gewarnt?

Sie trank ihren Tee und dachte über diese Dinge nach, als ein Geräusch an ihr Ohr drang. Das leise, versehentliche Poltern von jemandem, der nicht gehört werden wollte.

Sie sah in der Küche nach. Niemand da.

Im Foyer entdeckte sie Plum, er wirkte reisefertig. In einem cremefarbenen Anzug stahl er sich mit einer großen Tasche über der Schulter leise die Treppe herunter.

Sie rief: »Wollten Sie sich davonschleichen, ohne sich zu verabschieden?«

»Mrs Ainsworth! Es tut mir sehr leid.« Falls er sich erschreckt hatte, ließ er es sich nicht anmerken. »Ich wusste nicht, ob schon jemand wach ist.«

»Möchten Sie frühstücken?«

»Seien Sie mir nicht böse, aber nein.«

»Ach, kommen Sie.« Bella schlug einen fröhlichen Plauderton an. »Betty wäre entsetzt, wenn ich Ihnen nicht einmal eine Tasse Tee machen würde.«

»Ich möchte lieber los, Sie wissen ja, das Turnier in Mailand …«, sagte er.

»Sie brauchen eine Kutsche zum Bahnhof.«

»Das ist schon geklärt, Mrs Ainsworth. Ich habe gestern Abend mit Francesco gesprochen. Ich konnte ihm verständlich machen, was ich wollte.«

Haben Sie das?, dachte sie. *Interessant.*

Mit schnelleren Schritten durchquerte Plum das Foyer und hielt auf die Tür zu.

Plötzlich kam Bella eine Idee. »Warten Sie bitte einen Moment?« Er blieb stehen und sah auf seine Uhr. »Sicher.«

Bella lief in ihr Büro, holte ihren letzten Brief an Henry und griff eine Handvoll Münzen.

Beides gab sie Plum und bat: »Würde es Ihnen sehr viel ausmachen, den für mich aufzugeben? Wenn Sie in Mailand sind?«

Er warf einen Blick auf die Adresse. »Harrogate, hm? Hübsche Stadt.«

»Ja, nicht wahr?«

»Ja dann.« Er straffte die Schultern. »Wünschen Sie mir Glück.«

»Hals- und Beinbruch!« Sie streckte die Hand aus. Er schüttelte sie breit lächelnd.

Was für ein Abgang, dachte Bella. Was war hier wirklich los? Und wo war Lizzie?

Die Tür knarrte, als Bella sie öffnete und Plum hinausließ. Francesco wartete schon und prüfte gerade die Hufeisen der Pferde. Sie sah ihn an, bis er den Blick erwiderte. Bildete sie es sich nur ein, oder wirkte er ein wenig angespannt?

Sie war von dem leisen Knirschen der abfahrenden Kutsche wie gebannt und hätte fast Danioni übersehen, der sich auf der Zufahrt näherte. Und nicht nur Danioni, er hatte noch einen Mann bei sich. Mit verschränkten Armen wartete sie an der Tür, ihren Ärger konnte sie nicht unterdrücken.

»Ach, um Himmels willen. Nicht schon wieder! Können Sie uns nicht in Ruhe lassen?«

»Auch Ihnen einen schönen guten Morgen, Signora Ainsworth.«

»Worum geht es jetzt wieder?«

»Das ist Signor Ricci. Vom Gewerbeaufsichtsamt.« Ricci war ein großer Mann mit gebeugter Haltung und einem buschigen Schnurrbart. Er tippte sich an den Hut, während Danioni ein Blatt Papier hervorzog. »Und dieses Schreiben bevollmächtigt ihn, die Arbeitsbedingungen auf Ihrem Gelände zu überprüfen.«
Bella traute ihren Ohren kaum. »Um diese Uhrzeit?«
Danioni zuckte mit den Schultern. »Wie heißt es bei Ihnen in England? ›Der frühe Vogel fängt den Wurm.‹«

Sie führte die Männer in die Küche und ließ sie dort stehend warten, bis Betty eingetroffen war und begann, die Brötchen fürs Frühstück vorzubereiten.

Die Köchin reagierte genau wie erwartet, als sie die beiden Männer sah.

»Was soll denn dieser Unsinn?«

»Das ist nur eine Formalität«, versicherte Bella ihr. »Wir müssen kooperieren. Beißen Sie die Zähne zusammen.«

»Ich habe keine Zähne mehr, die ich zusammenbeißen könnte!«, protestierte Betty. Dann riss sie so weit den Mund auf, dass Bella sich selbst davon überzeugen konnte.

Bella beobachtete, wie Ricci in seinem schwarzen Anzug wie bei einem Trauermarsch durch die Küche schritt, Betty wie ein Schatten hinter ihm. Auf der Arbeitsplatte entdeckte er eine Schüssel. Er beugte sich darüber, zog die Nase kraus und wollte schon etwas auf sein Klemmbrett schreiben, als Betty schroff sagte: »Das ist nur Teig. Da ist nichts Komisches dran.«

Betty warf Bella immer wieder flehentliche Blicke zu, als läge es in ihrer Macht, der Sache ein Ende zu bereiten. Bella fühlte sich schrecklich. Aber sie hatte Angst davor, die Situation noch zu verschlimmern. Beschämt wurde ihr klar, dass ihre Angst größer war als ihre Wut; es war Angst, die sie lähmte, nicht ihr Respekt vor den Regeln.

Ricci strich über den Herd, um zu sehen, ob er Fettrückstände fand. Er bückte sich und begutachtete den Innenraum des Ofens, doch als er die Ofentür öffnen wollte, geriet Betty außer sich.

»He!«, rief sie und schlug seine Hände weg. »Und wenn Sie Befehle vom König von Italien höchstpersönlich haben, das ist mir egal. Den machen Sie nicht auf!« Er baute sich vor ihr auf und verschränkte die Arme. Herausfordernd tat sie es ihm gleich. »Wenn meine Brötchen nicht aufgehen, dann rappelts im Karton!«

Danach gingen sie ins Büro. Bella setzte sich an ihren Schreibtisch und sah sich mit zusammengekniffenen Augen Riccis Bericht an, der nicht nur auf Italienisch, sondern unglaublich winzig und unleserlich geschrieben war. Danioni stand vor ihr, beobachtete sie und trommelte mit den Fingern.

Mit einiger Mühe entzifferte Bella »*Condizioni anti igieniche.*« Sie hob abrupt den Blick.»›Unhygienische Zustände?‹ Einen solchen Blödsinn habe ich noch nie gelesen. Bei Betty könnte man vom Boden essen.«

Danioni sagte: »Ich habe den Bericht nicht geschrieben.«

»Aber er trägt Ihre Handschrift.« Sie gab ihm das Blatt zurück.

»Also. Was bedeutet das?«

»Sie haben vierzehn Tage Zeit.«

»Um was zu tun?«

»Um die Auflagen zu erfüllen. Sonst droht die Schließung.«

Sie setzte zu einer scharfen Antwort an, als ein Geräusch zu ihnen drang, der gequälte Schrei eines Mannes irgendwo im Hotel.

Erschrocken sah sie Betty an. »Was zum Teufel war das?«

»Weiß ich nicht«, sagte Betty. »Aber es gefällt mir nicht, Ma'am. Es gefällt mir ganz und gar nicht.«

Cecil wachte allein in seinem Zimmer auf. Einen Moment lang blieb er einfach liegen, lauschte den Kirchenglocken und betrachtete einen neuen Mückenstich an seinem Arm. Dann suchte er nach Feuer, um seine erste Zigarette des Tages anzuzünden.

Er dachte, in seiner Jackentasche wären Streichhölzer, aber als er nachsah, fand er keine. Nur den Brief, den Danioni ihm gegeben hatte – Bellas Brief an den Buchhalter ihres Vaters. Danioni schien ganz versessen darauf gewesen zu sein, Cecils Aufmerksamkeit auf den Brief zu lenken. Warum nur?

Im Grunde seines Herzens kannte er die Antwort.

Du musst der Wahrheit ins Auge sehen.

Wut stieg in ihm auf, als er den Brief las. Eine tief sitzende Wut, eng verknüpft mit Scham. Wie lange lief das schon? Und wie viele Menschen wussten davon? Hatte Danioni den Brief in seinem Büro herumgezeigt? Natürlich hatte er das. Also wusste die ganze Stadt davon. Nicht nur, dass Bella ein loses Weib war, sondern auch, dass er ihr nicht Mann genug war. Dass sie ihn, Cecil, mit irgendeinem ... Waschlappen hinterging.

Seine Wut verlieh ihm neue Energie. Als stünde er unter Strom. Er würde es ihr zeigen. Diese verdammte Frau. Er würde ihr klarmachen, wer hier das Sagen hatte.

Geistesabwesend zog er sich an. Dieses eine Mal war ihm egal, wie er aussah, wie seine Haare gescheitelt waren oder ob sein Kragen gerade saß. Wichtig war nur die Konfrontation, die vor ihm lag.

Er knallte die Tür hinter sich zu und marschierte durch den Flur.

Den Brief hielt er in der Hand. So etwas würde er nicht dulden, dieses Verhalten. Diese ... Demütigung.

Vor der Treppe blieb er stehen.

Im Foyer ging etwas vor sich. Irgendein Aufruhr, vielleicht eine Auseinandersetzung. Es war schwer zu sagen. Er sah, wie Bella aus der Küche lief, gefolgt von Betty und aus irgendeinem Grund von Danioni. Was zur Hölle hatte er hier zu suchen?

Ihr Ziel war ausgerechnet Jack. Der Amerikaner stand am Fuß der Treppe. »Wo ist es?«, schrie er.

»Wo ist was?«, hörte Cecil seine Frau fragen.

Er lief rasch die Treppe hinunter, der Brief war vorerst vergessen. »Jack!«, rief er. »Was ist los?«

Jetzt rannte Jack wie ein Verrückter herum, stieß Türen auf und spähte in Zimmer. »Ihr verdammten Betrüger. Wo ist es?«

Sein Wutausbruch weckte das ganze Hotel. Eine verschlafene Gestalt nach der anderen erschien auf dem Treppenabsatz.

»Jack! Bitte!« Cecil ging auf ihn zu, aber Jack hielt ihn zurück.

»Bleib mir vom Leib.«

»Mr Turner«, sagte Bella, »bitte, beruhigen Sie sich. Sagen Sie uns, was los ist.«

Jack rieb sich das stoppelige Kinn. Sein Blick war wirr, sein Gesicht so blass und wächsern wie das einer Leiche. »Das Gemälde«, sagte er. »Es ist weg!«

ELF

Bella dachte bei sich, dass die Situation ein wenig gestellt und klischeehaft wirkte. Sie erinnerte sie an die Romane von Agatha Christie, die sie gern las, wenn sie die Zeit dazu fand, und in denen sich häufig Hotelgäste in einem Salon wie diesem wiederfanden und erklären mussten, wo sie in einer bestimmten Nacht zu einer bestimmten Uhrzeit gewesen waren.

Aber das war noch kein Grund für die feindselige Stimmung, die unter den Anwesenden herrschte. Bella verzog das Gesicht, als sie der Reihe nach die ausdruckslosen Mienen betrachtete. Die Gäste hielten argwöhnisch Abstand voneinander. In ihren Morgenmänteln und Hausschuhen, vor Müdigkeit mit dunklen Schatten unter den Augen, wirkten sie ungewohnt verletzlich.

Danioni hatte das Heft in die Hand genommen und genoss es sichtlich, Jack zu befragen. *Was für ein scheußlicher kleiner Mann*, dachte sie. *Er steht wirklich für alles Schlechte, was es in Italien heutzutage gibt.*

»Und Sie sind sicher, das Gemälde wurde gestohlen, Signor Turner?«

»Natürlich bin ich sicher. Für wie dämlich halten Sie mich?«

»Haben Sie Ihr Zimmer durchsucht?«

»Wenn ich sage, dass es weg ist, ist es weg.«

Cecil schaltete sich aufgebracht ein. »Wie konnte etwas so Großes einfach verschwinden? Direkt vor Ihren Augen?«

»Woher zum Teufel soll ich das wissen? Ich bin nicht derjenige, der es geklaut hat.«

»Aber Sie sind derjenige, der darauf aufpassen sollte.«

»Was wollen Sie damit sagen, Mr Ainsworth?«

»Was auch immer Sie verstehen wollen, Mr Turner.«

Zu Bellas Erleichterung schritt Graf Albani ein. In seinem roten Seidenmorgenmantel mit Paisleymuster machte er eine eindrucksvolle Figur. »Wir sollten alle versuchen, ruhig zu bleiben.« Bella wandte sich an ihn. »Was würden Sie raten, Graf?«

»Zu tun, worum Mr Turner gebeten hat. Die Polizei zu rufen. *Pronto!*«

Jack nickte eifrig. »Und dann sollen die diesen verdammten Laden von oben bis unten durchsuchen.«

»Vielleicht könnte Lucian gehen?«

Lucian sprang auf. »Natürlich. Ich ziehe mich nur schnell an.«

Aber Danioni wedelte mit den Händen. »Nein, nein. Es ist besser, wenn niemand ... wenn niemand in sein Zimmer geht, Signore. Für den Moment.«

Diese Anweisung kam nicht gut an. Von Lady Latchmere und Julia hörte man ungläubiges Gemurmel. Sie konnten offenbar nicht fassen, dass man von ihnen erwartete, noch länger unangekleidet zu bleiben.

Cecil dagegen stimmte zu. »Danioni hat recht«, sagte er. »So können wir sichergehen, dass niemand Tricksereien unternimmt.«

»Was genau wollen Sie damit unterstellen?«, fragte Lady Latchmere.

»Niemand unterstellt irgendetwas«, versicherte Bella ihr hastig.

»Sind denn alle anwesend?«, wollte Cecil wissen.

»Die Wingfields nicht«, sagte Alice nach einem Blick in die Runde.

»Mr Wingfield ist heute Morgen früh abgereist«, enthüllte Bella. Jack machte ein skeptisches Gesicht. »Ach, wirklich?«

»Er fährt zu einem Turnier«, erklärte Bella. »In spätestens einer Woche ist er wieder hier.«

»Vielleicht kommt er auch nicht zurück«, sagte Jack.

»Aber seine Frau ist noch hier«, wandte Alice ein.
Jack drehte sich zu ihr um. »Sind Sie da sicher?«
Eine andere Stimme meldete sich. »Gestern Abend habe ich sie noch gesehen, Jack.« Es war Claudine. »Kurz bevor wir ins Bett gegangen sind.«
Jack sah sie grimmig an, und Bella fragte sich, warum er das nicht gewusst hatte. Waren die beiden nicht zusammen gewesen?
»Alice wird nach ihr sehen«, sagte Bella. »Constance, schicken Sie bitte Billy zu mir? Und in der Zwischenzeit ... Vielleicht könnte ein kleines Frühstück alle ein bisschen aufheitern.«

Betty war wenig erfreut darüber, dass sie so schnell so viele Portionen Frühstück servieren sollte. Noch weniger erfreut war Constance, als sie sah, dass Billy sich durch die Küchentür hereinschlich. Er sah schmutzig und zerzaust aus.
»Wo warst du?«, fragte sie ihn.
»Nirgendwo.« Sein schlechtes Gewissen sah man ihm an.
»Na, jedenfalls wird nach dir verlangt.«
»Von wem?«
»Mrs Ainsworth. Sie hat gesagt, sie will die Polizei holen.«
Billy erschrak. »Die Polizei? Warum?«
»Das Gemälde ist verschwunden«, sagte Betty.
»Damit habe ich nichts zu tun.«
»Das sagt auch niemand, Billy. Sie wollen das Hotel durchsuchen.«
Das Gesicht des Jungen wurde kreideweiß. »Warum das denn?«
Betty strich ihm durch die Haare. »Mach dir keine Sorgen, du Dummerjan. Du sollst die Polizei holen, nicht verhaftet werden.«
Constance führte Billy in den Salon. Fast alle Bewohner des Hotels waren dort, einige vertraten sich die Füße, andere saßen gelang-

weilt und verärgert herum. Bella stand mit Cecil, Lucian und Jack zusammen. Sie trugen Morgenmäntel und unterhielten sich leise und ernst mit dem schleimigen Italiener – Danioni oder wie er hieß.

»Ah, Billy«, sagte Bella, als sie die beiden sah. »Du musst für mich in die Stadt laufen. Signor Danioni wird dir sagen, wohin du gehen sollst.«

Danioni starrte Billy durchdringend an. »Das ist William Scanlon?«

»Ja, das ist Billy«, bestätigte Cecil.

»Der Junge, der das Fahrrad gestohlen hat?«

»Wir wollten es uns nur ausleihen …« Billy sah sich hektisch um, er hoffte auf Rückhalt.

»Ein bekannter Komplize krimineller Elemente«, sagte Danioni.

Constance verdrehte die Augen. »Seien Sie nicht albern.«

Bevor sie ihn weiter verteidigen konnte, stürzte Billy zur Tür. Constance hoffte, er würde es schaffen, aber Jack war schneller. »Das lässt du schön bleiben, Bürschchen«, sagte er und packte Billy an den Armen.

»Lassen Sie mich los!«

»Hör auf, dich zu wehren.«

»Sie tun mir weh!«

Betty musste seine Schreie in der Küche gehört haben. Wütend kam sie in den Salon gerauscht und wischte sich die Hände an der Schürze ab. »Was ist hier los? Billy?«

Ohne sie zu beachten, wandte Cecil sich an Lucian. »Hol mir den Schlüssel für den Schuppen. Da können wir ihn einschließen.«

»Bitte, Cecil«, flehte Bella. »Ist das denn nötig?«

»›Der Frevler flieht, auch wenn niemand ihn jagt.‹« Zu Danioni sagte er: »Fragen Sie nach Francesco, einem meiner Leute. Er kann die Polizei holen.«

Billy wand und wehrte sich, als Cecil und Jack ihn aus dem Zimmer bugsierten. Lucian folgte ihnen widerwillig, wahrscheinlich auf der Suche nach den Schlüsseln. Constance ging zu Betty und nahm sie in die Arme.

Die ältere Frau war geschockt, ihr Gesicht war blass, ihr Atem ging schnell und flach. »Billy!«, rief sie. »Billy!«

»Mam!« Seine gequälten Schreie hallten noch durch den Flur, bevor sie zu furchtbarer Stille verklangen.

Die Männer hatten Billy zum Schuppen gezerrt, einem kleinen Steinhäuschen am Ende eines holprigen Weges hinter dem Hotel. Francesco lagerte darin Werkzeug und Baumaterial – und Gott weiß was noch, dachte Billy. Schmutzige Bücher? Tote Tiere? Er war Billy immer komisch vorgekommen.

Billy krallte die Hände in das vergitterte Fenster, rüttelte fest an der Tür und trat mit aller Macht dagegen. Das Holz war alt, aber dick. Nicht verrottet genug, um einfach durchzubrechen.

»Lasst mich raus!«, schrie er. Die Seite tat ihm weh, weil dieser Mistkerl Mr Ainsworth ihm einen festen Schlag verpasst hatte, als er dachte, niemand sehe hin.

Wie konnte es sein, dass alle guten Männer im Krieg gestorben waren – all seine Brüder! Jeder einzelne! Und Leute wie Mr Ainsworth waren ungeschoren davongekommen? Jeder konnte sehen, dass er ein nutzloser Schmarotzer war. Was machte er eigentlich den lieben langen Tag? Rein gar nichts. Er stolzierte nur in seinen schicken Klamotten rum und blaffte den Leuten Befehle zu. Ein feiger Tyrann.

Sie standen alle draußen und sprachen darüber, was soeben geschehen war. Mr Ainsworth, Mrs Ainsworth, Danioni und der Amerikaner mit dem glänzenden Auto. Nur Mrs Ainsworth schien bei der Sache unwohl zu sein.

»Der kleine Strolch kann ganz schön schreien«, hörte er Mr Ainsworth sagen.

»Und treten wie ein Esel«, fügte der Amerikaner hinzu.
»Ich brauche einen Arzt!«, rief Billy. »Ich bekomme keine Luft!«
»Der Junge leidet«, sagte Mrs Ainsworth.

Aber Mr Ainsworth widersprach, er sei nur in Panik, weil sie ihn erwischt hatten.

Billy versuchte es noch einmal. »Mir tut die Seite weh!«
Das schien Mrs Ainsworth Sorgen zu bereiten. Sie wandte sich an ihren Mann: »Könnte ich nicht Nish bitten, ihn sich anzusehen?«
»Sei nicht so weich«, fuhr er sie an.
»Bitte!«, schrie Billy. »Es tut echt weh!«
»Cecil, bitte!«
»Ach, um Himmels willen, Bella. Na gut. Aber beeil dich.«
Fünf Minuten später kam Nish zu ihm. Mrs Ainsworth begleitete ihn, Mr Ainsworth und der Amerikaner waren verschwunden, vielleicht ins Haus, vielleicht bewachten sie auch den Weg. So oder so konnte er sie nicht mehr durch das Fenster sehen.

Mrs Ainsworth schloss die Tür auf, um Nish hineinzulassen. Während der Untersuchung stand sie daneben, beobachtete alles und biss sich auf den Daumennagel.

Billy hatte überlegt wegzulaufen, sobald sich die Tür öffnete. Aber vielleicht gab es eine bessere Möglichkeit. Außerdem würde er Mrs Ainsworth Schwierigkeiten einbrocken, wenn er jetzt flöh. Und gegen sie hatte er nichts. Sie war ganz anständig.

Als Nish sich vor ihn hockte, tauschten sie einen vielsagenden Blick. Sie waren sich einig, was passieren musste.

»Seine Atmung ist wirklich erschwert«, sagte Nish.
Bella fragte: »Können Sie ihm etwas geben?«
»Vielleicht ein Sedativ. Um ihn zu beruhigen. Um die Atmung zu erleichtern.«
»So was will ich nicht«, protestierte Billy.
»Dann vielleicht etwas gegen die Schmerzen.« Nish sah sich um. »Aber meine Tasche ist in meinem Zimmer.«

»Da lässt Danioni Sie jetzt nicht hin«, sagte Bella. »In meinem Büro ist Aspirin. Ich hole es.«

Billy nutzte die Gelegenheit und packte Nishs Arm. »Sie sind in Lady Latchmeres Schlafzimmer«, flüsterte er.

»Die Flugblätter?«

Billy nickte. »Unter dem Bett.«

»Gott, Billy. Bist du verrückt?«

»Ich dachte, das ist der letzte Ort, an dem irgendwer sucht!«

»Die Polizei wird sie finden. Sie durchsuchen das ganze Hotel.«

»Die Schlüssel sind in meinem Zimmer. Ich bin noch nicht dazu kommen, sie zurückzulegen.«

»Welche Schlüssel?«

»Die Generalschlüssel. Die habe ich aus dem Büro.«

Die beiden sahen sich an, und Nish begriff, dass es nun an ihm lag.

Cecil stand am Ende des Fußwegs zum Haus Wache. Bella musste an ihm vorbei, um das Aspirin für Billy zu holen.

Die ganze Zeit hatte er sich ihr gegenüber schon abweisend verhalten. Aber sie wusste, dass sie schnell paranoid wurde, schließlich sagte er ihr das ständig. Sie maß manchen Situationen zu viel Gewicht bei. Und genau das tat sie jetzt höchstwahrscheinlich auch. Es gab keinen Grund, nervös zu sein.

Er sah sie nicht an, sondern tat so, als beobachtete er fasziniert eine Ameisenstraße auf dem Boden.

Bella sagte: »Hoffen wir, dass die Polizei alles aufklären kann.«

Cecil antwortete nicht. Er schien sie nicht gehört zu haben.

Sie versuchte es noch einmal. »Ich sagte, hoffen wir ...«

»Ich bin nicht taub«, unterbrach er sie schroff. Er ließ sie stehen und ging zu einem Azaleenbeet neben dem Weg.

»Was ist denn los?« Sie folgte ihm und versuchte, seine Hand zu nehmen. »Cecil?«

Er riss den Arm weg und drehte sich um, sein Gesicht war weiß vor Wut. »Bleib mir vom Leib.«

»Liebling«, sagte sie wie zu einem störrischen Kind, »lass es nicht an mir aus. Du hast es selbst gesagt – bis vor Kurzem wusstest du nicht einmal, dass das Gemälde etwas wert sein könnte.« Wieder griff sie nach seiner Hand, aber er hielt sie hinter dem Rücken und starrte nur noch angestrengter zu Boden.

Jetzt konnte Bella ihren Ärger nicht mehr zurückhalten. »Also wirklich, Cecil! Wenn jemand aufgebracht sein sollte, dann ich. Ein solcher Vorfall … Nun, er könnte den Ruf des Hotels ruinieren.«

Er hob den Kopf und erwiderte ihren Blick. »Du hast keine Ahnung, oder?«

Bellas Ratlosigkeit war deutlich zu hören. »Wovon denn?«

Der Salon erinnerte an ein Bahnhofscafé voll verstimmter Reisender, die auf einen verspäteten Zug warteten. Kaum jemand sagte ein Wort. Alle waren zu müde und zu beunruhigt.

Claudine war ganz sicher nicht in der richtigen Stimmung für ein Gespräch. Sie war zu nichts in der richtigen Stimmung.

Schon seltsam, dachte sie. Als sie das Hotel Portofino zum ersten Mal gesehen hatte, war sie begeistert gewesen, vor allem von der Einrichtung in diesem reizenden englischen Stil, der an große Landsitze erinnerte. Aber jetzt konnte sie dem Interieur des Salons keinerlei Reiz mehr abgewinnen. Sie wurde allmählich unruhig.

Das lag an diesem ganzen Drama, in dem sie selbst eine Rolle gespielt hatte – das hatte sie, das musste sie zugeben.

Nichts von dem, was sie in diesem Raum sah – die Stühle mit den niedrigen Lehnen, die tadellos abgestaubten Zimmerpflanzen und dieser Kamin mit dem breiten Sims, auf dem hinter einer Reihe Bücher engelhafte Kinderfiguren tollten –, wirkte irgendwie beruhigend auf sie.

Sie betrachtete die Gemälde. Und es gab viele davon. Die meisten zeigten reiche weiße Frauen in Krinolinen, ein Verweis auf die französische Kunst und Gesellschaft vor dreißig Jahren. Einige der Bilder, das wusste sie, hatte Lucian gemalt. Sie war nicht sicher, ob sie die Gemälde mochte. Er malte gut, das konnte sie sehen. Aber er müsste mehr mit der Zeit gehen. Kühner sein. Mehr wie ihre Künstlerfreunde malen, die sie in Paris zurückgelassen hatte.

Ein Bild sah sie sich besonders lange an. Es zeigte eine Frau, die Rose tatsächlich ein wenig ähnlich sah. Plötzlich erschien Jack neben ihr und zog sie in eine Ecke.

»Was sollte das heißen, dass du die Wingfield gesehen hast, bevor du ins Bett gegangen bist?« Sein Atem stank nach Alkohol.

»Genau, was ich gesagt habe«, antwortete sie und wich zurück.

»Ich habe dir doch aufgetragen, im Zimmer zu bleiben.«

»Du weißt, dass ich ›Aufträge‹ nicht leiden kann.«

»Jetzt hör auf mit dem Mist!«

»Mit welchem Mist denn, Jack?«

»Dass du dich aufführst wie die Königin von Saba. Wir wissen beide, dass du ein Nichts warst, bevor du mich getroffen hast.« Claudine war empört. Sie wollte gehen, aber er packte sie wieder. »Wag es ja nicht wegzugehen, wenn ich mit dir rede.«

Sie erstarrte. »Sonst?«

»Sonst passiert was.« Er umklammerte fest ihr Handgelenk.

»Nimm deine verdammte Hand weg.«

»Du stimmst mir einfach zu. Was ich auch sage, in Ordnung?«

Es gab mehrere Möglichkeiten. Nach kurzem Überlegen entschied Claudine sich für die unkomplizierteste. »Was du auch sagst, Jack.«

Die Fassungslosigkeit über Bellas unverfrorenes Verhalten trieb Cecil auf seinem Weg vom Schuppen zurück zum Hotel an. Sie konnte es abstreiten, aber was glaubte sie, wem sie hier etwas vormachte? Er sah sich die Blumenbeete und Rasenflächen an, alles tadellos gepflegt, und spürte eine Woge der Verbitterung. All das gehörte ihr, nicht ihm. So langsam fragte er sich, was er überhaupt hier machte. An diesem Ort. In dieser Ehe.

Als sein Freund Horace erfahren hatte, dass Cecil nach Italien ziehen wollte, hatte er gesagt, ein Hotel zu leiten sei so einfach oder so schwierig wie seine Gäste. Damals war Cecil die Bemerkung äußerst banal erschienen. Aber zum Teufel – er hatte recht gehabt.

Cecil erreichte den Salon und sah noch das Ende der Auseinandersetzung zwischen Claudine und Jack.

Cecil ging zu Lizzie, die an der Tür stand. »Ein Streit unter Liebenden?«

Sie antwortete, ohne ihn anzuschauen. »Scheint so.«

»Ob die beiden versuchen, ihre Geschichten abzustimmen?«

»Wenn Sie meinen.« Lizzie wollte gehen, aber so leicht ließ Cecil sich nicht abwimmeln.

»Haben Sie mit Mrs Turner gesprochen?«

»Noch nicht. Ich bin gerade erst aufgestanden.«

»Aber Sie haben sie gestern Abend gesehen? Kurz vor dem Schlafengehen?«

»Ich kann mich nicht erinnern.«

Cecil kam ihr bedrohlich nah. »Mrs Wingfield, ich will Sie nicht beunruhigen. Aber es ist nicht unbemerkt geblieben, dass Ihr Mann genau in dem Moment abgereist ist, in dem das Gemälde verschwunden ist.«

Lizzie ließ sich nicht einschüchtern. »Was wollen Sie damit sagen?«

»Nichts, meine Liebe. Aber sollten Sie helfen können, den Ablauf der Ereignisse zu klären, wäre es klug von Ihnen, uns alles mitzuteilen.« Er legte eine Kunstpause ein, um seinem *coup de grâce* mehr

Wirkung zu verleihen. »Ich fände es äußerst bedauerlich, wenn einer unserer berühmtesten Sportler in diese schmutzige Affäre hineingezogen würde. Es würde so viel Aufmerksamkeit auf sich ziehen.«

Lizzie klappte die Kinnlade herunter. Bevor sie etwas entgegnen konnte, tauchte Bella hinter ihnen auf.

»Das Frühstück steht bereit«, sagte sie fröhlich.

Cecil trat von Lizzie zurück. »Wunderbar.«

»Ich sage allen, sie sollen in den Speisesaal kommen.« Bella schien die Spannungen zwischen ihnen nicht bemerkt zu haben.

»Dann mal los. Mrs Wingfield hat bestimmt Hunger.«

Lizzie ging vor, Cecil und Bella folgten ihr wortlos durch den Flur, wo Julia ihnen auflauerte. Zu jedem anderen Zeitpunkt hätte Cecil gern die Gelegenheit zu einem Flirt genutzt. Aber nicht jetzt.

»Was für eine scheußliche Angelegenheit«, sagte Julia.

»Allerdings«, stimmte Bella tonlos zu.

Julia sah Cecil an. »Du wirkst erstaunlich ruhig.«

»Es ist nicht hilfreich, die Nerven zu verlieren.«

»Glaubst du, das Gemälde wurde wirklich gestohlen?«

Bella sagte: »Ich schätze, keiner von uns weiß im Moment, was er glauben soll, Julia.«

Als sie den Speisesaal betraten, fiel Cecils Blick auf Jack, der gerade zu seinem Tisch ging. »Oder *wem* man glauben soll.«

Jack drehte sich auf der Stelle um. »Bin ich damit gemeint?«

In Cecil loderte Wut auf. »Sie vermuten richtig.«

»Wollen Sie mich einen Lügner nennen?«

»Ich will damit andeuten, dass Sie mit der Wahrheit ein wenig sparsam umgehen.«

»Cecil!«, rief Bella.

Im Saal wurde es still, als die beiden Männer sich voreinander aufbauten. Cecil hatte den Vorteil, dass er richtig angezogen war. Jacks Morgenmantel klaffte immer wieder auf, darunter kam sein Flanellpyjama zum Vorschein.

»Los, raus damit«, sagte Jack.

Cecil grinste. »Ich denke, da stehen eher Sie in der Pflicht, alter Knabe. Erzählen Sie uns, was *Sie* wissen.«

Jack betrachtete die erwartungsvollen Gesichter um sich herum. »Das Gemälde war in der Kiste, als Sie sie mir übergeben haben. Ich habe gesehen, wie Sie es verpackt haben.«

Aber Cecil musste sich weiter in Szene setzen. »Mir drängt sich schlicht die Frage auf, warum Sie darauf bestanden haben, dass ich es Ihnen gestern Abend übergebe.«

»Nachdem Sie es unbedingt jedem zeigen mussten, nun ja … Ich dachte, ich wäre besser *gewappnet* als Sie, es zu verwahren.«

Bella sagte: »Sie haben sicher getan, was Sie für das Beste hielten, Mr Turner.«

Jack sah zu Claudine, die mit einem Glas Orangensaft ein Stück abseits saß. »Ich habe dafür gesorgt, dass Claudine das Gemälde bewachen kann, während ich hier unten meine Geschäfte mit Ihnen zu Ende gebracht habe. Um elf bin ich wieder nach oben gegangen. Einer von uns war die ganze Zeit bei dem Bild. Aber als ich heute Morgen nachgesehen habe, war es weg.«

»Sie meinen: verschwunden?«, schlug Cecil vor. »Es hat sich in Luft aufgelöst?« Er pustete wie ein Zauberer in die Hände.

»An Zauberei glaube ich nicht«, sagte Jack.

»Das trifft sich gut«, sagte Cecil bissig. »Ich nämlich auch nicht.«

»Und was soll dann die Erklärung sein?«, fragte Julia.

»Ich glaube, Mr Turner hat uns nicht die ganze Wahrheit verraten«, sagte Cecil. »Er will das Ausmaß seiner Nachlässigkeit verschleiern.«

Jetzt spitzten alle Anwesenden die Ohren.

»Liebling«, sagte Bella. »Glaubst du, jetzt ist der richtige Zeitpunkt dafür? Und hier der richtige Ort?«

Jack stemmte die Hände in die Hüften. »Ich hoffe für Sie, dass Sie das beweisen können, Freundchen.«

»Oh, ich bin sicher, dass kann Ihre Frau tun. Nicht wahr, Mrs Turner?«

Claudine sagte nichts.

»Oder vielleicht«, fuhr Cecil fort, »sollte ich stattdessen Mrs Wingfield bitten, Ihre Geschichte zu bestätigen? Immerhin haben wir alle genau gehört, wie Sie behauptet haben, dass Sie mit ihr gesprochen haben. Kurz bevor Sie zu Bett gegangen sind.«

Die beiden Frauen tauschten einen Blick.

»Es könnte sein, dass ich aus dem Zimmer gegangen bin«, gestand Claudine. »Aber nur kurz.«

»Claudine!« Jack wirbelte herum.

»Was denn, Jack? Es ist die Wahrheit.«

»Jetzt kommen wir ihr zumindest näher«, sagte Cecil.

»Wenn eine Freundin meine Hilfe braucht, bin ich zur Stelle.«

»Ich habe sie gebeten, zu mir ins Bad zu kommen«, erklärte Lizzie.

Julia wirkte entgeistert, als wäre schon die Vorstellung, jemanden in einem Badezimmer zu treffen, abscheulich. »Warum denn nur?«

»Um ihr zu helfen, sich fürs Schlafengehen vorzubereiten.«

»Und wie lange hat dieses Treffen gedauert?«, wollte Cecil wissen.

»Etwa zwanzig Minuten.«

»In denen Mrs Turner nicht bei dem Gemälde war. Und Sie, Mrs Wingfield, waren nicht bei Ihrem Mann.«

»Ich streite nicht ab, dass ich das Gemälde allein gelassen habe«, sagte Claudine. »Aber wenn jemand in unserem Zimmer war, muss er sich den Schlüssel besorgt haben. Denn ich schwöre bei meinem Leben ...« Sie sah alle Anwesenden der Reihe nach an. »Die Tür war abgeschlossen, als ich gegangen bin.«

Nish waren die Zigaretten fast ausgegangen. Er saß auf der Terrasse, schaute aufs Meer hinaus und zog seufzend seine vorletzte Caporal aus der Packung. Seine Schlüsselrolle in einer Reihe miteinander verwobener Katastrophen setzte ihm zu.

Eine Jacht glitt auf den Hafen zu, sie zog ein schmales weißes Band hinter sich her. Geistesabwesend beobachtete Nish sie. Diese Landschaft konnte einem Streiche spielen. Die Unendlichkeit der Hügel, der vollkommen klare Himmel … Sie konnten einen Menschen hypnotisieren, ihm weismachen, er sei vor den Launen des Schicksals gefeit, und Italien sei tatsächlich so, wie es sich die meisten englischen Touristen vorstellten – ein von der Sonne gesegnetes Land voller Gemälde und Skulpturen und mittelalterlicher Gebäude.

Aber Italien war ein gebrochenes Land. Und zum Teil waren daran die Alliierten schuld, die ihm im Vertrag von London Gebiete versprochen hatten, über die sie gar nicht zu bestimmen hatten, damit Italien auf ihrer Seite in den Krieg zog. Als alles vorbei war, war der damalige Präsident des Ministerrats Vittorio Orlando bei der Pariser Friedenskonferenz gedemütigt worden und zurückgetreten.

Tatsächlich hatte Italien einige Gebiete gewonnen – Istrien, Triest, Südtirol. Aber es hatte den Großteil Dalmatiens verloren, und das trieb die Nationalisten und Faschisten auf die Barrikaden, sie schürten die öffentliche Empörung und warfen Orlando vor, er habe ihnen einen »verstümmelten Sieg« beschert.

Auftritt von rechts – Mussolini.

Nish war so tief in Gedanken versunken, dass er die Schritte hinter sich zuerst nicht hörte.

»Darf ich mich dazusetzen?«, fragte jemand – es war Lucian. »Da drinnen geht es ziemlich giftig zu.«

»Bitte«, sagte Nish, ohne sich umzusehen.

»Was treibst du hier?«

»Nicht viel.« Nish lächelte. »Wenn du es wissen willst, ich habe nachgedacht.«

»Ach ja?« Sein Freund klang amüsiert.

»Ich dachte gerade, dass wir den Faschismus nicht beseitigen können, solange wir nicht verstehen, woher er kommt. Und warum er so viele Menschen begeistert.« Nach einem Moment sprach er weiter. »Es reicht nicht, etwas zu hassen.«

Lucian setzte sich neben ihn. »Sehr tiefgründig.«

Nish bot ihm seine letzte Zigarette an. »Ich wünschte, man müsste sich darüber keine Gedanken machen.«

Lucian musste bemerkt haben, dass Nishs Hände zitterten, denn er fragte: »Ist alles in Ordnung?«

Nish sah seinen Freund an. Er fand nicht die richtigen Worte.

»Was ist los?«, fragte Lucian. »Sagst du es mir?«

Nish schüttelte den Kopf.

»Ich verdanke dir mein Leben, um Himmels willen. Zwischen uns kann es doch keine Geheimnisse geben.«

»Sagen wir einfach, dass ich ein echter Idiot war.«

Lucian lachte. »Also alles wie immer.«

»Das ist kein Witz, Lucian. Ich stecke in der Klemme.«

»Dann lass mich dir helfen.«

»Ich weiß nicht, ob man da überhaupt etwas machen kann«, sagte Nish.

Und dann erzählte er Lucian – nicht alles, aber genug. Von Gianluca und Billy und den Flugblättern. Lucian hörte einfach nur zu. »Das ist nicht gut«, sagte er nach einer Weile. »Das können wir nicht für uns behalten.« Als er Nishs Gesicht sah, fügte er hinzu: »Wenn ich aus dem Graben stürmen konnte, kannst du ein offenes Gespräch mit meiner Mutter führen.«

Nish drückte seine Zigarette aus. »Wegen deiner Mutter mache ich mir keine Sorgen.«

Im Speisesaal herrschte bessere Stimmung, als sie erwartet hätten; Bettys Brötchen hatten Wunder gewirkt. Aber gleichzeitig mit Lucian und Nish traf Danionis neuer Kumpan ein, eine finstere, spindeldürre Gestalt in vollem Polizeiornat mit silbernen Epauletten und einem weißen Schulterriemen, der quer über seine Jacke lief.

»Endlich«, sagte Bella. Sie klatschte in die Hände, um für Ruhe zu sorgen. »Wenn ich um Ihre Aufmerksamkeit bitten darf.«

Es wurde still im Saal. Der Mann redete Italienisch, Graf Albani übersetzte simultan. Er stellte sich als Wachtmeister Ottonello von der Polizia Municipale vor, und er war hier, um mit seinen Kollegen das Hotel zu durchsuchen.

»Ich bitte um Ihre Erlaubnis«, sagte Ottonello mit einem verkniffenen Lächeln, aber niemand zweifelte daran, dass es eine Forderung und keine Bitte war.

Danioni trat vor. »Ich bin sicher, dass die feinen Herrschaften nichts zu befürchten haben.« Dann wandte er sich zum Gehen.

Bella wollte ihm folgen, aber Lucian fing sie ab. »Nish und ich müssen mit dir im Vertrauen reden«, sagte er.

»Was, jetzt?«

»Sofort, fürchte ich.«

»Dann gehen wir in die Küche.«

Die Sache mit dem Vertrauen war leider relativ, dachte Nish. Für Bella zum Beispiel schien ein Gespräch auch dann im Vertrauen stattzufinden, wenn Alice daran teilnahm – oder jedes andere Familienmitglied, das zufällig in der Nähe war.

Nish hatte Alice nie gemocht, aber das hatte er vor Lucian verborgen. Sie war missgünstig und verbittert, die Sorte Mensch, die immer das Schlimmste annahm. Deshalb war abzusehen gewesen, dass sie sich über die Geschichte mehr aufregte als ihre Mutter.

»Wie kann man nur so dumm sein?«, fragte sie, das sommersprossige Gesicht rot vor Wut.

Lucian nahm seinen Freund sofort in Schutz. »Komm schon, Alice.

Nish konnte doch nicht wissen, dass Billy die Flugblätter unter Lady Latchmeres Bett verstecken würde.«

»Ich habe euch beide gemeint!« Alice starrte sie finster an. »Was habt ihr euch dabei gedacht? Schleicht euch einfach zu einem geheimen Sozialistentreffen.«

»Ich habe gehofft, etwas zu lernen«, erklärte Lucian spitz. »Über Politik. Für den unwahrscheinlichen Fall, dass es etwas ist, für das ich eine Leidenschaft entwickeln könnte.«

»Warum ist das so wichtig? Ständig für irgendwas eine Leidenschaft zu haben?«

»Wenn du das wirklich nicht weißt«, sagte Lucian schroff, »dann kann ich es dir auch nicht erklären.«

Weil er sich von ihr Unterstützung erhoffte, sah er seine Mutter an. Aber sie hatte den Kopf in den Händen vergraben. »Ach, Lucian.«

»Bitte, Mrs Ainsworth«, sagte Nish. »Lucian wusste nichts von den Flugblättern. Es ist allein meine Schuld.«

»Hör nicht auf ihn«, sagte Lucian.

»Ich kann mich nur entschuldigen«, sprach Nish weiter. »Für die Probleme, die ich verursacht habe. Nachdem Sie so freundlich zu mir waren.«

Lucian wollte antworten, aber Bella kam ihm zuvor. »Es hat keinen Sinn, darüber zu zanken, wer uns diesen Schlamassel eingebrockt hat. Wir müssen uns darauf konzentrieren, da wieder herauszukommen.«

Alice fragte: »Können wir die dummen Flugblätter nicht einfach holen?«

Bella schüttelte den Kopf. »Sie haben schon mit der Suche nach dem Gemälde angefangen.«

»Die Polizisten sind überall«, fügte Lucian hinzu.

»Besteht die Chance, dass sie das Gemälde finden und den Rest vergessen?«, überlegte Nish.

»Ich würde darauf wetten, dass sich der Schuldige schon aus dem Staub gemacht hat«, sagte Lucian. »Mr Wingfield ist nachts ziemlich verdächtig durchs Hotel geschlichen.«

»Warum sagen wir dann nicht einfach die Wahrheit?«, fragte Alice. Bella sah sie an. »Weil Danioni nach dem kleinsten Vorwand sucht, das Hotel zu schließen.«

»Ich werde mich stellen«, sagte Nish und ließ die Schultern hängen. »Ich sage, ich hätte allein gehandelt.«

Lucian schüttelte den Kopf. »Das kannst du nicht machen. Bestenfalls deportieren sie dich. Schlimmstenfalls wanderst du ins Gefängnis.«

Schweigend saßen sie da.

Alice meldete sich als Erste zu Wort. »Es gibt keinen anderen Ausweg. Billy muss den Kopf hinhalten.«

»Alice!« Lucian war entsetzt.

»Was?« Alice sah nicht, wo das Problem sein sollte. »Es war schließlich seine dumme Idee, sie da zu verstecken.«

Beide wandten sich Bella zu und warteten auf eine Entscheidung, wie sie es früher als Kinder getan hatten. Aber dieses Mal ließ ihre Mutter nicht erkennen, was sie dachte.

»Ich muss Lady Latchmere vorwarnen«, sagte sie schließlich. »Es wird ihr nicht gefallen, wenn ihr Name in all das hineingezogen wird.«

Alice trottete Bella auf der Suche nach Lady Latchmere hinterher.

»Du weißt, dass es die sinnvollste Lösung wäre«, sagte sie. »Das mit Billy.«

Bella ging weiter; sie hoffte, sie würde Alice abschütteln. »Betty würde uns das niemals verzeihen.«

»Aber er ist noch fast ein Kind. Sie würden doch sicher nachsichtig mit ihm sein.«

»Das wissen wir nicht.« Alice hörte die Verbitterung in der Stimme ihrer Mutter.

»Na ja. Wahrscheinlich hat er verdient, was ihm bevorsteht.« Sie wollte nicht herzlos klingen, aber ... »Nish hat gesagt, dass er in seinem Zimmer einen Generalschlüssel versteckt hat.«

»Wir können ihn nicht den Wölfen vorwerfen, Alice.«

»Ich sehe keine andere Möglichkeit.«

Bella seufzte. »Wir sollten ihm wenigstens einen Anwalt besorgen.«

»Ich spreche mit Daddy«, sagte Alice zufrieden und machte kehrt. Plötzlich hatte sie das Gefühl, sie habe eine Aufgabe. Es war eine Erleichterung.

Bella rief ihr nach. »Alice, warte! Hat er irgendwas zu dir gesagt?«

Alice drehte sich wieder um. »Billy?«

»Nein.« Ihre Mutter zögerte. »Dein Vater.«

»Ich habe heute kaum ein Wort mit ihm gesprochen. Warum fragst du?«

Bella schüttelte den Kopf. »Er hat sich nur komisch benommen. Mehr nicht.«

»Also wie immer«, sagte Alice.

»Ja«, sagte Bella. »Ja, wahrscheinlich hast du recht.«

Lady Latchmere saß am Fenster des Salons, auf dem Schoß eine aufgeschlagene Ausgabe der *Country Life*. Im Profil sah ihr Gesicht so überraschend jung aus, dass Bella genauer hinsehen musste. Konnte das wirklich dieselbe Lady Latchmere sein, die bei ihrer Ankunft so schwerfällig gewirkt hatte? Dieselbe Lady Latchmere, die noch vor einer Woche wegen der Tasse Tee, die kalt vor ihr auf dem Tisch stand, Aufhebens gemacht und verlangt hätte, man solle sie sofort entfernen?

Wir können uns alle ändern, dachte Bella. *Selbst in mittleren Jahren muss die Jugend nicht verloren sein.*

»Lady Latchmere«, setzte sie an.

Die ältere Frau blickte mit ihren milchig blauen Augen auf. »Gertrude, bitte, meine Liebe.«

»Gertrude. Ich muss mit Ihnen sprechen. Es geht um eine heikle Angelegenheit.«

Als würde sie spüren, wie nervös Bella war, nahm Lady Latchmere ihre Hand. »Dann sagen Sie es am besten einfach geradeheraus, meine Liebe.«

Bella sprach ungewohnt stockend. »Mir wurde mitgeteilt, dass bei der Durchsuchung des Hotels wahrscheinlich gewisse Gegenstände eindeutig politischer Natur gefunden werden. Versteckt unter Ihrem Bett.«

Lady Latchmere wirkte verwirrt. »Unter meinem Bett?«

»Ich fürchte, ja.«

»Was für Gegenstände?«

»Flugblätter«, sagte Bella. »Um genau zu sein.«

»Und was steht auf diesen Flugblättern?«

»Mir wurde gesagt, dass sie abwertende Ansichten enthalten. Über Signor Mussolini.«

Lady Latchmere brach in entzücktes Lachen aus. Es war so laut, dass Bella sich nervös umschaute, ob sie jemand hörte.

»Aber das ist ja zu köstlich!«

Bella war verblüfft. »Gertrude?«

»Und wer, wenn ich fragen darf, ist der Subversive in unserer Mitte?«

»Es steht mir nicht frei, das zu sagen. Aus Sorge, denjenigen zu belasten.«

»Dann erkläre ich sie zu meinem Eigentum.«

»Wie bitte?« Bella war nicht sicher, ob sie richtig gehört hatte.

»Die Flugblätter«, flüsterte Lady Latchmere. »Ich werde sagen, dass sie mir gehören.«

Bella musste lächeln. »Ob das klug ist, Gertrude?«

Lady Latchmere reckte das Kinn. »Sollen sie tun, was sie wollen. Dieser garstige eitle Pfau, wie er herumstolziert ... Ein Blick, und man weiß, dass er eine Canaille ist. Ich kann Menschen nicht ausstehen, die andere schikanieren.«

Erleichterung durchströmte Bella. »Oh, da kann ich Ihnen nur beipflichten.«

»Herbert ... Lord Latchmere. Er hat meinen lieben Ernest furchtbar schikaniert. Er hat gedroht, ihn zu enterben, wenn er sich nicht meldet, um ›seine Pflicht zu erfüllen‹.«

»Es tut mir so leid, das zu hören«, sagte Bella. Das tat es wirklich. »Ich weiß, Lucian fühlte sich auch unter Druck gesetzt, sich freiwillig zu melden. Von seinem Vater.«

»Ich wünschte nur, ich hätte ihm stärker widersprochen. Um Ernests willen.«

»Unsere armen Söhne.« Die Frauen waren wieder in ihrer Trauer vereint.

»Seit es geschehen ist, kann ich mich kaum überwinden, mit ihm zu sprechen«, gestand Lady Latchmere. »Ich weiß nicht, ob wir jemals wieder einen normalen Umgang miteinander pflegen können.«

Schon seit der Eröffnung des Hotels Portofino brannte Danioni darauf, hier herumzuschnüffeln.

Die Suiten mit eigenem Bad hatten es ihm besonders angetan. Einen größeren Luxus konnte man sich nicht wünschen. Er strich über die verchromten Wasserhähne und stellte sich vor, wie er in einem duftenden Schaumbad lag und auf der Wand die Schatten einer flackernden Kerze tanzten.

Sein eigenes Badezimmer zu Hause war beengt. Und die Toilette befand sich draußen. Gestern war er hinausgegangen, um sich zu erleichtern, und hatte in der Schüssel eine tote Ratte gefunden.

Hier würde man nie eine tote Ratte sehen – allerdings, dachte er grinsend, könnte man leicht irgendwo eine verstecken. In einem Küchenschrank vielleicht. Wie dieser Bauerntrampel von Köchin kreischen würde, wenn sie die Ratte sah!

Diese Suite, in der diese alte Frau wohnte, hatte auch ein eigenes Bad. Das Schlafzimmer gefiel Danioni nicht besonders. Sicher, es war groß. Aber die dezente Blumentapete war nicht sein Geschmack. Und die Möbel waren so alt!

Engländer mochten alte Sachen. Sie legten Wert auf eine Verbindung zu ihrer Vergangenheit. Deshalb hatten sie Angst vor der Zukunft. Anders als die Italiener. Anders als Il Duce.

Danioni trommelte mit den Fingern auf seine Oberschenkel, während Wachtmeister Ottonello unter Lady Latchmeres Bett nachsah.

Warum dauerte das so lange?

Als Ottonello langsam aufstand, sah Danioni ihn mit hochgezogenen Augenbrauen an. »*Trovato qualcosa?*«, fragte er. *Was gefunden?*

Ottonello schüttelte den Kopf.

»*Sei sicuro?*« *Bist du sicher?*

Höflich, aber bestimmt schlug Ottonello vor, Danioni solle selbst nachsehen. Was er tat, er ließ sich auf die Knie sinken und starrte in den staubigen Zwischenraum.

Ottonello hatte recht. Da war nichts. Wie konnte das sein?

Als Danioni sich aufrappelte, kam Mr Ainsworth herein.

»Fündig geworden?«, fragte er.

Ottonello reichte Danioni einen Schlüsselbund, den dieser hochhielt und klimpern ließ. »Die wurden im Zimmer von William Scanlon gefunden«, erklärte er.

Mr Ainsworth wandte sich an Ottonello. »Ja, ja. Aber was ist mit dem Gemälde?«

Ottonello sah ihn verständnislos an.

Danioni übersetzt für ihn. »*Il dipinto?*«

Der Wachtmeister schüttelte den Kopf.
»Wie bedauerlich«, sagte Mr Ainsworth.

～⚘～

Zu den ersten Dingen, die Constance als Dienstmädchen gelernt hatte, gehörte das Wäschewaschen. Es war komplizierter, als den meisten Leuten klar war. Da gab es eine ganze Reihe lästiger Regeln und Rituale, zum Beispiel musste man Strümpfe und Socken am Abend vorher einweichen und durfte nicht vergessen, das Wasser mit Pottasche weicher zu machen.

Sie hatte es immer gehasst und hasste es noch, aber hier trocknete die Wäsche wenigstens schnell in der Sonne – und man brauchte keine Pottasche, weil das ligurische Wasser von Natur aus weich war.

Der gusseiserne Waschkessel des Hotels war der größte, den sie je gesehen hatte, und sie hatte schon in einigen großen Häusern gearbeitet. Er nahm einen Großteil der Waschküche ein, und wenn Constance die Wäsche mit dem Stampfer bewegte, kam sie sich wie eine Zauberin vor.

Heute wusch sie Bettlaken. Bettwäsche musste hier häufig gewechselt werden, vor allem weil es nachts so heiß war. Constance fischte die Laken aus dem Wasser, wrang sie aus und legte sie in den Wäschekorb, um sie nach draußen zu bringen.

Man musste die Küche durchqueren, um von der Waschküche aus in den Hof zu gelangen. Sie entdeckte, dass Danioni einen seiner Polizisten vor der Tür platziert hatte. Er hielt sie an, als sie vorbeigehen wollte. »*Scusi, Signora!*«

Sie zeigte auf die Laken und machte Bewegungen, als wollte sie die Wäsche zum Trocknen aufhängen.

»Ah«, sagte der Polizist. Er nickte lächelnd und schickte sie mit einer Geste weiter.

Die Wäscheleine hing zwischen zwei Bäumen über einem staubigen Rasenstück hinter dem Hof, vor der Abzweigung zum Schuppen. Der Korb war schwer. Schon nach diesem kurzen Weg schmerzten ihre Arme und ihr Rücken vom Tragen.

Sie war erleichtert, als sie ihn abstellen konnte. Dabei fiel ihre eine Kolonne winziger schwarzer Ameisen auf, die sich durch das bräunliche Gras zu ihrem Hügel ein paar Meter entfernt schlängelte. Einige von ihnen trugen kleine Bröckchen Nahrung auf dem Rücken. Constance wünschte, sie wüsste mehr über die Welt der Natur. Richtig wissenschaftliche Dinge. Zum Beispiel wie Ameisen einander folgen konnten. Hatten sie Augen? Oder orientierten sie sich an Gerüchen oder Geräuschen?

Ihr kam der Gedanke, dass Menschen Ameisen ähnlicher waren, als es ihnen lieb war. Zu viele von ihnen folgten anderen blind, immer schön in Reih und Glied, und fügten sich. Aber es war auch verständlich, oder, sich zu fügen, wenn Rebellen so schwere Strafen drohten?

Für Dienstboten war Fügsamkeit das oberste Gebot. Trag diese Schürze. Spül die Töpfe. Steh um diese Zeit auf. Rebellierte man, verlor man seine Stelle.

Die Lösung war, sich leise und unauffällig zu widersetzen.

Sie hob den Berg nasser Wäsche hoch. Wie sie gewusst hatte, lag darunter eine flache Schicht trockener Laken, gebügelt und zusammengelegt. Sie schob eine Hand unter die Laken und lächelte, als sie gegen einen dicken Wulst stieß.

Gut, dachte sie. Die Flugblätter waren eindeutig noch da.

ZWÖLF

Wäre es nach Cecil gegangen, hätte Billy in dem stinkenden alten Schuppen verhungern können. Aber das duldete Betty nicht. Sie belud ein Tablett mit Sandwiches und übrig gebliebenem Bratenaufschnitt und brachte es selbst hinauf. Mit schmerzenden Waden lief sie den steilen Kiesweg empor.

Danioni ließ einen seiner Polizisten die Tür bewachen. Der Mann war nicht unfreundlich. Er lächelte, zwinkerte ihr zu und öffnete die Tür, dann trat er zur Seite.

Im Schuppen war es heiß und stickig, Licht fiel nur durch ein Flügelfenster in der gegenüberliegenden Wand. Betty machte im Halbdunkel einen Holztisch mit einer Schraubzwinge aus und eine Reihe verschieden großer Sägen, die davorhingen. Überall lagen Schrauben und Bohrer herum.

Billy saß auf dem Boden auf einem Packen Sackleinen. Als die Tür geöffnet wurde, blinzelte er, dann stand er auf.

Betty knallte das Tablett auf den Tisch, lief zu ihm und umarmte ihn. »Oh, Billy«, sagte sie. »Was hast du nur angestellt?«

»Ich habe überhaupt nichts angestellt«, sagte er trotzig.

»Hier.« Betty nahm ein Sandwich vom Tablett und hielt es ihm hin. »Du musst was zwischen die Zähne kriegen.«

Er schob es weg. »Ich habe keinen Hunger.«

»Du musst bei Kräften bleiben.«

»Ich habe gesagt, ich habe keinen Hunger, Mam.«

»Dann trink wenigstens was.« Sie gab ihm eine Glasflasche mit Wasser.

Er trank durstig und wischte sich den Mund mit dem Ärmel ab.

»Wie lange werde ich hier eingesperrt sein?«

»Ich weiß es nicht, Billy.«

»Es war doch nur 'n Fahrrad, verdammt noch mal. Ich wollte es zurückbringen.«

»Es geht ihnen nicht um das dumme Fahrrad.«

»Worum denn?«

»Um das Gemälde.«

»Was hat das mit mir zu tun?«

»Sie sagen, jemand muss es gestohlen haben. Aus Mr Turners Schlafzimmer.«

»Und?«

»Und sie haben einen Bund Ersatzschlüssel gefunden. In deinem Zimmer versteckt.«

Billy wurde still. Er schüttelte den Kopf, aber Betty entging nicht, dass er die Sache mit den Schlüsseln nicht leugnete.

»Ach, Sohn.« Ihre Stimme klang leise und schwach.

»Es ist nicht so, wie du denkst, Mam. Ich habe keine Ahnung, was mit dem Bild ist. Das schwöre ich bei den Gräbern meiner Brüder.«

»Ich glaube dir. Viele andere werden es nicht tun.« Sie zog ihn näher zu sich. »Aber was hat es mit den Schlüsseln auf sich?«

»Ich habe jemandem 'nen Gefallen getan. Und vergessen, sie zurückzulegen.« Er schaute zu ihr auf.

Betty fragte: »Was für einen Gefallen? Und wem?«

Aber Billy antwortete nicht.

Obwohl die Polizei immer noch das Hotel durchsuchte, hatte der Tag beinahe zur Normalität zurückgefunden. Alice mochte am Leben im Hotel vor allem, dass es ihr manchmal vorkam, als würde sie auf einem Ozeanriesen dahintreiben. Das und die klar umrissene Rolle, die sie hatte, gaben ihr ein Gefühl von Sicherheit und Geborgenheit.

Es lag ihr, andere herumzukommandieren. Falls das wie ein Makel klang, dann zeigte es nur, dass die meisten Menschen keine Ahnung hatten, was es bedeutete, ein Hotel zu leiten.

Als sie ein Kind war, hatte *Das Grandhotel Babylon* von Arnold Bennett zu Alice' Lieblingsbüchern gehört. Sie hatte davon geträumt, in dem von Bennett erdachten exklusiven Haus an der Themse zu arbeiten. Sie hatte eine Schwäche für Jules, den Oberkellner, dem die einfachen Kellner unterstellt waren. Dank ihm glitten sie über die orientalischen Teppiche, »balancierten ihre Tabletts mit der Geschicklichkeit von Jongleuren und behandelten die Bestellungen mit jener profunden Bedeutsamkeit, deren Geheimnis nur erstklassige Kellner kennen«.

Alice sah ihre Aufgabe darin, Constance und Paola dieses Geheimnis zu vermitteln.

Hin und wieder zeigten ihre Ratschläge Wirkung. Bei Constance fruchteten die Hinweise zu ihrer Körperhaltung. Nur war es weiß Gott eine mühsame Aufgabe, und manchmal fragte Alice sich, ob Constance und Paola sie überhaupt respektierten.

Man musste sich Paola nur ansehen, wie sie den Gästen im Salon gerade Erfrischungen reichte. Sie ließ die Schultern hängen, als wäre sie zwanzig Jahre älter, und machte wie immer in letzter Zeit ein Gesicht wie sieben Tage Regenwetter.

»Kommen Sie, Paola!«, hatte Alice erst gestern zu ihr gesagt und munter in die Hände geklatscht. »Seien Sie mal ein bisschen fröhlicher. *Siate felici!*«

Constance machte dagegen, was Alice ihr gesagt hatte. Sie hielt sich gerade, Brust raus, Bauch rein.

Gut, dachte Alice. *Wir machen Fortschritte.*

Sie schritt am Tisch von Roberto und Graf Albani vorbei und

lächelte Vater und Sohn an. Schließlich hatte es keinen Sinn, wegen der Sache mit dem Geschenk verlegen zu sein. Aus Peinlichkeit entstand nur mehr Peinlichkeit. Als sie sich abwandte, hörte sie Robertos Kommentar: »*È una donna bellissima.*« *Sie ist eine schöne Frau.* Alice musste unwillkürlich lächeln. Schön? War sie das wirklich?

Auf dem Weg zur Tür sah sie zufällig ihr Spiegelbild, blieb stehen und betrachtete die noch jugendliche Anmut ihrer Silhouette, als wäre sie ihr ganz fremd. Vor dem Krieg hätte man gesagt, sie würde nicht wie eine Witwe aussehen. Aber die Welt hatte sich verändert. Die Klischees über Witwen hatten sich überholt.

Alice hüllte sich in das neu gewonnene Selbstvertrauen wie in einen schützenden Umhang und drehte sich wieder zu Graf Albanis Tisch um. Roberto und er waren auf ihre typisch italienische Art in ein leises, aber intensives Gespräch vertieft. Sie beugte sich vor und räusperte sich. Erfreut registrierte sie, wie die beiden verstummten.

»Ich wollte noch sagen, ich hoffe, dass Sie uns diese Unannehmlichkeiten verzeihen, Graf Albani.«

Der Graf blickte bewundernd zu ihr auf, als hätte sie allein dadurch, dass sie die beiden angesprochen hatte, Weisheit bewiesen.

»Ich sollte Sie um Vergebung bitten. Für meine Landsleute. Und ihr grobes, kriminelles Vorgehen.«

»Wir sind Ihnen sehr dankbar für Ihre Hilfe«, sagte sie. »Und für Ihr hervorragendes Englisch.« Darauf verbeugte der Graf sich leicht, und Alice lachte fröhlich. »Es ist ein wenig eigenartig, dass Roberto so wenig unsere Sprache spricht.«

Sie richtete ihren Blick auf Roberto, der als Antwort vage lächelte. Vermutlich wusste er, dass über ihn gesprochen wurde, hatte aber keine Ahnung, was.

»Mein Sohn ist jung und arrogant, Mrs Mays-Smith«, sagte Graf Albani. »Er glaubt, von mir könne er nichts lernen.«

»Wirklich?«, fragte Alice überrascht. »Vielleicht könnte ich es versuchen?«

»Ihm Englisch beizubringen?« Der Graf zog eine Augenbraue hoch.

»Eine hervorragende Idee.«

»Zumindest die Grundlagen. So viel, dass er für sich selbst sprechen kann.«

»Wann immer es Ihnen passt.«

Alice war hochzufrieden mit sich, weil sie die Initiative ergriffen hatte. Sie feierte es, indem sie ihre Autorität ausspielte. Als sie Constance mit einem Tablett Kekse sah, winkte Alice sie herüber und wies sie an, Graf Albani und Roberto welche anzubieten.

Constance nickte gehorsam, dann ging sie in der steifen Brustraus-Haltung, die Alice ihr gezeigt hatte, zu dem Tisch. Als Constance den Männern das Tablett entgegenstreckte, fiel Alice auf, dass Roberto sie mit einem ganz anderen Blick betrachtete als einen Moment zuvor noch sie selbst.

Sie musste sich nicht einmal groß bemühen, um ihn leise sagen zu hören: »*Bellissima.*«

Alice entgleisten die Gesichtszüge. Kläglich bestürzt sah sie Roberto an und dann Constance, die ebenso befremdet schien wie Alice, nur aus einem vollkommen anderen Grund. Offenbar missfiel ihr Robertos Aufmerksamkeit. Constance! Ein dürres kleines Mädchen-für-Alles aus Yorkshire!

Alice hatte gesehen, wie sie mit Lucian flirtete. Die beiden dachten, sie wären mit ihren verstohlenen Blicken so unauffällig, aber Alice wusste, was da vor sich ging. Sie wusste, was Constance wollte, dieses anmaßende Prinzesschen.

In Alice stiegen plötzlich ihre ganze Wut und ihre Verbitterung auf, und sie fürchtete, sie könnte in Tränen ausbrechen.

Es war offenbar ihr Schicksal, vom Leben enttäuscht zu werden. Es erschien so ungerecht. Sie wünschte sich doch nur ein gewöhnliches Leben als erwachsene Frau – nicht einmal ein modernes künstlerisches Dasein wie Lucian. Einen normalen Alltag, gläubig und gesetzestreu, mit einem Ehemann, der sie begleiten und … nicht unbedingt formen würde, aber ändern ... ja, der sie *ändern* würde. Sie verbessern. Ihre Ecken und Kanten abschleifen würde, damit sie weniger verbittert und missbilligend war.

Als sie noch jung war, hatte sie einen solchen Mann gefunden. Und dann war er ihr genommen worden, ganz plötzlich, ohne Vorwarnung oder Entschuldigung.

Mit diesen lärmenden Gedanken in ihrem Kopf verließ Alice den Salon. Sie ging in die Garderobe neben dem Büro ihrer Mutter und schloss die Tür ab.

Wenn sie leise war und ihr Gesicht im Taschentuch vergrub, würde niemand ihr Schluchzen hören.

Im Foyer traf Bella auf Danioni und drei Polizisten, die gerade nach draußen gehen wollten, um im Sonnenschein eine Zigarettenpause zu machen. So höflich, wie sie es über sich brachte, erkundigte sie sich, ob es Neuigkeiten gebe.

»Es tut mir leid, Signora. Ein wenig dauert es noch«, sagte Danioni und ließ sie stehen.

Graf Albani gesellte sich unauffällig zu ihr. »Es scheint ihm Freude zu machen, den Einsatz zu leiten.«

»Unheil anzurichten, meinen Sie.«

»Sie scheinen mir etwas aufgewühlt.«

»Ich verabscheue Menschen, die das Unglück anderer ausnutzen wollen.«

»Versucht er, Sie auszunutzen?«

Bella biss sich auf die Lippe und schüttelte leicht den Kopf.

»Meine liebe Mrs Ainsworth. Es beleidigt unsere Freundschaft, dass Sie sich mir nicht anvertrauen.«

Sie sah ihn an. Auf welche Information hatte er es abgesehen? »Er droht, das Hotel zu schließen«, sagte sie.

Der Graf prustete vor Lachen, bis er merkte, dass es ihr todernst war.

Bella sprach weiter. »Er hat heute früh um sieben einen Inspekteur vom Gesundheitsamt hergebracht. Er behauptet, wir würden unser Essen unter unhygienischen Umständen zubereiten und servieren.«

»Das ist doch absurd.«

»Genau das habe ich ihm auch gesagt.« Sie hatte Mühe, die Fassung zu bewahren.

»Bitte«, sagte Graf Albani. »Machen Sie sich keine Sorgen. Jedes Problem hat eine Lösung.«

»Nur wie löse ich ein Problem, das nicht existiert?«

»Ah, aber es geht ihm offensichtlich nicht um dieses Problem.«

Sie bedachte ihn mit einem skeptischen Blick.

»In Italien«, fuhr er fort, »versteckt sich hinter einer großen Unwahrheit oft eine größere Wahrheit. Es gibt ein anderes Problem zwischen Mr Danioni und Ihnen. Etwas, das Sie nicht verraten.«

Bella schwieg. Dieses Spiel gefiel ihr nicht.

Aber dann sagte er: »Ich werde mit ihm sprechen.« Er hatte sein Ass ausgespielt.

»Oh, Graf. Würden Sie das tun?«

Er verbeugte sich. »Alles«, sagte er. »Ich würde alles für Sie tun.«

Lizzie saß auf der ruhigen unteren Terrasse dicht neben Claudine und machte sich Vorwürfe.

»Ich hoffe, ich habe kein Problem verursacht.« Dabei sah sie unauffällig zu Jack, der mit versteinertem Gesicht und einem Glas Brandy in der Hand allein dasaß.

»Schätzchen, das Problem bist nicht du«, sagte Claudine.

»Es würde mir nur furchtbar leidtun, wenn ich für Spannungen in deiner Beziehung gesorgt hätte. Nachdem du mir so geholfen hast, meiner wieder Leben einzuhauchen.«

Claudine lächelte. »Ihr habt ihr also ›wieder Leben eingehaucht‹?«

»O ja. Zweimal sogar.« Sie kicherte ausgelassen. »Es tut mir leid. Ich weiß nicht, was über mich gekommen ist.«

»Ich schon«, sagte Claudine.

»Claudine!« Lizzie war entsetzt. »Lady Latchmere könnte dich hören!«

»Von Lady Latchmere hast du nichts zu befürchten«, sagte Claudine. »Täusch dich nicht, sie ist eine Frau von Welt.«

Claudines Negligé und kräftiges Make-up – blutrote Lippen, reichlich Kajal – hatten Lizzie verwandelt und eine Wirkung entfesselt, die ihre wildesten Träume übertroffen hatte. Wobei diese Träume nicht übermäßig wild waren, vor allem drehten sie sich darum, dass es Plum gelang, länger als fünf Minuten wach zu bleiben. Tatsächlich war die ganze Nacht ein Erlebnis gewesen. Nicht nur einmal hatte sie gedacht: *Wo hat er das gelernt?*, und beschlossen, dass sie es gar nicht wissen wollte.

Claudine lächelte. »Du wirkst wie eine neue Frau.«

»So fühle ich mich auch«, sagte Lizzie.

Aber war es dasselbe, wie eine neue Frau zu sein?

Bella hatte von Danioni und Ottonello für einen Tag mehr als genug. Aber es schien ihnen wichtig zu sein, zum Abschluss noch einmal mit Cecil und ihr im Salon zu reden, also spielte sie mit und hoffte, dass Cecil es über sich bringen würde, freundlich zu sein.

Das tat er nicht.

Er war höchstens noch unleidlicher als sonst, weil die Ermittlung keine Fortschritte gebracht hatte.

»Die Suche hat also nichts ergeben?«, fragte er.

Danioni sah Ottonello an, der sagte: »*Niente.*«

»Gar nichts?« Bella konnte es auch kaum glauben.

»Keine versteckten Überraschungen, Signora«, bestätigte Danioni. Er starrte sie vielsagend an. »Ihre Gäste, sie leben … *come si dice* … ohne Sünde, ja?«

Cecil schaltete sich ein, bevor sie antworten konnte. »Und Sie haben keine Ahnung, wie das Gemälde aus Mr Turners Zimmer geschafft wurde?«

»Es gibt keine Spuren.«

»Keine Fingerabdrücke?«

»Am Türgriff? Er wurde abgewischt.«

Einen Moment lang überlegten alle, was das bedeutete.

»Also«, sagte Bella. »Was jetzt?«

»Wir nehmen den Jungen mit zum Verhör«, sagte Danioni. »Wir bringen ihn dazu zu gestehen, ja?«

Bella runzelte die Stirn. »Sie bringen ihn dazu?«

»Verzeihung. Mein Englisch ist nicht sehr gut. Ich meine, wir ›ermutigen ihn‹.«

»Behutsam.«

»*Si.*«

»Ohne ihn einzuschüchtern.«

»Um Himmels willen!«, sagte Cecil. »Sie können machen, was sie wollen, solange es Ergebnisse bringt.«

Bella drehte sich zu ihm um. »Er muss einen Anwalt bei sich haben. Ich bestehe darauf.«

»Ich habe schon nach Bruzzone geschickt«, sagte Cecil.

Posen einzunehmen war Rose nie schwergefallen. Sie zu halten war allerdings etwas anderes. Genau nach Lucians Anweisungen bettete sie den Kopf auf ihre Arme und blickte in die Ferne, während er mit seinem Skizzenbuch neben ihr saß und versuchte, ihre Gestalt mit Kohle und Zeichenstift einzufangen.

Würde es ihm gelingen? War Schönheit nicht schwerer zu zeichnen als ein schlichtes Äußeres? Nicht für ihn – nicht wenn er ein so guter Künstler war, wie er vorgab. Sie freute sich schon darauf zu sehen, wie ihm ihr perfektes Kinn mit dem Grübchen, ihre kleinen, weißen, makellosen Zähne und ihr ovales, vollkommen symmetrisches Gesicht gelungen waren.

Trotzdem war es ausgesprochen langweilig, für ihn Modell zu sitzen. Geschichten über Modelle und Musen kannte man ja. In den Liebesromanen, die sie verschlang, wimmelte es von ihnen. In London und Paris liefen sie genialen Künstlern nach und inspirierten sie mit ihrer Schönheit und Hingabe, bevor sie in anrüchigen Hotelzimmern von Tuberkulose dahingerafft wurden. Aber diese Bücher verrieten einem nicht, wie furchtbar lange man dabei herumsitzen musste.

Andererseits war das Herumsitzen ohnehin das Gebot der Stunde im Hotel Portofino. Was für ein Wirbel wegen eines dummen Gemäldes. Wer hatte etwas so Hässliches stehlen wollen?

Rose versuchte, ihr Gesicht möglichst still zu halten, und fragte: »Wie lange dauert das wohl noch?«

Lucian zeigte mit seinem Stift auf den Block. »Das hier?«

»Nein. Die ganze Situation.«

»Ich habe keine Ahnung. Bis sie das Gemälde finden, schätze ich. Oder alles durchsucht haben. Was zuerst der Fall ist.«

»Ich langweile mich schrecklich. Ich fürchte, ich muss mich bald bewegen.«

»Noch ein oder zwei Minuten.«

Bella kam auf die obere Terrasse. »Da seid ihr ja«, sagte sie.

Für Rose genügte das als Zeichen, sich zu entspannen; sie stellte die Füße auf den Boden und richtete sich auf. »Lucian hat gefragt, ob er mich malen darf.«

»Ach ja?« Bella ging zu Lucian, sah ihm über die Schulter und betrachtete seine Arbeit. »Nicht dein bestes Bild.«

»Ich weiß. Rose hat etwas an sich, das ich schwer einfangen kann.« Na, damit wäre ihre Frage beantwortet. Es war wirklich schwerer, Schönheit zu zeichnen. Und außerdem war sie so anmutig, so geschmeidig und kraftvoll in ihren Bewegungen – für Künstler war sie doch sicher ein Albtraum!

Wie als Bestätigung ihrer Theorie spürte Rose Unruhe in sich aufsteigen. »Ich muss gehen«, verkündete sie. »Mama wird sich fragen, wo ich bin.«

»Natürlich«, sagte Bella lächelnd. »Sie müssen tun, was Sie müssen, Kind.«

Bella sah Rose nach, als sie mit leichten Schritten hineinging. Dann wandte sie sich an Lucian. »Ich dachte, du wüsstest es gern. Sie haben nichts gefunden.«

Er unterbrach sich beim Schattieren und runzelte die Stirn. »Gar nichts?«

»Kein Fitzelchen.«

»Schau an. Was für eine Erleichterung.« Nach einem Moment fragte er: »Wo zum Teufel sind sie dann?«

»Keine Ahnung. Jedenfalls nicht im Hotel.«

Lucian schlang seiner Mutter einen Arm um die Taille und drückte sie. »Es tut mir leid, dass du das alles durchmachen musst.«

Bella strich ihm über die Haare. »Sei nicht albern. Mir tut es leid.«

»Was tut dir leid?«

»Dass ich mit dir ungeduldig war. Es dauert so lange, wie es dauert.«

»Was?«

»Alles. Oder vielleicht auch nichts.«

»Was meinst du?«

»Ich weiß nicht, Lucian. Im Moment bin ich mir bei gar nichts sicher.«

Sie fühlte sich so schwer, so erdrückt von Sorgen, dass ein offensichtlicher Sieg wie die Tatsache, dass die Polizei die Flugblätter nicht gefunden hatte, sie nicht zu trösten vermochte. Alles hatte seinen Glanz verloren, und wenn sie sich umschaute, sah sie nicht die eindrucksvolle Welt, die sie geschaffen hatte, sondern nur eine Fläche ohne Struktur oder Tiefe, bevölkert von ... nicht einmal von echten Menschen. Sie waren eher wie wandelnde Bäume.

Lucian drückte ihre Hand. Er konnte deutlich erkennen, wie sie sich verändert hatte, wie sie sich mühsam und widerwillig einer neuen Wirklichkeit anpasste.

»Es geht vorbei«, sagte er. »Wie du dich gerade fühlst. So fühle ich mich selbst oft. Fast jeden Tag, um ehrlich zu sein, für eine Weile. Der Trick ist, einfach weiterzuatmen.«

Aus dem Foyer drangen Geräusche, die nach Streit und Kummer klangen. Tiefe Männerstimmen, wütend und laut; Frauen, die weinten und trösteten.

Lucian fragte: »Was ist da los?«

»Billy«, sagte Bella seufzend. »Sie wollen ihn holen.«

Es fühlte sich an wie eine öffentliche Hinrichtung, das ganze Hotel versammelte sich vor der Eingangstür. Aber plötzlich wurde die Grabesstille von aufgeregtem Getuschel durchbrochen. Am Ende der Zufahrt war eine Kutsche gesichtet worden – eine Kutsche mit Signor Bruzzone darin, dem Anwalt, der Billy vertreten sollte, und einem deutlich jüngeren sehr attraktiven Mann.

Cecil schob sich durch die Menge, um sie zu begrüßen. »Signor Bruzzone?«

»*Si.*« Der ältere Mann verbeugte sich und wischte sich die Stirn ab. Er hatte lange Beine und einen langen Körper, dazu eine markante Nase, graue Augen und einen scharfen Blick.

Cecil wandte sich Bruzzones Begleiter zu. »Und das ist?«

Der andere Mann stellte sich vor. »Ich bin Gianluca Bruzzone, Signore. Mein Vater hat mich gebeten, ihn zu begleiten. Falls eine Übersetzung gebraucht wird.«

»Das wird sicher der Fall sein«, sagte Bella, die an Cecils Seite gekommen war. »Was für ein Glück, dass Sie Englisch sprechen.«

»Verzeihen Sie mir«, sagte Gianluca. »Es ist etwas eingerostet.«

»Mir erscheint es bemerkenswert«, sagte Bella. »Wo haben Sie es gelernt?«

»An der Universität, Signora«

»Wir müssen gehen«, meinte Cecil.

Graf Albani trat vor und zog dabei seine Jacke über. »Ich werde sie begleiten«, erklärte er. »Und helfen, Signor Bruzzone über alles zu unterrichten.«

»Ich gehe auch mit«, sagte Nish. »Ich würde gern dafür sorgen, dass es Billy gut geht.«

Bella legte Nish dankbar eine Hand auf den Arm, als er sich neben Gianluca stellte. Ihr fiel auf, dass die beiden sich einen ganz flüchtigen Blick zuwarfen. Kannten sie sich etwa?

»Ich leiste euch Gesellschaft«, sagte Lucian und ging zu ihnen.

Sie warteten bei der Kutsche, während Cecil und Francesco zum Schuppen gingen, um Billy zu holen. Als sie endlich zurückkamen, war Bellas erster Eindruck, dass Cecil maßlos übers Ziel hinausgeschossen war. Er hatte Billy nicht nur die Hände hinter dem Rücken gefesselt und bugsierte ihn neben sich her, er drückte auch mit der freien Hand seinen Kopf nach unten.

Sie setzte schon an, um zu protestieren, aber dann schloss sie wieder den Mund. Es hatte keinen Sinn, Cecil aufzuregen. Nicht jetzt.

Betty war sichtlich erschüttert. Sie versuchte, mit den Händen ihre Tränen zu verbergen. Constance hatte ihr einen Arm um die Schultern gelegt.

Bella ging zu ihr. »Er ist im Handumdrehen wieder hier, Betty, ich verspreche es. Ich bin sicher, es ist alles nur ein furchtbarer Irrtum.«

Das wars, dachte Cecil. Eine Sache weniger, um die er sich sorgen musste.

Als das Spektakel vorbei war, löste sich die Gruppe auf, die Gäste kehrten ins Hotel zurück. Mit dem trägen Gedanken, es wäre Zeit für einen Drink, folgte Cecil ihnen und sagte wie zu sich selbst: »Was für ein Mumpitz.«

Jack ging direkt vor ihm. Er hörte Cecil und drehte sich um. »Haben Sie noch was zu sagen?«

»Ja, habe ich. Es ist Humbug.«

»Was?«

»Die Vorstellung, dass der kleine Billy Scanlon ein Verbrechergenie ist. Er und die Bauerntölpel, mit denen er befreundet ist. Das ist nicht besonders plausibel.«

»Von meiner Warte aus«, sagte Jack, »ist es die einzig mögliche Erklärung.«

»Nicht ganz, alter Knabe.«

»Haben Sie eine andere?«

»Ich glaube schon.«

»Dann bitte. Erleuchten Sie uns.« Jack verschränkte herausfordernd die Arme.

»Sie haben den Diebstahl selbst eingefädelt, Jack. Ich weiß nicht, wie, aber ich weiß, warum. Um mich um meinen Anteil vom Verkaufspreis zu betrügen.«

Jack zog seine Jacke zur Seite und enthüllte damit den Revolver in seinem Hosenbund. »Sagen Sie das noch mal, und ich bringe Sie um.«

Von der anderen Seite des Foyers aus hatte Bella sie beobachtet, jetzt ging sie zu ihnen und sagte: »Meine Herren! Bitte!«

Cecil zog den Scheck aus seiner Tasche und hielt ihn so, dass Jack ihn sehen konnte. »Glauben Sie nicht, dass Sie von den fünfzigtausend auch nur einen Cent wiedersehen. Betrachten wir es als einen Teil der Versicherungssumme.«

»Es ist nicht mal ein Zehntel wert.«

»Was? Ein echter Rubens?« Cecil starrte ihn an, als wollte er Jack davor warnen weiterzureden.

Jack versteifte sich merklich. »Sie hören von meinen Anwälten.«

»Sie hören von meinen zuerst.«

»Komm mit, Claudine.« Jack sah sich nach ihr um, er erwartete, sie würde neben ihm stehen. Aber sie war an der Rezeption stehen geblieben, ohne sich zu rühren.

»Komm mit, habe ich gesagt«, wiederholte Jack.

»Nein.« Sie schüttelte den Kopf. »Mit dir gehe ich nirgendwo mehr hin.«

Er eilte mit langen Schritten zu ihr und wollte sie packen, aber sie wich zurück. »Fass mich nicht an!«

»Claudine!«

»Geh zurück zu deiner Frau, Jack.«

Er starrte sie an, als wäre ihm gerade erst klar geworden, wie sehr er sie hasste. »Du dumme beschissene Hure. Wer sonst wird hier für dich bezahlen?«

»Ich habe selbst Geld.«

Er kam ihr bedrohlich nahe. Leise sagte er. »Du Abschaum.«

Alle Anwesenden erstarrten.

Claudine lachte humorlos und spröde. »Wolltest du mich vielleicht noch anders nennen, Jack?«

Es war seltsam, dachte Cecil, wie sehr diese Bemerkung Jack provozierte. Er griff sofort nach seiner Waffe, und in der wachsenden Menge an Zuschauern schnappten einige nach Luft, als er den Revolver zog und auf Claudine richtete.

Jemand, möglicherweise Melissa, schrie.

Cecil spürte, wie sein Herz raste, schnell und warnend, als wollte sein Körper fragen: Was machst du jetzt?

Ehrlich gesagt wusste er es nicht, und während er noch überlegte, tat Bella etwas Außergewöhnliches. Sie durchquerte das Foyer und stellte sich zwischen Jack und Claudine.

Dann tat die alte Frau, Lady Latchmere, es ihr nach und fixierte Jack mit ihrem eiskalten Blick. »Was der eine geringschätzt, ist dem anderen ein Schatz, Mr Turner. Was einen Menschen ausmacht, ist sein Verhalten. Nicht, woher oder aus welchen Umständen er kommt.«

Einen Moment lang hielt Jack noch stand, er wollte noch nicht zugeben, dass er verloren hatte. Aber als er begriff, dass er ohne Unterstützung dastand, steckte er die Waffe zurück in den Gürtel, machte mit dem letzten Funken Würde, der ihm geblieben war, auf dem Absatz kehrt und stieg die Treppe hoch zu seiner Suite.

Cecil rief Francesco zu sich, der den Auftritt von der Küchentür aus beobachtet hatte. In gebrochenem Italienisch sagte er: »Helfen Sie Mr Turner, seine Koffer zu packen. Und dann sorgen Sie dafür, dass er das Gelände verlässt.«

Danioni durchschaute Albani natürlich. Er gehörte zur angestammten Elite, zum papistischen Adel.

Menschen wie er waren in der Vergangenheit gefangen.

Sie begriffen nicht, dass Italien einen starken Mann brauchte, der es zurück zu Ordnung und Gesetzestreue führen würde – oder zu einem Zustand, der von Weitem wie Gesetzestreue wirkte. In dieser Nachkriegswelt gab es einen neuen Adel: die *trincerocrazia*, die Aristokraten der Schützengräben. Hatte Albani etwa ein gleichwertiges Opfer gebracht?

Blut, Tradition, Erbe. Diese Dinge waren wichtig, ja. Aber Albani und Leuten seines Schlages stand nicht der Sinn nach dem Kampf der Revolution. Deshalb hatte Mussolini schon davon gesprochen, der weitverbreiteten missbräuchlichen Nutzung von Titeln wie »Graf« ein Ende zu setzen. Er wollte alle päpstlichen Adelstitel, die nach 1870 verliehen wurden, abschaffen und hatte einen Ausschuss einberufen, um die Sache zu prüfen. Am Ende hatte es zu nichts geführt. Aber nur weil er die Kirche auf seiner Seite halten wollte.

Albani besaß einen Rest Macht und Einfluss. Deshalb spürte Danioni bei aller Verachtung, die er dem Mann entgegenbrachte, ein nervöses Flattern in der Brust, als der Graf in sein Büro in der Stadtverwaltung hereinschneite, ungebeten und offen gesagt unerwartet.

Danioni räumte schnell seinen Schreibtisch frei und rückte seine Pflanzen zurecht.

Nachdem der Graf Danioni überschwänglich begrüßt hatte, bot er ihm als Erstes eine Zigarre an, eine gute kubanische, die Danioni dankbar annahm.

Die beiden redeten Italienisch miteinander, und Danioni milderte seinen starken Akzent ab, um kultivierter zu klingen.

Albani beobachtete Danioni bei den altehrwürdigen Ritualen, die zum Zigarrenrauchen gehörten – Danioni schnitt die Kappe ab, dann wärmte er das Ende an, damit sich der Tabak leichter entzünden ließ.

»Ich sehe, Sie haben einen Sinn für die angenehmen Seiten des Lebens, Signor Danioni.«

»Ich habe selten die Gelegenheit, sie zu genießen.« Danioni füllte seinen Mund mit Rauch. Dann hielt er die Zigarre vor sich und begutachtete sie. »Woher haben Sie die?«

»Aus London.«

»Sie haben ein Faible für die Engländer.«

»Sie ebenfalls.«

Danioni verzog das Gesicht, um das Gegenteil anzudeuten.

»Und doch«, bemerkte Albani, »haben Sie sich die Mühe gemacht, ihre Sprache zu lernen.«

Danioni sah ihn an. Er beschloss, ehrlich zu antworten. »Ich habe früher einmal daran gedacht auszuwandern. Nach Amerika.«

»Sie sollten mehr üben. So, wie sich die Dinge hier entwickeln …« Auf diese Bemerkung ging Danioni nicht ein. Albani wollte ihn provozieren. Und da spielte er nicht mit. »Würde es mir in England gefallen?«, fragte er.

Albani lachte. Er stand auf, trat ans Fenster und blickte hinunter zum *barbiere* gegenüber. »Die Menschen, das Wetter … Sie wären für einen Mann Ihres Empfindens zu kalt. Wenngleich die Frauen durchaus wärmer sein können.« Er drehte sich um und lächelte verschwörerisch. »Und ihre Kultur hat vieles zu bieten, was ich bewundere. Zum Beispiel teilen sie wenige der abergläubischen Überzeugungen, die unser Volk im Griff halten.«

»Ah, ja. *Empirismo inglese.*«

»Und nicht zu vergessen, sie lieben Italien. Mehr als viele Süditaliener.«

»Verdammte Bauern.«

Albani stellte sich hinter Danioni und blickte zu ihm hinunter. Sein Ton verschärfte sich, als er plötzlich fragte: »Warum wollen Sie die Engländer aus Portofino vertreiben?«

Danioni war von der Frage überrumpelt. »Wer sagt, dass ich das will?«

»Haben Sie gedroht, ihr Hotel zu schließen?«

»Ich nicht.«

»Dann bin ich erleichtert. Ich habe Senator Cavanna einen Besuch dort empfohlen.«

Danioni rutschte unbehaglich auf dem Stuhl hin und her. »Cavanna? Möglicherweise gab es … ein Missverständnis.«

»Es freut mich, dass Sie das sagen. Soweit ich weiß, gab es einen Bericht?«

Danioni ging zu dem metallenen Aktenschrank in der Ecke. Es dauerte nur Sekunden, den Bericht des Gesundheitsinspekters über das Hotel Portofino zu finden. Danioni nahm ihn aus dem Schrank und hielt ihn wie ein zerbrochenes Glas vor sich. »Es ist nur ein Entwurf. Aber bitte, versichern Sie Signora Ainsworth, dass diese ... Impertinenz sich erledigt hat.« Er zerriss den Bericht demonstrativ und warf die Fetzen in den Papierkorb neben seinem Schreibtisch.

Albani beäugte ihn genau. Als er seinen Hut aufsetzte und seine Handschuhe nahm, machte er einen Vorschlag. »Warum gehen Sie nicht zu ihr und sagen es ihr selbst, Danioni? Sie wäre sicher hocherfreut, es zu hören.«

»Natürlich«, sagte Danioni unsicher. »Es wäre mir ein Vergnügen.«

»Schau mal.« Lucian stieß Nish an. »Wer da aus der Tür kommt.«

Lucian und Nish saßen mitten in Portofino auf einer Holzbank. Von ihrem Platz aus hatten sie den Eingang der Stadtverwaltung genau im Blick und damit auch die Gruppe Schwarzhemden, die davor herumalberten. Nish blickte von dem Buch auf, in dem er gerade las. Was er sah, überraschte ihn. »Wer hätte das gedacht«, sagte er.

Danioni und Graf Albani verließen zusammen das Gebäude und überquerten den Platz.

»Ich traue Graf Albani nicht«, sagte Nish.

»Irgendwem musst du trauen.«

»Ich traue dir. Reicht das nicht?«

Lucian lachte. »Wahrscheinlich nicht.«

»Ich dachte, dass ich Gianluca traue. Aber jetzt weiß ich nicht mehr, was ich glauben soll.«

Es war fast unheimlich, dachte Lucian, dass Gianluca genau in diesem Moment aus dem Gebäude trat. Er bemerkte die beiden Freunde im selben Moment wie sie ihn. Nish und Lucian standen langsam auf, als der Italiener näher kam.

Lucian sprach zuerst. »Wie geht es Billy?«

»Er hat Angst«, sagte Gianluca. »Aber mein Vater bemüht sich nach Kräften, ihn zu schützen.« Er zögerte. »Ich muss mich entschuldigen. Ich habe euch in Gefahr gebracht.«

»Das stimmt«, sagte Nish so vehement, dass Lucian sich wunderte. »Und nicht nur uns. Auch die Menschen, die uns am meisten bedeuten.«

Gianluca wirkte konsterniert. »Ich konnte nicht wissen, dass das Hotel ...«

»Durchsucht wird?«, beendete Lucian den Satz.

Gianluca nickte. »Aber macht euch keine Sorgen. Ich komme heute Abend vorbei. Und hole die Flugblätter ab.«

»Das könnte schwierig werden.« Nish verzog das Gesicht. »Ich habe sie nicht mehr.«

Gianlucas Miene erstarrte. »Das verstehe ich nicht. Wer hat sie dann?«

»Wissen wir nicht«, antwortete Lucian. »Ich bin hier, um Billy zu sagen, dass sie nicht da versteckt waren, wo sie sein sollten.«

»Mein Vater wird es ihm ausrichten«, sagte Gianluca. »Ihr findet ihn drinnen.«

Während Lucian sich auf die Suche nach Bruzzone machte, blieben Nish und Gianluca zurück. Die unangenehme Stimmung war verflogen, aber an ihre Stelle war ein kühler Pragmatismus getreten. Vielleicht war es besser so, dachte Nish. Für sie beide.

Er fragte Gianluca: »Willst du immer noch weggehen?«

»Morgen. Vielleicht übermorgen. Ich muss.«

Nish lächelte reumütig. Er schüttelte die Hand, die Gianluca ihm entgegenstreckte. »Dann *addio*«, sagte er.

»*Arrivederci.*«

»Auf Wiedersehen?«

Gianluca nickte. Er wollte loslassen, die Hand zurückziehen, aber Nish hielt sie fest und deutete mit dem Kopf auf die Schwarzhemden, die sie ihrerseits ignorierten. »Sind sie es wert? Wert, deiner Familie den Rücken zu kehren? Deinen Freunden? Wert, dich in Gefahr zu bringen?«

»Du hältst sie für einen Witz. Weil sie herumstolzieren wie eitle Gockel in ihren lächerlichen Uniformen.«

Nish schwieg, aber sein Gesichtsausdruck bestätigte Gianlucas Vermutung.

»Täusch dich nicht«, sagte Gianluca. »Sie nutzen unsere schlimmsten Seiten aus – unsere Gier, unsere Selbstsucht. Unsere Fähigkeit zu hassen. Sie geben nichts auf all das, was unsere Persönlichkeit ausmacht, was uns einzigartig, liebenswert, menschlich macht. Sie verstehen nur den Mob.« Mit mattem Blick sah er Nish in die Augen. »In ihrer Welt ist kein Platz für Menschen wie uns.«

Es gab keine Regel, die besagte, dass man bedeutsame Nachrichten mit Bedacht überbringen musste. Danioni hatte weniger als eine Minute gebraucht, um Bella vom Bericht des Gesundheitsinspekteurs zu erzählen. Er erklärte, es habe sich herausgestellt, dass er voller Fehler und Missverständnisse stecke. Signor Ricci sei gerügt worden und würde wegen der Angelegenheit möglicherweise sogar seine Stelle verlieren.

»Es ist eine Schande«, sagte Danioni. »Wir werden dafür sorgen, dass es nie wieder vorkommt.«

Graf Albani nickte zustimmend, während er sprach.

Bella wusste kaum, was sie sagen sollte, und griff auf Floskeln zurück. »Ich danke Ihnen, Signor Danioni. Jetzt kann ich beruhigt sein.«

Danioni verneigte sich unterwürfig.

»Sie finden meinen Mann auf der Terrasse. Er schenkt Ihnen sicher gern einen Drink ein.«
Danioni schlich von dannen.
Mit einem erschöpften Lächeln wandte Bella sich an Graf Albani. »Danke. Ich weiß nicht, wie ich das wiedergutmachen kann.«
»Sie lächeln zu sehen ist mir Dank genug.«
»Mir ist ein Stein vom Herzen gefallen.«
»Dann bin ich froh. Und meine Arbeit ist getan.«
»Ich muss Betty die gute Nachricht überbringen.«
Sie wollte gehen, aber er legte ihr eine Hand auf die Schulter. »Mrs Ainsworth.«
»Bella, bitte.«
»Bella. Und *bella*.« Er lächelte über seinen kleinen Scherz. »Es fällt mir schwer, das zu sagen.«
Bella wurde schlagartig nervös. »Bitte. Sprechen Sie ganz offen. Wie man es unter Freunden tut.«
»Heute konnte ich Sie von Ihrem Problem befreien. Aber es könnte morgen wieder auftreten.«
»Warum sagen Sie das?«
»Bald ist der Sommer vorbei. Und ich werde nach Rom zurückkehren.«
Diese Aussicht beunruhigte sie. »Aber Sie kommen zurück?«, fragte sie und hoffte dabei, dass sie nicht zu verzweifelt klang.
Er zuckte mit den Schultern. »Nächstes Jahr vielleicht. Aber das ist nicht so wichtig, weil Ihr Mann – er wird hier sein und Sie beschützen, ja?«
»Natürlich.«
»Und trotzdem haben Sie aus irgendeinem Grund mich um Hilfe gebeten. Nicht ihn.« Er zog die Augenbrauen hoch.
»Das stimmt«, sagte sie und biss sich auf die Zunge, um nicht mehr zu verraten.
»Ich kenne tausend Männer wie Danioni. Sie glauben, die Welt

wäre ihnen etwas schuldig. Und sie sind entschlossen, es sich zu nehmen.«

»Aber Sie haben ihn verschreckt.«

»Für den Moment vielleicht. Ich habe vorgegeben, sein Freund zu sein, ihm geschmeichelt, ihm ein wenig gedroht. Aber er wird zurückkommen. Es sei denn, Sie nehmen ihm, was er gegen Sie in der Hand hat.«

Bella schwieg weiter.

»Das ist keine Bitte, es mir zu verraten«, fuhr Graf Albani fort. »Tatsächlich ist es mir lieber, es nicht zu wissen. Aber als Ihr Freund ...«

Seine Herzlichkeit, sein offensichtlicher Wunsch, ihr zu helfen, ohne eine Gegenleistung zu fordern, ließ sie aufblicken.

»Als Ihr Freund rate ich Ihnen – was Sie auch fürchten, es kann nicht schlimmer sein, als zuzulassen, dass Danioni Sie beißt. Wieder und wieder, wie ein tollwütiger Hund.«

Sie überlegte einen Moment. »Ja«, sagte sie. »Ja, ich verstehe.«

Sich mit Danioni zu unterhalten war das Letzte, wonach Cecil der Sinn stand. Es verhagelte ihm die Stimmung, als der grausliche Kerl plötzlich auf der Terrasse stand und seine Nase zuckte wie die eines Bibers.

Cecil hatte versucht, sich mit seiner Zeitung abzulenken. Aber seine Gedanken kehrten immer wieder zu Bellas Brief zurück und zu den schmutzigen Gelüsten, die darin beschrieben waren. Es war eine Sache, wenn Männer solche Dinge trieben. Bei Frauen war es etwas ganz anderes.

Das waren offenbar diese modernen Zeiten. Und es war das vorhersehbare Ergebnis solch verderblicher Lehren wie derer der Frauenrechtsbewegung, zu denen Cecil immer unmissverständlich seine Meinung kundgetan hatte.

Er bot Danioni eine Zigarre an und schenkte ihm Grappa ein. Als er sich selbst einen Whisky eingießen wollte, fragte Danioni: »Wo bleibt Ihre Wut, Signore?«

»Meine Wut?«

»*Si*. Wenn ich etwas Wertvolles verloren hätte, wäre ich ...« Er musste nach der richtigen Formulierung suchen. »... *avere un diavolo per capello*. Ich wäre stinkwütend, wie Sie sagen würden.«

Cecil sah ihn ungerührt an. »Dass ich nicht herumbrülle und mit den Armen wedle, wie Sie Italiener das so gern machen, heißt nicht, dass ich nicht wütend wäre.«

»Ah! Also ist es unter der Oberfläche?«

»Mein Vater hat mir beigebracht, meine Wut im Zaum zu halten. Es gibt zu viele Menschen, die sich nicht im Griff haben.«

»Aber Ihre Wut, sie ist bereit zu explodieren, ja?« Der Mann wollte ihn aufstacheln, das merkte Cecil. »Wie der Vesuv. Wenn Sie herausfinden, wer Ihr Gemälde gestohlen hat?«

»Sie wissen ja, was man über Rache sagt, Danioni.«

Der Italiener lachte, zog an seiner Zigarre und füllte seinen Mund mit Rauch. Einen Moment lang genoss er den Geschmack, dann stieß er eine dicke Qualmwolke aus. »Aber an wem werden Sie Rache üben? An Signor Turner? An Ihrem englischen Tennishelden? Am armen William Scanlon?«

Als Billys Name fiel, fuhr Cecil herum. »Hat der Junge was gesagt?«

Danioni schüttelte den Kopf. »Er hält sich an die *omertà*.«

»Aber die Polizei verfolgt die Spur seiner Komplizen, die Sie erwähnt haben?«

Der Italiener nickte. »Sie überprüfen auch Mr Wingfield in Mailand. Um zu sehen, ob er etwas bei seinen Bällen und Schlägern versteckt.«

»Was ist mit Turner?«

»Die *Guardia di Finanza* hat seinen Namen.«

»Also können sie seine Geschäfte nachverfolgen?«

»Wenn Signor Turner versucht, das Gemälde zu verkaufen, erfahren wir davon.« Danioni versuchte es mit einem anderen Ansatz. »Wachtmeister Ottonello ... er glaubt, Sie bekommen das Gemälde zurück.«

»Ich bete, dass er recht hat.«

»Ich bringe es nicht übers Herz, ihm zu erklären, dass es vergebliche Liebesmüh ist, wie man so schön sagt.«

»Jetzt hören Sie mal«, sagte Cecil. »Was zum Teufel soll das heißen?«

»Dass er seine Zeit verschwendet, nein?«

»Ich brauche keine Sprachnachhilfe, ich will wissen, worauf Sie hinauswollen.«

»Kommen Sie, Signor Ainsworth. Wir kennen beide die Wahrheit.«

»Ich kenne sie verdammt noch mal nicht.«

»Soll ich es aussprechen?«

»Spucken Sie es aus, Mann.«

»Sie wissen genau, was mit Ihrem Gemälde passiert ist.«

In Cecil brannte etwas durch. »Sie Schweinehund.«

Danioni lächelte, er freute sich über die Beschimpfung. »Wirklich, Signor Ainsworth ...«

»Wie können Sie es wagen, mein Haus zu betreten, meine Gastfreundlichkeit zu missbrauchen und mir mit Ihren schmierigen kleinen Unterstellungen zu kommen? Wenn Sie über den Diebstahl so gut Bescheid wissen, dann vielleicht, weil Sie mit drinstecken. Sie und Ihre verdammte nutzlose Polizei.«

Danioni leerte sein Glas und knallte es auf den Tisch.

»Ich melde Sie beim Britischen Konsulat«, warnte Cecil.

»Ach, wirklich?« Danioni nahm die Zigarre aus dem Mund und ließ sie auf den Boden fallen. »Ich bin vielleicht ein Hund, Signor Ainsworth. Aber in Italien haben wir ein Sprichwort.« Er zerrieb die

Zigarre unter seinem Absatz. »›Cane non mangia cane.‹ Ein Hund frisst keinen anderen.«

Lottie ließ sich an diesem Abend kaum ins Bett bringen. Erst beschwerte sie sich über eine Mücke in ihrem Zimmer, dann hatte ihr Plüschhase Hoppel Bauchschmerzen.

»Du musst zur Ruhe kommen«, sagte Constance liebevoll. »Soll ich mich zu dir legen, bis du einschläfst?«

Lottie nickte.

Constance streckte sich neben ihr aus, und dann lagen sie still da und lauschten auf das ferne Rauschen des Meeres. Es war für beide tröstlich.

»Heute hat mir nicht gefallen«, sagte Lottie.

Voller Zuneigung strich Constance ihr über die Haare. »Mir auch nicht.«

»Wird mit Billy alles gut?«

»Natürlich. Er hat nichts falsch gemacht.«

Nun ja, nicht viel.

Constance war so damit beschäftigt gewesen, in der Küche zu arbeiten und Paola beim Putzen zu helfen, dass sie die Flugblätter vergessen hatte. Jetzt wartete sie ungeduldig darauf, dass Lottie einschlief, und sang ihr alte Volkslieder aus Yorkshire vor, damit es schneller ging. Die Lieder wirkten auch auf sie beruhigend, und doch überlegte sie weiter, wo Nish jetzt wohl war. Sie musste ihm ja das Päckchen zurückgeben.

In seinem Zimmer, schloss sie.

Nachdem Lottie endlich eingeschlafen war, unternahm sie einen Abstecher in die Waschküche. Sie zog eine der größeren Schürzen an, die blaue, die sie normalerweise beim Kochen trug, und steckte das Päckchen in die Bauchtasche.

Wenige Minuten später klopfte sie laut an Nishs Tür, bekam aber keine Antwort. Gerade als sie noch einmal klopfen wollte, tauchte Melissas zarte Gestalt am Ende des Flurs auf. »Für den Fall, dass Sie Mr Sengupta suchen – er ist im Garten«, rief sie ihr zu. »Mit Mr Ainsworth.«

»Mr Ainsworth?«

»Dem jungen Mr Ainsworth«, stellte Melissa klar und kam näher. »Ich sollte wohl Master Ainsworth sagen, aber dann klingt er wie ein Schuljunge. Sagen Sie, geht es Ihnen gut?«

»Bestens. Danke, Ma'am.«

»Ihre Wangen sind gerötet.«

»Ich bin gelaufen«, sagte Constance. »Die Treppen rauf und runter.«

»Ja«, sagte Melissa. »Hier gibt es eine Menge Treppen, nicht wahr?« Ihr Blick glitt zu der Beule in Constance' Schürze. »Haben Sie Bauchschmerzen?«

»Nein, Ma'am. Warum fragen Sie?«

»Sie pressen Ihre Hand so auf den Bauch.«

Constance lachte angespannt. »Oh, das mache ich immer. Das ist eine Angewohnheit.«

»Hm«, brummte Melissa skeptisch. »Na, dann lasse ich Sie mal weitermachen.«

»Danke, Ma'am.«

Constance knickste, dann lief sie schnell die Treppen hinunter. Sie wusste nicht, ob sie über die Schlussfolgerung, die Melissa offenbar gezogen hatte, lachen oder erschrocken sein sollte.

Im Schein der Sturmlampen ging sie zu der Bank, die dem Haus am nächsten stand. Lucian und Nish blickten aufs Meer und unterhielten sich mit einem Glas Grappa in der Hand.

Sie drehten sich um, als sie den Kies unter Constance' Füßen knirschen hörten.

»Ich bin es nur«, sagte sie. »Es tut mir leid, dass ich störe. Aber ich wusste nicht, wann ich eine bessere Möglichkeit finde, die hier Mr Sengupta zurückzugeben.«

Zuerst sah sie sich um, ob sie auch niemand beobachtete, dann zog sie das in Leinen eingeschlagene Päckchen aus ihrer Tasche und gab es Nish.

Er blickte von Lucian zu Constance. »Ist es das, was ich glaube?«

Sie nickte.

»Wo in aller Welt haben Sie die gefunden?«

»Unter Lady Latchmeres Bett.«

»Aber woher wussten Sie, dass Sie da nachsehen mussten?«

»Billy hat mir erzählt, wo er sie verstecken wollte, Sir. Ich wusste, dass es keine gute Idee war. Deshalb habe ich sie woandershin gebracht.«

»Wohin?«

»An einen Ort, an dem ein Mann niemals suchen würde.«

Sie erzählte ihnen von dem Waschkorb und dem Polizisten. Und dass sie die Flugblätter danach in einen alten Blecheimer gelegt und mit Wäscheklammern bedeckt hatte.

Lucian und Nish lachten laut, und Constance verspürte ein Hochgefühl. Aber dann vergrub Lucian den Kopf in den Händen.

»Und wir haben uns den ganzen Nachmittag deswegen den Kopf zerbrochen.«

»Es tut mir leid, Mr Ainsworth. Ich hätte früher etwas sagen sollen. Aber ich wollte Billy nicht noch mehr Ärger einbrocken.«

»Ihnen muss nichts leidtun«, sagte Lucian.

Nish reagierte geradezu überschwänglich. »Sie sind mein Schutzengel«, sagte er. Er stand auf, und plötzlich fand Constance sich in einer festen, aber nicht bedrohlichen Umarmung wieder. Ihr fiel auf, wie gut er roch – zart und blumig.

»Ich könnte Sie küssen«, erklärte Nish.

Lucian lächelte die beiden an. »Schön langsam.«

Er grinste, während die beiden sich verabschiedeten und zurück ins Haus gingen – Constance, um letzte Handgriffe in der Küche zu erledigen, Nish, um sein Tagebuch weiterzuführen.

⁂

Lucian saß allein auf der Bank, lauschte den Zikaden, die im Mondschein sangen, und rang mit seinen Gedanken. Fast hätte er sie seine Dämonen genannt, aber das wäre zu dramatisch gewesen. Seine Dämonen gaben zurzeit Ruhe – vor allem dank Paola und dem Zauber ihres Mitgefühls.

Paola. Er wollte und brauchte sie. Aber sie hatte sich von ihm distanziert. Sie hatte bemerkt, was er versuchte auszublenden – dass er auch Constance wollte und brauchte. Und dann war da noch Rose ...

Was für eine verfahrene Situation, dachte er. *Und ich bin selbst schuld.*

Er stand auf und ging zum Innenhof. Sie mussten doch wenigstens darüber reden. Sie hatten immer gut miteinander reden können, trotz der Sprachbarriere. Es brauchte nicht viele Worte, um sich zu verstehen.

Durch die Fensterläden drang Licht. Lucian klopfte an die Tür. Keine Antwort.

»Paola!«, rief er. »Komm raus! Bitte!«

Die Tür öffnete sich einen Spaltbreit, und Lucian konnte einen schmalen Streifen von Paolas müdem Gesicht sehen. »Hör auf«, sagte sie. »Bitte.«

»Du und ich«, entgegnete er. »Wir müssen reden.«

Sie ließ die Tür, wie sie war. Schloss die Augen.

»Was ist los? Sag es mir.«

»Geh! Weg. Komm nicht mehr.«

Ihre Worte trafen ihn wie ein Schlag ins Gesicht. »Aber ich brauche dich«, sagte er. »Ich brauche dich, Paola.«

Ihre Stimme kippte, und Tränen flossen – wütende Tränen. »*Perché mi rendi tutto questo così difficile?« Warum musst du mir das alles so schwer machen?*

»Ich verstehe nicht.«

»Du bist nicht für mich. Geh! Jetzt!«

Damit schloss sie die Tür.

Bella saß an ihrer Frisierkommode, in den Händen einen Stapel von Henrys Briefen. Sie gestand sich freimütig ein, dass sie Angst hatte – richtige Angst.

Es hatte schon Gelegenheiten gegeben, bei denen sie sich vor ihrem Mann gefürchtet hatte. Aber das lag lange zurück – mindestens ein Jahr. Zuletzt gelang es ihnen die meiste Zeit, in Eintracht zu leben und ihre Ehe so zu führen, dass es nicht gelogen war, wenn Bella von einer Freundin gefragt wurde, wie es ihnen gehe, und sie antwortete: »Sehr gut, danke.« Wenn Cecil sie gerade mehr als sonst auf die Probe stellte, entgegnete sie manchmal: »In jeder Ehe gibt es Spannungen, oder?« Worauf ein Gespräch folgte, in dem Spannungen mit Leidenschaft gleichgesetzt wurden. Und die Freundin – Cecil missbilligte männliche Freunde – irgendwann in stummer Verbundenheit Bellas Hand drückte.

Vorhin hatte sie den heftigen Streit zwischen Cecil und Danioni mitbekommen, bei dem die Männer sich auf der oberen Terrasse angebrüllt hatten. Bella war schnell fortgehuscht, um nicht gesehen zu werden, und seitdem wartete sie darauf, dass Danioni ging und Cecil heraufkam.

Sie hatte sich einen Plan zurechtgelegt – sie würde sich und ihre Wünsche vollkommen offenbaren und nichts zurückhalten. Es war ein Wagnis, keine Frage. Aber ihr blieb nichts anderes übrig. Graf Albani hatte recht gehabt. Sie musste wertlos machen, was Danioni gegen sie in der Hand hatte. Und dafür musste sie Cecil die Wahrheit sagen, sosehr es sie auch schmerzte und so schlimm die Konsequenzen sein würden.

Im Flur erklangen seine Schritte, dann hörte Bella, wie er das benachbarte Schlafzimmer betrat. Sie nahm die Briefe und ging durch die Verbindungstür.

Er drehte sich um und sah sie an. Besser gesagt durch sie hindurch.

»Ich muss dir etwas sagen«, fing sie an.

Sein Blick war glasig und leer. »Spar dir den Atem. Ich weiß alles.«

Er zog einen Brief aus seiner Tasche und warf ihn Bella ins Gesicht. Sie fing ihn auf, erkannte ihn sofort und wusste, an wen er adressiert war.

Mr Henry Bowater, Esq.

Sie stand reglos da.

Cecil kam auf sie zu, ganz nah – so nah, dass sie den Alkohol in seinem Atem riechen konnte.

Dann hob er die Hand und schlug Bella.

DREIZEHN

Als die ersten Sonnenstrahlen gegen die Fensterläden drängten, lag Bella schon wieder wach. Wie lange hatte sie geschlafen? Vielleicht ein, zwei Stunden. Sie hörte Vogelgezwitscher und Glocken und andere Geräusche eines sonnigen Morgens. Aber sie fühlte sich einsam und verzweifelt. Sie konnte an nichts anderes denken als an die letzte Nacht. Die Wucht, mit der Cecils Schlag sie getroffen hatte. Wie sich alles gedreht hatte, als sie zu Boden fiel. *Wie seltsam,* dachte sie, *ich zu sein.* So viel zu haben, nachdem sie schon so viel verloren hatte. Der Welt ein fast perfektes Bild zu präsentieren. Und dann so etwas zu erleben. Auch wenn es natürlich schon vorher geschehen war – nicht nur einmal.

Als eine Frau, die nur auf verhaltene, mechanische Weise an Gott glaubte, hatte Bella sich schon oft gefragt, wie sich eine religiöse Erweckung anfühlen würde. Jetzt, glaubte sie, wusste sie es. Es war eine plötzliche Erkenntnis. Diese Erkenntnis war jetzt über sie gekommen.

Behutsam setzte sie sich auf. Sie betastete ihre aufgeplatzte, geschwollene Lippe und die Prellung über ihrem rechten Auge. Beide waren empfindlich und schmerzten unter ihren Fingern.

Ihr leerer Blick glitt über die tanzenden verschlungenen Blumen auf der Tapete. Im matten Licht wirkten sie braun und verrottet. Bella stellte sich vor, wie Insekten über sie krochen.

Eine Erinnerung stieg in ihr auf, ihr Gesicht, das aufs Bett gepresst wurde, Cecils Körper als erdrückende Last auf ihr. Sie hatte mit ganzer Kraft gekämpft, um sich auf die Seite zu drehen, Mund und Nase zu befreien, damit sie atmen, flehen, sich wehren konnte.

Zuerst ließ sie sich ein Bad ein. Sie gab ein paar Tropfen Duftöl dazu, in der Hoffnung, dass es beruhigend wirkte, dann setzte sie sich ins Wasser, bis es lauwarm war. Sie schlang die Arme um die Knie und starrte auf die silbrigen verwirbelten Muster auf dem Wasser, zu benommen, um zu weinen.

Außerhalb der Mauern des Hotels begann ein ganz normaler Tag. Touristen standen zeitig auf und gingen schwimmen, der Gesundheit zuliebe. Barbesitzer wischten ihre Tische ab. Jetzt gerade hörte sie in der Ferne das leise Tuckern eines Motorboots. Wie konnte das sein? So hatte sie sich auch gefühlt, nachdem Laurence gestorben war: Es war unglaublich, dass das Leben für andere nicht ebenso stehen geblieben war wie für sie.

Allerdings hatte es bei Laurence wenigstens ein Davor und ein Danach gegeben.

Das Trauma durch Cecil war anders. Die Situation war jetzt anders. Die Dinge waren klar und echt. Unbestreitbar.

Nachdem sie sich angezogen hatte, ließ sie sich auf den Hocker vor ihrem Spiegel sinken und versuchte, die Blutergüsse zu überschminken. Sie tupfte und schmierte minutenlang, dann begutachtete sie ihr Werk und bemerkte dabei ein geplatztes Äderchen im Augenwinkel, das auch kunstvollstes Make-up nicht übertünchen konnte.

Aus irgendeinem Grund machte sie das wütend. Aber es war eine aufflackernde, nervöse Wut, die wahrscheinlich bald abebben würde. Ihr wurde schlagartig klar, dass sie dieses Gefühl nutzen musste, solange es anhielt.

Sie wappnete sich innerlich, ging zur Verbindungstür und wollte sie öffnen. Überrascht merkte sie, dass die Tür abgeschlossen war. Bella drehte und rüttelte am Knauf, dann horchte sie auf eine Reaktion.

Nichts.

Nun, sie hatte auch einen Schlüssel. Sie fand ihn in ihrer Nachttischschublade. Aber sie musste feststellen, dass er den Schlüssel auf der anderen Seite im Schloss stecken gelassen hatte.

Zum Zerreißen angespannt, stürmte sie auf den Flur und versuchte, die Haupttür zu Cecils Zimmer zu öffnen. Sie war auch verschlossen.

Bella klopfte und rief. »Cecil? Mach bitte die Tür auf.«

Nichts.

Ihre Wut ließ nach, wie sie es vorhergesehen hatte, und wurde von einer Mischung aus Sorge und einer kühnen kaltschnäuzigen Neugier ersetzt. Kühn, weil ihr klar wurde, dass sie alles tun würde, um diese Neugier zu befriedigen. Kaltschnäuzig, weil es sie nicht mehr kümmerte, wie es ausging.

Falls Cecil nicht antwortete, weil er tot auf dem Bett lag, dann war es so.

Lucian ging mit seinen Stiften und dem Skizzenbuch in den Garten und zwang sich, nicht zu Paolas Zimmer hinüberzusehen.

Die Welt um ihn herum war strahlend, grün und duftend. Ein Ort des Wandels. Es war wichtig, das nicht aus den Augen zu verlieren, egal, was sonst geschah.

Sollte er vielleicht für immer hierherziehen? Nicht unbedingt genau hierher, aber nach Italien. Sein Freund Keane war nach Pantelleria gezogen, auf eine Insel zwischen Sizilien und Tunesien mit heißen Quellen und wuchtigen steinernen Hausbauten namens *dammusi*. Keane malte dort die Weinberge. Er hatte Lucian geschrieben: »Du musst herkommen! Hier ist das Leben billig und schön.«

Würde es Constance dort gefallen?

Die Frage überfiel ihn aus dem Nichts.

Seine Fantasien waren zum Teil beschämend banal. Constance, die in einem Blumenkleid Trauben pflückte. Constance, die ein kleines Kind badete, das Haus erfüllt von Planschgeräuschen und Lachen. Constance, die am Herd Speck briet. Aber er hatte auch lüsterne Fantasien. Constance nackt neben ihm im Bett. Constance, die auf ihm saß, sich vorbeugte und ihn küsste, während er ihre Brüste streichelte ...
Um Himmels willen, Mann. Reiß dich zusammen.
Was passierte hier?
Constance, Paola und Rose. Sie bildeten die drei Spitzen eines Dreiecks mit Lucian in der Mitte – die schnörkellose Geometrie der Begierde.
Allmählich begriff er, dass er Paola alles andere als gut behandelt hatte. Er war nicht ausfallend oder gewalttätig gewesen, ganz im Gegenteil; sie hatten eine zärtliche und liebevolle Beziehung. Aber er hatte die Schieflage zwischen ihnen ignoriert. Besser gesagt war er davon ausgegangen, dass sie ihnen beiden nichts ausmachte – und ihm machte sie auch nichts aus. Aber Paola schon. Sie war bei seinen Eltern angestellt, und während Lucian sich nicht als ihr Dienstherr empfand – und überzeugt war, dass Paola sich nicht als sein Dienstmädchen sah –, ließ sich dieser Umstand nicht vom Tisch wischen.
Und dann war da Rose, bei der es ihm zunehmend schwerfiel, sich überhaupt eine Meinung zu bilden.
Eine leichte Brise fuhr kribbelnd über Lucians Gesicht und drang in seine Tagträume.
Er hockte auf der Mauer zwischen einem Judasbaum mit herzförmigen grünen Blättern und einer Reihe italienischer Zypressen. Im Frühling hatte der Judasbaum in einer Wolke aus pink-violetten Blüten wunderschön ausgesehen. Jetzt nahm er das Sonnenlicht auf und bereitete sich auf das nächste Jahr vor.
Lucian skizzierte gerade die Hügel und den Küstenverlauf, als der

helle zwitschernde Warnruf eines Rosenstars seine Aufmerksamkeit erregte. Er drehte sich rasch um, hielt nach dem Vogel Ausschau – und sah Constance, die vorsichtig dem Fußweg zur Strandpromenade folgte. Über ihrem Badeanzug trug sie nur ein Handtuch um die Hüften.

Lucian ließ Constance Zeit, bis sie die Promenade erreichte, dann packte er seine Zeichensachen zusammen und folgte ihr. Am Tor zwischen dem Hotelgrundstück und dem Uferbereich versteckte er sich und spähte hervor, um zu sehen, wo Constance war.

Sie hatte schon das Wasser erreicht. Er passierte das Tor und beobachtete dabei, wie sie sich ins Meer sinken ließ. Sie war eine kräftige, souveräne Schwimmerin und im Handumdrehen gute hundert Meter vom Ufer entfernt.

Oberhalb des Strands verlief ein niedriges Mäuerchen. Lucian setzte sich dahinter. Es verbarg ihn nicht völlig, aber er fiel weniger auf, als wenn er hinunter zum Strand gegangen wäre. Und als Constance kehrtmachte und zum Ufer zurückschwamm, duckte er sich, bis er sicher war, dass sie das Wasser verlassen hatte.

Bei seinem nächsten Blick über die Mauer lag sie auf einem frei stehenden Felsbrocken. Mit geschlossenen Augen und das Gesicht dem Himmel zugewandt, genoss sie die milde Morgensonne.

Lucian schlug sein Skizzenbuch auf und fing an, sie zu zeichnen. Sein Blick huschte zwischen seinem Motiv und dem Buch hin und her, während seine Hand über das Blatt flog. Minuten verstrichen, und irgendwann fiel ihm auf, dass er kaum noch auf die Zeichnung achtete, sondern vor allem Constance ansah.

Also gut, dachte er. *Dann starre ich sie eben an. Wo ist das Problem?*

Das weißt du genau, hielt sein Gewissen dagegen. *Es ist unhöflich und lüstern und verletzt außerdem ihre Privatsphäre.*

Als hätte sie Lucians Blick die ganze Zeit gespürt, sah Constance ihn plötzlich direkt an. Der Schreck fuhr durch seinen ganzen Körper. Eine gefühlte Ewigkeit schauten die beiden sich an: ein stilles

Eingeständnis, dass sie sich zueinander hingezogen fühlten. Von ihrem durchdringenden Blick überwältigt, senkte Lucian schließlich den eigenen.

Sofort bereute er es.

Er sah wieder auf, um die Verbindung zu bekräftigen.

Sie hatte die Augen geschlossen und den Kopf weggedreht. Aber von seiner Position aus konnte er erkennen, dass sie lächelte.

Cecil hatte das Hotel früh geschniegelt und gebügelt verlassen. Als er seine Handschuhe anzog, begutachtete er einen Kratzer an seinem Handgelenk, dann machte er sich auf den Weg nach Portofino, wo er eine Kutsche zum Bahnhof nehmen wollte. Francesco war anderweitig beschäftigt, und Lucian wollte er aus der Sache heraushalten.

Unterwegs dachte er über die Ereignisse der letzten Nacht nach. Es war natürlich bedauerlich, wenn so etwas geschah. Niemand stritt gern, schon gar nicht er. Aber wie mit Kindern, so mit Frauen. Wenn sie sich schlecht benahmen, musste man ihnen eine Lektion erteilen.

Er war in der Schule so oft geschlagen worden, mal von Lehrern, mal von Aufsichtsschülern, mal mit einem Schlappen oder Sportschuh, was nicht zu schmerzhaft war, und mal mit einem Stock, was höllisch brannte.

Was Bella getan hatte, war inakzeptabel, und sie musste die Verantwortung dafür übernehmen. Als Ehemann war es seine Aufgabe, ihr dabei zu helfen.

Zwanzig Minuten vor der Abfahrt nach Genua erreichte er den Bahnhof. Er kaufte Zigaretten und rauchte mehrere davon direkt im Bahnhofscafé zu einer winzigen Tasse Kaffee. Von Zeit zu Zeit tastete er in seiner Jackentasche nach Jack Turners Scheck. Manchmal holte Cecil ihn hervor und sah ihn an, nur zur Sicherheit.

Die Zugfahrt ging schnell vorüber. Die neueste englische Zeitung hatte er schon von vorn bis hinten gelesen, und in Mezzago wurden nur italienische Blätter verkauft. Aber er hatte ein Buch mitgenommen. Niemand hätte ihn als Bücherwurm bezeichnet, aber er liebte *Drei Mann in einem Boot*, das er zuerst als junger Mann gelesen hatte und das ihn immer noch zum Lachen brachte – vor allem die Stelle mit Montmorency und der toten Wasserratte.

In Genua angekommen, fuhr Cecil mit der Kutsche vom palastartigen Bahnhof zum vereinbarten Treffpunkt, einem *caffè* gleich um die Ecke vom Britischen Konsulat in der Spianata dell'Acquasola. Es war noch nicht Mittag, und trotzdem bevölkerten angegraute Kartenspieler schon die wackeligen Metalltische auf dem Gehweg.

Cecil nahm seinen Hut ab und bestellte einen Espresso.

Godwin war schon da, er saß an der Bar und kaute bedächtig ein Stück *brioscia*. Er war klein und rundlich und hatte die spärlichen Reste seines Haars fein säuberlich über die Halbglatze gekämmt. Er schaute auf. »Ainsworth?«

»Mr Godwin. Freut mich, Sie kennenzulernen.«

»Gleichfalls. Nach unserer Korrespondenz in den letzten Tagen.« Godwin warf einen Blick auf seine Armbanduhr. »Ihr Mann verspätet sich.«

»Geben Sie ihm eine Minute. Er ist sehr verlässlich.«

Als Francesco auftauchte, entdeckte Godwin ihn zuerst. »Ist er das?«, fragte er und zeigte auf die gebeugte, drahtige Gestalt in der Tür.

»Ganz genau.« Cecil winkte, um Francesco auf sich aufmerksam zu machen. Er hatte vorgeschlagen, Francesco solle ihn mit der Kutsche nach Mezzago fahren, dort könnten sie zusammen den Zug nach Genua nehmen. Aber Francesco hatte es für sicherer gehalten, getrennt zu fahren.

Francesco nickte zur Begrüßung. Unter Entschuldigungen bahnte er sich einen Weg zwischen den anderen Gästen hindurch, dann gab er Cecil das Blatt Papier, das er in der rechten Hand gehalten hatte.

»Francesco war mir eine große Hilfe dabei, das Gemälde zu verpacken und den Transport zu organisieren«, erklärte Cecil. »Ganz zu schweigen von dem Papierkram.«

Wieder nickte Francesco. Es gefiel ihm, gelobt zu werden, hatte Cecil bemerkt. Aber wem auch nicht?

Sie hatten einen cleveren Plan ausgeheckt. Er war so raffiniert, weil er so offensichtlich war. Wie beim Kunststück eines Zauberers kam es auf die richtige Ablenkung an, darauf, wohin das Publikum sah und wohin nicht.

Jack Turner hatte gesehen, wie Francesco die Kiste zugenagelt hatte, als das Gemälde verpackt worden war. Aber wirklich gesehen hatte er nur, dass ein Nagel eingeschlagen wurde, danach war er ganz in das Gespräch mit Cecil vertieft und bemerkte nicht, dass Francesco die restlichen Nägel leise in seine Tasche steckte.

Dann huschte Francesco hinaus zum Wäscheschrank und wartete dort darauf, dass Claudine das Zimmer verließ, wie Cecil es ihm vorhergesagt hatte. Kaum war sie den dunklen Flur entlanggeschlichen und im Bad verschwunden, trat Francesco aus den Schatten.

Francesco schloss die Tür hinter sich, ging zur Kiste und nahm das Seitenteil ab, das von einem einzigen Nagel gehalten wurde. Er zog das Gemälde heraus, schnitt das Papier auf der Rückseite auf und trennte die Leinwand rasch vom Rahmen. Dann schob er den Rahmen wieder in die Kiste und verschloss sie, bevor er mit der Leinwand das Zimmer verließ und sorgfältig den Türknauf abwischte.

Die gesamte Aktion dauerte keine Minute.

Später am Abend übergab er durch die Gitter des verschlossenen Tors ein großes rechteckiges Objekt, eingeschlagen in Wachstuch, seinem Freund Alessandro, der sich bereit erklärt hatte, es zu Godwins vertrauenswürdigstem Laufburschen Lorenzo Andretti zu bringen.

»Wie Sie sehen«, sagte Cecil, »sind die Unterlagen komplett.«

Godwin kniff die Augen zusammen. Dann fragte er Francesco auf Italienisch: »Hat Andretti Ihnen eine Nachricht für mich mitgegeben?«

Francesco holte ein zweites zusammengefaltetes Blatt hervor und gab es Godwin. »Ich spreche Englisch, Signore«, sagte er mit starkem Akzent.

»Wobei es manchmal von Vorteil ist, wenn er vorgibt, es nicht zu tun«, fügte Cecil grinsend hinzu.

»Man findet nicht viele Italiener, die es können«, bemerkte Godwin.

»Nur die, die ausgewandert sind.«

»Und zurückgeschickt wurden.«

Cecil ignorierte das. Er deutete mit einem Nicken auf die Nachricht. »Alles in Ordnung?«

»Andretti bestätigt, dass das Gemälde in einwandfreiem Zustand übergeben wurde.«

»Hervorragend.« Cecil wandte sich an Francesco. »Wir sehen uns zu Hause.«

Er sah Francesco nach. Als er sich überzeugt hatte, dass der Italiener gegangen war, drehte er sich wieder zu Godwin um, der einen Umschlag aus seiner Aktentasche zog. »Die Empfangsbestätigung.«

Cecil riss den Umschlag auf und sah gierig den Inhalt durch.

»Ich bin von einem Mindestpreis von fünfzigtausend Pfund ausgegangen, wie vereinbart«, sagte Godwin. »Obwohl wir deutlich mehr erwarten.«

»Das ist sehr beruhigend.«

»Und hier natürlich Ihr Vorschuss in Form eines Bankschecks.« Er reichte Cecil einen zweiten Umschlag. »Fünfundzwanzig Prozent des Mindestpreises, abzüglich unserer Provision.«

Auch diesen Umschlag öffnete Cecil. »Sieht gut aus.« Er steckte den Scheck ein.»Und Sie können mir versichern, dass der Verkauf privat stattfindet?«

Godwin bedachte ihn mit einem tadelnden Blick.»Bitte, Mr Ainsworth. Diskretion war schon immer unser Motto.«

Er streckte die Hand aus, und Cecil schüttelte sie fest, dann schob er seinen Stuhl zurück und nahm seinen Hut. Er wollte schon gehen, als Godwin sich demonstrativ räusperte. Offenbar war der Handel noch nicht abgeschlossen.

»Ah«, sagte Cecil, »wie dumm von mir.« Er zog selbst einen Umschlag aus der Tasche.

Godwin begutachtete das Echtheitszertifikat.

»Da haben Sie es«, sagte Cecil.»Der Beweis, dass es ein waschechter, lupenreiner, hundertprozentiger Rubens ist.«

Godwin legte das Zertifikat in seine Aktentasche, bevor er Cecil ein verkniffenes Lächeln schenkte.»Haben Sie heute noch etwas vor?«

Cecil antwortete, er wolle sich den Tag mit ein wenig Kultur vertreiben.

»Ich kann Ihnen eine Adresse geben«, sagte Godwin, »wo die Kultur besonders verführerisch ist.«

Cecil überdachte das Angebot, dann rümpfte er die Nase.»Wissen Sie, was? Ich glaube, ich passe.«

»Wie Sie wollen.«

Tatsächlich hatte Cecil unspektakuläre, manierliche Pläne für den Tag.

Nachdem er Godwin verlassen hatte, schlenderte er im Sonnenschein zur Via Dante, wo er in der Banco Popolare, in der es still war wie in einer Kathedrale, zwei Schecks einzahlte. Godwins Scheck über 12 000 Pfund, unterzeichnet im Namen der Britisch-Italienischen Kunstgesellschaft, und Jack Turners über 50 000 Pfund. Der Bankkassierer, ein verschwitzter alter Knabe mit Kneifer, schnitt eine Grimasse und blies die unrasierten Wangen auf, als er die Schecks sah – durchaus verständlich.

Dann ging Cecil zum Telegrafenamt, ein Stück die Straße hinauf gegenüber vom Polizeirevier. Er suchte sich ein ruhiges Eckchen und füllte das Formular aus:

BEDAURE – stopp – SCHULE VON RUBENS NICHT RUBENS – stopp – WAR VERSUCH WERT – stopp – TROTZDEM VERKAUFT – stopp – EINTAUSEND PFUND – stopp – ÜBERWEISE DEINEN ANTEIL – stopp – CECIL – stopp.

Er lehnte sich zurück und betrachtete sein Werk. Ja, so war es gut. Und jetzt ein Stadtrundgang.

Mehr um Bella später mit seinem Bericht zu beeindrucken als zum eigenen Vergnügen, trottete Cecil durch die Porta Soprano, das von Türmen flankierte Tor in der uralten Stadtmauer, und folgte der Via di Ravecca bis zur alten gotischen Kirche Sant'Agostino. Er überlegte hineinzugehen, konnte sich aber nicht dazu überwinden – diese ganzen Kerzen und Fresken und Gipsheiligen langweilten ihn zu Tode. Stattdessen erkundete er den Platz vor der Kirche, die Piazza Sarzano, dreckig und voller Tauben.

Dort fand er Obst- und Gemüsehändler und Stände mit Spitze – überall diese verdammte Spitze! – und Ledertaschen. Ein Mädchen, vielleicht sechzehn Jahre alt, mit scharfem Blick und schwarzen Korkenzieherlocken, das ramponierte Blumen verkaufte, lächelte ihn an.

Sie schien begeistert, als er einen Strauß Rosen kaufte – oder Blumen, die er für Rosen hielt. Wahrscheinlich, dachte er, war das für sie der Höhepunkt des Tages.

Cecil staunte immer wieder darüber, was für triste Leben manche Menschen führten.

Als die Kleine die Blumen in Papier wickelte, betrachtete er ihre Brüste unter dem zu engen braunen Kleid und überlegte, wie es sich wohl anfühlen würde, das Mädchen zu küssen.

Alice war voller Argwohn. Sie hatte sich am Fenster die Haare gemacht und dabei beobachtet, wie Constance in diesem lächerlichen Badeanzug, nur mit einem Handtuch bedeckt, vom Ufer heraufkam.

Und kaum war das Mädchen in der Küchentür an der Seite des Hauses verschwunden, da entdeckte sie Lucian auf dem gleichen Weg vom Strand herauf.

Man musste kein Genie sein, um sich zusammenzureimen, was da vor sich ging.

Auch später, beim Frühstück, hatte Alice ein wachsames Auge auf Constance, die zwischen den Gästen hin und her huschte. Mehr als einmal ging sie zu dem Tisch, an dem Lucian und Nish aßen. Nish schaute jedes Mal auf und lächelte. Lucian dagegen vermied bewusst jeden Blickkontakt. Er sah nicht einmal in ihre Richtung.

Das verriet Alice alles, was sie wissen musste.

Nach dem Frühstück ging sie in den Salon, um ein wenig aufzuräumen. Viele Gäste zogen gern mit ihrer letzten Tasse Kaffee dorthin um und lasen oder planten ihren Tag. Als sie einen Stapel Bücher von einem der Beistelltische nehmen wollte, bemerkte sie Lucians Skizzenbuch.

Normalerweise hütete er es wie seinen Augapfel. Es war sicher ein Versehen, dass er es auf der Armlehne des Sofas zurückgelassen hatte. Vielleicht war er vor dem Frühstück mit Constance hier gewesen, bevor sie sich umgezogen hatte?

Vielleicht hatten sie …? Nein, nein. Es war zu beschämend, auch nur daran zu denken. Beschämend für Lucian.

Sie vergewisserte sich, dass wirklich niemand sonst im Salon war, und schlug das Buch auf.

Beim Durchblättern der dicken, leicht gelblichen Seiten blieb ihr Blick an einer Zeichnung von Constance – sie war es eindeutig – am Strand hängen.

Irgendwo lachte ein Kind auf. Lottie, die von Constance bespaßt wurde. Alice klappte das Buch schnell zu. Aber nach einer Weile öffnete sie es wieder und betrachtete die Skizze.

Wie intensiv Lucian sich auf das Mädchen konzentriert haben musste, verstörte Alice. Es lag nicht nur daran, dass die Zeichnung zart und sinnlich war. Im Laufe der Jahre hatte Alice genug Bilder von Lucian gesehen und wusste, welche Wirkung er anstrebte, vor allem wenn sein Motiv ein weiblicher Körper war. Aber hier wirkte er ... wie besessen. Entrückt.

Sie folgte dem Lachen auf die Terrasse. Über die Brüstung hinweg sah sie, wie Constance und Lottie herumliefen und so etwas wie Fangen spielten, während Lucian in der Nähe saß und sie zeichnete.

Alice stand einen Augenblick in der trockenen, heißen Sonne und beobachtete die drei. Dann ging sie zum Empfangstresen, wo die Generalschlüssel aufbewahrt wurden.

Lucian ließ ihr wirklich keine andere Wahl. Constance war das Kindermädchen ihrer Tochter. Das schienen alle vergessen zu haben.

Alice stieg die Treppe hinauf zu Constance' Zimmer, schloss auf und ging hinein. Mit dem Rücken an die Tür gelehnt, horchte sie. Dann streifte sie ihre Anspannung ab und sah sich in dem winzigen Zimmer um. Trotz des offenen Fensters war es heiß und stickig, aber es war kein schlechtes Zimmer, auch wenn die Tapete schlichter war als in den Gästesuiten und der Läufer auf dem gefliesten Boden recht fadenscheinig. Constance hielt Ordnung, was für sie sprach.

Als Erstes nahm Alice sich die alte Kiefernkommode vor. Sie zog eine Schublade nach der anderen auf und durchstöberte Constance' wenige Habseligkeiten. Wie kam sie mit so wenig zurecht? Es dauerte nicht lange und brachte nichts Interessantes zutage bis auf einen teuren Büstenhalter, sicher von Claudine, der zwischen den restlichen abgetragenen und schlichten Wäschestücken auffiel.

Auch auf dem Nachttisch fand sie nur einen auffälligen Gegenstand, ein glänzendes Röhrchen Lippenstift, das ebenfalls von Claudine stammen musste. Stirnrunzelnd fragte Alice sich, welcher Art diese Beziehung sein mochte. Vergaß Claudine auch hier, was sich geziemte? Ohnehin gehörte sie nicht gerade zur Oberschicht. Woher kam sie wirklich? Alice hätte es zu gern gewusst.

An ihr nagte das Gefühl, etwas zu übersehen. Wo versteckten die Leute normalerweise ihre Geheimnisse? Wo würde *sie* etwas verstecken? Alice fühlte unter dem Kissen nach, und als sich nichts fand, schob sie suchend eine Hand unter die Matratze.

Und dort wurde sie fündig. Ein Stapel Briefe, adressiert an Constance.

Alice' Herz raste, sie war eher aufgeregt als nervös. Sie wischte sich die klammen Hände an ihrem Kleid ab, dann nahm sie einen der Umschläge und zog vorsichtig den Inhalt heraus – einen Brief und ein billiges Silbermedaillon. Sie überflog den unleserlichen Brief, drehte ihn eilig um und sah nach der Unterschrift.

Für immer dein, Mam X

Ihr Mund war trocken, ihr Atem schnell und gierig.

Sie legte den Brief weg, öffnete den seitlichen Verschluss des Medaillons und drückte es mit ihrem Daumennagel auf.

Als sie den Inhalt sah, erstarrte sie. Dann streckte sie den kleinen Finger aus und berührte ihn, um sicher zu sein, dass er echt war.

Es war ein Foto von einem kleinen Jungen und dabei, zusammengebunden mit einem Baumwollfaden, eine braune Locke.

Lottie gab eine Teegesellschaft für ihre Puppen.

Constance versuchte, sich auf Lottie und ihr Spiel zu konzentrieren, aber Lucian lenkte sie immer wieder ab mit seiner Art, sie anzusehen – ihre ausgestreckten Beine, den geneigten Kopf. Eigentlich war ihr klar, dass sie es nicht bemerken oder nicht zeigen durfte, dass sie es bemerkte, aber es war unmöglich.

Lottie versuchte, ihren Teddybär hinter eine Puppentasse zu setzen. Aber er fiel immer wieder um, und sie merkte, dass sie ein zusätzliches Paar Hände brauchte, die ihn festhielten.

»Lucian?«, fragte sie.

»Was ist, Lots?«

»Spielst du mit uns?«

»Gleich.«

Lucian gab der Zeichnung den letzten Feinschliff, dann lehnte er sich zurück und begutachtete sie, bevor er sie weglegte und vorrutschte, um mitzuspielen.

Er salutierte kurz. »Melde mich zum Dienst, Ma'am!«

Constance lächelte. Lucian konnte wirklich gut mit Kindern umgehen.

»Du kannst Teddy sein«, sagte Lottie.

Sie zeigte ihm, wo er sitzen und wie er das Stofftier – mit der Teetasse in der Pfote – halten sollte. Sie selbst nahm mit den Händen ihrer Puppe den Griff der Kanne und tat so, als würde sie Tee einschenken.

Dann sagte sie: »Teddy mag Annabelle.«

»Und welche ist Annabelle?«

Constance hielt die Puppe hoch, die Lottie ihr zugeteilt hatte, und Lucian lächelte. »Teddy hat einen hervorragenden Geschmack.«

»Aber er kann nicht ihr Liebster sein«, sagte Lottie.

»Nur weil er ein Bär ist?«

Lottie ließ sich von Lucians Frage nicht beeindrucken. »Weil es ›zu früh‹ ist, Dummerchen.«

Lucian streichelte seiner Nichte über die Haare. »Und warum ist es zu früh, Lots?«

»Weiß ich nicht. Mami sagt das.« Lucian und Constance hatten das Gefühl, als würde ihr Blick vom anderen magisch angezogen. »Aber«, fügte das Mädchen hinzu, »sie können trotzdem zusammensitzen.«

Sie wies Constance und Lucian an, ihre Figuren ganz nah nebeneinanderzuhalten, bis sich ihre Hände fast berührten. Dabei strich Lucian mit dem kleinen Finger über Constance' Handrücken.

Es war das erste Mal, dass er sie so berührte, und es durchfuhr sie wie ein Schlag. Sie erstarrte und konnte kaum glauben, dass es passiert war. Mit gesenktem Kopf saß sie da, bis sie sich schließlich dazu zwang aufzusehen. Er schaute sie lächelnd an, und sie spürte, wie sie errötete.

Aber dann ertönte eine Stimme. »Lucian!«, rief Alice.

Die beiden zogen sofort ihre Hände zurück.

Sie rief wieder. »Lucian!«

Er rappelte sich hoch, während seine Schwester über die Wiese auf sie zumarschierte.

»Da bist du ja«, sagte sie, als hätte er sich absichtlich vor ihr versteckt.

»Wir haben eine Teegesellschaft veranstaltet.« Er hielt den Teddy hoch, und Alice sah sich die Szene an. Constance fiel auf, dass der Blick der Frau sie aussparte.

Alice wandte sich an Lucian. »Kann ich kurz mit dir reden?« Sie klang knapp und bestimmt.

»Natürlich.« Er wartete darauf, dass sie weitersprach.

»Unter vier Augen«, sagte sie.

»Aber sicher.«

»Ooh«, machte Lottie.

»Ich bin gleich wieder da, Lots. Versprochen.«

Constance spürte, dass er sich mit einem Blick bei ihr entschuldigen wollte. Aber sie hütete sich, ihn zur Kenntnis zu nehmen.

Sie mochte Alice nicht, und schon gar nicht vertraute sie ihr.

Alice führte Lucian ins Haus und die Treppe hinauf in ihr Zimmer, wo sie ihm einen von Constance' Briefen gab.

Stumm las er ihn. Als er fertig war, fragte er: »Woher hast du den?«
»Darum geht es nicht. Es geht darum, was darin steht.«
Er schaute wieder auf den Brief. »Und warum zeigst du ihn mir?«
»Ach, Lucian.«
»Das ist mein Ernst, Alice. Warum?«
»Damit du aufhörst, dich zu lächerlich zu machen. Und uns auch.«
Einen Moment lang starrten sie sich an. Bevor sie noch etwas sagen konnte, ließ er den Brief fallen und ging.

Auf dem Weg in die Küche sah Bella durch die offene Eingangstür, dass Cecil sich mit langen Schritten dem Hotel näherte. Sein Gesicht glänzte vor Schweiß. In der Hand hielt er einen kläglichen Blumenstrauß, und seine Haltung wirkte unbekümmert.

Vor diesem Augenblick hatte ihr den ganzen Tag gegraust. Selbst jetzt, wo sich eine Konfrontation nicht mehr vermeiden ließ, hätte Bella sie gern hinausgezögert. Sie lief zur Treppe, um ihm zu entkommen. Aber sie war zu langsam.

»Bella!«

Sie ging die Stufen hinauf, aber auf dem Treppenabsatz wurde ihr klar, dass er sie einholen würde. Und das tat er, er nahm drei Stufen auf einmal und zog sich am Geländer hoch, das unter seinem Gewicht knarrte.

Als er näher kam, wich sie zurück.

Er war außer Atem. Er keuchte richtig. »Warum zum Teufel läufst du weg? Ich habe ganz wunderbare Neuigkeiten!«

Claudine wollte gerade zu einem frühen Abendspaziergang aufbrechen, als sie Cecils dröhnende Stimme hörte. Von der Tür der Goodwood Suite aus hatte man den Treppenabsatz gut im Blick.

Sie sah Bella, die mit herabhängenden Armen langsam zurückwich.

Und sie sah Cecil, der außer Atem auf sie zuging, in der Hand einen zerrupften, halb verwelkten Blumenstrauß.

Sie war in weltlichen Dingen erfahren genug, um sofort zu wissen, was sich vor ihren Augen abspielte. Aber damit sie sich nützlich machen konnte, musste sie mehr sehen.

Bevor jemand sie bemerkte, schloss sie die Tür bis auf einen Spalt und spähte hindurch.

»Ich habe mit Heddon gesprochen«, sagte Cecil. »Wie es aussieht, war das Gemälde doch versichert. Also werde ich von der Auszahlung ein hübsches Sümmchen bekommen.« Er redete schnell und auf eine schrille vorgetäuschte Art leutselig. »Es wird reichen, um etwas zu Lucians Hochzeit beizusteuern. Und um ein paar ... Schulden zu begleichen, die ich angesammelt habe.« Er unterbrach sich, offenbar wollte er Bella Zeit lassen, diese Neuigkeiten zu verdauen. »Vielleicht kann ich dir sogar ein paar Hundert für den Laden hier zuschustern. Aber nur, wenn du versprichst, sie nicht deinem Vater zu geben.« Er rang sich ein Lachen ab, erntete von Bella aber nur eisiges Schweigen. Cecil wirkte verdutzt. »Ich dachte, du würdest dich freuen.«

»Ich kann mich nicht freuen, solange der arme Billy eingesperrt ist.« Claudine konnte Bellas Stimme gerade eben hören.

»Verstehe. Na ja, ich könnte mal gehen und mich darum kümmern. Und wenn ich zurückkomme ...« Sein Blick fiel auf den Blumenstrauß, offenbar entschied er sich, ihn Bella nicht zu geben. »Dann können wir reden.«

Bella sah ihn nur an.

Sein Ton wurde schmeichlerisch und gefällig. »Du hast mir einen bösen Schock versetzt, Bellakins. Ich meine, wie soll ein Mann denn reagieren? Wenn er herausfindet, dass seine Frau hinter seinem Rücken ein Techtelmechtel hat? Und scheinbar die ganze Stadt davon weiß ...«

Darum ging es also, dachte Claudine. *Gut gemacht, Bella.*

»Sicher, mir ist jetzt klar, dass ich drastisch reagiert habe. Vielleicht etwas zu drastisch.«

Er konnte ihrem Blick nicht mehr standhalten. Das hatte Claudine schon unzählige Male erlebt. Männer wie Cecil wollten nie der Tatsache ins Auge sehen, was sie getan hatten oder wer sie wirklich waren.

Man musste ihn sich nur anschauen – er machte kehrt und lief die Treppe hinunter wie ein Kind, das man beim Kuchenstehlen erwischt hatte.

Sobald er außer Sichtweite war, brach Bella zusammen. Wie eine kaputte Marionette sank sie an der Wand zu Boden. Claudine riss die Tür auf und lief zu ihr, um sie zu trösten.

»He«, sagte sie leise. »Kommen Sie. Ich helfe Ihnen.«

Sie brachte Bella in die Goodwood Suite und verschloss die Tür.

Bella setzte sich auf die Bettkante, wo Claudine ihre Schürfwunden und Prellungen untersuchte. Sie war aufgewühlt und wollte die Sache unbedingt erklären. »Es ist nicht so, wie Sie glauben ...«

»Schon gut. Sie müssen sich meinetwegen keine Entschuldigungen für ihn ausdenken.«

»Aber ich habe ihn provoziert.«

Claudine schnalzte mit der Zunge. »Kommen Sie mir nicht mit diesem Mist von wegen ›ich bin schuld‹. Die meisten Männer brauchen keine große Provokation. Ich kenne die Männer.« Sie unterbrach sich und zeigte auf die Spuren in Bellas Gesicht. »Soll ich das überschminken?«

»Danke, aber das mache ich selbst.«

»Dann verarzte ich wenigstens die Platzwunde.« Sie kramte in ihrem Schminkkoffer. »Sie wissen, dass Sie stärker sind als er, oder?«

»Ich glaube, mein Gesicht würde da nicht zustimmen.«
»Diese Art Stärke meine ich nicht. Jeder Trottel kann seine Fäuste benutzen.« Sie tupfte Salbe auf Bellas Lippe, die schlimmer verletzt war, als es auf den ersten Blick gewirkt hatte. »Alle in diesem Hotel verlassen sich auf Sie. Wenn sie einen Rat oder kluge Worte brauchen. Oder Unterstützung.«

Bella stand auf. Sie ging zum Schminktisch und betrachtete sich im Spiegel. »Danke«, sagte sie. »Mrs ...« Sie stockte.

»Bitte.« Claudine machte einen Knicks. »Nennen Sie mich Claudine. Ms Claudine Pascal.«

»Dann danke, Claudine. Für Ihre Schwesterlichkeit.«

»Das ist doch mal ein gutes Wort.«

Als Kinder hatten Alice und Lucian eine irische Gouvernante namens Miss Corcoran gehabt, die stets einen schwarzen Merinowollumhang und eine Haube trug. Sie hatte eine Brille und war hager, aber nicht so alt, wie sie aussah, auch wenn sie auf Alice natürlich steinalt wirkte. Ihr Trick war es, allzeit ruhig und leise zu bleiben. Sie erhob nie die Stimme oder züchtigte die Kinder, was für eine Gouvernante ungewöhnlich war. Miss Corcorans schlimmste Strafe war, die Kinder gelegentlich ohne Abendessen ins Bett zu schicken.

Außerdem, und das machte sie noch ungewöhnlicher, war Miss Corcoran eine hervorragende Lehrerin, wenngleich ihr Hauptaugenmerk der Kunst galt, was bedeutete, dass Lucian mehr von ihr profitierte als Alice.

Jetzt saß Alice in der kühlen Bibliothek und verbannte die Geschichte mit Constance für den Moment aus ihren Gedanken. Mit geschlossenen Augen beschwor sie den Geist von Miss Corcoran herauf, um sich auf ihre erste Englischstunde für Roberto einzustimmen.

Sie hatte nicht erwartet, dass er ihr Angebot annehmen würde. Als das Thema aufkam, hatte er nicht besonders enthusiastisch gewirkt. Aber nach dem Dinner hatte Graf Albani sich in die Küche geschlichen und sie gefragt, ob es ihr schon an diesem Abend passen würde – weil Roberto es nicht erwarten könne; er sei von der Idee, Englisch zu lernen, begeistert, richtig begeistert.

»Vielleicht«, hatte er vorgeschlagen, »könnte es in der ersten Lektion darum gehen, wie man sich vorstellt?«

Alice hatte gesagt, das sei eine glänzende Idee.

Als Roberto hereinkam, frisch geschniegelt und nach Eau de Cologne duftend, machte er nicht gerade einen begeisterten Eindruck. Aber wenigstens war er hier, und er musste doch halbwegs interessiert sein, denn warum hätte sein Vater es sonst vorgeschlagen?

Sie streckte ihm die Hand entgegen, wie Miss Corcoran es getan hätte, und sagte: »Wie geht es Ihnen?«

Roberto ahmte sie nach. »Wie geht es Ihnen?« Statt die dargebotene Hand zu schütteln, küsste er sie. Alice errötete lächelnd. Er erwiderte ihr Lächeln und ließ ihre Hand nur äußerst widerstrebend los.

Sie sagte: »Mein Name ist Alice.«

Roberto wiederholte: »Mein Name ist Alice.«

»Nein, *Ihr* Name.«

»Ah. *Mi dispiace.* Ihr Name ist Roberto.«

»Nein. *Mein* Name ist Roberto.«

»*Sono confuso.*«

»Was glauben Sie, wie es mir geht.« Alice seufzte.

»*Cosa stai dicendo?*« Was sagst du?

»Sie haben mir ein äußerst erlesenes Geschenk gemacht«, sagte Alice, »und können sich nicht mal richtig vorstellen. Ich könnte sagen, was ich wollte, und Sie hätten keinen Schimmer, worum es geht, oder?«

Sie schüttelte den Kopf. Er machte die Geste nach.

Sie sprach weiter: »Ich könnte Ihnen sagen, dass Sie furchtbar gut aussehen. Aber eigentlich immer noch ein Junge sind.«
»*Riproviamo.*« Er bedeutete ihr, sie solle aufstehen. »Und dass ich meine Zeit nicht mit dieser vergeblichen Liebesmüh verschwenden würde, wenn es noch halbwegs anständige Engländer gäbe, die man heiraten könnte.«
Roberto verbeugte sich tief. »Ihr Name ist Roberto«, sagte er.

Cecil hatte sich damit abgefunden, dass Bella auf absehbare Zeit schlechte Laune haben würde. Zum Teil war es seine Schuld.

Er war nicht ganz ohne Fehl und Tadel, das gestand er ein. Aber man musste auch einige Faktoren berücksichtigen, etwa den Stress, den es bedeutete, das Hotel Portofino zu leiten, die Sache mit dem Gemälde, die Ungewissheit, was Lucian und Rose betraf, Julias ständige Unzufriedenheit mit allem und – nicht zu vergessen – die kritischen Jahre, die ihren Schatten auf Bella warfen wie auf alle Frauen ihres Alters und sie empfindlich und hysterisch werden ließen.

Je länger Cecil darüber nachdachte, desto überzeugender erschien ihm seine Theorie mit den »kritischen Jahren«. Sie waren der Grund, warum Bella nie mit ihm schlafen wollte. Ihre Affäre mit diesem Henry war nur eine romantische Leidenschaft, keine sexuelle, auch wenn der Brief das Gegenteil andeutete. Denn warum sollte sie mit diesem Idioten schlafen – der, mal ehrlich, doch wahrscheinlich homosexuell war – und nicht mit Cecil, dessen gekonntes Liebesspiel noch jede Frau gelobt hatte, mit der er sich vergnügt hatte?

Die Lösung bestand darin, zunächst einen weiten Bogen um Bella zu schlagen. Daher auch der Besuch des »Luigi«, seiner Lieblingsbar in Portofino. Sie hatte nicht gerade die beste Lage, sicher – man blickte vom »Luigi« aus auf ein verwildertes Grundstück gegenüber der Hintertür der Stadtverwaltung –, aber sie verkauften annehmbares Gebäck, und ein paar Lire reichten, um sich mit Grappa zu besäuseln.

Cecil wollte gerade den Heimweg antreten, als sich die Hintertür öffnete und niemand anders als Danioni gefolgt von Francesco herauskam.

Cecil musste zweimal hinsehen. Das konnte doch nicht sein, oder? Und doch war es so. Und noch dazu zeigte das entspannte Geplauder der Männer, dass sie sich gut kannten.

Cecil rief: »Francesco?«

Francesco erstarrte. Er schien zu überlegen, ob er weglaufen sollte, aber entschied offenbar, dass es keinen Sinn hatte. »Signore!«, sagte er und verbeugte sich.

Cecils Blick wanderte von Francesco zu Danioni und wieder zurück. »Was zum Teufel machen Sie hier?« Er wandte sich an Danioni. »Was hat das zu bedeuten?«

Danioni wirkte seelenruhig. »Er ist nur ein Cousin, Signor Ainsworth ...« Grinsend klopfte er Francesco auf die Schulter. »Ein Cousin, der den anderen besucht.«

»Ich würde gern mit Ihnen reden«, sagte Cecil. »Jetzt, wenn es Ihnen nichts ausmacht.« Francesco blaffte er an: »Und Sie sehe ich im Hotel.«

Danioni ging mit Cecil wieder hinein und nach oben in sein Büro. »Ich habe Besuch erwartet, ja, vom britischen Konsul. Aber von Signor Cecil Ainsworth? Das eher nicht.«

»Na gut, Sie hatten Ihren Spaß.«

»Es überrascht mich, dass Sie mit mir sprechen wollen.«

»Nicht so sehr, wie es mich überrascht, dass die ganze Zeit ein Spion mitten unter uns war.«

»Ah ja.« Danioni schürzte die Lippen. »Das ist traurig für Sie, ich verstehe. Und deshalb wollen Sie jetzt, dass wir wieder Freunde sind?«

Cecil setzte sich. Entschuldigungen fielen ihm nicht leicht, aber er war entschlossen, sein Bestes zu geben. »Bei unserem letzten Gespräch waren meine Worte möglicherweise ein wenig … Wissen Sie, in der Hitze des Gefechts habe ich Ihnen vielleicht etwas vorgeworfen, das …«

»Sie sprechen von den ›schmierigen kleinen Unterstellungen‹?«

»In Anbetracht der Dinge, von denen wir jetzt wissen, dass wir sie nicht wissen, sind diese Aussagen nicht haltbar.«

»Sie wollen sich entschuldigen?«

»Besser noch.« Cecil zog ein Bündel Geldscheine aus seiner Jackentasche. »Nachdem Sie ohnehin über meine Geschäfte Bescheid wissen …« Er blätterte ein paar Scheine ab, fügte noch einige hinzu und legte sie auf den Schreibtisch. »Das bin ich bereit zu zahlen. Wenn die Polizei ihre Ermittlungen sofort beendet.«

Danioni griff nach den Scheinen, aber Cecil hielt seine Hand auf ihnen.

»Und wenn William Scanlon freigelassen wird.« Er nahm die Hand weg. »Betrachten Sie es außerdem als Wiedergutmachung.«

Danioni schnappte sich das Geld. Er leckte seinen Daumen an, zählte die Scheine sorgfältig und steckte sie in die Tasche.

»Und das hier …« Cecil nahm weitere Scheine von dem Bündel und warf sie auf den Tisch. »Nennen wir es einfach eine Geste des guten Willens. Von einem Hund zum anderen.«

Alice mühte sich noch immer mit Roberto ab, als sie durch die offene Tür Bella den Salon durchqueren sah. Sie entschuldigte sich, stand schnell auf und lief ihr nach.

»Was ist, Alice? Du wirkst aufgeregt.«

»Können wir uns irgendwo unterhalten? Unter vier Augen?«

Sie gingen durch die Küche in Bellas Büro. Bella schloss die Tür und setzte sich an den Schreibtisch. Mit einer Geste forderte sie Alice auf, Platz zu nehmen, aber ihre Tochter schüttelte den Kopf.

»Ich dachte, du solltest die hier sehen«, sagte sie. Sie holte Constance' Briefe aus ihrer Handtasche und legte sie auf den Schreibtisch. Bella starrte das Bündel an, machte aber keine Anstalten, es in die Hand zu nehmen. »Was ist das?«

»Briefe. An Miss March.«

»Du hast ihre Post abgefangen?« Bella bedachte ihre Tochter mit einem tadelnden Blick.

»Ich habe sie in ihrem Zimmer gefunden.«

»Was hattest du da zu suchen?«

Alice schnalzte vor Ungeduld mit der Zunge. »Ich wusste schon lange, dass mit ihr etwas nicht stimmt«, sagte sie. »Und jetzt haben wir den Beweis.« Stolz verschränkte sie die Arme.

Bella hielt inne, als würde sie die Situation überdenken. Dann sagte sie: »Leg sie zurück, Alice.«

»Was?«

»Leg sie zurück. Sofort.« Die Stimme ihrer Mutter war ruhig, aber eiskalt.

»Willst du sie nicht lesen?«

»Natürlich nicht.«

Alice runzelte die Stirn und kratzte sich mit dem kleinen Finger an der Schläfe. Diese Reaktion hatte sie nicht vorhergesehen. »Aber willst du nicht wissen, was für ein Mädchen sie ist?«

»Das weiß ich schon.« Bella wurde lauter. »Das kann jeder sehen. Sie ist ehrlich, freundlich, gewissenhaft –«

»Und die Mutter eines unehelichen Kindes!«, unterbrach Alice sie. »Mit fünfzehn!«

Stille senkte sich über sie, als die beiden Frauen sich anstarrten. Alice spürte, wie ihr Herz raste, ihre Brust hob und senkte sich schwer. Sie wusste nicht mehr, wann sie zuletzt so frustriert gewesen war – so *wütend*.

Schließlich sagte Bella erschöpft: »Was habe ich bei dir nur falsch gemacht?«

»Bei *mir*?«

»Wie konnte ich eine Tochter großziehen, die so gefühllos ist? So vollkommen *unschwesterlich*?«

Alice lief hochrot an. »*Unschwesterlich?* Was ist das für ein unsinniges Wort? Ich bin lieber unschwesterlich als gottlos.«

»Irgendwie ist es dir gelungen, beides zu sein.«

»Das ist absurd.«

Alice beugte sich vor und wollte die Briefe nahmen, aber Bella fuhr sie an: »Nein, das tust du nicht. Du lässt sie hier liegen.«

»Aber ...«

»Geh, Alice. Geh jetzt. Und mach die Tür hinter dir zu.«

Es dauerte einen Moment, bis Bellas Anweisung zu ihr durchdrang. Dann befolgte Alice sie aufs Genaueste, sie stürmte hinaus und schlug die Tür so heftig hinter sich zu, dass das ganze Hotel zu beben schien.

VIERZEHN

Es war seltsam, dachte Lucian. Wie sehr sich die Dinge dadurch veränderten, wie man sie betrachtete. Man sah die Welt durch das Prisma der eigenen Stimmung. Und jetzt war seine Stimmung finster und zynisch.

Er fühlte sich gefangen. In die Enge getrieben.

Er war in diesen prächtigen Garten mit seinen angelegten Wegen und gepflegten Beeten voll exotischer Büsche und Blumen gekommen, um über seine Lage nachzudenken. Aber seine Gedanken gingen wild durcheinander, und die Hitze war unerträglich.

Die Villa schien drohend hinter ihm aufzuragen. Er drehte sich um und betrachtete sie. Mit ihren schattigen Loggien und der sanft schimmernden zitronengelben Fassade verlangte das Hotel Portofino danach, gesehen zu werden. Anders als die Villen weiter oben am Hügel lag es nicht verborgen hinter dichten Zypressenreihen.

Nein, wer das Haus gebaut hatte, am Hang mit Blick aufs Meer, hatte protzen wollen. Den Küstenstreifen prägen wollen. Der Garten war mit demselben Ziel angelegt worden.

Er wischte sich den Schweiß von der Stirn, drehte sich wieder um und ließ den Blick wandern. Noch vor dreißig Jahren, hatte seine Mutter ihm erzählt, war dieses Gebiet nur spärlich bebaut gewesen. Portofino war damals lediglich ein hübsches Fischerdorf, nur wenigen Eingeweihten bekannt und mit dem Ruf, wegen der schlechten Straße schwer erreichbar zu sein.

Die Eisenbahn hatte all das verändert. Heutzutage hielten die Züge zwar immer noch ein ganzes Stück von Portofino und Santa Margherita und Rapallo entfernt, aber sie brachten jedes Jahr Tausende Touristen. Und natürlich floss der Strom auch in die andere Richtung, Männer aus den alten bäuerlichen Gemeinden zog es in die Städte, vor allem nach Genua, wo es im Hafen und beim Bau Arbeit gab – bessere, kontinuierlichere Arbeit, als Oliven und Orangen anzubauen.

Zugezogene, häufig Ausländer wie die Ainsworths, hatten die ligurische Riviera verändert. Sie alle würden behaupten, im Einklang mit der Natur leben zu wollen. Und ja, sicher, in ihren Gärten ging es um Natur, Geschmack und Schönheit. Aber das Ziel war auch, die Natur zu *zähmen*. Ihr den eigenen Willen aufzuzwingen. Jahrhundertealte Kastanienbäume durch Libanon-Zedern und Zypressen zu ersetzen, weil, nun ja, warum nicht?

Einige dieser Gärten waren lächerlich. Lucian hatte sie selbst gesehen. Es gab dort Seen und Grotten, Wasserfälle und gotische Pavillons. Seine Mutter wusste wenigstens, wo man sich besser zurückhalten sollte.

Er hatte diesen Anblick umso mehr geliebt, weil Rose es tat und er geglaubt hatte, sie würden dieselben Dinge mögen. Nun, wie sich gezeigt hatte, waren sie in vielem sehr unterschiedlich.

Aber war das ein echtes Hindernis? Bedeutete es zwangsweise, dass sie zusammen nicht glücklich werden konnten?

Er drehte sich um und sah sie, mit ihrem Sonnenschirm glitt sie über den Rasen. Sie sah schön aus, wie immer. Und wie immer erkannte er die führende Hand ihrer Mutter in ihrer Kleidung – ein modisches ärmelloses Shiftkleid, das ihren zierlichen Körperbau betonte.

Aber Julia würde nicht immer da sein. Rose würde sich mit der Zeit verändern. Das würden sie beide tun. Vielleicht würden sie zusammen, parallel zueinander, wachsen. Das war doch bei vielen Paaren der Fall.

»Ich dachte, Sie würden malen«, sagte sie, als sie näher kam. Sie hielt eine Hand hinter dem Rücken, als würde sie etwas verbergen.

»Ach ja?« Er wandte sich wieder der Aussicht zu. »Ich bin nicht in der richtigen Stimmung.«

Mit einer kurzen Bemerkung hatte er eine unangenehme Atmosphäre geschaffen. Er verfluchte sich. Gib dir mehr Mühe, verdammt noch mal!

»Morgen ist unser letzter Tag«, sagte sie.

»Wirklich? So schnell?«

»Die drei Wochen sind wie im Flug vergangen.«

»Ja, das stimmt.«

»Vielleicht bekommen wir nicht mehr die Gelegenheit, richtig miteinander zu reden. Deshalb wollte ich mich bedanken. Dafür, dass Sie sich so gut um mich gekümmert haben. Dass Sie mir das Gefühl gegeben haben, willkommen zu sein.«

Es war eine reizende kleine Rede, und Lucian war ehrlich gerührt.

»Es war mir eine Freude«, sagte er.

»Und ich wollte Ihnen das hier geben.« Sie präsentierte ihm, was sie hinter ihrem Rücken versteckt hatte. Es war ein kleines rechteckiges Stück Pappe mit einem gemalten Bild darauf – einer hübschen, aber einfachen Küstenlandschaft. »Ich habe daran gearbeitet. Heimlich.«

Lucian nahm es an. »Oh, Rose. Es ist ...«

»... nicht besonders gut, ich weiß.«

»Wunderbar, wollte ich sagen.«

Sie lächelte. »Sie müssen mir nichts vorspielen.«

»Aber es ist mein Ernst. Allein, dass Sie es gemalt haben. Für mich. Obwohl die Malerei Ihnen nicht liegt.« Er versuchte, all die Zuversicht auszudrücken, die ihr fehlte.

Sie lachte. »Sie liegt mir wirklich nicht.« Sie streifte ihre Zurückhaltung ab und trat näher. »Ich habe mich ehrlich bemüht. Das Malen zu mögen, um Ihretwillen. Aber ich sehe darin nicht dasselbe wie Sie. Für mich sind es alles nur Farben und Formen.«

Er zuckte mit den Schultern. »Ehrlichkeit ist immer besser. Außerdem«, wagte er einen vielleicht zu abgehobenen Scherz, »ist ein Großteil der Kunstwelt heutzutage regelrecht besessen von Farben und Formen. Vielleicht ändern Sie Ihre Meinung, wenn Sie ein Bild von Paul Klee sehen.«

»Möglich.« Sie klang unsicher. Was hatte er erwartet? »Also sind Sie nicht traurig?«

Er schüttelte den Kopf. »Traurig wäre ich, wenn ich glauben müsste, dass Sie bloß vorgeben, Kunst zu mögen. Nur um es mir recht zu machen.«

»Aber das ist es ja! Genau das tue ich ständig. Ich versuche, es den Leuten recht zu machen.«

Die goldene Schale hatte einen Sprung bekommen. Lucian hätte nie gedacht, dass sie so etwas vor anderen laut aussprechen würde. Dass sie den Mut dazu gefunden hatte, wertete er als Zeichen des Fortschritts.

Er drängte weiter. »Es Ihrer Mutter recht zu machen, meinen Sie.«

»Und auch allen anderen.« Rose wandte sich ab. Sie ging ein paar Schritte Richtung Villa. Ihre Stimme kippte, als sie weitersprach. »Ich gebe mir so viel Mühe, interessant zu wirken. Auch wenn ich es wirklich nicht bin.«

»Sie *sind* interessant«, widersprach Lucian automatisch.

Sie schüttelte den Kopf. »Ich bin nicht einmal sicher, dass ich besonders liebenswert bin.«

»Wie können Sie so etwas sagen?« Er wollte sie umarmen, aber sie schüttelte ihn ab.

»Ich bin nicht dumm, Lucian. Ich sehe, dass die Menschen niemanden ins Herz schließen, der sich nicht selbst treu ist.«

»Nein«, sagte er. »So einfach ist das nicht.«

Aber Rose ging bereits fort.

Nish hatte Lucian und Rose von einer Bank am anderen Ende des Gartens aus beobachtet. Diese Stelle hatte er mit Bedacht ausgesucht, um nicht gesehen zu werden. Ihm selbst war der Blick zum Teil durch eine zu hohe Zierhecke versperrt.

Er hatte ihr Gespräch nicht gehört, aber es sah aus, als hätten sie sich gestritten oder wären zumindest angespannt und gereizt gewesen. Als er Rose auf ihrem Weg zum Hotel nachschaute, bemerkte er Claudine, die mit ihrer zum Markenzeichen gewordenen Sonnenbrille und einem breitkrempigen Strohhut neben ihm aufgetaucht war. Sie beobachtete die beiden auch, nur deutlich ungenierter.

»Ich sehe es nicht«, sagte sie.

»Was sehen Sie nicht?«

»Die beiden als junges Glück.«

»Sie würden hübsche Kinder bekommen«, sagte Nish.

»Wir auch.«

Sie lachten.

Claudine setzte sich neben ihn und zündete eine Zigarette an.

»Sie ist nicht seine Seelenverwandte.«

»Gibt es so etwas?«, überlegte er.

»Oft. Aber nicht, wenn die Leute verdammt noch mal zu feige sind zuzugeben, wer sie wirklich sind. Und was sie wirklich fühlen.«

Nish verspürte ein unangenehmes Kribbeln. Eine seiner Schwachstellen – und sie war ihm bewusst, weil sie früher schon einmal zum Problem geworden war – bestand darin zu glauben, er könne kontrollieren, wie andere ihn wahrnahmen. Das war arrogant. Jetzt allerdings wurde ihm klar, dass Claudine hinter die Fassade geblickt hatte.

»Ist es so offensichtlich?«, fragte er zögerlich.

»Für mich schon.«

Plötzlich bekam er Angst und sah sie an. »Sie sagen es doch niemandem?«

»Natürlich nicht. Es geht nur Sie etwas an.«

»Wie haben Sie es erraten?«

»Ich habe nicht geraten. Nennen Sie es Intuition. Einen sechsten Sinn.« Sie nahm einen tiefen Zug von ihrer Zigarette, dann pustete sie den Rauch genüsslich aus. »Viele meiner Freunde in Paris waren wie Sie. All die Menschen, die ich am liebsten mochte.«

Bevor Nish antworten konnte, fiel ihm auf, dass Lucian zu ihnen herübersah. Träge hob er eine Hand.

Claudine fragte: »Haben Sie mal versucht, es ihm zu sagen?«

»Gott, nein! Und das werde ich auch nie.«

»Ich meine nicht, was Sie für ihn empfinden. Was Sie überhaupt empfinden.«

»Warum sollte ich die beste Freundschaft ruinieren, die ich je hatte?«

»Wenn es sie ruinieren würde, ist es keine besonders gute Freundschaft.« Sie nahm seine Hand. »Also soll es einfach weiter an Ihnen nagen?«

»Welche Wahl habe ich denn?«

»Das ist sehr traurig.«

Claudines Tonfall ärgerte Nish. »Ihr Mitleid brauche ich nicht.«

Sie ignorierte die Spitze und lächelte. »Sie sind nicht der Einzige, um den es mir leidtut. Wenn es um verbotene Liebe geht, bin ich Expertin.« Jetzt legte sie ihm die Hand auf die Schulter. »Sie brauchen Verbündete, Nish. Die braucht jeder, der am Rande steht. Sie müssen nicht alle wie Sie sein. Manchmal ist es sogar besser, wenn sie es nicht sind.« Sie zuckte mit den Schultern. »Lucian mag also Frauen. Das heißt nicht, dass er es nicht verstehen würde. Und vielleicht ist er sogar offener, als Sie denken?«

Nish setzte zu einer Antwort an, als auf der Zufahrt eine Kutsche zu hören war. Er sah Claudine an.

»Billy«, sagte er. »Mr Ainsworth wollte ihn heute holen.«

Claudine nickte bedächtig. »Da hat Billy Glück.«

Cecil war beinahe beeindruckt. Man hatte Billy in einer Zelle des Polizeireviers an der Piazza della Liberta festgehalten. Sie war grob zusammengezimmert und roch wie ein *pissoir*, aber sie hatten Billy nicht geschlagen. Und er war ja jung. Er machte zwar einen etwas kümmerlichen Eindruck, aber Jungs in seinem Alter wurden am Ende mit allem fertig.

Mit diesem Gedanken im Kopf ging er mit Billy in Richtung Küche. Ein paar Schritte vor der Tür schnappte Cecil sich den Jungen und drückte ihn gegen die Wand. Es schadete nicht, ihn daran zu erinnern, wer hier das Sagen hatte. »Nicht so schnell, Bürschchen.«

Billy wand und wehrte sich und versuchte, Cecil wegzuschieben. »Sie tun mir weh!«

Cecil griff härter zu. »Hör mal zu, du kleiner Mistkerl. Ich habe dafür bezahlt, dass du freigelassen wirst. Und genauso schnell kann ich dich wieder einbuchten lassen.« Er verpasste Billy eine spielerische Ohrfeige. »Ich habe Mr Danioni in der Tasche. Was heißt, dass ich auch dich in der Tasche habe.«

Billy nickte stumm.

»Wenn ich also sage ›spring‹, lautet deine einzige Frage von jetzt an: ›Wie hoch, Mr Ainsworth?‹ Hast du verstanden?«

Wieder nickte Billy. »Ja, Mr Ainsworth.«

»Gut.« Er ließ den Jungen los. »Jetzt rein mit dir.«

Er öffnete die Tür, legte Billy eine Hand auf die Schulter und schob ihn in die Küche.

Der Geruch von fetten rohen Lebensmitteln und Schweiß lag schwer in der Luft. Nicht zum ersten Mal fragte Cecil sich, wie jemand in einem so schummrigen, muffigen Raum arbeiten konnte.

Betty drehte sich um, als sie die Tür hörte. Sie rief Billys Namen, lief zu ihm und schloss ihn in die dicken bleichen Arme.

Cecil lächelte huldvoll. »Die Rückkehr des verlorenen Sohns.«

»Ich habe mich zu Tode geängstigt«, sagte Betty. Sie trat einen

Schritt zurück, um sich Billy genauer anzusehen. »Du hast abgenommen.«

Billy verdrehte die Augen. »Ich war keine vierundzwanzig Stunden weg, Mam.«

»Ich mache dir ein Sandwich. Mit viel Salami.«

»Ich mag keine Salami.«

»Dann mit Ei. Eier magst du.«

Sie drückte ihn auf einen Stuhl und machte sich daran, Brot zu schneiden.

Bella war aus ihrem Büro gekommen, als sie den Aufruhr gehört hatte. »Ist er auf Kaution entlassen?«

»Freigelassen ohne Anklage«, erklärte Cecil. »Sie haben sich bereitwillig auf mein Wort verlassen, ich würde niemals glauben, dass Billy etwas mit dem Verschwinden des Gemäldes zu tun hatte.«

Betty sah von den Broten auf, die sie schmierte. »Was ist mit dem Fahrrad, Mr Ainsworth?«

»Ich habe sie überzeugt, darüber hinwegzusehen. Der Besitzer hat es zurückbekommen. Und dazu eine kleine Summe als Leihgebühr.«

»Oh, Sir. Ich weiß gar nicht, wie ich Ihnen Ihre Freundlichkeit vergelten kann.«

So etwas war in Cecils Ohren Musik. Er sah Billy an. »Sorgen Sie nur dafür, dass der Junge von jetzt an nichts mehr anstellt«, sagte er. »Das genügt mir schon.«

»Das ist ja das Problem«, sagte Betty. »Wie soll ich das machen? Ich habe hier alle Hände voll zu tun.«

Bella ging zu ihr und tröstete sie. »Machen Sie sich keine Sorgen, Betty. Wir überlegen uns etwas.«

So leicht war Betty nicht zu beruhigen. »Vielleicht sollte ich mit dem Jungen lieber nach Hause gehen, Ma'am. Sie wissen schon, kündigen.«

Wollte sie nur dramatisch sein? Cecil konnte ihre Reaktion nicht einschätzen.

»Davon will ich nichts hören«, sagte Bella. »Ohne Sie wären wir einfach verloren.«

»Gott segne Sie, Mrs Ainsworth.«

Solche rührseligen Szenen langweilten Cecil, und er ließ seine Gedanken dahintreiben. Aber als er aufsah und erwartete, Bella noch an Bettys Seite zu sehen, war sie verschwunden.

Verflixt und zugenäht.

Wo war sie? In ihrem Büro?

Er hörte das Klackern ihrer Schuhe im Foyer. Also wollte sie nach oben ins Schlafzimmer. Gut. Er würde ihr folgen.

Er lief aus der Küche und hinter ihr die Treppe hinauf. Jetzt konnte er sie auf dem Absatz sehen, sie hatte ihr Kleid gerafft, damit sie schneller gehen konnte.

Aber als er oben angelangt war, kam Julia aus ihrer Suite.

Das war kein guter Zeitpunkt. Andererseits konnte Cecil sich nicht die Gelegenheit entgehen lassen, mit Julia zu reden. Ihre kratzbürstige Art wirkte in gewisser Weise erfrischend, und dass sie auch nach so vielen Jahren auf einer Wellenlänge waren, hatte etwas Beruhigendes. Und dazu fand er sie immer noch ausgesprochen attraktiv.

»Cecil!«

»Julia.«

»Du hast es ja furchtbar eilig.« Sie folgte seinem Blick zum Ende des Flurs. »Sind deine Gläubiger hinter dir her?«

»Sehr witzig. Aber ich fürchte, dein Scherz verfängt nicht mehr.«

Sie zog eine Augenbraue hoch. »Du machst mich neugierig.«

»Wollen wir?« Cecil deutete an, sie sollten in ihre Suite gehen, in der überall halb gepackte offene Koffer und Taschen standen.

»Das kommt gerade ungelegen«, sagte Julia.

»Verstehe.« Cecils Blick fiel auf einen Schwung Unterröcke auf einem Stuhl.

Er folgte ihr auf den Balkon. Schweigend sahen sie auf das weite leere Meer hinunter.

Cecil fragte: »Hat dir dein Aufenthalt bei uns gefallen?«
»Leidlich.«
»Oh.« Er versuchte, nicht enttäuscht zu klingen.
»Von einigen der anderen Gäste hätte ich gern weniger gehört und gesehen ... und von dir ein wenig mehr.«
»Das können wir immer noch nachholen.« Julia sah auf ihre Uhr. »In den achtzehn Stunden, die uns bleiben?«
»Ich rede nicht unbedingt von hier.« Er senkte die Stimme. »Ich habe vor, zukünftig öfter in London zu sein als bisher.«
Sie runzelte die Stirn. »Hat sich etwas verändert?«
»Meine Situation. Und die Hochzeit muss ja vorbereitet werden.«
»Hast du die Mittel dazu?«
»Ja.«
»Und willst du?«
»Ich will.«
Julia lachte auf. »Ach, Cecil. Ich habe so lange darauf gewartet, von dir ›ich will‹ zu hören.«
Lächelnd nahm er ihre Hand und hob sie an den Mund. »Und willst du?«
»O ja«, sagte Julia. »Ich will auf jeden Fall.«

Das Letzte, worauf Lucian Lust hatte, war ein Gespräch mit seinem Vater. Doch ebendieser kam gerade die Treppe herunter auf ihn zu, er hüpfte beinahe auf dem Weg zu der Gartenlaube, in der Lucian sich versteckt hatte, um zu versuchen, den Roman von John Galsworthy zu lesen, den Nish empfohlen hatte. Ein Versuch, der zum Scheitern verurteilt war. Aus Büchern hatte er sich nie viel gemacht.

Er legte den Roman weg und wappnete sich.

»Da bist du ja! Spielst du Verstecken?« Cecils Gesicht war gerötet, und er schien außer Atem zu sein.

»In gewisser Weise.«
»Wem willst du denn aus dem Weg gehen?«
»Ich weiß nicht. Nicht zuletzt mir selbst.« Lucian wusste, dass diese Art Antwort seinen Vater auf die Palme brachte.
»Sei nicht so ein Miesepeter«, sagte Cecil schroff. »Ich will dir etwas zeigen.« Er gab Lucian ein Blatt Papier.

Lucian faltete es auseinander und las, was sein Vater mit seiner üblichen burgunderroten Tinte geschrieben hatte:

Ihre Verlobung geben bekannt Lucian, Sohn der Right Hon. Mr und Mrs Cecil Ainsworth aus Portofino, Italien, und Rose, Tochter von Mr und Mrs Jocelyn Drummond-Ward aus London.

Es war nicht gerade eine Überraschung. Er hatte mit seinen Eltern monatelang über die Hochzeit diskutiert, so lange, dass sie etwas Abstraktes, Hypothetisches bekommen hatte. Es geschrieben zu sehen ließ diese Illusion platzen. Mit ihrem nüchternen, förmlichen Stil ließ die Ankündigung keinen Zweifel, dass dieses Ereignis tatsächlich stattfinden sollte – es war nicht zu ignorieren, also sollte man es wohl am besten direkt angehen.

»Ich dachte, wir könnten morgen einen Spaziergang zum Telegrafenamt machen«, sagte sein Vater. »Es öffentlich bekannt geben.«

Lucian nickte stumm.

»Was natürlich heißt, du musst in die Hufe kommen.«

»In die Hufe. Ja. Sicher.«

»Wird das ein Problem?«

Lucian antwortete nicht.

»Bist du hier, um Rose aus dem Weg zu gehen?«

»Eigentlich nicht.«

»Was ist es dann?«

»Ich bin nicht sicher.« Er gab Cecil das Blatt zurück.

»Was meinst du?«

»Ob Rose und ich ... miteinander harmonieren.«

Cecil runzelte die Stirn. »Ich weiß nicht mal, was das bedeuten soll.«

»Dass wir nicht gut zueinanderpassen.«

»Aber unsere Familien heiraten seit Generationen untereinander.«

»Emotional, meine ich.«

Aus Cecils blutunterlaufenen Augen sprach Unglaube. »Jetzt hör mal zu. Dieser ganze weibische Mumpitz muss aufhören. Ja, du hast was Schlimmes durchgemacht und einen bösen Kratzer abbekommen. Aber der Krieg ist jetzt seit über acht Jahren vorbei.«

»Ich weiß.«

»Na also. Reiß dich zusammen. Du lebst doch, oder? Du kannst atmen, denken, laufen? Millionen hatten nicht so viel Glück.«

In Lucian stieg Wut auf. »Glaubst du, das wäre mir nicht klar? Glaubst du, es läge nicht Tag und Nacht wie ein Schatten auf mir?«

»Dann tritt doch endlich hinaus in die Sonne! Fang an, ein bisschen zu leben.« Nach einem Moment sprach Cecil weiter. »Dir wird die Hand eines bildhübschen Mädchens aus bester Familie angeboten. Und ein Haus in London. Und dazu ein Einkommen von fünfzehnhundert im Jahr. Die meisten jungen Männer mit einem Tropfen Blut in den Adern würden ungeduldig mit den Füßen scharren. Und nicht Zeit damit vertrödeln, über *Gefühle* nachzugrübeln.« Er hielt das Blatt hoch. »Das steht nächste Woche in der *Times*. Also erfüll deine Pflicht.«

»Ja, Vater.«

»So, wie ich meine erfüllt habe.« Er drückte Lucian das Blatt gegen die Brust und zwang ihn so, es zu nehmen.

Als Cecil zurück zum Haus ging, betrachtete Lucian die krakelige, schon immer fast unleserliche Schrift seines Vaters. Er faltete das Blatt auf die Hälfte zusammen, dann noch einmal und noch einmal. Dann steckte er das kleine Rechteck in die Hosentasche, damit es ihn jedes Mal stören würde, wenn er die Hand hineinsteckte – und ihn daran erinnerte, dass er etwas unternehmen musste, bevor es zu spät war.

Der Nachmittag zog sich eintönig in die Länge. Nish war nervös und fand keine Ruhe. Er versuchte zu lesen, aber die Worte wollten sich nicht vom Blatt lösen. Beim Versuch zu schreiben brachte er nur Fades und Geistloses zustande.

Er fand Lucian in seinem Zimmer, wo er sich gerade umzog. Lucian musste Nishs munteres Klopfen erkannt haben, denn sein »Herein!« donnerte in dem großspurigen Ton, den sie schon lange im Scherz miteinander benutzten.

Nish war erleichtert. Er sah seinen Freund nachdenklich an, als dieser seine Manschettenknöpfe befestigte. »Ich habe mich schon gefragt, wo du abgeblieben bist.«

Lucian verdrehte die Augen. »Nicht du auch noch.«

»Stimmt was nicht?«

»Nur dass mein Vater mir ein Ultimatum gestellt hat.« Mit einer Kopfbewegung deutete er auf das Blatt Papier, das auseinandergefaltet auf dem Bett lag. »Also werden Rose und ich heiraten.«

»Gratuliere.« Nish schlug einen fröhlichen Ton an.

»Danke. Ich habe sie noch nicht einmal gefragt.«

»Wann willst du es machen?«

»Wann, wenn nicht jetzt?«

Nish öffnete den Mund, brachte aber keinen Ton heraus. *Wir halten uns für so modern,* dachte er. *Dabei leben wir noch wie unter König Edward.* Ihm fiel ein Satz aus einem seiner Lieblingsromane ein, aus *Das Haus der Freude*: »Die Situation zwischen ihnen war so geartet, dass sie nur durch ein plötzliches Auflodern des Gefühls hätte geklärt werden können, und ihrer beider ganze Erziehung und ihre gewohnte Einstellung zum Leben standen der Möglichkeit, dass es zu einem solchen Auflodern kommen würde, entgegen.«

Lucian sah zu ihm hinüber. »Wolltest du etwas?« Er wirkte unterschwellig gereizt.

Nish schüttelte den Kopf. »Nichts Wichtiges.«

»Bist du sicher?«

»Es kann warten.«

Nach einer langen Pause fragte Lucian: »Wünschst du dir manchmal, wir könnten die Zeit zurückdrehen?«

»Wohin?«

»Nach Trouville. Nach dem Krieg.«

»Das Genesungsheim?«

»Ja. Wir waren so euphorisch, weil alles vorbei war.«

Über dieses nostalgische Zerrbild musste Nish kichern. »Diese verdamme Nissenhütten. Für dich war es nicht so schlecht. Du hast nur im Bett gelegen. Einige von uns mussten arbeiten.«

»Ich erinnere mich an Bottiche voller Blumen.«

»Schön für dich. Ich erinnere mich an Boxkämpfe und alberne Strandspiele. Schwimmen als Pflichtprogramm. Lauter blasse, dürre Körper.« Er schauderte. »Es war wie jeden Tag Sportunterricht.«

Lucian lachte, und Nishs Herz machte einen Sprung, weil er seinen Freund aufgeheitert hatte. »Du vergisst, wie glücklich wir waren. Weil wir noch gelebt haben.«

»Die Dinge waren einfacher«, gab Nish zu. »In mancher Hinsicht.«

Lucian legte letzte Hand an seinen Anzug und rückte sein Revers zurecht. Dann kämmte er sich die Haare und glättete sie mit Wachs. Er sah umwerfend aus, wie ein griechischer Gott.

»Also gut«, sagte er. »Wünsch mir Glück.«

Constance war in den Salon gegangen, falls Lucian zufällig dort sein sollte. Natürlich war er es nicht, auch nicht in einem der anderen offen zugänglichen Räume. Also war er wohl in seinem eigenen Zimmer, zu dem Angestellte nur Zutritt hatten, wenn es geputzt werden musste.

Auf einem der Tische fiel ihr die Ausgabe der *Ilias* auf, die Lucian und sie zusammen gelesen hatten. Sie nahm das Buch in die Hand, blätterte darin und schwelgte in Erinnerungen.

Ein Geräusch hinter den Fenstertüren erschreckte sie. Jemand war auf der Terrasse. Zwei Personen. Ein Mann raunte etwas. Eine Frau lachte leise und räusperte sich. Absätze klackerten wie die Hufe eines Ponys über die Steinplatten. Dann Stille – eine anhaltende, gewichtige Stille.

Die erste Stimme gehörte Lucian. »Ich muss mit Ihnen reden.«

Rose antwortete: »Aber ich muss packen.«

»Das Packen kann warten.«

»Sagen Sie das mal meiner Mutter.«

Weil Constance die beiden so schlecht verstand, schlich sie auf Zehenspitzen zu den offenen Terrassentüren und drückte sich daneben an die Wand.

Sie sollte das nicht tun. Es war verschlagen und hinterlistig. Neugierig. Was würde ihre Mutter sagen? *Neugierige Katzen verbrennen sich die Tatzen.*

Aber früher oder später würde sie es sowieso erfahren. Also konnte sie es ruhig direkt jetzt hören.

Lucian wieder. »Ich habe über das, was Sie gesagt haben, nachgedacht. Darüber, wie schwierig es für Sie ist, sich selbst treu zu sein. Und ich wollte sagen: Mir geht es genauso.«

Rose klang sehr überrascht. »Wirklich?«

»Durch und durch. Ich habe mich mein Leben lang bemüht, den Erwartungen anderer gerecht zu werden. Und mich selbst deshalb nie besonders gemocht.«

»Aber … in der ganzen Zeit, die wir hier zusammen verbracht haben, schienen Sie sich bei allem so sicher zu sein …«

»Vielleicht erlaubt mir dieser Ort, erlaubt mir Italien, etwas ungezwungener zu sein. Etwas ehrlicher. Wenn auch nicht ehrlich genug.« Nach einer Weile fragte Rose mit ihrer melodischen Stimme: »Warum erzählen Sie mir das jetzt?«

»Weil Sie wissen sollen, dass wir mehr gemein haben, als Ihnen bewusst ist.«

»Haben wir das?«

Constance' Herz setzte einen Schlag aus. Was würde gleich geschehen? Sie hatte ein unheilvolles Gefühl, als würde sie am Rand einer Klippe stehen und hinunter ins schäumende Meer starren.

»Bei mir können Sie ganz unbesorgt Sie selbst sein«, fuhr Lucian fort. Seine Stimme klang so weich, dass Constance meinte, ihr würde das Herz brechen.

Sie hörte ein Scharren, dann bat Rose inständig: »Stehen Sie auf, Lucian. Bitte.«

Es war wie im Kino, wenn die letzte niederschmetternde Filmrolle lief; nur hier geschah es wirklich.

Rose sagte: »Das müssen Sie nicht tun.«

Kluges Mädchen, dachte Constance. *Sag es ihm.*

Aber Lucian ließ sich nicht aufhalten. »Ich muss es nicht, Rose. Ich will es.« Eine Pause. Und dann stellte er die Frage. Die Frage, bei der Constance sich, so unwahrscheinlich es auch war, an die Hoffnung geklammert hatte, er würde sie keiner anderen Frau als ihr stellen. »Wollen Sie mich heiraten?«

Cecil wollte, dass alle zusammen – Familie, Gäste und sämtliche Angestellten – die Verlobung feierten. Er schien fest entschlossen, ein Riesenbrimborium zu veranstalten. Bella hörte, wie er pfeifend durch die Flure ging und mit den Fingern schnipste, während er beschwingt im Garten die Nachzügler zusammentrommelte. »Haben Sie gehört? ... Fabelhafte Neuigkeiten, nicht wahr? ... Ich hatte das Gefühl, dass es heute passieren würde ...«

Am Empfang stellte er eine kryptische Ankündigung auf, die so wenig verriet, dass er die Neuigkeit später noch selbst verkünden konnte: *Feierlicher Empfang, 18 Uhr, Salon*

Allerdings hatte er es schon jedem erzählt, dem er in den letzten beiden Stunden über den Weg gelaufen war, Bella eingeschlossen.

»Aufregend, oder?«

Er nutzte es als Ausrede, um ihr wieder näherzukommen. Sie stand im Speisesaal, wo sie die Tische gedeckt hatte, mit dem Rücken an der Wand und zog sich in sich zusammen.

»Wie schön, dass du dich freust«, sagte sie und schob sich zur Seite wie eine Krabbe. In diesem Moment spülte ihr Hass auf ihn jedes Interesse für etwas anderes fort.

Natürlich freute sie sich auch – für ihren Sohn. Welche Mutter würde das nicht tun? Gleichzeitig war für sie offensichtlich, dass die Ehe mit Rose für Lucian einen herben Kompromiss darstellte.

Der Empfang wurde eine peinliche Angelegenheit, bevor er begann. Cecil hatte versäumt, nach den Sektvorräten des Hotels zu sehen oder Betty Bescheid zu geben, dass *hors-d'œuvres* gebraucht wurden. Sie schickte ein paar eilig zusammengestellte Platten mit Oliven und gemischten Nüssen nach oben, die Cecil als unzureichend ablehnte, bis Alice sich einschaltete und sagte, das sei ungerecht, Betty brauche mehr Vorlauf, um für einen solchen Anlass etwas vorzubereiten. Francesco wurde derweil losgeschickt, um Prosecco zu kaufen.

Zur angegebenen Zeit versammelten sich alle wie gewünscht im Salon. Die meisten hatten sich in Schale geworfen, Bella allerdings hatte keine Zeit dafür gehabt. Cecil stand vor ihnen, vor den Terrassentüren – der selbst ernannte Zeremonienmeister. Wieder einmal schien er sich enorm in seiner Rolle zu gefallen. Würde das je aufhören?

»Julia? Komm, stell dich neben mich.« Er sah sich um. »Und wo ist das glückliche Paar?«

Rose wurde hinten entdeckt, sie trug dieses seltsame Shiftkleid, in dem sie aussah wie Haut und Knochen, und wirkte völlig entgeistert. Mit Hilfe suchendem Blick sah sie sich um, dann hob sie eine schlaffe Hand und ließ sich wieder tiefer in ihren Sessel sinken.

»Hat jemand Lucian gesehen? Sagen Sie nicht, er wäre schon stiften gegangen.«

Nervöses Lachen begrüßte Lucian, der gerade zur Tür hereinkam.

»Ich bin hier, Vater.«

Bella beobachtete ihn, als er sich durch die aufmerksame Menge schob, vorbei an Paola und Constance, die stumm Tabletts mit Getränken hielten.

Verlegen blieb er neben Rose stehen und betrachtete die ermutigenden lächelnden Gesichter – nur Paola machte eine finstere Miene, und Constance schien den Tränen nahe.

»Also gut«, sagte Cecil. »Hat jeder ein Glas mit etwas Prickelndem?«

Bella winkte Paola und Constance, sie sollten den Prosecco servieren.

Doch dann geschah etwas Außergewöhnliches. Constance stellte ihr Tablett auf einen der Beistelltische und lief hinaus. Paola wollte ihr nachgehen, aber Bella hielt sie zurück. »Nein, Paola. Sie werden hier gebraucht. Ich gehe.«

Bella folgte Constance nach oben zu ihrem Zimmer. Das Mädchen hatte die Tür geschlossen. Bella drückte ein Ohr dagegen und konnte Schluchzen hören.

Sie wollte einen Moment warten, bis Constance sich etwas beruhigt hatte. Von drinnen hörte sie ein Rumoren, als würde Constance etwas suchen, das sie trösten könnte. Es wurde immer lauter. Bella hörte, wie Schubladen geöffnet und geschlossen wurden. Eine Kleiderschranktür wurde zugeknallt. Dann sagte Constance: »Wo zum Teufel sind sie?«, und klägliche Verzweiflung schlich sich in ihre Stimme. »Sie sind weg. Alles ist weg. Oh, Tommy ...«

Bella lief schnell hinunter ins Büro und holte die Briefe aus der Schublade, in der sie eingeschlossen waren.

Dann ging sie wieder nach oben und klopfte leise an.

Melissa stand neben Lady Latchmere und sah Cecil an, als er den Toast ausbrachte. »Auf Lucian und Rose!«

Es war alles schrecklich aufregend, auch wenn sie natürlich gewusst hatte, dass es wahrscheinlich so kommen würde.

Die beiden gaben ein schönes Paar ab, das konnte niemand bestreiten. Melissa hatte mit keinem von ihnen viel Zeit verbracht, deshalb konnte sie nicht sicher sagen, wie gut sie zueinanderpassen würden. Alice, die eine gute Freundin geworden war, hatte über Lucian nie viel zu sagen. Trotzdem spürte Melissa zwischen ihnen eine unterschwellige Konkurrenz. Das kam bei Geschwistern häufig vor, nicht wahr?

Melissa nippte an ihrem Prosecco und stieß mit Lady Latchmere an, die bei ihrem zweiten Limoncello war. »Ich liebe ja Hochzeiten«, sagte sie. »Du nicht auch, Melissa?«

»Ich habe noch nicht viele besucht«, gestand Melissa.

»Ach, das ist nicht schlimm. Wirklich wichtig ist nur eine.« Lady Latchmere legte den Kopf schräg. »Du hast doch Verehrer, meine Liebe?«

»Guter Himmel!« Melissa kicherte. »Was für eine Frage!«

»Kein Grund, schamhaft zu werden. In deinem Alter habe ich schon ein halbes Dutzend abgewiesen.«

»Bitte, Tante. Können wir das Thema wechseln?«

Aber die ältere Frau ließ sich nicht ablenken. »Wenn es eine Frage des Geldes ist ...«

»Es ist eine Frage des Interesses.«

»Ich wäre gewillt, sie zu bezahlen.«

»Aber ich würde mich viel lieber weiterbilden dürfen.«

Lady Latchmere runzelte die Stirn. »Dich bilden?«

»Studieren.« Melissa erwärmte sich für ihr Thema. »Vielleicht sogar promovieren.«

»Bist du sicher?«

»Vollkommen sicher.«

Lady Latchmere brauchte einen Moment, um diese Neuigkeiten zu verdauen. Melissa hatte mit einer Überzeugung gesprochen, die sie selbst erstaunte. »Also gut, Liebes«, sagte sie. »Ich möchte nur, dass du deinen Platz findest und glücklich wirst.«

»Das habe ich, und das bin ich.«

»Wenn du es sagst.«

Melissa gab ihr einen Kuss auf die Wange. »Ein gutes Buch ist mir lieber als ein Ehemann.«

Lizzie stand mit ihrem Glas Mineralwasser – ausnahmsweise war sie nicht in der Stimmung für Prosecco – in der Hand da, als sie durch die offene Tür des Salons Plum entdeckte. Er stellte seine Tasche ab, und sie lief zu ihm und fiel ihm um den Hals.

»Oh, Plum, mein Schatz! Du bist wieder da.«

Er löste sich aus ihrer Umarmung, um zu sehen, woher das Geplauder und fröhliche Gelächter kamen. »Sehr anständig, eine Siegesfeier für mich zu veranstalten.«

»Du hast gewonnen?«

»Nicht ganz, mein Mädchen. Hab in der dritten Runde gegen einen Franzosen verloren.«

Lizzie runzelte die Stirn. »Du wirkst nicht besonders mitgenommen deswegen.«

Plum klopfte auf seine Tasche und zwinkerte. »Ich habe eine kleine Wette abgeschlossen und auf den anderen Knaben gesetzt.«

»Oh.« Langsam dämmerte es ihr. »Heißt das, wir sind aus dem Schneider?«

»Sind wir, Liebling.«

»Gut«, sagte sie. »Ich habe möglicherweise etwas noch Schöneres zu berichten.«

»Was denn?«

»Ich habe mich in den letzten Tagen ganz eigenartig gefühlt. Und wahrscheinlich ist es noch viel zu früh, um sicher zu sein ... Aber ich glaube, ich bin vielleicht, du weißt schon ...«

Plum riss die Augen auf und stellte damit eine Frage, die Lizzie mit einem Nicken und einem schüchternen Lächeln beantwortete.

Eine heisere, tränenerstickte Stimme rief: »Wer ist da?«

»Ich bins. Mrs Ainsworth. Bella.«

Die Tür wurde geöffnet. Das Mädchen hatte rote verquollene Augen und Tränenspuren auf dem Gesicht. »Es tut mir leid«, sagte sie.

Bella war voller Mitgefühl. »Was ist denn, Constance? Es tut mir weh, Sie so unglücklich zu sehen.«

»Ich habe etwas verloren, das mir sehr am Herzen lag.«

Bella betrat das Zimmer und zog Constance in eine mütterliche Umarmung. »Schon gut, schon gut.«

»Oh, Ma'am.« Von Neuem flossen die Tränen.

Sanft drückte Bella sie auf ihr Bett. »Ich fürchte, das ist eine komplizierte Angelegenheit.« Sie holte die Briefe aus der Tasche ihres Kleids. »Ist es das, was Sie verloren haben? Wonach Sie gesucht haben?«

Überrascht huschte Constance' Blick von den Briefen zu Bella und zurück. Schreck, Scham und Wut zeichneten sich auf ihrem Gesicht ab. Sie wischte sich über die Augen, griff nach den Briefen und öffnete sofort den obersten Umschlag – um nach dem Medaillon zu sehen, nahm Bella an, das sich immer noch darin befand. Erleichtert, aber gleichzeitig besorgt sah sie Bella an. »Haben Sie die Briefe gelesen?«

»Nein. Aber ich fürchte, jemand anders hat es getan.«

Constance brauchte einen Moment, um sich der schrecklichen Konsequenzen klar zu werden. »Also wissen Sie alles?«

»Ich weiß von Ihrem Unglück, ja.«

Constance stand auf. Sie wirkte zart und zerbrechlich, aber auch entschlossen. Sie strich sich die feuchten Haarsträhnen aus dem Gesicht. »Dann bin ich entlassen.«

»Entlassen?« Bella lehnte sich überrascht zurück.

»Natürlich. Sie werden nicht mehr wollen, dass ich auf Lottie aufpasse. Jetzt, wo Sie es wissen.« Constance schaute sich um, vermutlich nach ihrem Koffer, aber Bella hielt sie zurück. Sie forderte das Mädchen auf, sich wieder zu setzen.

»Ich kann mir niemanden vorstellen, der sich besser um ein Kind kümmern kann, als eine Mutter.«

»Eine Mutter, die nie einen Mann hatte?«

»Die aber ihr Möglichstes tut, um sich nicht davon bestimmen zu lassen.«

Constance klappte das Medaillon auf und starrte auf das Foto. »Die ihren Sohn im Stich gelassen hat.«

»Und ihn immer im Herzen trägt.«

Constance zog die Nase hoch und schaute auf. »Ich dachte, Sie würden mich verurteilen. Die meisten Menschen tun das.«

»Ich habe gelernt, das nicht zu tun«, sagte Bella. Nach einem Moment sprach sie weiter. »Wir alle verdienen die Chance, die Dinge ins Reine zu bringen. Bis wir uns als unwürdig erweisen.«

Constance senkte den Blick wieder auf das Foto. »Ich weiß nicht, wo ich anfangen soll.«

»Sie könnten damit anfangen«, sagte Bella, »dass Sie mir etwas über Ihren Jungen erzählen.«

Cecil wunderte sich, wohin Bella so eilig verschwunden war. Er fragte Lady Latchmere, die zufällig neben ihm stand. Sie antwortete: »Probleme mit dem Personal«, im Ton einer Frau, die solche Unannehmlichkeiten schon oft hatte erdulden müssen.

Dann war es in Ordnung. Solange es nichts mit ihm zu tun hatte.

Er tingelte von einem zum anderen, gab sich leutselig und wies Paola an, die Gläser laufend nachzufüllen, obwohl kaum noch Prosecco vorhanden war.

Dann fiel sein Blick auf einen unerwarteten Gast. Plum Wingfield, auferstanden von den Toten. Mit Lizzie, die erstaunlich erfreut darüber wirkte, sich mit ihm unterhalten zu können.

Mit ein paar langen Schritten war er bei ihnen. »Ah, Wingfield! Sie sind zurück!«

»So sieht es aus.« Sein Verhalten wirkte kühl und reserviert. Insgesamt schien er nicht unbedingt begeistert zu sein, Cecil zu sehen. Was in Cecil nur umso mehr das Bedürfnis weckte, ihn zu demütigen.

»Hat Ihre Frau Sie über das ganze Drama, das Sie verpasst haben, ins Bild gesetzt?«

Plum wackelte mit dem Kopf. »Zum Teil.«

Cecil wandte sich an Lizzie. »Und haben Sie ihm erzählt, dass man ihn fast angeklagt hätte?«

Plum lief rot an und warf seiner Frau einen Blick zu. »Angeklagt?«

Cecil lachte laut. »Als Gemäldedieb, mein Guter!«

»Dazu wollte ich gerade kommen«, sagte Lizzie tonlos.

»Ich verrate es Ihnen gern.« Cecil beugte sich verschwörerisch vor. »Es gab hier ein, zwei Leute, die Ihnen fast *in absentia* den Prozess gemacht hätten.« Er lehnte sich wieder zurück und weidete sich an Plums Unbehagen. »Aber ich sagte: ›Nein, er ist ein Engländer! Und dazu ein Sportheld! Plum Wingfield ist über jeden Verdacht erhaben!‹« Er nippte an seinem Prosecco. »Es wäre schrecklich, wenn sich das als unwahr herausstellen würde. Meinen Sie nicht?«

Langsam leerte sich der Salon. Die Gäste machten sich gemächlich auf den Weg in ihre Zimmer. Einige von ihnen plauderten noch am Fuß der Treppe. Lachen und getuschelter Tratsch hallten durchs Foyer.

Ein Teil von Alice wünschte sich, sie könnte hinausgehen und sich ihnen anschließen. Aber es war ihre Aufgabe, darauf zu achten, dass die leeren Gläser weggeräumt wurden und jemand den Boden fegte. Außerdem verlieh Arbeit Würde. Hatte Jesus nicht als Zimmermann gearbeitet, bis er dreißig war?

Die Bibel war ihr stets Hilfe und Trost gewesen. Wenn Alice ihre Arbeitslast erdrückend fand, rief sie sich das 1. Buch Mose 2,2 ins Gedächtnis: »Und so vollendete Gott am siebenten Tage seine Werke, die er machte, und ruhte am siebenten Tage von allen seinen Werken, die er gemacht hatte.«

An nur einem Tag von sieben ruhen! Wenn es Gott reichte, reichte es ihr auch.

Dessen ungeachtet, wo in aller Welt war Constance, wenn man sie brauchte? Saß heulend in ihrem Zimmer. Grübelte über frühere Missetaten nach. Alice war überzeugt, Lottie sollte weniger Kontakt zu dem Mädchen haben; aber nicht so wenig, dass Alice selbst einspringen und auf sie aufpassen musste.

Graf Albani näherte sich ihr, in seinem dunklen Anzug wie immer eine eindrucksvolle Gestalt. Sie unterbrach ihre Arbeit und lächelte.

»Welch freudiger Anlass«, sagte er.

»Ja, mein Bruder kann sich glücklich schätzen.«

»Miss Drummond-Ward ist sehr charmant. Sehr englisch.«

Als er das sagte, rauschte Paola mit einem Tablett voll leerer Gläser vorbei. Bildete Alice es sich nur ein, oder hatte in dem Blick, den Paola dem Grafen zugeworfen hatte, eine gewisse Feindseligkeit gelegen? Als wäre seine Bemerkung in irgendeiner Weise eine Spitze gewesen? Italiener und ihre Streitlust! Manchmal konnte man kaum nachvollziehen, was vor sich ging.

»Sie reisen morgen ab?«, fragte Alice.

»Um neun.«

»Ich hoffe, wir sehen Sie wieder, Graf Albani. Sie und Roberto ebenso.«

»Das hoffe ich auch sehr.«

Alice wollte sich schon abwenden, als der Graf weitersprach.

»Bevor Sie gehen, möchte ich ein Missverständnis aufklären.« Mit etwas Mühe holte er aus der Innentasche seiner Jacke das Schmuckkästchen. »Ich hoffe, Sie überdenken es noch einmal.«

Er öffnete das Kästchen, seine perfekten Nägel lagen wie Krallen auf dem edlen blauen Samt.

Alice hatte vergessen, wie schön das Armband war. »Darf ich?«

»Natürlich.«

Behutsam nahm sie das Armband und hielt es ins Licht. »Es ist wirklich sehr hübsch.«

Der Graf schluckte, als hätte er sich auf diesen Moment vorbereitet. »So wie Sie, Alice.«

Es dauerte einen Moment, bis Alice die Bemerkung verstand. In ihrer Brust breitete sich eine nervöse Erregung aus, die sie fast überwältigte. Sie fing an zu zittern, als sie leiser, aber auch ungestümer als beabsichtigt sagte: »Graf Albani ...«

»Verzeihen Sie mir. Aber ich muss aussprechen, was in meinem Herzen ist.«

»Was ist mit Roberto?«

»Ich spreche für mich«, sagte Graf Albani. »Bis er sein Herz öffnet, können Sie lange warten.«

Alice schüttelte den Kopf. »Nein«, sagte sie. »Das schickt sich nicht.«

»Dass ein Mann mit Erfahrung und Vermögen wieder heiraten möchte?«

»Heiraten? Bitte!« Sie ließ das Armband in das Kästchen fallen. Dann wich sie vor ihm zurück. »Bitten Sie mich nicht darum!«

»Alice ...«

»Nein. Für Sie bin ich nicht Alice. Ich bin Mrs Mays-Smith.«

Bevor er widersprechen konnte, floh sie aus dem Zimmer, so schnell, dass sie sich kaum fragen konnte, ob sie ihr Herz zurückgelassen hatte.

Heimreisen waren in der Regel trivial und langweilig. Aber als Julia mit Rose den Bahnsteig entlangging, gefolgt von einem Kofferträger mit Gepäckwagen, verspürte sie etwas Ungewohntes – Traurigkeit und einen Hauch Bedauern.

Sie unterdrückte es natürlich sofort, schließlich durfte man sich nicht von solchen Gefühlen beherrschen lassen. Lieber konzentrierte sie sich darauf, was sie erreicht hatte: die Verlobung. Allerdings wirkte Rose weniger begeistert, als Julia erwartet hatte. In der Kutsche nach Mezzago hatte ihre Tochter kaum ein Wort gesprochen. Julia hatte nichts zu tun gehabt, als mit den Händen im Schoß dazusitzen, die eintönige Landschaft an sich vorbeiziehen zu lassen und zuzusehen, wie Francesco auf die Straße spuckte. Widerwärtiger Geselle.

Als sie endlich den Warteraum erreichten, war Julia mehr als nur ein wenig konsterniert, Nish dort vorzufinden, mit einem einzigen Koffer neben seinen Füßen. Sicher, Indien war britisch, die Inder waren ihre Leute, und einige von ihnen hatten tapfer und fabelhaft im Krieg gekämpft, trotz ihrer hinderlichen Turbane – die meisten von ihnen trugen doch Turbane, oder? –, aber engeren Kontakt beschränkte man doch besser auf ein Minimum, selbst bei den gebildeten. Sonst wurden sie nur anmaßend.

Bellas Nachsicht mit Charakteren wie Nish fand Julia bedauerlich. Wer wusste denn, wohin das führte?

»Mr Sengupta«, sagte sie.

»Mrs Drummond-Ward. Rose.«

»Mir war nicht bewusst, dass Sie uns bei der Heimreise Gesellschaft leisten.«

»Das werde ich auch nicht, fürchte ich.« Nish deutete auf einen eingepackten Stapel Flugblätter auf der Bank neben sich. »Ich fahre nach Turin. Um die hier zu verteilen. Und um einen Freund zu treffen.«

»Einen Freund«, sagte Julia lächelnd. »Wie nett.«

Bella mochte Francesco nicht besonders, trotzdem tat er ihr leid. Kaum war er zurück, nachdem er die Drummond-Wards in Mezzago abgesetzt hatte, bereitete er sich auch schon auf die dritte Fahrt an diesem Tag dorthin vor. Er lud das Gepäck in die Kutsche und sah nach den Pferden, während sich seine nächsten Fahrgäste verabschiedeten.

Lady Latchmere wollte sich vergewissern, dass sie und Melissa die Kutsche für sich haben würden.

»Das werden Sie«, sagte Bella. »Die Drummond-Wards, Graf Albani und Mr Sengupta sind schon abgereist.«

Alice fügte hinzu: »Und die Wingfields und Ms Pascal bleiben noch einen Tag.«

»Kommen bald andere Gäste?«, fragte Melissa.

»Eine achtköpfige Gruppe aus Zürich«, sagte Bella. »Wir haben ein paar Tage Zeit, um uns vorzubereiten.«

»Nun«, sagte Lady Latchmere lächelnd. »Es war auf jeden Fall … ereignisreich.«

»Wir haben getan, was wir konnten«, sagte Bella.

Das stimmte, wurde ihr klar – und sie war von der Anstrengung erschöpft.

»Meine Tante und ich haben das Hotel Portofino sehr lieb gewonnen«, sagte Melissa.

»Ich werde all meinen Freunden davon erzählen«, fügte Lady Latchmere hinzu. »Und von der vortrefflichen Dame, die es führt.«

Bella ergriff ihre ausgestreckte Hand. »Und dürfen wir hoffen, Sie wiederzusehen?«

»Wer weiß, meine Liebe, in meinem Alter.«

Melissa fragte: »Aber, Alice, du besuchst mich in London?«

»Das hoffe ich«, sagte Alice. »Übrigens wollte ich dich um etwas bitten …«

Sie entführte Melissa für ein vertrauliches Gespräch und ließ Bella mit Lady Latchmere allein.

»Ich weiß sehr zu schätzen, dass Sie bei all dem Trubel so verständnisvoll waren«, sagte Bella.

»Oh, ich möchte meine Zeit hier nicht missen«, erwiderte Lady Latchmere. »Es war wirklich wie in einem Roman von Agatha Christie.«

»Wie wahr«, sagte Bella. »Aber selbst sie hätte sich keine so faszinierende Sammlung an Charakteren ausdenken können.«

»Unsinn, meine Liebe! Vergessen Sie nicht, wir leben in den Zwanzigerjahren.« Sie drückte Bellas Hand. »Die Welt verändert sich. Zum Guten, hoffe ich.«

Bella lächelte matt. »Ich wünschte, ich wäre ebenso zuversichtlich, Gertrude.«

Als die Kutsche durchs Tor ratterte und nach rechts abbog, spürte Bella Traurigkeit in sich aufsteigen. Es fühlte sich ein bisschen an wie das Heimweh damals im Internat, ein schwerer Stein im Magen und ein Schmerz im Hals, der sich nie oder fast nie zu Tränen auflöste.

Auf dem Weg in ihr Zimmer blieb sie im Foyer stehen und sah sich um. Das alles war ihr Traum. Ihre Arbeit. Sie hatte den Grünton für die Holztäfelung der Treppe ausgesucht. Sie hatte den Kronleuchter mit seinen Hunderten funkelnden Kristallen in Auftrag gegeben. Sie hatte die Blumen gepflückt, die den Empfangstresen schmückten, und in Goldfarbe »HOTEL PORTOFINO« auf das Schild an der Wand dahinter gemalt.

Sie hatte die Gemälde an den Wänden ausgesucht. Sie hatte entschieden, dass die Vorhänge im Salon aus durchscheinendem Musselin statt aus Spitze sein sollten, weil das Zimmer dadurch frischer wirkte und das gedämpfte Sonnenlicht eine wunderschöne verträumte Atmosphäre schuf. Sie hatte dafür gesorgt, dass für die jungen Leute ein Grammofon vorhanden war und für die älteren die letzten Ausgaben der *Country Life*, damit sie sich wie zu Hause fühlten.

All das hatte sie für die anderen getan. Aber jetzt blieb ihr ein bisschen Zeit, es selbst zu genießen, bevor der nächste Schwung Gäste anreiste. Ein bisschen Zeit, einfach zu *sein*.

Sie ging mit weichen Schritten die Treppe hinauf und sang dabei vor sich hin – ein albernes Varieté-Lied aus ihrer Kindheit, an den Titel konnte sie sich nicht erinnern. Es war komisch, dachte sie, welche Macht Lieder besaßen. Welche Gefühle sie wachrufen konnten.

Er hatte die Tür zu ihrem Zimmer offen gelassen. Was bedeutete, dass er hier drin gewesen war. Sie empfand sein Eindringen als Übergriff. Wie konnte er es wagen, ihr Schlafzimmer in Besitz zu nehmen, wie er es mit ihrem Körper getan hatte? Trotzdem betrat sie den Raum und sah sich um. Was war anders? Was hatte er getan? Was *wollte* er?

Sie ging zu ihrer Frisierkommode und achtete darauf, nicht über den Perserteppich zu stolpern, als sie auf ihrem Bett einen Umschlag bemerkte, adressiert an sie in einer allzu vertrauten Handschrift.

Sie hob den Umschlag auf und öffnete ihn.

Es steckte ein Scheck darin, ausgestellt auf Mrs Arabella Ainsworth über die Summe von eintausend Pfund, unterzeichnet vom Right Hon Cecil Ainsworth.

Sie drehte sich um, und er stand in der Tür und beobachtete sie.

»Ich dachte, das könnte helfen«, sagte er.

»Wobei helfen?« Mit dem Scheck in den Händen stellte sie sich vor ihn. »Hierbei?« Sie zeigte auf die Spuren in ihrem Gesicht, die überschminkt, aber noch sichtbar waren.

Er wand sich – anders konnte man es nicht beschreiben. »Nein«, sagte er. »So geschmacklos wäre nicht einmal ich. Es könnte helfen, dass wir wieder Freunde werden.«

Bella sagte: »Ich will nicht, dass wir Freunde sind.« Sie zerriss den Scheck und zerstreute die Fetzen.

Er sah zu, wie die Papierstückchen sich auf dem Boden verteilten. »Was in aller Welt machst du da?«

»Ich nehme keinen Penny von dir. Ich habe zu lange nach deinen Regeln gespielt, Cecil Ainsworth. Es ist an der Zeit, dass ich eigene aufstelle.«

Sie legte eine Hand an seine Brust und schob ihn über die Schwelle zurück in sein Zimmer. Er hatte den Anstand, sich nicht zu wehren. Dann machte sie die Tür zu, schloss ab und warf den Schlüssel in den Papierkorb in der Ecke. Was die Zukunft auch bringen mochte – und Bella hatte Pläne, große Pläne –, Cecil würde darin nicht vorkommen. Nicht mehr.